SUTTON
VERLAG

Kerstin Hamann

ABGEHAKT

Ein Wiesbaden-Krimi

SUTTON KRiMI

Impressum

Sutton Verlag GmbH
Hochheimer Straße 59
99094 Erfurt
www.suttonverlag.de

Gestaltung und Herstellung: Markus Drapatz
Titelbild © Markus Drapatz,
mit feundlicher Unterstützung der Maskenbildnerin Sandy Hänsel
Druck: Antony Rowe, CPI Group, Chippenham | Wiltshire, UK

ISBN 978-3-86680-636-8

Die Veröffentlichung dieses Werkes erfolgt auf Vermittlung von BookaBook, der Literarischen Agentur Elmar Klupsch, Stuttgart

Für Euch,
Achim, Helena, Martina und Céline,
das Glück meines Lebens

Der Tod ist gewiss,
doch ungewiss die Stunde
Sprichwort

1

Wieder einmal stand sie vor der weißen Wand, an der nur dieses eine große Bild mit den wilden Farben und Formen hing. Seine Besitzerin verglich es oft mit dem sinnlosen Geklecksе eines vierjährigen Kindes, und doch hatte sie dieses Bild vor drei Jahren aus einer Laune heraus gekauft. Die Frau betrachtete verträumt jeden einzelnen der roten und blauen Pinselstriche. Ein Bild ganz ohne grün. Sie hasste grün. Alle Welt nannte grün die Farbe der Hoffnung. Was für ein ausgemachter Blödsinn.

Vorsichtig griff sie nach dem rotglänzenden Rahmen, hob das Bild vom Haken und stellte es zur Seite. Zum Vorschein kam ein knallgrün bemaltes Stück Wand, auf dem einige Fotos in drei Reihen mit Reißzwecken befestigt waren. Auf allen Bildern waren Frauen zu sehen.

In der ersten Reihe hingen vier Bilder einer hübschen, blonden, langhaarigen Frau mit einem bezaubernden Lächeln. Ihre Fotos waren mit einem fetten, roten Haken versehen. Sie war tot.

Die zweite Reihe zeigte ebenfalls vier Aufnahmen einer Frau, die sehr jung zu sein schien und nicht weniger attraktiv als diejenige aus der ersten Reihe. Auch ihre Bilder waren rot abgehakt.

Diesen Fotos widmete die Betrachterin heute keine Aufmerksamkeit. Sie standen für erledigte Fälle. Jetzt galt es, der Frau auf den Fotos in der dritten Reihe das Lächeln vergehen zu lassen. Sie wusste, es war so weit. Seit einigen Tagen konnte sie die Fotos von Marita Janz ohne Hass ansehen. Hass vernebelt die Sinne, und die brauchte sie für ihr Vorhaben.

Sie konnte und wollte sich keine Fehler leisten.

Diesmal hatte es lange gedauert. Mindestens vier Monate hatte sie ihr Opfer überwacht. Wie immer hatte die Frau auch Marita Janz zunächst mehrfach Drohbriefe geschickt. Doch Marita hatte sie ignoriert und war sogar so weit gegangen, einen Zettel an die Heckscheibe ihres Wagens zu kleben: Leck mich am Arsch, Briefeschreiber!

Die Frau lächelte. Ihr nächstes Opfer schien keine Angst zu kennen, was eine besondere Herausforderung darstellte. Sie genoss die Vorstellung,

Marita mit ihrem Erscheinen in Panik zu versetzen. Irgendwann würde auch sie um ihr Leben betteln. Entschlossen hängte sie das Bild zurück an seinen Platz, packte ihre Sachen und verließ das Haus.

Marita Janz räkelte sich wohlig in ihrem Bett, während sie Ulf dabei zusah, wie er seine Sachen zusammensuchte und sich anzog. Sie kannten sich bereits seit einem halben Jahr und verbrachten jeden Montag und Freitag zusammen. Dass Ulf verheiratet war, störte Marita überhaupt nicht. Im Gegenteil. An einer festen Bindung war sie sowieso nicht interessiert. Dazu war sie viel zu freiheitsliebend. Zwei Abende die Woche mit einem netten Mann und guten Lover zu verbringen, schien für sie genau das Richtige zu sein.

Auch für Ulf war sie genau aus diesem Grund die perfekte Geliebte. Er musste ihr nie sagen, dass er sich von seiner Frau trennen würde, um für sie frei zu sein. Er konnte ihr absagen, wann immer es nötig war, ohne ein schlechtes Gewissen haben zu müssen.

Er setzte sich zu Marita auf die Bettkante und fuhr zärtlich die Linie ihrer Lippen nach. »Ich hatte heute wieder viel Spaß mit meiner kleinen Wildkatze.«

»Kunststück! Bei deiner Glanzleistung als Dompteur.«

»Ja.« Ulf lachte. »Und die nächste Vorstellung lässt auch nicht mehr lange auf sich warten.«

»Ich kann's kaum erwarten.« Sie schnurrte wie eine Katze und zog ihn zu sich, um ihn zu küssen.

»Ich seh' dich am Montag in der Manege wieder«, verabschiedete er sich und ging zur Tür.

»Vergiss deine Peitsche nicht«, rief sie ihm hinterher. »Ich kann keinen Dompteur ohne Peitsche gebrauchen.«

Marita hörte ihn lachen, dann fiel die Tür ins Schloss. Sie griff nach einer Zigarette auf dem Nachttisch und zündete sie an. Zufrieden verfolgte sie mit den Augen, wie der ausgeblasene Rauch zur Decke stieg, als es an der Tür läutete. Sie klemmte die Zigarette in den Aschenbecher und sprang nackt wie sie war aus dem Bett. Für Ulf musste sie nichts überziehen. Ihr Geliebter vergaß ständig irgendetwas. Statt direkt beim Weggehen zu kontrollieren, ob er alles beisammen hatte, tat er dies erst, bevor er zu Hause aus dem Wagen stieg. Heute schien er jedoch sofort etwas gemerkt zu haben. Wahrscheinlich hatte er seinen Schlüssel zu ihrer Wohnung liegenlassen. Warum sollte er sonst wohl klingeln? Schwungvoll öffnete Marita die Tür. Ihr Lachen brach abrupt ab, als sie nicht Ulf, sondern eine fremde Frau vor sich sah, die ihr freundlich entgegenlächelte.

»Oh! Entschuldigung!« Sich ihrer Nacktheit bewusst werdend, verbarg Marita ihren Körper hinter der halb geöffneten Tür.

»Kein Problem!«, versicherte die Frau, drückte die Tür blitzschnell auf und trat in die Wohnung. Mit dem Fuß kickte sie die Tür zu, ohne Marita dabei aus den Augen zu lassen.

»Was soll das?«, fuhr Marita sie an.

»Das wirst du gleich sehen«, entgegnete die Frau. Jede Freundlichkeit war aus ihrer Stimme gewichen. Ihre Augen blickten sie kalt an.

»Was machen Sie hier? Ich kenne Sie nicht. Wer sind Sie überhaupt?«

»Immer der Reihe nach. Ich werde dich nicht lange belästigen. In ein paar Minuten bin ich wieder weg. Zunächst möchte ich mich vorstellen. Ich bin die Briefeschreiberin, die dich am Arsch lecken soll.« Sie betrachtete Marita von oben bis unten und lächelte süffisant. »Du bist ja schon in der richtigen Aufmachung.«

Maritas Nackenhaare stellten sich auf, hatte diese Fremde doch in den Briefen gedroht, ihr etwas anzutun. Jetzt betrachtete Marita die Frau genauer. Sie trug schwarze Kleidung, eine dunkle Sonnenbrille, obwohl es mitten in der Nacht war, und eine schwarze Perücke, die als solche sofort zu erkennen war. Schnell griff Marita nach einem Regenschirm, der an der Garderobe hing und schwenkte ihn drohend.

»Verschwinden Sie sofort oder ich schlage zu.«

Mit einer blitzschnellen Bewegung wurde sie entwaffnet. Achtlos warf die Frau den Regenschirm hinter sich, packte Marita am Handgelenk und zog sie hinter sich her direkt ins Schlafzimmer.

»Lass mich los!«, schrie Marita sie an und wurde im selben Augenblick auf das Bett geworfen. Eine Mischung aus Wut und

Angst stand in ihren Augen. Sie rutschte ans Kopfende und zog sich die Bettdecke über den Körper. Währenddessen stand die fremde Frau reglos daneben und fixierte sie mit einem kalten Blick.

»Sie sind Ulfs Frau, nicht wahr?«

Die Frau antwortete nicht. Sie lächelte nur.

»Ich rufe die Polizei.« Marita griff nach dem Telefonhörer auf dem Nachttisch. Gelassen zog die Frau den Stecker aus der Dose.

»Die kommen schon noch, aber erst ein bisschen später.«

Die Frau drehte sich um, stellte einen kleinen, schwarzen Rucksack auf den Sessel und wollte etwas daraus hervorholen. Das war Maritas Chance! Blitzschnell sprang sie auf die Füße und stürzte sich auf ihre Gegnerin. Doch diese beförderte sie problemlos mit einem gekonnten Judogriff zu Boden. Stöhnend und nach Luft ringend blieb sie auf dem Bauch liegen.

»Das bringt dir außer Schmerzen nicht viel ein. Oder glaubst du, ich käme her, wenn ich nicht sicher wäre, dass ich dir kämpferisch überlegen bin?«

Während Marita versuchte sich aufzurichten, zog die Frau eine Rolle Klebeband aus dem Rucksack. Mit einer schnellen Handbewegung riss sie einen Streifen ab, beförderte ihr inzwischen kniendes Opfer mit einem gezielten Tritt zurück in die Bauchlage und presste ihr das Klebeband auf den Mund. Panisch versuchte Marita, sich das Klebeband abzureißen, doch ihre Hände wurden zurückgerissen und auf dem Rücken ebenfalls mit Klebeband zusammengeschnürt. Wild zappelnd versuchte sie sich zu befreien und mit den Füßen nach der Frau zu treten, aber sie war absolut chancenlos. In Sekundenschnelle hatte die Frau ihre Füße mit Klebeband ruhiggestellt. Marita wimmerte undeutlich, abgeschwächt durch das Klebeband.

»Hör auf dich zu wehren. Ich werde das hier beenden, ob du willst oder nicht.« Mit einem Ruck drehte die Frau sie auf den Rücken. Die zusammengebundenen Hände drückten schmerzhaft gegen die Wirbelsäule. »Und das so schnell wie möglich«, ergänzte die schwarze Gestalt, während sie ein Messer aus dem Rucksack holte.

Marita riss die Augen auf und stieß erneut ein Jammern aus.

»Keine Angst!« Die Stimme der Frau bekam einen warmen Ton, doch Marita durchströmte eisige Kälte. »Ich möchte nur das zurück, was mal mir gehörte.«

Marita dachte an Ulf. Sie hoffte, dass er jeden Moment zurückkäme, weil er wieder etwas vergessen hatte. Er musste einfach kommen. Er musste sie doch retten. Schließlich hatte sie nur aufgrund seiner Vergesslichkeit die Tür geöffnet. Die Frau ging neben ihr in die Hocke.

»Aber auch du sollst nicht leer ausgehen. Jede von uns erhält, was ihr zusteht. Ich hätte zuerst gerne meine Briefe wieder. Hast du sie noch?«

Marita war starr vor Angst, denn sie verstand die Worte so, wie sie gemeint waren. Gab sie der Frau die Drohbriefe, besiegelte sie damit ihren Tod endgültig. Die Frau schlug ihr kräftig ins Gesicht.

»Ob du meine Briefe noch hast, will ich wissen.« Ein bedrohliches Flüstern direkt neben ihrem Kopf.

Marita nickte.

»Wo?«

Ein Blick zur Kommode im Zimmer wies den Weg. Die Frau kramte darin herum und hatte kurz darauf vier Umschläge in der Hand und ein zufriedenes Lächeln auf dem Gesicht. »Na, also!«, murmelte sie und kehrte zu ihrer Gefangenen zurück. Sie setzte sich rittlings auf Maritas Hüften. »Warum hast du meinen Ratschlag nicht befolgt?«

Aber mehr als ein Winseln konnte Marita nicht hervorbringen. Wenn sie doch nur mit dieser Frau reden könnte. Sicher ließe sich mit ihr verhandeln.

»Versuch doch erst gar nicht, mir etwas zu sagen. Es gelingt dir sowieso nicht, und es hat auch keinerlei Bedeutung für mich oder für den heutigen Abend. Es war dumm, meine Warnungen so gleichgültig hinzunehmen. Glaubst du, mir macht es Spaß dich umzubringen? Immerhin birgt das auch ein Risiko für mich. Hättest du nur auf mich gehört. Schade!«

Das Messer blitzte auf, und Marita wusste, dass sie ermordet werden würde. Mit weit aufgerissenen Augen verfolgte sie, wie die Spitze des Messers unterhalb ihrer rechten Brust aufgesetzt und ihre Haut langsam in Richtung Bauchnabel aufgeritzt wurde. Ein hysterisches Winseln erfüllte den Raum. Marita versuchte sich herumzuwälzen, doch die Frau drückte ihre Schulter so kraftvoll nieder, dass sie sich nicht mehr bewegen konnte.

»Keine Angst! Daran wirst du nicht sterben. Aber für mich bist du jetzt …«, mit einer schwungvollen, schnellen Handbewegung fuhr die silberne Klinge zwischen Maritas Brüsten nach oben, »abgehakt!«

Als Maritas Schmerzensschrei, vom Klebeband abgewürgt, verstummte, fühlte sie, wie feuchtes, warmes Blut aus der Wunde trat. Und sie fühlte, dass sie nicht tot war. Ein Funken Hoffnung, dass die Frau nun von ihr ablassen würde, erfüllte sie. Und tatsächlich, die Frau erhob sich und betrachtete ihr Opfer. Das Blut zeichnete einen roten Haken auf Maritas Oberkörper. Die Peinigerin ließ das Messer einfach fallen, trat ans Fenster und öffnete es. Laut sog sie die Nachtluft ein.

»Ein bisschen frische Luft wird dir auch guttun, nach dem Schrecken, den ich dir eingejagt habe.« Sie drehte sich um, packte Marita unter den Armen und schleifte sie zum Fenster hinüber. Dort hob sie sie hoch und setzte sie auf das Fensterbrett. Die Frau trat einen Schritt zurück und lächelte siegesgewiss.

Das war also wirklich alles, dachte Marita, erleichtert darüber, tatsächlich mit dem Schrecken davongekommen zu sein.

»Ich werde mich jetzt von dir verabschieden, so wie du dich vom Leben.« Mit diesen Worten versetzte die Frau Marita einen kräftigen Stoß, sodass sie rückwärts aus dem Fenster fiel. Die Frau blickte der Fallenden nicht nach. Wozu? Sie wusste, dass sie einen Sturz aus dem sechsten Stock nicht überleben würde. Der Fall Marita Janz war erfolgreich abgehakt. Sie hörte den Aufprall und griff nach ihrem Rucksack und den Briefen. Eilig suchte sie die Küche, die sie zwei Türen weiter fand. Dort besah sie sich die verschiedenen Messer, die in einem Messerblock neben der Spüle standen. Sie entschied sich für ein großes Fleischmesser und steckte es in ihren Rucksack. Gerade als sie zur Tür hinauswollte, hörte sie einen Schlüssel im Schloss. Schnell versteckte sie sich neben einem Schrank im Flur.

»Hallo, Baby. Ich bin's nochmal! Hab' meine Krawatte vergessen!«, rief eine Männerstimme, und die Frau wusste, dass es Ulf war. Sie hörte die Tür zufallen und Ulf ins Schlafzimmer gehen.

So leise, wie sie gekommen war, verschwand sie durch die Tür und aus dem Haus in die dunkle Nacht, ohne bemerkt zu werden.

2

Es war kurz nach vier Uhr, als Kommissar Martin Sandor am Tatort erschien. Ein Polizist hob das Absperrband hoch, damit er den Hinterhof des sechsgeschossigen Wohnblocks betreten konnte. Martin blickte sich kurz um. Er sah, wie in einiger Entfernung das Blitzlicht des Polizeifotografen aufleuchtete, wie die Kollegen von der Spurensuche ihre Arbeit taten und sich Notizen machten. Und er sah seinen Assistenten Paul Fischer, der mit einem kleinen, dicken Mann sprach, der aufgeregt mit den Armen gestikulierte. Martin ging auf die beiden zu und hörte, wie Paul sagte: »Beruhigen Sie sich und tun Sie jetzt, was ich Ihnen gesagt habe.« Der Kleine nickte und verschwand im Haus.

»Hallo, Chef!«, sagte Paul, als er Martin bemerkte. Der nickte nur kurz zur Begrüßung.

»Was haben wir?«, forderte er ihn auf zu berichten.

»Die Tote ist eine Frau, etwa Ende zwanzig.«

»Weiß man schon, wer sie ist?«

»Der Hausmeister hat sie als Marita Janz identifiziert. Sie hat hier im sechsten Stock gewohnt. Soll eine eher unauffällige Person gewesen sein.«

»Wer hat sie gefunden?«

»Eine Frau Kling aus dem dritten Stock hat sie entdeckt und uns verständigt. Ob jemand was gesehen oder gehört hat, weiß ich noch nicht. Ich musste erst mal eine Menge aufgeregter Hausbewohner zurück in ihre Wohnungen schicken. Die Kollegen nehmen jetzt die Personalien auf. Vorm Haus steht eine Streife. Niemand kommt rein oder raus.« Paul machte ein zufriedenes Ich-habe-alles-unter-Kontrolle-Gesicht und fügte hinzu: »Der Mann von eben ist der Hausmeister, Udo Langner. Er hat uns die Wohnung aufgemacht.«

»Gut!« Martin blickte an der Fassade hinauf. Mehrere Fenster waren hell erleuchtet. Hinter einigen sah er Gesichter, die das polizeiliche Treiben im Hof verfolgten. Er entdeckte auch das Fenster, das offensichtlich zur Wohnung der Toten gehörte. Kollegen von der Spurensuche nahmen gerade Fingerabdrücke am Fensterrahmen. »Ich sehe sie mir mal an«, sagte Martin und wies mit dem Kinn auf die mittlerweile abgedeckte Leiche. Paul nickte und verschwand im Haus.

Einen Blick auf ihr Opfer warf auch die Frau, nachdem sie von ihrem nächtlichen Ausflug nach Hause zurückgekehrt war. Mit Genugtuung versah sie die Fotos von Marita Janz mit einem roten Haken.

Sie lächelte zufrieden vor sich hin, während sie die Toten an der grünen Wand im Dunkeln hinter dem Bild verschwinden ließ.

»Hallo, Dr. Stieber.« Martin trat zu dem Arzt der Mordkommission, der neben der abgedeckten Leiche hockte und sich Notizen auf einen Block machte.

»Abend, Sandor!« Er richtete sich auf, streifte die Einmalhandschuhe von den Fingern und reichte Martin die Hand.

»Was denken Sie?«

»Ich denke, dass die Verbrecher ihre Aktivitäten auf den Tag verlegen sollten, damit wir in der Nacht schlafen können.«

»Wäre mir auch lieber«, nickte der Kommissar. »Haben Sie schon einen Blick auf unser Opfer geworfen?«

»Hab' ich!« Erneut ging Dr. Stieber in die Hocke und Martin tat es ihm gleich. Der Arzt zog die schwarze Folie ein Stück zurück, sodass beide das bleiche Gesicht der Toten sehen konnten.

Der Anblick eines toten Opfers löste bei Martin immer wieder Mitleid und Wut aus. Offenbar würde er sich niemals wirklich daran gewöhnen können, auch wenn er schon mehr entstellte

Körper, Leichenteile oder ähnlich grauenhafte Dinge zu Gesicht bekommen hatte, als er sich je hätte vorstellen können. Er war dem Arzt für seine nüchterne Bestandsaufnahme dankbar.

»Die Todesursache ist möglicherweise Genickbruch. Jedenfalls weist sie keine schwerwiegenden äußerlichen Verletzungen auf. Nach ihrer Lage zu urteilen, könnte sie aus dem Fenster gefallen sein. Dann haben wir noch eine Schnittwunde am Oberkörper, die zwar nicht zum Tode führte, die Sie aber sicher sehr interessieren wird.«

Dr. Stieber zog die Folie vollständig zur Seite und Maritas schlanker Körper kam zum Vorschein. Er lag verdreht auf dem Asphalt. Martins Blick fiel auf die von Dr. Stieber erwähnte Schnittwunde und ihn überlief ein eiskalter Schauer. Diese Art von Schnitt kannte er. Er hatte ihn bereits vor einem halben Jahr schon einmal bei einer weiblichen Leiche gesehen. Damals war der Verdacht, dass es sich bei dem Täter um einen Serienmörder handeln könnte, aufgekommen, denn es gab eine Parallele zu einem weiteren Mordfall, der etwa ein Jahr zurücklag. Das erste Opfer war ebenfalls eine Frau. Ihr Name war Veronika Schnitzler. Ihr hatte man das Zeichen mit Blut auf die Brust geschmiert. Aber außer diesem Zeichen gab es keine Gemeinsamkeiten. In beiden Fällen tappten sie bis jetzt absolut im Dunkeln.

»Kommt Ihnen das bekannt vor?«, fragte Dr. Stieber, obwohl er die Antwort bereits kannte.

»Allerdings!« Martin fuhr sich mit der Hand durch die Haare. »Sieht so aus, als hätten wir es mit einem Wahnsinnigen zu tun.«

»So sehe ich das auch. Vielleicht hat er ja diesmal des Rätsels Lösung beigefügt. Wir werden sehen, welche Geschichte mir der Körper der jungen Dame bei der Obduktion erzählt.«

»Wie lange liegt sie schon hier?«, wollte Martin wissen, während sich Dr. Stieber erhob.

»Ich schätze ...«, er wiegte nachdenklich den Kopf hin und her, »ungefähr zwei Stunden.«

»Danke, Doktor! Wir sehen uns!«

»Ganz sicher!«

Martin blickte dem Rechtsmediziner hinterher und war froh, dass er der leichenschauende Arzt in diesem Fall war. Er hielt

Jochen Stieber für den Kompetentesten seines Fachs, der oftmals »hellseherische Fähigkeiten« an den Tag legte, wie Martin es nannte. Er machte den Job schon ziemlich lange. Martin schätzte ihn auf etwas über fünfzig. Und er fragte sich, wie ein Mensch diese Arbeit nur so lange aushalten konnte. Er konnte nur vermuten, dass Stieber ähnliche Abwehrmechanismen entwickelt hatte wie er selbst, denn auch er machte seinen Job nun schon seit über zwanzig Jahren. Man tat so, als würde es einem nichts ausmachen. Man versuchte sich abzulenken, indem man das Schreckliche mit Humor herunterspielte. Manchmal kam es Martin so vor, als wäre es langsam an der Zeit aufzuhören. Hatte er nicht genug Leichen gesehen, genug Mörder hinter Gitter gebracht? Er zog die Folie wieder über den leblosen Körper und dachte an die Angehörigen der Frau. Dass er ihnen die Todesnachricht überbringen musste, daran hatte er sich längst gewöhnt. Aber daran, dass er einen Mörder für sein Verbrechen möglicherweise nicht zur Rechenschaft ziehen konnte, daran würde er sich wohl nie gewöhnen. Das war wahrscheinlich auch der Grund, warum er den Job immer noch machte.

Paul kam ihm entgegen. »In dem Haus gibt es insgesamt zehn Mietwohnungen. In sieben davon waren die Leute zu Hause. Allerdings haben die meisten von ihnen schon geschlafen und nichts mitbekommen. Nur ein älterer Herr, der direkt neben unserem Opfer wohnt, hat das Läuten an Frau Janz' Tür und mehrfach Schritte im Treppenhaus gehört. Aber das ist auch schon alles.«

»Was ist mit denen, die nicht zu Hause sind?«

»Ein Mann hat Nachtschicht, eine andere Mieterin ist übers Wochenende weggefahren und wo sich das Pärchen aus dem ersten Stock zur Zeit aufhält, weiß niemand. Wir haben die Personalien von allen aufgenommen und sie für morgen ins Präsidium bestellt, soweit es möglich war. Im Moment sieht es so aus, als hätte niemand etwas gesehen, was uns weiterhilft.«

»Die Tote ist mutmaßlich Opfer eines Serienmörders. Erinnerst du dich an die Fälle Schnitzler und Benning? Beide Frauen hatten das gleiche Zeichen auf der Brust. Beim ersten Mord war es noch mit Blut aufgemalt, beim zweiten mit dem Messer eingeritzt. Den Schnitt hat auch unser neues Opfer hier.«

»Heilige Scheiße!«, entfuhr es Paul. Auch er konnte sich gut an die Fälle erinnern. Schließlich waren es die ersten, an denen er in der Mordkommission mitgearbeitet hatte. Zwei hübsche junge Frauen, ging es ihm durch den Kopf. Von ihrem Mörder keine Spur. Sie waren beide in ihren Wohnungen überfallen und ermordet worden. Veronika Schnitzler, die erste Tote dieser Serie, wurde mit dem Telefonkabel erdrosselt. Silke Benning, das zweite Opfer, fand man mit durchschnittener Kehle. Dieser Anblick hatte den fünfundzwanzigjährigen Paul so mitgenommen, dass er sich anschließend gefragt hatte, ob Kriminalist bei der Mordkommission tatsächlich die richtige Berufswahl gewesen war. Aber er war ein engagierter Polizeibeamter, der die furchtbaren Bilder und Gerüche verdrängte, indem er sich in die Arbeit kniete. Bei den Kollegen war er gern gesehen, denn er war sich für nichts zu schade. Martin Sandor war sein großes Vorbild, und er war stolz darauf, mit ihm zusammenzuarbeiten. Er bewunderte die Akribie und Leidenschaft des Kommissars und versuchte, so viel wie möglich von ihm zu lernen.

Paul fragte sich, ob sie auch in diesem Fall wieder im Dunkeln tappen würden, und hoffte, dass es nun endlich eine Spur geben würde.

Doch die Befragung der Mitbewohner am nächsten Morgen ergab so gut wie nichts. Die Erste, die erschien, war Britta Kling. Die Mittvierzigerin erschien recht aufgetakelt im blauen Kostüm und genoss offensichtlich die Aufmerksamkeit, die ihr zumindest für die Dauer der Befragung zuteil wurde.

»Sie haben also Frau Janz im Hof gefunden?«, begann Martin.

»Habe ich. Und jetzt wollen Sie sicher wissen, wann das war?«

»Sie denken mit, Frau Kling. Also wann?«

»Exakt um drei Uhr dreißig.«

»Wie kommt es, dass Sie die Zeit so genau wissen?«

»Herr Kommissar, Sie werden lachen, aber die Frage habe ich erwartet.« Sie verzog die knallroten Lippen zu einem selbstbewussten Lächeln.

»Dann haben Sie sicher auch schon eine Antwort parat?«

»Natürlich. Ich habe mir „Dieter Nuhr live!“ mit seinem Programm „WM Spezial“ angesehen. Ich bin ein großer Comedy-Fan.

Leider hatte ich die Sendung am frühen Abend verpasst. Aber es kam ja glücklicherweise eine Wiederholung ab zwei Uhr fünfundvierzig. Als sie um halb vier endete, öffnete ich mein Fenster, um frische Luft hereinzulassen. Da sah ich die Tote im Hof liegen.«

»Konnten Sie sofort erkennen, dass sie tot war?«

»Ich war nicht sicher.«

»Aber Sie riefen unmittelbar darauf die Polizei an?«

»Herr Kommissar!« Sie lehnte sich auf ihrem Stuhl zurück, schlug langsam die Beine übereinander und blickte Martin an, als hätte er ihr eine dumme Frage gestellt. »Was glauben Sie denn? Sollte ich anrufen und sagen: Im Hof liegt vielleicht eine Tote? Ich mache keine halben Sachen.«

»Was bedeutet?«

»Ich ging nach unten, um nachzusehen, ob sie tatsächlich tot ist.«

»Was Sie dann aus nächster Nähe auch feststellten?«

»Das war ja nicht weiter schwierig.«

»Was haben Sie gedacht, was wohl passiert sein könnte?«

»Ich dachte mir, dass sie ermordet wurde, wegen dem Klebeband und so. Na ja … jeder bekommt eben das, was er verdient.« Frau Kling klang überheblich, als wäre ein Mord die natürlichste Sache der Welt.

»Glauben Sie denn, sie hätte es verdient, umgebracht zu werden?« Martin runzelte ungläubig die Stirn.

Frau Kling zuckte nur die Schultern und schwieg lächelnd.

»Niemand, aber auch gar niemand, verdient es, umgebracht zu werden! Verstehen Sie, Frau Kling?« Martin merkte, dass er sich auf eine sinnlose Diskussion einließ. Wenn er sich jetzt nicht beruhigte, könnte dieses Gespräch sehr unerfreulich werden. Also, tief durchatmen.

»Hatten Sie Angst, dass der Mörder vielleicht noch in der Nähe sein könnte?«, versuchte er das Gespräch auf den Fall zurückzulenken.

»Angst? Nein!« Frau Kling lachte laut auf. »Hören Sie, ich bin eine Frau.«

Ja, dachte Martin, und was für eine. Da sie nicht weitersprach, fragte er: »Könnten Sie bitte erklären, was so lächerlich daran wäre, als Frau Angst vor einem Mörder zu haben?«

»Ich dachte mir schon, dass Sie den Zusammenhang nicht verstehen.« Frau Kling lächelte süffisant.

»Würden Sie dann bitte die Güte haben, ihn zu erklären?« Martin versuchte den aufsteigenden Ärger zu unterdrücken.

»Jede Frau, die klug genug ist, sollte sich ja wohl durch Selbstverteidigung vor Angreifern schützen können. Meinen Sie nicht?«

»Das wäre wünschenswert, ist aber wohl eher unrealistisch und in unserem Zusammenhang auch irrelevant.« Bevor Frau Kling etwas erwidern konnte, fuhr Martin fort: »Haben Sie die Tote berührt?«

»Nein.«

»Haben Sie jemanden bemerkt?«

»Nein!«

»Können Sie uns etwas zu der Person Marita Janz sagen?«

»Natürlich, ich laufe ja nicht blind durch die Gegend.«

»Also?«

»Sie war ein unverschämtes, junges Ding, das sich nur um sich selbst kümmerte.«

»Sie scheinen sie nicht besonders gemocht zu haben.«

»Nein.« Frau Kling reckte ihr Kinn ein wenig in die Höhe. »Sie war eine absolut unsympathische Person und überhaupt nicht auf meinem Niveau.«

»Wie gut kannten Sie sie denn?« Martin bezwang seinen Ärger angesichts der Arroganz seines Gegenübers.

»Wie man eine Nachbarin eben kennt.«

»Wie oft haben Sie sie denn gesehen?«

»Glauben Sie, ich habe das gezählt?« Frau Kling krauste unwillig die Stirn und schüttelte den Kopf.

»Wohl kaum, aber vielleicht können Sie trotzdem eine Aussage dazu machen.«

»Mein Gott! Jeden dritten Tag vielleicht.«

»Und wie kamen Sie zu der Einschätzung, dass sie unverschämt und unsympathisch war?«

»Na, hören Sie mal. Das sieht man mit ein wenig Menschenkenntnis doch sofort. Wie die immer rumgelaufen ist. Total aufreizend, regelrecht provozierend. Dann grüßte die nur, wenn sie

Lust hatte, wartete nicht mit dem Aufzug und hatte eben keinen Respekt vor anderen.«

»Wissen Sie etwas über ihr Privatleben, ihre Freunde oder Besucher?«

»Nein.«

»Vielen Dank, Frau Kling. Das war's fürs Erste. Wenn wir noch Fragen haben, melden wir uns bei Ihnen.«

Sie verabschiedete sich mit einem zuvorkommenden Lächeln.

»Manche sind einfach unglaublich«, kommentierte Paul das Gespräch, dem er stumm gelauscht hatte.

»Es gibt nichts, was es nicht gibt. Da heißt es nur, immer schön ruhig bleiben, auch wenn's schwer fällt, denn ich befürchte, dass wir diese Dame nicht zum letzten Mal gesehen haben.«

Die folgenden Befragungen liefen wesentlich angenehmer ab, wenngleich ebenso erfolglos. Bis auf eine Person waren alle Bewohner erschienen. Doch niemand hatte irgendetwas gesehen oder gehört. In dem Haus lebte man relativ anonym nebeneinander her, die meisten kannten sich nur vom Sehen. Alles in allem schien es so, als hätte Marita Janz ein eher unauffälliges Leben geführt.

Dies bestätigten auch ihr Chef und ihre Kollegen bei der GEFA GmbH, einem deutschen exportorientierten Produktionsunternehmen, bei dem sie als Fremdsprachenkorrespondentin gearbeitet hatte. Auch hier wusste niemand, mit wem die Tote befreundet gewesen war und wie sie ihre Freizeit verbracht hatte. Sie sei eine beliebte, lebensfrohe, junge Frau gewesen, die ihre Arbeit ordentlich erledigt habe. Lediglich eine Kollegin wusste etwas mehr zu sagen. Sie konnte sich erinnern, dass sie Marita einmal nach Hause gebracht hatte, wo ein Mann vor der Tür auf sie gewartet hatte. Marita hatte ihn als »meinen Freund« bezeichnet. Sie konnte eine ungefähre Beschreibung des Mannes abgeben, jedoch keinen Namen nennen.

Die Familie von Marita Janz war schnell befragt, denn es lebte nur noch ihre Mutter. Von ihr erhofften sich die Ermittler ein paar mehr Informationen über das Privatleben der Toten, aber auch sie wusste nichts darüber, da die beiden seit Jahren so gut wie keinen Kontakt mehr hatten.

Die Hoffnung auf weitere Hinweise richtete sich nun vorrangig auf die Autopsie und die Spurenanalyse, deren Ergebnisse allerdings nicht vor Montag zu erwarten waren.

3

Das Taxi hielt vor einem Haus in der Eichenwaldstraße und hupte auf Bitten des Fahrgastes dreimal. Zwei Minuten später trat Anne Degener auf die Straße und öffnete die Tür des wartenden Wagens.

»Hallo, Anne!«, empfing Kelly Schwab ihre Freundin mit einem Kuss auf die Wange.

»Hallo! Schön dich zu sehen!«, entgegnete Anne, während sie den Rock ihres bodenlangen Kleides in das Innere des Wagens raffte.

»Ich wette, das wird ein toller Samstagabend.« Vorfreude lag in Kellys Stimme.

»So, meinst du?«

»Na klar!« Kellys blaue Augen glänzten. »Die Partys von Saskia und Mark sind doch immer etwas Besonderes.«

»Ja«, erwiderte Anne skeptisch, »ganz besonders. Besonders teuer. Jede kostet mich ein neues Kleid.«

»Hör auf zu jammern. Du kannst es dir doch leisten. Außerdem war der Spaß, den wir beim Einkaufen hatten, die Sache wert, oder nicht?« Kelly lachte verschmitzt.

»Ja, stimmt. Wir hatten wirklich Spaß.« Jetzt musste auch Anne lachen und merkte, wie sie sich dabei entspannte.

Während der Fahrt durch die Innenstadt von Wiesbaden ließen die beiden Frauen den nachmittäglichen Kleiderkauf vor zwei Wochen noch einmal Revue passieren. Bei dem Gedanken an die Boutiquebesitzerin, die sie wegen der stundenlangen Anprobe unter schallendem Gelächter mit strengen Blicken gestraft hatte, verfielen sie in albernes Gekicher.

Fünfzehn Minuten später hielt das Taxi vor dem großen, weißen Haus von Saskia und Mark Linn in der Alwinenstraße. Der Anblick erinnerte ein wenig an ein Schloss: bodentiefe Fensterelemente, ein großzügiges, halbrundes Eingangsportal mit Säulen, ein Turm, der aus dem rechten Teil des Daches ragte und jede Menge griechische Statuen entlang der breiten Auffahrt.

Anne war erst einmal zu Gast hier gewesen, zu Marks dreißigstem Geburtstag vor einem Jahr. Kelly hatte sie mitgeschleppt, obwohl sie gar keine Lust gehabt hatte. Ähnlich wie heute. Damals hatte sie gerade die Trennung von Toni hinter sich gehabt und Kelly meinte, sie aufmuntern zu müssen. Das Fest war wider Erwarten sehr schön gewesen, und sie hatte sich gut amüsiert. Also, warum sollte das heute anders werden? Es würden nette Leute da sein, und mit Kelly an ihrer Seite würde es immer etwas zum Lachen geben.

Sekunden nachdem Kelly mit ihrem gut manikürten, rot lackierten Fingernagel auf die goldene Klingel gedrückt hatte, wurde die Tür schwungvoll aufgerissen, und die beiden Frauen sahen sich einem strahlenden Mark Linn gegenüber.

»Wow! Welch Glanz in meiner Hütte«, begrüßte er sie und betrachtete die Frauen ungeniert von Kopf bis Fuß. »Ihr seid mit Abstand meine schönsten Gäste heute Abend.« Mark zog Kelly in seine Arme und küsste sie auf beide Wangen, während Anne sich fragte, ob er jedem weiblichen Gast dieses Kompliment machte. Doch auch sie musste zugeben, dass ihre Freundin wirklich toll aussah. Das weit geschnittene Kleid hatte das gleiche Blau wie ihre lustigen Augen. Ihr blonder Pagenschnitt ließ sie bedeutend jünger aussehen als sie war. Dass ihre Hüften das zuviel hatten, was ihrem Busen fehlte, störte bei ihr in keinster Weise. Ihr hübsch geschnittenes Gesicht und ihre Art machten dieses kleine Manko mit Leichtigkeit wett. Kelly besaß das, was Anne als Charisma bezeichnete und was auch sie selbst gleich in den Bann gezogen hatte, als sie sich kennengelernt hatten.

»Herzlichen Glückwunsch, alter Mann«, hörte sie Kelly sagen.

»Alter Mann! Na warte, der alte Mann wird dir nachher beim Tanzen zeigen, was er noch drauf hat. Dann sprechen wir uns wieder.« Mark zwinkerte Kelly verschmitzt zu und wandte sich dann Anne zu. Auch sie wurde umarmt und geküsst, nachdem sie ihre Glückwünsche losgeworden war. Dann waren auch schon die nächsten Gäste im Anmarsch.

Kelly und Anne gingen ins Haus, wo sich ihnen das riesige Wohnzimmer eröffnete, eingerichtet mit extravaganten Designerstücken. Große moderne Bilder schmückten die in kräftigem Rot gehaltenen Wände. Eine Sitzgruppe aus sand- und karamellfarbenem Samtvelours in der Zimmermitte wirkte sehr edel. Sie bot Platz für mindestens fünfzehn Leute.

»Alles ist so perfekt«, stellte Anne fest, während sie den Blick durch den Raum schweifen ließ.

»Ja, einrichten kann Saskia«, bestätigte Kelly.

»Danke für das Kompliment«, tönte eine freundliche Stimme hinter ihnen. Saskia trat zu ihnen und begrüßte sie. Sie war ziemlich klein und hatte eine knabenhafte Figur. Nur der große Busen ließ den weiblichen Körper erkennen. Körperlich war sie so das krasse Gegenteil von Kelly. Ihr braunes Haar trug sie schulterlang und makellos frisiert. Ein paar wellige Strähnen, die ihr in die Stirn hingen, nahmen ihrem Gesicht die Strenge, die ihre weit auseinanderliegenden Augen und die leicht spitze Nase ihm verliehen. Dass ihr schwarzes, hochgeschlossenes Kleid teuer gewesen sein musste, war deutlich zu sehen.

Mit einem strahlenden Lächeln führte sie Anne und Kelly nach draußen, wo die eigentliche Party stattfand. Wie nicht anders zu erwarten, war der Garten genauso perfekt gestaltet wie das Innere des Hauses. Alles hier war groß: die hübsch in Form geschnittenen Bäume, der an die Terrasse grenzende Pool, die weiß und rot bepflanzten Blumenbeete, der romantische Laubengang und am heutigen Abend auch das Buffet und die Bar.

Saskia plauderte munter drauf los und überließ sie nach einer Weile der Obhut des Barkeepers, um sich anderen Gästen zu widmen. Der gut gebaute, dunkelhaarige Mann hinter dem Tresen sah aus, als hätte man ihn gerade eben von Puerto Rico importiert. Hingebungsvoll mixte er einen *Planter's Punch* für Anne und einen *Blue Tango* für Kelly.

Mit ihren hübsch verzierten Gläsern in der Hand suchten sie sich einen freien Stehtisch. Das Gemurmel der etwa fünfzig Gäste, die dezente Musik aus dutzenden von Lautsprechern und der von Fackeln beleuchtete Garten sorgten für eine angenehme Atmosphäre. Wohlfühlen war angesagt.

»Na, immer noch so lustlos?«, wollte Kelly wissen.

»Nein, geht schon. Ich bin nur furchtbar müde.«

»Wann bist du das nicht?« Ein sorgenvoller Blick traf die Freundin.

»Ja, ich weiß. In letzter Zeit hab' ich unheimlich viel Arbeit.«

»In letzter Zeit? Darf ich mal lachen? Seit wir uns kennen steckst du bis über beide Ohren in Arbeit, und ich hab' ständig Angst, dass du mal drin versinkst. Ich wette, du musstest heute auch wieder arbeiten, stimmt's?«

»Gewonnen!« Anne nahm einen großen Schluck von ihrem Drink. Der Samstag gehörte bei ihr schon lange nicht mehr zum Wochenende. Ihr Job als Bauingenieurin bei der Firma Kalvert nahm sie voll und ganz in Beschlag, genauso wie ihr Chef Günter Bendix.

Vor fünf Jahren hatte sie die Stelle in dem Planungsbüro angetreten und sich mit Fleiß und Ehrgeiz schnell die Stelle als Projektleiterin gesichert. Ihr wurden fünf Architekten unterstellt und eine Menge Verantwortung übertragen. Anfangs war es nicht leicht, sich als Chefin zu behaupten. Die Architekten waren alle Männer, die zuvor noch nie für eine Frau, geschweige denn für eine junge Frau gearbeitet hatten. Einige meinten, Anne nicht für voll nehmen zu müssen und belächelten ihre Anweisungen. Doch Anne brachte ihren Chef dazu, einen ihrer Mitarbeiter zu entlassen, der mehrfach eigenmächtig und falsch gehandelt hatte. So hatte sie sich den nötigen Respekt verschafft.

Inzwischen kamen fast alle gut mit ihr aus. Man mochte sie und schätzte ihren Einsatz. Aber die Arbeit wurde ständig mehr. Kein Wunder. Ihr Chef hatte nun auch Kontakte ins Ausland geknüpft, vor allem Projekte nach Osteuropa. Überall sollten Waren- und Geschäftshäuser aus dem Boden gestampft werden, deren Planung ihre Spezialität war.

Ihr Terminkalender quoll über, und ihr Privatleben lag brach. Die Abende waren kurz, da sie fast täglich zehn und mehr Stunden arbeitete. Ausgepowert teilte sie dann meistens ihre bequeme

Couch mit einem Buch oder dem Fernsehprogramm. Dort hätte sie sich am liebsten auch heute niedergelassen.

»Was du brauchst, ist ein Freund, damit sich deine Prioritäten ein bisschen verschieben und du mal was für dich tust, statt für deinen Chef. Der beutet dich doch aus«, riss Kelly sie aus ihren Gedanken.

»Ich tu' das ja nicht für meinen Chef«, verteidigte sich Anne, »sondern für mein Portemonnaie.« Im Grunde störte sie die viele Arbeit tatsächlich nicht. Sie verdiente sehr gut, und ihr Beruf machte meistens Spaß. Jedes Projekt war eine neue Herausforderung, und sie liebte Herausforderungen ebenso wie das Gefühl, erfolgreich zu sein.

»Trotzdem«, beharrte Kelly, »ist es für eine Frau wie dich gar nicht gut, wenn das Einzige, das dich in den Hintern kneift, dein String ist.«

Widerwillig musste Anne lachen.

Ein vorübergehender Kellner bot ihnen ein Glas Champagner an, das sie bereitwillig nahmen, da der Cocktail viel zu gut und darum viel zu schnell geleert war.

»Das ist Service, herrlich!«, schwärmte Kelly. »Ich kenne niemanden, der seinen Geburtstag so gigantisch feiert. Seit ich die beiden kenne, läuft das nach dem gleichen Muster ab: lange Abendkleider für die Damen, schicke Anzüge für die Herren, Bar, Luxusbuffet, Kellner, die dir jeden flüssigen Wunsch von den Augen ablesen. Es ist einfach genial.«

»Das muss doch Unsummen kosten.«

»Das ist ziemlich sicher. Aber Geld spielt für die beiden keine Rolle. Saskia verdient mit ihrer Boutique sehr gut, und der finanzielle Beitrag, den Mark als Vermögensberater leistet, ist nicht minder gering. Und die kleinen Freuden zwischendurch sponsert Mutti Helga.«

»Mutti Helga?«

»Saskias Mutter«, erklärte Kelly. »Sie bezahlt zwei bis drei Urlaube im Jahr. Da hinten ist sie übrigens.« Sie deutete mit einem Kopfnicken in die Richtung einer gutaussehenden Frau Anfang fünfzig, die mit einem Glas Champagner in der Hand an einen Baum gelehnt stand.

»Komm, ich stell sie dir vor. Sie ist eine ganz Nette.« Damit hakte sie Anne unter und ging mit ihr auf Helga Wesselmann zu.

Mit einem Lächeln richtete sie sich auf, als sie die Freundinnen auf sich zukommen sah. Helga war mindestens einen Kopf größer als die 1,60 Meter große Kelly. Trotz einiger Falten wirkte sie jugendlich. Und Anne erkannte die gleichen bernsteinfarbenen Augen, die auch Saskia hatte, nur dass sie in Helgas schmalem Gesicht eher traurig wirkten. Neugierig betrachtete sie Anne, als Kelly sie vorstellte. »Freut mich, Sie kennenzulernen.«

Im Nu waren sie ins Gespräch vertieft, während Kelly von einem Bekannten an die Bar entführt wurde.

»Sind Sie ohne Begleiter hier?«, wollte Helga wissen.

»Ich bin mit Kelly gekommen. Und Sie?«

Erstaunt über ihre Frage, runzelte Helga die Stirn. »Ich bin allein gekommen. Ich bin schon seit fünf Jahren Witwe.«

»Oh, das wusste ich nicht.« Es war Anne unangenehm, überhaupt danach gefragt zu haben.

»Es muss Ihnen nicht peinlich sein.« Helga lächelte. »Wobei es immer hilft, gut informiert zu sein. Man erspart sich viele unangenehme Situationen. Ich versuche immer auf alles gut vorbereitet zu sein. Allerdings muss ich gestehen, dass ich über Sie nichts weiß, obwohl ich mit Saskia über die Gäste gesprochen habe.«

»Was wollen Sie wissen?«

»Wohnen Sie auch hier in Wiesbaden?«

»Ja«, antwortete Anne bereitwillig. »Ich habe eine Wohnung in der Eichenwaldstraße. Das ist eine herrliche Wohngegend. Oben auf dem Hügel, den Wald in der Nähe … Ich wohne sehr gerne da.«

»Ja, ich weiß, wo das ist. Hübsch! Wohnen Sie dort mit Ihrem Freund?«

»Nein.« Anne lachte. »Im Augenblick allein.«

Ob sie nicht einsam war, wollte Helga als nächstes wissen. Also erzählte ihr Anne von Kelly und von den Leuten, die bei ihr im Haus wohnten, und dass sie aufgrund ihres Berufs nicht viel Zeit hatte, Freundschaften zu pflegen. Helga war sehr interessiert an allem.

Als Kelly wiederkam, rief Helga ihr zu: »Sie haben eine nette Freundin.«

»Ja, da haben Sie recht«, entgegnete Kelly. »Aber jetzt entführe ich sie Ihnen. Bei den vielen Drinks, die noch vor uns liegen, müssen wir erst mal eine ordentliche Unterlage am Buffet schaffen.«

»Na dann, guten Appetit!«, wünschte Helga und winkte.

Nachdem sie sich die Teller bis zum Rand mit allen möglichen Köstlichkeiten vollgeladen hatten, stellten sich Kelly und Anne wieder an einen der Tische.

»Und? Wie findest du Helga?«, wollte Kelly wissen.

»Nett, obwohl sie ziemlich viel gefragt hat.«

»Das ist so eine Macke von ihr. Eine ganz schön neugierige Zeitgenossin, aber liebenswert.«

»Sie guckt manchmal so traurig.« Anne blickte nachdenklich zu ihr zurück.

»Sie hat's in den letzten Jahren nicht ganz leicht gehabt. Vor fünf Jahren starb ihr Mann an Krebs. Dann hat sie vor drei Jahren einen neuen Lebensgefährten gefunden, den sie aber nach einem Jahr verlassen hat, nachdem ihre jüngere Tochter Birgit sich das Leben genommen hat. Sie hat sich von einer Brücke gestürzt.«

»Das ist ja furchtbar. Warum das denn?« Anne war entsetzt.

»Ihr Mann hat sie betrogen, und damit ist sie nicht fertig geworden.« Für einen Moment sagte niemand ein Wort. »Helga hat sich sehr verändert seit der Zeit. Mittlerweile lacht sie wenigstens wieder.«

»Arme Frau.«

»Sie ist sehr viel bei Saskia und Mark. Sie wohnt praktisch um die Ecke und hilft hier viel im Garten oder wo es gerade brennt.«

Schweigend aßen die beiden ihre Teller leer.

»Sag mal«, nahm Anne das Gespräch danach wieder auf. »Wo warst du eigentlich gestern Abend? Ich habe mehrmals versucht dich anzurufen. Zu Hause ging keiner ran und dein Handy war auch aus.«

»Judotraining.«

»Freitagabend? Seit wann das denn?«

»Nur diese Woche. War sozusagen ein Sondertraining.«

Anne nickte.

»War was Wichtiges?«, wollte Kelly wissen.

»Nein, überhaupt nicht. Ich wollte nur mal deine Stimme hören.« Anne lächelte die Freundin an.

Da kam Mark auf sie zu. »Na, ihr Hübschen? Endlich dringe ich mal zu euch vor.«

Er stellte sich zwischen die beiden, legte jeder einen Arm um die Taille und zog sie näher zu sich heran.

»Was wollt ihr trinken? Hier sieht's ja ziemlich trocken aus. Ich schlage vor, wir stoßen erstmal mit Champagner an und gehen dann zur Bar.«

»Hört sich gut an«, meinte Kelly. Anne nickte.

Nachdem sich Mark drei Gläser vom Tablett eines vorübergehenden Kellners geangelt hatte, tranken sie auf sein Wohl.

»Sag mal«, wandte er sich an Kelly, »wo treibt sich dein Göttergatte diesmal wieder rum?«

»Patrik ist in Rumänien. Diesmal aber nur für fünf Tage.«

»Und du bist nicht mitgefahren?«, fragte Mark erstaunt.

»Na hör mal! Ich kann doch nicht auf deiner Geburtstagsparty fehlen.«

»Das ist das schönste Geschenk, das du mir machen konntest.« Er küsste sie auf die Wange. »Außerdem ist mir Anne als deine Begleiterin wesentlich lieber. Wir haben uns ewig nicht gesehen, stimmt's?«

»Richtig«, bestätigte Anne, »das letzte Mal bei Kelly. Aber das ist auch schon wieder Monate her.«

Mark schenkte ihr ein Lächeln. »Ich hoffe, dass nicht wieder so viel Zeit vergeht, bis wir uns wiedersehen?« Offensichtlich erwartete er keine Antwort, denn er sprach sofort weiter. »Lasst uns zu Paolo gehen. Er wird uns einen ganz besonderen Drink mixen.« Wieder umfasste er beide Frauen in der Taille und führte sie zur Bar. Eine größere Menschenmenge, zumeist Frauen, hatte sich hier versammelt.

»Wusstet ihr, dass die feurigen Italiener bei deutschen Frauen auf Platz eins der Liebhaberskala stehen?«, fragte Anne, während sie sich durch die Menge schoben.

»Na, ob sie tatsächlich so feurig sind, wie die deutschen Frauen ihnen unterstellen, sei dahingestellt«, zweifelte Mark

»Kein Zweifel!«, sagte Anne. »Sie sind so, wie sie aussehen. Das ist ihre DNS.«

»Sieh dir nur Paolo an.« Kelly deutete mit einem Nicken in seine Richtung. »Gebräunte Haut, breite Schultern, magischer Blick und klangvoller Name. Wer kommt da nicht ins Schwärmen?«

»Na, hoffentlich du!« Mark blickte sie belustigt an.

»Natürlich nicht. Ich schwärme nur für meinen Mann. Das weißt du doch.«

Mark und Anne war klar, dass Kelly es genauso meinte, wie sie es gesagt hatte. Für sie gab es nur ihren Patrik. Sie liebte ihn voller Hingabe und ohne Kompromisse. Vor dreieinhalb Jahren hatten sie sich kennengelernt und ein halbes Jahr später geheiratet. Seitdem waren sie sichtbar glücklich. Sein Beruf als Maschinenbauingenieur, führte Patrik mindestens fünfmal im Jahr ins Ausland, um dort den Einbau und die Inbetriebnahme der in Deutschland hergestellten Maschinen zu leiten. Fast immer fuhr Kelly mit. Sie lernte Land und Leute kennen, während Patrik arbeitete, war aber gleichzeitig stets in seiner Nähe. Kinder hatten und wollten sie keine. Stattdessen hatten sie Sunny, einen Schäferhund, der genauso alt war wie ihre Ehe und regelmäßig in Annes Obhut kam, wenn das Ausland wieder rief. Sie genoss die Gesellschaft des Vierbeiners und kam außerdem noch mehrmals täglich an die frische Luft, was sonst eher selten der Fall war. Ansonsten teilte sie ihre freie Zeit mit einem Aquarium voller Fische.

»Wie wär's mit *Sex on the beach*?«, wollte Mark wissen, als sie vor Paolo standen.

»Sehr zu empfehlen«, meinte der Barkeeper augenzwinkernd.

»Nehmen wir!«, sagte Kelly entschlossen. »Was immer das auch sein mag.«

Der Drink stellte sich als flüssige, hochprozentige Köstlichkeit heraus, die nach einem zweiten Glas rief, ehe Mark Kelly zum Tanzen entführte. Anne suchte sich ein ruhiges Plätzchen unter einem der Bäume. Es war ein herrlich warmer Augustabend. Eine leichte Brise spielte mit ihrem langen Haar und streichelte ihre Haut. Sie schloss für einen Moment die Augen.

Im nächsten Augenblick hörte sie ein »Hoppla!«, öffnete die Augen und sah sich um. Ein Mann, Mitte dreißig, stand unweit von ihr und schaute sie an. Er trug schulterlanges, blondes Haar, das er mit Gel in Form gebracht hatte.

»Ihr Gesicht habe ich hier noch nie gesehen.« Selbstbewusst kam er ein paar Schritte auf sie zu.

»Ich Ihres auch nicht«, entgegnete Anne.

»Das ist wohl die logische Folgerung daraus.« Er streckte ihr die Hand entgegen, um sich vorzustellen. »Bernd Castor. Schön Sie kennenzulernen.«

»Anne Degener. Hallo.« Sie erwiderte seinen Händedruck und musterte ihn. Er war groß und schlank. Seine hohen, hervorspringenden Wangenknochen verliehen seinem Gesicht eine sehr männliche Ausstrahlung.

»Darf ich?«, fragte er und deutete mit den Augen auf den Stuhl zu ihrer Rechten.

»Bitte!«

»Es ist wirklich erstaunlich, hier auf ein unbekanntes Gesicht zu treffen.«

»Warum?«

»Weil ich seit Jahren zu diesen Partys komme und dachte, jeden hier zu kennen.« Lässig lehnte er sich im Stuhl zurück und schlug die Beine übereinander. »Wie kommen Sie hierher?«

»Ich bin mit einer Freundin hier. Kelly Schwab.«

»Kelly!« Ein Lächeln huschte über sein Gesicht. »Die habe ich heute Abend noch gar nicht gesehen. Wo ist sie denn?« Suchend blickte er sich um und entdeckte sie auf der Tanzfläche. »Amüsiert sich, wie immer.« In Annes Ohren klang das ein wenig herablassend. Sie wollte gerade etwas sagen, als er fortfuhr: »Eine lustige Nudel, unsere Kelly. Sie ist für jeden Spaß zu haben. Ich mag sie. Obwohl ich jetzt eigentlich böse sein müsste, weil sie Sie so lange versteckt hat.« Bernds blaugrüne Augen funkelten.

»Sie hat mich als Überraschung aufgehoben.« Anne lachte ihn offen an.

»So gesehen«, nickte er, »war das eine gute Idee.«

»Und Sie? In welcher Beziehung stehen Sie zu Mark und Saskia?«

»Mark ist seit ewigen Zeiten mein bester Freund. Wir haben zusammen BWL studiert.«

Er verbrachte die nächste Viertelstunde damit, ihr die lebhafte Studienzeit mit Mark zu beschreiben. Diese wilden Zeiten waren offenbar schlagartig vorüber gewesen, als Saskia ins Spiel gekommen war.

»Und das war auch gut so«, sagte Bernd. »Wir haben uns alle etwas mehr auf unsere Karrieren konzentriert und Mark zusätzlich auf Saskia. Er hat das mit ihr gut hingekriegt. Ich bewundere ihre Ehe und unterstütze die beiden, wo ich kann, damit das so bleibt.«

»Unterstützen?«, wiederholte Anne etwas verständnislos.

»Ja. Was man als Freund eben so tun kann. Wenn's mal kracht, was nicht oft vorkommt, versuche ich zu schlichten und für bessere Stimmung zu sorgen.«

»Verstehe«, nickte sie. »Eine gute Beziehung zu führen ist heute sicher nicht leicht.«

»... nicht leicht und ziemlich selten«, ergänzte er. »Mark und Saskia haben irgendwie ein gutes Rezept. Vielleicht liegt es daran, dass jeder einen Teil seiner Freizeit allein verbringt.« Er zuckte mit den Schultern. »Man muss eben das Richtige tun, was immer das auch ist. Mir ist das bisher nicht gelungen.«

Mir auch nicht, wollte Anne antworten, behielt es aber für sich. Sie dachte an Toni. Ihre Beziehung war eigentlich nie richtig gut gewesen. Die anfängliche, blinde Verliebtheit war allzu schnell einem rauen Alltag gewichen. Vier Jahre waren sie zusammen gewesen, in denen sie die meiste Zeit gestritten hatten. Sicher, sie versöhnten sich immer wieder, doch die glücklichen Tage wurden immer weniger. Im Nachhinein wunderte sie sich noch immer, wie lange sie gebraucht hatte, um sich von Toni zu trennen. Sie hatte sich geschworen, zukünftige Beziehungskandidaten genauer und sachlicher unter die Lupe zu nehmen.

Anne sah zu Bernd herüber, der sie offensichtlich beobachtete und sie nun selbstsicher anlächelte. Anne nahm das Gespräch wieder auf. »Wenn Sie ein so guter Freund von Mark sind, warum habe ich Sie auf seinem dreißigsten Geburtstag nicht gesehen?« Sie beugte sich interessiert nach vorne.

»An diesem Tag war ich leider im Ausland. Ich bin Immobilienmakler und habe jede Menge Objekte in Amerika, Italien und der

Schweiz, um die ich mich hin und wieder kümmern muss. Aber seien Sie versichert, Mark hat mein Fehlen gut verkraftet.«

Anne fragte sich, ob er sich über sie lustig machte.

»Zumal ich jetzt weiß«, fuhr er grinsend fort, »dass Sie hier waren und ihn mit Ihrem Anblick erfreut haben. Er mag Frauen, wissen Sie?«

»Tut er das?«

Bernd gab keine Antwort. Auch er mochte die Frauen und ihm gefiel, was er sah. Umhüllt von einem Kleid aus schwarzer Seide, der ihre verführerische, schlanke Figur betonte, saß Anne da. Die langen, braunen Haare umschmeichelten ihre nackten Schultern. An ihrem Hals glänzte ein goldenes Collier, in dessen Mitte ein schwarzer Onyx hing. Sein Blick blieb an ihrem schmalen, ebenmäßigen Gesicht hängen. Ihr Teint war makellos und in ihren braunen Augen konnte er Mitgefühl und Intelligenz erkennen. Eine unbestreitbare Schönheit.

»Lassen Sie mich raten.« Nachdenklich kniff er die Augen zusammen und schien sie noch durchdringender zu mustern. »Sie sind eine sehr erfolgreiche Geschäftsfrau. Zumindest eine Führungsperson. Stimmt's?«

Anne konnte ihr Lachen nicht unterdrücken. »Wären Sie sehr enttäuscht, wenn ich Ihnen sagen würde, dass ich verheiratet bin, fünf Kinder habe und sonst im Jogginganzug herumrenne?«

»Enttäuscht von mir selbst. Das wäre ein Grund, die Kursgebühr von meinem Körpersprachen-Trainer zurückzuverlangen.«

»Sie haben einen Kurs für Körpersprache belegt?«, fragte sie ungläubig.

»Ja, natürlich! Jeder der erfolgreich sein will, sollte die Sprache des Körpers beherrschen und zu deuten wissen. Größere Anerkennung, bessere Jobs, mehr Erfolg – das hängt alles nur davon ab, was man sagt, wenn man nichts sagt.«

»Interessante Theorie.«

»Das ist keine Theorie, das ist Praxis. Jeder hat doch selbst in der Hand, wie er auf andere wirkt. Die einfachsten Gesten machen uns sympathisch oder unsympathisch, kompetent oder inkompetent. Ich für meinen Teil wirke lieber sympathisch und kompetent.«

»Wer nicht? Aber wie kommen Sie darauf, dass ich die Körpersprache einsetze, aus der Sie schließen können, ich sei eine Karrierefrau? Ich habe keinen Kurs besucht.«

»Das brauchen Sie auch nicht. Sie sind eine Frau.«

Fragend zog sie die Augenbrauen hoch.

»Frauen sind Experten im Einsetzen und Deuten der Körpersprache und Mimik«, erklärte er. »Das kommt im Grunde aus der Urzeit. Früher mussten die Frauen erkennen, ob die Männer gut gelaunt waren. Schließlich waren sie die Stärkeren, die Aggressiveren. Das war sozusagen Selbstschutz, um nicht von den Männern verletzt zu werden. Umgekehrt war es unwichtig für die Männer, die Laune der Frau zu erkennen. Frauen waren ja schließlich keine Bedrohung für sie. Und deshalb brauche ich einen Kurs und Sie nicht.«

»Interessant.« Nachdenklich betrachtete sie Bernd und war sich noch nicht schlüssig, was sie von ihm und seiner Erklärung halten sollte. Eigentlich hoffte sie ja, dass sich der Mensch weiterentwickelt hatte, seitdem er seine Höhlen verlassen hatte.

»Aber jetzt sagen Sie mir, ob ich mit meiner Annahme, Sie seien eine Karrierefrau, richtig liege«, forderte er sie auf. »Für mich ist es immer wieder spannend zu sehen, ob ich die Menschen richtig einschätze.«

»Sie haben recht.«

»Hab' ich's doch gewusst!« Ein sehr zufriedener Bernd lächelte sie triumphierend an. »Und in welcher Branche sind Sie?«

»Bauingenieurwesen.«

Er nickte anerkennend und wollte dann genauer wissen, was sie tat. Obwohl sie nicht über die Arbeit sprechen wollte, entwickelte sich ein angeregtes Gespräch. Abschließend meinte Bernd: »Wir wären sicher ein gutes Team.«

»Inwiefern?«, fragend zog sie die Augenbrauen hoch.

»Wahrscheinlich in so ziemlich jeder Hinsicht«, antwortete er und schenkte Anne ein Lächeln, das ihr unter die Haut ging. Seine Mimik ist auch recht eindeutig, ging es ihr durch den Kopf.

»Wir sind beide in ähnlichen Branchen tätig«, fuhr er fort. »Sie könnten die Gebäude planen und bauen lassen, die ich dann verkaufen könnte.«

»Wenn ich mal meinen Job verlieren sollte, komme ich vielleicht darauf zurück«, lachte sie ihn an.

In einiger Entfernung stand Kelly und winkte zu ihnen herüber. Anne winkte zurück. Sie war froh, die immer gut gelaunte Kelly zur Freundin zu haben. Das hatte sie ihrem Chef zu verdanken, der sie vor zwei Jahren zu einem Französischkurs geschickt hatte. Dort traf sie auf Kelly, die diesen Kurs leitete. Ursprünglich war sie Lehrerin an einem Gymnasium gewesen, hatte den Job aber ihrem Mann zuliebe vor drei Jahren aufgegeben. Seither gab sie gelegentlich Kurse bei der Volkshochschule.

»Ich glaube, ich werde mal zu ihr gehen.« Anne erhob sich. »Es war nett Sie kennenzulernen.«

»Gleichfalls.« Auch Bernd stand auf und trat nahe an sie heran. »Darf ich Sie mal anrufen? Vielleicht können wir mal essen gehen?«

»Warum nicht.« Sie lächelte ihn an und wandte sich zum Gehen.

Auf halbem Wege kam ihr Kelly entgegen. »Hast du dich amüsiert?«, fragte sie.

»Ja, Bernd ist ein ganz netter Typ.«

»Stimmt. Und ein guter Gesprächspartner. Hat er dich angebaggert?«

»Ich denke schon.«

»Ich war früher ein paarmal mit ihm aus. Über ihn habe ich Mark und Saskia kennengelernt.«

»Hattest du was mit ihm?«

»Nein. Unsere Vorstellungen von Partnerschaften gehen weit auseinander. Er sucht keine feste Beziehung mehr, nachdem er zweimal geschieden wurde. Jetzt bevorzugt er Frauen, die ihn, sagen wir mal, eine Weile begleiten.«

»Gebranntes Kind scheut das Feuer.«

»Exakt!«

Anne ließ ihren Blick schweifen. Eine Gruppe an der Tanzfläche fiel ihr ins Auge. Mittendrin stand Mark neben einer rothaarigen Frau in einem auffälligen Kleid. Selbst aus der Entfernung konnte Anne erkennen, wie Marks Blick immer wieder zu ihrem Ausschnitt wanderte. Er hatte seinen Arm um ihre Taille gelegt und flüsterte ihr ständig etwas ins Ohr, das die Rothaarige zum

Lachen brachte. Auf Anne wirkte die Situation, als flirteten die beiden miteinander. Was Saskia wohl davon halten würde? Anne blickte sich suchend nach ihr um. Sie stand ganz in der Nähe und konnte Mark ohne Probleme sehen.

»Was guckst du so verdutzt?«, fragte Kelly.

»Ich wundere mich gerade über Mark.«

»Wieso?« Auch Kelly sah sich suchend nach ihm um.

»Du musst das mal beobachten. Er flirtet und betatscht diese Rothaarige da drüben. Und Saskia darf dabei zugucken.«

Kelly lachte. »Da ist doch nichts dabei.«

»Das sagst gerade du?«, wunderte sich Anne. »Wenn das dein Patrik wäre, würdest du doch die Wände hochgehen, oder etwa nicht?«

»Natürlich. Aber das ist Mark und nicht Patrik.«

»Ach, und bei Mark ist das in Ordnung? Sieh nur! Jetzt tanzen die beiden engumschlungen.« Anne schüttelte den Kopf. »Ich finde das irgendwie hemmungslos.«

»Mark ist eben so. Er ist immer supernett zu den Frauen.«

»Und wann geht er mit ihnen ins Bett?«

»Das würde er nie tun. Auch wenn es für dich so aussieht, als würde er flirten.«

»Noch viel weniger ein Grund, sich gegenseitig an den Hintern zu fassen!«

»Ach, Anne. Bei Mark ist das was anderes. Wie soll ich sagen …«, Kelly suchte nach den richtigen Worten, »er mag die Frauen.«

»Ja, das habe ich vorhin schon von Bernd gehört. Aber wo gibt's denn noch einen Mann ohne Hintergedanken? An Saskias Stelle würde mir das alles nicht gefallen.«

»Sie ist sich seiner Liebe sicher und gibt ihm einen gewissen Freiraum.«

»Um sie zu betrügen?«

»Ach, was du gleich denkst. Mark würde sie nie betrügen. Nein, um zu tanzen, eine Frau im Arm zu halten, zu schäkern.«

»Du glaubst also wirklich, dass er noch nie fremdgegangen ist?«

»Ja, glaube ich!«, sagte Kelly überzeugt.

»Sag mal, in welcher Welt lebst du eigentlich? Er suggeriert doch den Frauen mit seinem Verhalten ›Nimm mich, wenn du willst‹. Außerdem sieht er gut aus. Ich wette, er ist schon mal fremdgegangen«, sagte Anne überzeugt.

»Okay! Um was?«

»Wie, um was?« Verständnislos wandte sie sich der Freundin zu.

»Na, um was wollen wir wetten?« Kelly war sofort Feuer und Flamme für die Idee.

»Wenn dir unbedingt nach einer Wette zumute ist«, schlug Anne vor, »dann meinetwegen darum, dass ich morgen früh eine Aspirin brauchen werde, wenn ich noch weiter trinke. Mir schwirrt jetzt schon der Kopf.«

»Darauf gehen wir was trinken, damit du diese Wette schon mal gewinnst, weil du die andere nämlich verlieren wirst.«

»Ich wette keine andere Wette mit dir.«

»Doch. Du wirst. Du brauchst nur noch einen Drink. Wetten?«

Damit hakte Kelly die Freundin unter und zog sie in Richtung Bar. Als sie an der Tanzfläche vorüberkamen, hielt Mark sie auf.

»Wohin ihr zwei?«

»Zur Bar. Wir können Paolo nicht widerstehen«, sagte Anne augenzwinkernd.

»Ich hoffe, ich bin genauso unwiderstehlich wie Paolo und du schenkst mir noch einen Tanz, Anne.« Mark griff nach ihrem Arm und zog sie an sich.

»Irgendwie zieht mich jeder, wohin er will«, stellte sie etwas unwillig fest.

»Nicht böse sein. Aber eine so schöne Frau kann ich doch nicht einfach an mir vorübergehen lassen.«

»Ich glaube nicht, dass ich noch eine gute Tänzerin bin. Mein Alkoholpegel ist schon ziemlich hoch.«

»Meiner auch. Wir halten uns einfach gegenseitig fest. Dann wird's schon gehen.« Mark zog sie noch ein wenig enger an sich.

Anne versuchte sich auf ihre Füße zu konzentrieren. Es klappte besser als gedacht, und trotzdem war sie froh, als das fetzige Lied vorüber war. Sie wollte gehen, doch Mark hielt sie fest.

»Einen langsamen Tanz noch, um den Puls wieder runterzuholen.«

Shakira sang »Underneath your clothes« und Mark legte ihre Arme um seinen Hals und seine eigenen um ihre Hüfte. So tanzten sie eng aneinandergeschmiegt. Immerhin musste sich Anne nicht mehr auf ihre Bewegungen konzentrieren. Sie sog den Duft von Marks Aftershave ein und schloss die Augen für einen Moment. Es tat gut, nach langer Zeit einmal wieder den Halt von Männerarmen zu spüren.

»Schön mit dir zu tanzen«, flüsterte er ihr ins Ohr.

»Gleichfalls«, gab sie zurück und überlegte, ob er der Rothaarigen das gleiche Kompliment gemacht hatte. Sie öffnete die Augen und suchte seinen Blick, um vielleicht darin lesen zu können. Er hatte unglaublich grüne Augen. Und er machte ein ehrliches Gesicht. Aber Anne war sich auch sicher, dass die meisten Frauen ihm alles glauben würden.

Das Lied endete, und er bedankte sich bei ihr für den Tanz. Während er sie zu Kelly begleitete, strich er ihr sanft, wie zufällig, über den Rücken, was sie erschaudern ließ.

Als sie wieder mit Kelly allein war, sagte sie: »Er ist verführbar. Ich bin ganz sicher.«

»Unsinn.«

»Er sieht die Frauen nicht nur freundschaftlich an. Da ist eine Erotik in seinem Blick, die die holde Weiblichkeit dahinschmelzen lässt.«

»Ach ja? Bist du auch schon am Schmelzen?« Kelly schien belustigt.

»Ich doch nicht. Ich betrachte das Ganze rein objektiv.« Allerdings war sich Anne dessen nicht so sicher wie sie vorgab.

»Also, ich würde meine Hand dafür ins Feuer legen, dass Mark nichts mit einer anderen Frau anfängt.«

»Wenn du dich da mal nicht verbrennst.«

»Wenn du dir so sicher bist, lass uns wetten.«

»Also gut, wetten wir.« Anne streckte Kelly die Hand entgegen.

»Ich wette«, sagte Kelly, »dass du es nicht schaffst, Mark zu verführen oder sonst irgendwie zu beweisen, dass er mit anderen Frauen schläft oder geschlafen hat.«

»Wieso ich?« An diese Möglichkeit hatte Anne nicht gedacht.

»Wieso nicht. Wir brauchen schließlich eine Testperson, und da kommst nur du infrage. Ich bin glücklich verheiratet. Du bist Single und musst sowieso mal auf andere Gedanken kommen. Außerdem bist du doch der großen Überzeugung, dass man es schaffen kann, ihn zu verführen. Also hast du die richtige Motivation.«

»Aber sollten wir nicht Skrupel wegen Saskia haben?«, wandte Anne stirnrunzelnd ein.

»Nein, sollten wir nicht, denn es wird sowieso nichts passieren. Und falls wider Erwarten doch, hast du es in der Hand, zu sagen: bis hierhin und nicht weiter. Es reicht uns doch schon zu wissen, ob er würde oder nicht.«

»Ich glaube, wir reden hier ganz schönen Blödsinn. Wir sollten das Ganze lassen.«

»Es ist doch nur ein Spiel. Komm, lass uns doch mal was Verrücktes machen.« Die Freundin knuffte sie gegen den Arm. »Gib zu, es reizt dich doch.«

Kelly hatte ins Schwarze getroffen. Ehrgeizig wie sie war, wollte Anne sich selbst beweisen, dass sie als Verführerin taugte und dass sie recht hatte. »Okay«, stimmte sie schließlich zu.

»Um was sollen wir wetten?« Kelly war die Freude über ihr Vorhaben anzusehen.

»Keine Ahnung.« Anne zuckte mit den Schultern.

»Wie wär's mit einem Wohlfühlwochenende auf einer Beautyfarm für uns beide. Wer verliert bezahlt.«

»Nette Aussichten. Okay, die Wette gilt.«

»Eins noch. Wir sollten die Wette zeitlich begrenzen. Was hältst du für angemessen? Wie lange braucht eine Frau, um einen Mann rumzukriegen?«

»Ich glaube, wenn es nach drei Wochen nicht geklappt hat, dann wird nichts mehr daraus«, überlegte Anne.

»Also, sagen wir, du hast drei Wochen Zeit, um zu verlieren.«

»Zu gewinnen!«

Beide waren siegessicher, lachten und prosteten sich zu.

Am nächsten Morgen trat Anne auf die Straße. Sie schloss für einen Moment die Augen und sog die frische Morgenluft ein. Die gelben Rosen, die über dem Eingang rankten, versprühten einen süßen Duft, und die Sonne strahlte vom wolkenlosen Himmel. Es versprach, ein wunderschöner Tag zu werden.

Mit den bereits erwarteten Kopfschmerzen war sie viel zu früh aufgewacht, hatte eine Aspirin eingeworfen und beschlossen, einen kleinen Spaziergang durch den nahegelegenen Wald zu machen. Der Sonntag gehörte wie immer ganz alleine ihr, die Arbeit musste an diesem Tag warten.

Während sie die Stille genoss, schweiften ihre Gedanken zurück zum gestrigen Abend. Sie hatte sich gut amüsiert, seit langem mal wieder. Die Leute, die sie kennengelernt hatte, waren durchweg nett gewesen. Besonders dieser Bernd Castor hatte ihr gut gefallen. Rein äußerlich war er vielleicht nicht unbedingt ihr Typ, aber er schien geheimnisvoll und interessant zu sein. Ob er wohl anrufen würde? Laut Kelly sollte er doch ein Typ zum Spaßhaben sein. Vielleicht wäre so eine lockere Beziehung auch für sie das Richtige?

Bei dem Stichwort Beziehung kam ihr die Wette, die sie mit Kelly geschlossen hatte, in den Sinn, und sie lächelte vor sich hin. Wie albern! Sie konnte Mark doch unmöglich verführen, nur um zu beweisen, dass er kein treuer Ehemann war, und damit möglicherweise sogar seine Ehe gefährden. Andererseits würde sie ihn Saskia nicht wegnehmen. Es würde ja vielleicht reichen, ihn im geeigneten Moment zu fragen, ob er mit ihr schlafen würde. Ob er schon einmal etwas mit anderen Frauen gehabt hatte, würde er ihr sicher nicht erzählen. Sie dachte eine Weile darüber nach. Die Herausforderung lockte sie. Letztlich siegte die Aussicht auf Abwechslung, und sie begann, sich einen Plan zurechtzulegen.

4

Martin Sandor verbrachte den Sonntagvormittag im Büro, zusammen mit einer Schachtel Zigaretten. Er rauchte nur selten, vor allem dann, wenn er einen neuen Fall bekam. Und dieser neue Fall machte ihn besonders nervös. Nicht allzu häufig hatte er es mit einem Serienmörder zu tun. Zumindest nahm er an, dass es sich um einen handelte, und er war sicher, dass die Untersuchungen der nächsten Tage das bestätigen würden.

Obwohl der Mord erst sechsunddreißig Stunden zurücklag, drängte sich ihm die Frage auf, ob und wann der Mörder wohl wieder zuschlagen würde. Zudem hatte er jetzt schon das Gefühl, dass ihm die Zeit davonrannte. In diesem neuen Fall fehlte es überall an Ansatzpunkten. Martin wusste, dass es wichtig war, den Freund der Toten ausfindig zu machen. Also bestellte er Maritas Kollegin aufs Dezernat zu den Kollegen des Erkennungsdienstes, um ein Phantombild von dem Mann zu erstellen. Das war das einzige, was ihm im Augenblick zu tun blieb.

Anschließend ging er die Akten der beiden alten Mordfälle Schnitzler und Benning durch. Er wusste selbst nicht, wonach er suchen sollte. Die Akten kannte er bis ins letzte Detail. Aber vielleicht gab es irgendeine Parallele, etwas, das ihm bisher nicht aufgefallen war. Er hatte das schon so oft getan. Immer, wenn er in einem Fall nicht weiterkam, las er die Akten wieder und wieder. Jedes Mal entdeckte er etwas Neues. Oft waren es nur Kleinigkeiten, und so hoffte er auch diesmal, dass er jetzt einen Zusammenhang zu dem neuen Fall erkennen würde.

Veronika Schnitzler war am 3. August letzten Jahres gestorben. Sie wurde in ihrer Wohnung in Dotzenheim, einem Vorort von Wiesbaden, mit einem Telefonkabel erdrosselt. Sie hatte ein Jahr in dem Wohnblock gelebt, nachdem sie aus Hamburg hierher gezogen war. Sie war Erzieherin in einer Kindertagesstätte gewesen. Der Mörder hatte ihr mit ihrem eigenen Blut, das von Schlagverletzungen im Gesicht stammte, den Haken auf die Brust gemalt. Dass es sich bei der Tat um einen Raubmord handelte, konnte ausgeschlossen werden. Es hatte nichts gefehlt, und Einbruchspuren gab es auch nicht. Frau Schnitzler war eine hübsche, junge Frau von achtundzwanzig Jahren gewesen, die von ihren Freunden und Kollegen als provokant und eingebildet charakterisiert wurde. In ihrer Freizeit war sie reiten gegangen, ansonsten hatte sie scheinbar wenige Interessen gehabt. Eine Kollegin sagte ihr ein Verhältnis mit einem verheirateten Mann, dem Vater eines Kindes aus der Tagesstätte, nach. Dies ließ sich aber nie nachweisen. Alle, die im entferntesten ein Motiv hätten haben können, hatten überprüfbare Alibis. Dabei gab es eine ganze Menge Leute, die Veronika Schnitzler nicht gemocht hatten, etwa der Reitlehrer, Kollegen oder Leute aus Hamburg. Die Mordkommission ermittelte vier Monate, letztendlich ohne einen konkreten Verdacht und gänzlich ohne Ergebnis.

Silke Benning, das zweite Opfer, war erst zweiundzwanzig Jahre alt und nicht minder attraktiv gewesen. Man hatte ihr am 21. Februar dieses Jahres in ihrer frisch bezogenen Zwei-Zimmer-Wohnung in der Mainzerstraße die Kehle durchgeschnitten und sie mit dem Hakenschnitt gezeichnet. Ein grauenvoller Anblick, erinnerte sich Martin. Die Polizei fand die Tatwaffe vor Ort sowie verschiedene Fingerabdrücke, die allerdings nicht zugeordnet werden konnten. Seit sieben Jahren hatte die junge Frau in Wiesbaden gelebt, bis kurz vor der Tat noch bei ihren Eltern. Sie hatte Kunstgeschichte studiert, gern gemalt und nebenbei verschiedene Sprachen gelernt. Von ihrem Umfeld wurde sie allgemein als schüchtern, zurückgezogen, geheimnisvoll oder gar komisch beschrieben. Ein Mensch mit wenig Kontakten zu anderen.

Das Motiv für diesen Mord konnte man nicht einmal erahnen. Martin und seine Männer mussten bereits nach sechs Wochen die Ermittlungen einstellen, weil es nichts mehr zu ermitteln gab.

In der Akte von Marita Janz stand noch nicht sehr viel. Sie war neunundzwanzig Jahre alt und hatte seit vier Jahren in dem Haus in der Wellritzstraße gewohnt. Arbeitgeber und Kollegen waren der Polizei bekannt, niemand hatte jedoch engeren Kontakt zu Frau Janz gehabt. Bis jetzt gab es noch keine Zeugenaussagen, durch die sich Martin ein konkretes Bild von der Toten machen konnte. Auf den ersten Blick schien sie ein einfaches, unspektakuläres Leben geführt zu haben.

Martin schlug die Mappe zu. Inzwischen war es Mittag, und es machte keinen Sinn, hier weiter herumzusitzen. Er musste warten, bis alle Untersuchungsergebnisse vorlagen, um dann einen genaueren Vergleich der drei Fälle unternehmen zu können. Er verließ sein Büro, um nach Hause zu fahren. Seine Frau Karla wartete sicher schon auf ihn, wenngleich sie ihm das nie sagte oder ihn spüren ließ. Bei dem Gedanken an sie huschte ein Lächeln über Martins Gesicht. Wie dankbar war er doch, dass er sie vor drei Jahren kennengelernt hatte. Karla war eine sehr verständnisvolle Frau, der es nichts ausmachte, mitten in der Nacht wegen eines Mordfalles geweckt zu werden oder am Wochenende auf ihren Mann zu verzichten. Sie interessierte sich für Martins Beruf, litt und freute sich mit ihm und gab ihm den nötigen Ausgleich zu den schrecklichen Dingen, die er erlebte. Karla war Martins dritte Frau. Nach zwei gescheiterten Ehen, woran der Beruf nicht ganz unschuldig war, hatte auch Martin dazugelernt. Er erzählte nur dann etwas von seinen Fällen, wenn Karla es wollte.

Während Martin und Karla am Nachmittag ins Kino fuhren, um sich »Avatar« anzusehen, telefonierte Anne mit Kelly. Von ihr erhielt sie weitere Informationen über Saskia und Mark, die ihr helfen sollten, ihren Verführungsplan zu perfektionieren.

»Saskia ist jeden Dienstagabend im Schwimmbad und anschließend in der Sauna.«

»Im Schwimmbad?«, wunderte sich Anne. »Sie hat doch den Pool im Garten.«

»Der ist ihr zu klein, um lange Strecken zu schwimmen«, erklärte Kelly. »Ansonsten kannst du Mark nur samstagvormittags allein antreffen. Saskia ist dann immer in der Boutique.«

»Und unter welchem Vorwand soll ich mich bei ihm melden?«

»Keine Ahnung.« Kelly überlegte kurz. »Oder doch! Ich habe noch ein Buch von Saskia ausgeliehen. Ich könnte es dir weiterleihen. Sie hätte bestimmt nichts dagegen. Wenn du verstehst, was ich meine?«

»Voll und ganz. Ich komme das Buch morgen Abend bei dir holen.«

»Gut. Wir sehen uns.«

Anne merkte, dass die Sache begann, ihr Spaß zu machen. Planen war eben ihr Fachgebiet. Warum diesmal nicht eine Verführung? Während sie sich einen Cappuccino machte, stellte sie befriedigt fest, dass sie heute noch keinen einzigen Gedanken an die Firma verschwendet hatte. Was Abwechslung so alles bewirkte! Hoffentlich ließ ihr die Arbeit in den nächsten drei Wochen genug Zeit, um ihren Plan in die Tat umzusetzen.

Sie setzte sich in den Sessel und fragte sich, was einen guten Verführer ausmachte. Wie war zum Beispiel Toni am Anfang ihrer Beziehung gewesen? Sie erinnerte sich, dass er ein guter Zuhörer war und versuchte, die Welt mit ihren Augen zu sehen. Sie fühlte sich verstanden. Außerdem plauderte sie auf diese Art alles Mögliche über sich aus und lieferte ihm so jede Menge wertvoller Informationen. Er selbst dagegen erzählte ziemlich wenig von sich und strahlte etwas Geheimnisvolles aus. Das hatte ihre Neugierde geweckt.

Entschlossen stellte sie die leere Tasse ab. Sie lächelte vor sich hin. Verführung war doch gar nicht so schwer, wie man im ersten Moment vielleicht annehmen würde.

5

»Morgen, Chef!«, wurde Martin am Montagmorgen freudig von Paul begrüßt, als er das Büro betrat. Egal wie schrecklich ein Fall auch war, Paul verlor nie seine gute Laune. Das machte ihm selbst und auch seinen Kollegen das Arbeiten oft ein wenig leichter.

»Hallo, Paul. Gibt's was Neues?« Martin warf seine Jacke auf einen Stuhl und nahm am Schreibtisch Platz.

»Eine Jasmin Festner hat angerufen. Sie ist die einzige Mieterin, die wir noch nicht befragen konnten.« Paul machte ein wichtiges Gesicht. »Ich habe sie gebeten herzukommen, was sie auch gleich tun wird.«

Als wäre das ihr Stichwort, klopfte es an der Tür, und eine Frau streckte den Kopf herein. »Guten Morgen. Ich bin Jasmin Festner. Bin ich hier richtig bei Kommissar Sandor?«

»Sind Sie! Nur herein in die gute Stube.« Martin erhob sich und reichte der jungen Frau die Hand. »Schön, dass Sie gleich gekommen sind.« Mit einer Handbewegung bedeutete Martin ihr, sich zu setzen. »Sie wissen, worum es geht?«

»Ja, der Hausmeister hat mir erzählt, was passiert ist. Es ist einfach schrecklich. Sind Sie sicher, dass sie umgebracht wurde?«

»Nun ja. Ich glaube nicht, dass sich jemand aus dem Fenster stürzt und sich zuvor knebelt und fesselt.«

»Sie war gefesselt?« Entsetzen stand in Jasmin Festners Gesicht.

Martin nickte. »Sagen Sie, Frau Festner, kannten Sie Frau Janz?«

»Ja, natürlich. Ich habe die Wohnung unter ihr und wir sind … waren locker befreundet.«

»Was verstehen Sie unter locker?«

»Na ja, wir haben uns vor einem halben Jahr im Treppenhaus kennengelernt, als ich dort einzog, und seitdem haben wir uns hin und wieder besucht.«

»Dann können Sie uns sicher etwas über sie erzählen?«

»Was wollen Sie wissen?«

»Hat sie mit Ihnen über ihre Freunde oder Feinde gesprochen?«

»Feinde?« Jasmin überlegte. »Nein, ich glaube nicht, dass sie Feinde hatte. Sie war eine ganz Nette, wissen Sie. So ein lebensfroher Typ, der niemandem was antut und auch vor nichts Angst hat.«

»Dann hatte sie sicher eine Menge Freunde?«

»Das weiß ich nicht so genau, aber ich glaube nicht. Zumindest hat sie nie welche erwähnt.«

»Hat sie nie erzählt, mit wem sie so ausgeht?«

»Sie ging so gut wie nie aus. Manchmal mit den Arbeitskollegen nach der Arbeit in eine Kneipe, aber meistens blieb sie zu Hause. Ihr Freund kam immer zu ihr.«

»Kennen Sie ihn?«

»Ja. Ulf. Er kam immer an den gleichen Tagen, Montag und Freitag. Die beiden kamen zusammen, als ich Marita kennenlernte.«

»Wissen Sie, ob dieser Ulf auch letzten Freitag bei ihr war?«

»Ja, wie immer.«

»Wieso sind Sie da so sicher? Waren Sie nicht übers Wochenende weg?«

»Ja, aber ich habe Ulf kommen sehen, als ich Freitagabend das Haus verlassen habe.« Jasmin Festner interpretierte Martins Blick richtig und schüttelte den Kopf. »Sie denken doch nicht, dass Ulf etwas mit Maritas Tod zu tun hat?«

»Ich denke gar nichts, aber ich muss allen Hinweisen nachgehen. Und wenn dieser Ulf Frau Janz kannte und noch dazu am Freitag bei ihr war, ist das ein sehr wichtiger Hinweis. Wissen Sie, wie Ulf mit Nachnamen heißt?«

»Nein, keine Ahnung, aber er ist ein ganz lieber Kerl.«

»Kennen Sie ihn persönlich?«

»Eigentlich nicht. Ich weiß nur das, was Marita mir erzählt hat.«

»Und was hat sie Ihnen erzählt?«

»Na ja … Ulf war ihr kleines Geheimnis. Sie hatten viel Spaß und viel Sex miteinander.«

»Jeden Montag und Freitag«, ergänzte Martin.

»Ja. Ulf ist verheiratet, wissen Sie. Deswegen gingen die beiden auch nie aus.«

»Hatten Sie irgendwann einmal den Eindruck, dass Frau Janz ihren Ulf lieber für sich alleine gehabt hätte?«

»Nein, überhaupt nicht. Ihre Freiheit wollte sie unter keinen Umständen aufgeben. Sie sagte mal: ›Diese Beziehung ist perfekt, weil wir das gleiche Ziel haben.‹«

»Verstehe!« Martin nickte. »Können Sie uns vielleicht sagen, wo dieser Ulf wohnt oder arbeitet oder welchen Wagen er fährt? Es wäre schon ziemlich wichtig für uns, mit ihm zu sprechen. Vielleicht war er der Letzte, der Frau Janz lebend gesehen hat.«

»Lassen Sie mich mal überlegen.« Jasmin zog nachdenklich die Stirn in Falten. »Marita sagte mal, dass Ulf irgendwas mit Finanzen macht und dass er in der Nähe arbeitet. Wo er wohnt … keine Ahnung. Tja, und der Wagen … ich kann mich nicht erinnern, ihn mal im Auto gesehen zu haben. Da kann ich Ihnen nicht helfen.« Entschuldigend zuckte sie mit den Schultern.

»Dann wissen Sie auch nicht sicher, ob er mit einem Wagen oder zu Fuß kam?«

»Nein. Aber ich hatte den Eindruck, dass er mit dem Auto kam, denn er hatte manchmal Schlüssel in der Hand, wenn ich ihn im Haus traf. Es können natürlich auch Hausschlüssel gewesen sein.«

»Na, das ist schon mal ein Anfang. Könnten Sie uns noch sagen, wie dieser Ulf aussieht?«

»Er ist nicht allzu groß. Vielleicht eins siebzig. Er ist schlank, blond. Die Haare trägt er ganz kurz, und bis jetzt habe ich ihn immer nur im Anzug gesehen.«

»Könnte es dieser Mann hier sein?« Martin nahm das Phantombild, das nach den Angaben von Maritas Kollegin erstellt worden war, aus der Akte und reichte es Jasmin. Sie besah es sich genau.

»Mit etwas Fantasie schon. Ulfs Nase ist aber viel schmaler, genau wie sein Gesicht. Augen und Mund würden passen, auch die Haare.«

»Wie oft haben Sie Ulf gesehen?«

Sie wiegte den Kopf hin und her. »Ich kann es nicht so genau sagen, vielleicht fünfzehn Mal.«

»Okay. Wären Sie so nett und würden den Kollegen vom Erkennungsdienst helfen, ein genaueres Bild von Ulf zu erstellen?«

»Ja, gern, wenn Ihnen das hilft.«

Martin nahm den Hörer ab und beorderte einen Mitarbeiter des Erkennungsdienstes in sein Büro, um Jasmin abzuholen. »Gut, Frau Festner«, wandte er sich wieder ihr zu. »Das sollte fürs Erste genügen. Ich möchte Sie nur bitten, sich weiterhin zu unserer Verfügung zu halten. Wir haben bestimmt noch die ein oder andere Frage.«

»Kein Problem!« Jasmin lächelte traurig. »Es wäre schön, wenn Sie den, der das getan hat, bald kriegen würden.«

»Frau Festner, da bin ich ganz Ihrer Meinung und tue mein Bestes.« Martin erhob sich und verabschiedete sich von ihr. Nachdem Jasmin abgeholt worden war, wandte er sich an Paul: »Wann kriegen wir den Autopsiebericht?«

»Gegen zehn.«

»Gut. Dann sag bitte den anderen Bescheid, dass sie zur Besprechung um zehn Uhr dreißig kommen sollen.«

Bis dahin blieb Martin noch eine Stunde, die er unter anderem damit verbrachte, sich beim Bundeskriminalamt zu erkundigen, ob irgendwo ein ähnlicher Mordfall bekannt geworden war. Doch das war nicht der Fall, weder in Deutschland, noch in Europa.

Der Autopsiebericht lag wie angekündigt um zehn Uhr auf seinem Schreibtisch. Martin las ihn sorgfältig durch, um das Wesentliche gleich weitergeben zu können. Wie nicht anders zu erwarten, enthielt er keine neuen Erkenntnisse. Seufzend schloss Martin die Akte, stand auf und ging ins Besprechungszimmer, wo seine Kollegen bereits auf ihn warteten.

Martin reichte zunächst Fotos aller drei Opfer des Serienmörders herum. »Ich denke, wir alle hier können uns noch an die Fälle erinnern.« Er blickte in die Runde, die aus drei Mitarbeitern und seinem Chef bestand. Gegenüber von Paul Fischer, seinem engsten Mitarbeiter, den man schon von Weitem an seinem dunklen Bürstenhaarschnitt erkannte, saß Michael Pichlbauer. Der Vierzigjährige hatte einen Dreitagebart und war modisch gekleidet.

»Sieht ganz nach einem Psychopathen aus«, bemerkte Michael, während er sich ein Foto der toten Marita Janz ansah.

»Nur drei Prozent aller Mörder sind Psychopathen«, belehrte ihn Dieter Hinz vom anderen Ende des Tisches. Der unscheinbare, gut zehn Jahre ältere Kollege mit der Nickelbrille auf der spitzen Nase hatte stets realistische Fakten parat, schlug aber gerne einen oberlehrerhaften Ton an. Er hatte sich damit bei einigen Kollegen den Ruf eines Besserwissers zugezogen. Trotzdem schätzte Martin seine Art sehr. Sein ausgesprochen guter Sinn für Tatsachen hatte ihre Ermittlungen schon manches Mal weitergebracht.

Michael Pichlbauer hingegen meldete oft Zweifel an und wagte manchmal die verrücktesten Hypothesen. Man konnte den Eindruck gewinnen, dass die beiden Männer gegeneinander arbeiteten, doch das Gegenteil war der Fall. Aufgrund ihrer unterschiedlichen Sichtweise waren die Ergebnisse ihrer gemeinsamen Arbeit sehr effektiv. Martin war sehr zufrieden mit der Zusammenstellung seines Teams.

»Können wir uns bitte erst einmal mit den Fakten befassen, meine Herren?«, warf Egon Milster in ungehaltenem Ton ein. Der kleine, rundliche Mann mit Brille und Fastglatze, der ständig Pfeife rauchte, war an den Untersuchungen nur insoweit beteiligt, als dass er Fragen stellte und Ergebnisse forderte. Er war Chef der Mordkommission und bei jeder ersten Besprechung anwesend.

»Also gut«, fuhr Martin fort. »Dass das Zeichen, das alle drei Frauen auf dem Oberkörper haben, aussieht wie ein Haken, hatten wir ja bereits bei den ersten Fällen festgestellt. Da bei dem ersten Opfer das Zeichen mit Blut auf die Brust geschmiert wurde, können wir nicht absolut sicher sein, ob es sich tatsächlich um denselben Mörder handelt wie bei Opfer zwei und drei. Wir hatten damals ja die Möglichkeit eines Nachahmungstäters in Betracht gezogen. Das grafologische Gutachten ergab diesbezüglich keine sicheren Anhaltspunkte. Um jetzt abzuklären, ob tatsächlich bei den beiden letzten Opfern dieselbe Hand am Messer war, haben wir erneut ein grafologisches Gutachten angefordert.«

»Was hat die Autopsie ergeben?«, wollte Egon Milster wissen.

»Wie schon vermutet, ist Marita Janz durch Genickbruch zu Tode gekommen«, erklärte Martin. »Und den hat sie sich durch den Sturz aus ihrer Wohnung im sechsten Stock zugezogen. Kurz vor ihrem Tod hatte sie Geschlechtsverkehr. In der Vagina fanden sich Reste von Sperma. Das Ganze ist zurzeit bei der DNA-Analyse. Spermaspuren wurden ebenfalls auf dem Fensterbrett ihrer Wohnung gefunden. Offensichtlich hat sie darauf gesessen, bevor sie heruntergestoßen wurde. Dann hat sie ein paar Rippenbrüche, einen Beinbruch sowie Prellungen und Blutergüsse, die auf einen Kampf mit dem Mörder schließen lassen. Interessant ist, dass die Frau schwanger war, allerdings in einem sehr frühen Stadium, etwa vierte Woche.«

»Noch irgendwas von der Spurensuche?«, warf Milster ein.

»Etliche Fingerabdrücke und organische Spuren, die ebenfalls bei der DNA-Analyse sind. Die Wohnung war nicht aufgebrochen und schien auch nicht durchwühlt worden zu sein. Rein äußerlich lässt nichts auf einen Raubmord schließen. Allerdings wissen wir nicht genau, ob irgendetwas fehlt. Und es sieht auch so aus, als könne uns das niemand mit Sicherheit sagen. Im Haus gab es nur eine Bezugsperson: Jasmin Festner aus dem fünften Stock, die uns heute Morgen von einem Freund namens Ulf erzählt hat. Ihre Beschreibung stimmt weitgehend mit der einer Arbeitskollegin überein, der Marita Janz ihren Freund vorgestellt hat. Bis jetzt wissen wir nicht, wer der Mann ist, aber es hat oberste Priorität, ihn ausfindig zu machen. Er ist der einzige Anhaltspunkt, den wir bis jetzt in diesem Fall haben. Und deshalb möchte ich, dass ihr zuerst die Unterlagen studiert und dann noch mal alle Hausbewohner nach unserem Mister X befragt. Das Phantombild dürfte inzwischen fertig sein. Vielleicht haben wir ja Glück, und irgendwer kennt ihn.«

»Was ist mit der Familie der Toten?«, erkundigte sich Michael.

»Der Vater ist tot. Keine Geschwister. Es gibt nur eine Mutter, die eigentlich nichts von ihrer Tochter weiß. Sie hatte schon seit Jahren keinen Kontakt mehr, weil es heftige Streitigkeiten wegen des Erbes des Vaters gegeben hat.«

»Was ist mit dem Messer, das am Tatort gefunden wurde?«, wollte Dieter wissen.

»Es lag auf dem Fußboden im Schlafzimmer, wo offensichtlich auch der Kampf stattgefunden hat und wo das Opfer den Schnitt in die Brust bekommen hat. An dem Messer sind eindeutig Blutspuren des Opfers festgestellt worden, ebenso Fingerabdrücke. Ob es eine Zuordnung gibt, wissen wir erst heute Mittag. Interessant wird sicher sein, ob die Fingerabdrücke auf dem Messer die gleichen sind wie auf dem Messer im Fall Benning.«

Martin forderte alle auf, sich um fünfzehn Uhr wieder hier einzufinden. Damit war die Besprechung beendet. Die Leute verließen den Raum und machten sich an die Arbeit. Milster trat zu Martin.

»Sandor«, begann er und rückte seine Brille zurecht. »Sie wissen, wie wichtig dieser Fall ist?«

»So wichtig wie jeder andere Fall auch.«

»Wichtiger. Hier geht es um einen Serienmord. Haben Sie die Zeitungen schon gelesen?« Milster begann auf und ab zu marschieren.

»Sie wissen doch, ich lese grundsätzlich keine Zeitung.«

»Was ein Fehler ist. Sonst wüssten Sie jetzt, dass die Presse bereits Blut geleckt hat. Die Schlagzeilen lassen an Kreativität nichts zu wünschen übrig.«

»Und? Haben die Pressegeier auch schon einen Schuldigen anzubieten?«

»Ihr Sarkasmus in allen Ehren, aber er ist hier reichlich unangebracht.« Milster hatte nur bedingt Verständnis für Martins negative Einstellung zur Presse. Vor vier Jahren hatte man den Kommissar in Zusammenhang mit einem aktuellen Mordfall gebracht, ihn mehrfach völlig unbegründet persönlich angegriffen und sogar verdächtigt, die Ermittlungen zu manipulieren, weil er das Opfer gekannt hatte. Es war zu einer, wenn auch sehr kurzen Suspendierung vom Dienst gekommen, weil er sich auf unkonventionelle Weise gewehrt hatte. Dem Journalisten fehlten seitdem drei Zähne.

»Die Presse fragt sich, ob wir diesmal endlich im Stande sein werden, einen Mörder, der ganz Wiesbaden zu bedrohen scheint, zu fassen. Die Leute werden in Angst und Schrecken versetzt und können ihrer Fantasie freien Lauf lassen.«

»Sie wissen genau, dass wir alles tun, was geht. Und für die Schmierfinken von der Zeitung sollten Sie sich nicht mehr interessieren als nötig.«

»Ich erwarte von Ihnen, dass Sie Ihren privaten Kleinkrieg endlich beenden und mehr Professionalität an den Tag legen, was die Pressearbeit angeht.« Milster blieb vor Martin stehen und fixierte ihn. »Es wird langsam Zeit, dass wir auf das öffentliche Bedürfnis nach Täterermittlung antworten.«

»Ich kann mir ja keinen Mörder aus den Rippen schneiden, nur weil mediale Wellen über uns zusammenschlagen.« Martin griff nach seinen Zigaretten, steckte sich eine an und blies den Rauch in Richtung Decke.

»Sandor, seien Sie nicht naiv! Sie wissen genau, dass diese Wellen einen gewissen Einfluss auf unsere Arbeit haben. Also arbeiten Sie schnell und diesmal mit Erfolg. Ich will Ergebnisse.«

Martin verließ das Besprechungszimmer und steuerte auf sein Büro zu. Wie sehr er doch diese Gespräche mit seinem Chef hasste. Ständig lagen sie sich wegen solcher Lappalien in den Haaren, statt sich, wie er fand, auf das Wesentliche zu konzentrieren. Hatte er nicht schon genug Druck?

In seinem Büro ließ er sich in seinen Sessel fallen, drehte sich zum Fenster um und starrte in den Himmel. Langsam beruhigte er sich, verdrängte das Gespräch mit Milster aus seinen Gedanken. Nach einigen Minuten wandte er sich dem Telefon zu, um Karla anzurufen. Er sagte ihr, wie sehr er sie liebte und dass er noch nicht wüsste, ob er heute Abend pünktlich nach Hause kommen würde. Dann verließ er sein Büro.

Während er zur Wellritzstraße fuhr, erfüllte ihn ein Gefühl der Zuversicht. Diesmal würde er den Mörder fassen. Er würde etwas finden, dass ihn verraten würde. Drei Opfer waren zu viel, um keine Spuren zu hinterlassen. Martin fädelte auf den Bismarckring ein, und parkte kurz darauf vor dem Haus, in dem Marita Janz ermordet worden war.

Während seine Männer in den verschiedenen Wohnungen Befragungen durchführten, betrat er selbst die von Marita Janz. Martin ging langsam von Raum zu Raum und sah sich um. Er ließ die Einrichtung auf sich wirken, um sich eine Vorstellung von der ehemaligen Bewohnerin machen zu können und eventuelle Ungereimtheiten am Tatort zu entdecken. Die Wohnung war insgesamt sehr schlicht. Alle Wände waren weiß, es gab nur einige bunte Bilder, und die Möbel stammten eindeutig von Ikea. In der Küche fiel ihm auf, dass ein Messer im Messerblock fehlte, und er dachte sofort an die Tatwaffe. Wahrscheinlich stammte sie von hier. Martin packte den Messerblock in eine Plastiktüte und nahm ihn mit. Zuletzt inspizierte er das Schlafzimmer. Dort hatten seine Kollegen von der Spurensuche fast den kompletten Teppichboden herausgeschnitten und ins kriminaltechnische Labor gebracht. Wahrscheinlich wurde er gerade im Spuren-Sicherungsraum Zentimeter für Zentimeter unter dem Operationsmikroskop untersucht, um jede noch so kleine Spur zu finden.

Neben dem Bett entdeckte Martin den herausgezogenen Stecker des Telefons. Ob der Mörder auch hier geplant hatte, das Opfer mit dem Kabel zu erdrosseln?

Der Kommissar öffnete alle Schränke, die außergewöhnlich ordentlich eingeräumt waren. Die Schuhe standen paarweise in Reih und Glied, was auf Bügeln hing, war farblich sortiert, und die Pullover und T-Shirts lagen exakt aufeinander gestapelt. Martin zog die Schublade des Nachttisches auf und fand eine Packung mit Antibaby-Pillen. Zuletzt nahm er den Inhalt der Kommode unter die Lupe. Auch sie war voll mit Wäsche. Martin stutzte. In zwei von drei Schubfächern herrschte perfekte Ordnung, wie in den Schränken. In der dritten Schublade dagegen lagen BHs und Höschen wild durcheinander. Martin fragte sich, was das zu bedeuten hatte. Hatte Marita Janz selbst oder jemand anderes etwas in dieser Schublade gesucht? Und wenn ja, was?

Zurück im Präsidium brachte er den Messerblock ins Labor zur Untersuchung. Dann rief er Jasmin Festner an, um sich nach der Ordnungsliebe der Toten zu erkundigen. Sie bestätigte das, was Martin vermutet hatte, und erklärte zudem, dass Marita sehr viel Zeit für die Sauberkeit in ihrer Wohnung verwendet hatte.

Wie vereinbart erschienen Martins Leute nacheinander am Nachmittag im Besprechungszimmer.

»Also, Leute. Was haltet ihr von der Sache?«, forderte Martin sie auf, ihren Gedanken zu dem Fall freien Lauf zu lassen.

»Augenscheinlich«, begann Michael, »handelt es sich um einen Sexualmord. Die Tote war nackt und hatte Geschlechtsverkehr.«

»Ja, augenscheinlich«, unterbrach ihn Dieter. »Das passt aber überhaupt nicht in das Muster des Serienmörders. Bei den anderen Opfern weist absolut nichts auf eine Sexualstraftat hin.«

»Das würde ich nicht ohne Weiteres sagen. Immerhin waren die beiden ersten Opfer auch obenrum nackt. Der Mörder kam bei ihnen vielleicht nicht zum Zug, warum auch immer. Das Motiv kann doch trotzdem was mit Sex zu tun haben.«

Martin fuhr sich durch die Haare, was er immer tat, wenn er nicht nur seine Haare, sondern auch seine Gedanken richten wollte. »Also, was haben wir? Drei tote Frauen, auf unterschiedliche Weise ermordet, mit dem gleichen Zeichen versehen. Es stellt sich die Frage: Was hatten diese Frauen gemeinsam? Kannten sie sich? Für die ersten beiden Opfer hatten wir das ja bereits durchgespielt, allerdings ohne Erfolg.«

»Aber jeder Mörder macht irgendwann einen Fehler. Wir müssen ihn nur finden«, sagte Paul voller Tatendrang.

»Oh, Junge!« Dieter blickte ihn fast mitleidig an. »Ich will dich ja nicht entmutigen, und ich hoffe wirklich, dass wir einen Fehler finden, aber ich bin überzeugt, dass es perfekte und fehlerlose Morde gibt. Wenn ein Mörder eiskalt ist und noch dazu intelligent, entdeckt ihn kein Mensch.«

Bevor die Diskussion eskalieren konnte, ergriff Martin das Wort: »Okay, bevor wir das Thema weiter vertiefen, lasst uns zurückkommen zu unserem speziellen Fall. Die Frage ist doch, warum sind die Frauen Opfer geworden?«

»Diese Frage bringt eventuell keine weiterführenden Erkenntnisse«, warf Michael ein.

»Trotzdem müssen wir ihr nachgehen«, sagte Martin mit Nachdruck, und Dieter nickte bestätigend, bevor er sprach.

»Die praktische Relevanz des Opferverhaltens ist größer als man allgemein annimmt. Schließlich entsteht Gewalt ebenso wenig wie ein Gewitter aus heiterem Himmel. Es muss irgendein Reiz auf den Täter ausgeübt worden sein. Ein Reiz, der höchstwahrscheinlich vom Opfer selbst kam, der aber keineswegs aggressiver Natur sein musste.«

»Du meinst, die Frauen haben vielleicht was ganz Normales getan, was den Täter aber reizte, womöglich ohne sich dessen bewusst zu sein?«, formulierte Paul seine Gedanken.

»Genau!«

»Möglich ist natürlich auch, dass der Reiz von irgendjemand anderem ausging und die Frauen rein zufällig ausgewählt wurden«, warf Michael ein.

»Das bringt uns alles nicht weiter. Zunächst müssen wir uns auf die Fakten beschränken.« Martin berichtete ihnen von seiner Besichtigung der Wohnung und wies ganz besonders auf Marita Janz' Ordnungsliebe hin. »Frau Festner hat bestätigt, dass das Opfer einen regelrechten Sauberkeitsfimmel gehabt hat. Neben ihrem Lover war wohl putzen ihr Hobby.«

Vorläufig war damit noch nicht viel anzufangen. Aber, wie immer zu Beginn von Ermittlungen hieß es, Informationen wie Puzzleteile zu sammeln, in der Hoffnung, sie irgendwann einmal zusammensetzen zu können.

»Mich irritiert, dass die Frau schwanger war.« Paul sah die anderen nachdenklich an. »Möglicherweise hat sie es ihrem Freund gesagt, und der hat dann durchgedreht. Und damit es aussieht wie der Mord eines Serienkillers, hat er ihr die Brust aufgeritzt. Jeder in der Stadt hat doch von dem Mord gelesen.«

»Nachahmungstäter?« Dieter schüttelte den Kopf. »Möglich, glaub ich aber nicht.«

»Darüber können wir spekulieren, wenn wir das grafologische Gutachten haben«, bremste Michael die Ausführungen der Kollegen.

»Habt ihr alle Mitbewohner nach diesem verheirateten Ulf befragt?«, erkundigte sich Martin.

»Ja!« Dieter antwortete zuerst, während er seinen Notizblock aus der Jacke zog. »Aber, es sieht wohl so aus, als sei dieser Ulf so gut wie unsichtbar gewesen. Bis auf eine alte Dame, die vermutete, dass er ihr einmal die Tür aufgehalten hat, will ihn niemand gesehen haben.«

»Hat man denn gewusst, dass Frau Janz einen Freund hatte?«

»Nein. Und mir scheint, in dem Haus weiß keiner etwas vom anderen.«

»Dann haben wir also nichts weiter als den Hinweis, dass unser Mann vielleicht im Finanzbereich tätig ist und vielleicht in der Nähe arbeitet. Vielleicht ist er verheiratet, aber sicher können wir da auch nicht sein. Das hat schon manch einer seiner Geliebten vorgeschwindelt, um sie auf Abstand zu halten.«

»Ein paar zu viele ›Vielleichts‹«, meinte Michael mit leichter Resignation in der Stimme.

»Dass Ulf verheiratet ist, scheint mir sehr wahrscheinlich«, überlegte Dieter, »wenn man davon ausgeht, dass Frau Festner die Freiheitsliebe unseres Opfers richtig einschätzt.«

»Ja, das denke ich auch«, pflichtete Martin ihm bei. »Trotzdem werden wir auch nach ledigen Ulfs fragen. Paul, mach du bitte eine Liste der Firmen, die auch nur im Geringsten mit Finanzen zu tun haben. Sagen wir erstmal im Umkreis von fünf Kilometern. Die klapperst du dann mit Michael morgen ab. Und heute Abend observiert ihr die Wohnung von Frau Janz. Wenn Ulf noch gar nicht weiß, dass sie tot ist, wird er heute Abend bei ihr auftauchen. Vielleicht haben wir ja Glück.«

»Alles klar, Chef!«

»Und wir beide«, wandte er sich an Dieter, »werden uns die Kiste mit den persönlichen Sachen holen und durchsehen. Möglicherweise finden wir Briefe, Kalender, Fotos oder sonst was, was uns weiterhilft. Dann hoffe ich, dass wir bald die Gutachten und die Ergebnisse der Analysen bekommen. Vielleicht ist da was Brauchbares dabei.«

Die nächsten beiden Stunden verbrachten Dieter und Martin mit der Durchsicht von Marita Janz' persönlicher Hinterlassenschaft. Da gab es einen Kalender, in dem nur der ein oder andere Arzttermin eingetragen war, und zwei Fotoalben, in denen Martin nach einem Mann suchte, der dem Phantombild ähnelte. Leider ohne Erfolg. Dann gab es ein Adressbuch mit etlichen Namen, die überprüft werden mussten. Dieter würde am nächsten Morgen mit all diesen Dingen bei der Mutter von Marita Janz und bei Jasmin Festner vorbeischauen, um hoffentlich mehr darüber zu erfahren. Aber für heute machten sie Schluss.

Kurz bevor sie das Büro verlassen wollten, wurde der Bericht über die Auswertung der Fingerabdrücke hereingereicht. Gemeinsam lasen sie ihn durch. Es waren viel weniger Fingerabdrücke festzustellen gewesen, als in einer Wohnung üblicherweise zu erwarten waren, was offenbar dem Sauberkeitsfimmel Maritas zuzuschreiben war. Die meisten Spuren stammten vom Opfer selbst. Andere Fingerabdrücke, von drei oder vier verschiedenen Personen, fand man überall in der Wohnung. Spannend wurde es bei der Analyse der Spuren am Messer. Man hatte zwei verschiedenartige Abdrücke gefunden, wovon die einen nicht zuzuordnen waren. Die anderen konnte man außer auf dem Messer im Schlafzimmer, an der Haustür, an der Küchentür und am Messerblock nachweisen. Wegen schlechter Qualität hatte deren Auswertung länger gedauert als üblich. Und das Unglaubliche daran war, dass sie zuzuordnen waren. Sie gehörten einer Frau, die wegen Drogendealens im Gefängnis gesessen hatte, aber bereits seit zwei Jahren wieder auf freiem Fuß war. Eva Klein.

»Wer hätte das gedacht?« Martin blickte Dieter an. »Sieht aus, als hätten wir endlich mal eine Spur zu verfolgen.«

Dieter nickte bestätigend.

»Und ich würde sagen, wir sollten uns augenblicklich damit beschäftigen.« Martin zog seine Jacke wieder aus und schaltete den Computer an. Kurz darauf hatte er alle Informationen über Eva Klein, die in der Verbrecherdatenbank »INPOL«, dem Informationssystem der Polizei beim Bundeskriminalamt, vorhanden waren. Er ließ sich die Daten ausdrucken und fuhr mit Dieter sowie zwei Polizeistreifen in die Meyerbeerstraße. Kurz darauf standen sie vor einer Doppelhaushälfte. Auf der Klingel, die sie betätigten, war »Klein« zu lesen. Niemand schien zu Hause zu sein.

»Das wäre auch zu schön gewesen.« Martin versuchte durch die Fenster zu sehen, konnte aber nichts erkennen. Plötzlich hörte er direkt hinter der Tür ein Geräusch.

»Öffnen Sie bitte die Tür!«, rief er laut. Stille. Er gab zwei seiner Kollegen ein Zeichen, um das Haus herumzugehen und dort nachzusehen. »Hier ist die Polizei! Öffnen Sie die Tür!«

Und tatsächlich wurde eine Tür geöffnet. Allerdings die des Nachbarhauses. Eine Frau steckte den Kopf heraus und blickte die Männer ängstlich an. Martin wandte sich ihr zu. »Guten Tag.«

Die Frau nickte nur.

»Wir sind von der Polizei. Können Sie uns sagen, wer Sie sind?«

»Ich bin Giesela Neumann. Ich wohne hier.«

»Dann sind Sie also die Nachbarin von Frau Eva Klein?«

»Ja.«

Martin deutete Dieter an, weiterhin ein wachsames Auge auf die Tür zu haben. Er selbst trat näher an Frau Neumann heran.

»Und das hier …«, er zog ein Blatt Papier mit einem Bild der Gesuchten aus seiner Brusttasche und hielt es Frau Neumann unter die Nase, »ist Frau Klein?«

»Ja, das ist sie.«

»Können Sie uns sagen, wo Frau Klein zurzeit ist?«

»Sie ist für ein paar Tage weggefahren.«

»Und Sie wissen nicht zufällig wohin?«

»Nein. Das hat sie nicht gesagt.«

»Wann wollte sie denn wiederkommen?«

»Das hat sie auch nicht gesagt.« Die Frau blickte von einem zum anderen. »Was hat sie denn getan?« Unverhohlene Neugier schwang in ihrer Stimme mit.

»Wir haben nur ein paar Fragen an sie, die aber sehr wichtig sind. Darum müssen wir sie so schnell wie möglich sprechen. Haben Sie eine Handynummer von ihr?«

»Nein.«

»Sie sind aber sicher, dass Frau Klein tatsächlich weggefahren ist? Wir haben nämlich Geräusche im Haus gehört.«

»Die macht bestimmt die Katze. Und dass sie weggefahren ist, hab' ich selbst gesehen. Sie wurde von einem Taxi abgeholt, und da hatte sie eine Reisetasche dabei.«

»Können Sie genau sagen, wann das war?«

Die Frau blickte zu Boden, legte die Stirn in Falten und biss sich nachdenklich auf die Lippe. Martin wartete.

»Es war wohl vorgestern«, meinte sie schließlich. »Ja, vorgestern so um elf Uhr.« Erst jetzt blickte sie Martin wieder unsicher an.

»Danke, das hilft uns vielleicht weiter. Sagen Sie, wie gut kennen Sie Frau Klein?«

»Nicht gut. Wir reden nur mal kurz, wenn wir uns auf der Straße sehen, aber sonst nichts.«

»Wohnt sie allein hier?«

»Ja, nur mit ihrer Katze.«

»Haben Sie einen Schlüssel für das Haus?«

»Nein.«

»Wissen Sie, wo sie arbeitet?«

»Nicht genau. Sie ist Judotrainerin in irgend so einer Schule, aber wie die heißt, weiß ich nicht.«

»Fährt sie öfter für ein paar Tage weg?« Man sah deutlich, wie unangenehm der Frau die Fragen waren. Darum fügte Martin lächelnd hinzu: »Ich frage wegen der Katze. Muss sie denn nicht versorgt werden?«

»Die kann ein paar Tage allein bleiben, hat Frau Klein gesagt. Das ist eine Hauskatze. Und normalerweise fährt sie nie weg. Jedenfalls nicht tagelang. Ich seh' sie sonst jeden Tag.«

»Na, gut.« Martin nickte ihr zu. »Vielen Dank, Frau Neumann. Falls Sie Frau Klein sehen sollten, sagen Sie uns bitte sofort Bescheid.« Damit drückte er ihr seine Visitenkarte in die Hand. »Auf Wiedersehen.«

»Ja, Wiedersehen«, sagte sie und blickte auf das Stück Papier in ihren Händen.

Martin ging zu den Kollegen hinterm Haus, wo nichts Auffälliges zu sehen war. Er gab ihnen Anweisung, das Haus von einem Zivilwagen aus zu observieren. Dann fuhr er mit Dieter zurück ins Präsidium. »Ich schätze, wir haben noch ein bisschen was zu tun«, sagte er während der Fahrt, und man hörte seiner Stimme an, dass er dankbar dafür war. Es war immer besser, irgendwas zu tun, auch wenn vielleicht nichts dabei herauskam, als untätig herumzusitzen und nicht zu wissen, wo man ansetzen sollte.

»Was hältst du davon?«, wollte Martin von Dieter wissen.

»Ich komme nicht umhin zu glauben, dass diese Frau Klein etwas mit dem Fall zu tun hat. Ich meine, wie sieht das auf den ersten Blick aus: Freitagnacht der Mord, Samstag fährt sie für ein paar Tage weg, was sie sonst nie tut. Dann ist sie Judotrainerin, was darauf schließen lässt, dass sie in einem Handgemenge, das ja offenbar stattgefunden hat, die Oberhand behalten hätte. Ganz zu schweigen von den Fingerabdrücken, vor allem auch am Messer.«

»Ja, ich gebe zu, das hört sich ganz gut an. Fehlt nur noch das Motiv.«

»Und die Frau überhaupt.«

»Die kriegen wir schon.« Martin klang zuversichtlich.

»Ich kümmere mich um das Taxi«, sagte Dieter.

»… und ich mich um diese Judoschule.«

Als sie zurück ins Präsidium kamen, war es halb acht. Paul und Michael hatten sich in den Feierabend abgemeldet. Martin griff zum Telefon, um seinen Chef zu informieren und von ihm die Genehmigungen für die bereits eingeleitete Observation und eine Fahndung nach Eva Klein einzuholen. Außerdem beschlossen sie, beim Staatsanwalt einen Hausdurchsuchungsbefehl zu erwirken.

Dann kümmerte sich Martin um die Arbeitsstelle der Verdächtigen. Eine Stunde später hatte er alle Informationen, die er brauchte. Eva Klein arbeitete seit einem Jahr in der Kampfsportschule Brenner, der zurzeit größten und angesagtesten in Wiesbaden. Sie leitete fünf Stunden am Tag verschiedene Kurse für Erwachsene. Sie hatte vor vierzehn Monaten eine Ausbildung zur Judotrainerin in Frankfurt gemacht und wurde von ihrem jetzigen Arbeitgeber aufgrund ihres Könnens hoch gelobt. Ihre Kurse seien gut besucht und sie als Lehrerin sehr beliebt. Zurzeit habe sie Urlaub, zwei Wochen. Dieser Urlaub sei der erste, den sie in Anspruch genommen habe, seit sie dort arbeite. Sie hatte ihn vor zwei Wochen sehr spontan beantragt. Wohin sie allerdings verreist war, wusste der Leiter der Judoschule nicht zu sagen. Auch zwei ihrer Kollegen wussten nur, dass sie auf gut Glück eine kleine Tour machen wollte. Es hörte sich so an, als hätte sie kein bestimmtes Ziel gehabt.

Martin erkundigte sich, ob die drei Opfer in der Judoschule bekannt waren, was allerdings nicht der Fall war. Er fragte nach Freunden, Familie und Bekannten von Eva Klein. Da gab es eine Schwester in Düsseldorf und einen Bruder in Stuttgart. Mit beiden telefonierte er, aber beide hatten ihre Schwester lange nicht gesehen.

Auch Dieter hatte nicht wesentlich mehr herausgefunden. Zwar hatte er das Taxiunternehmen ermittelt, das Eva Klein abgeholt und zum Hauptbahnhof gefahren hatte, ihr Ziel blieb aber unbekannt.

»Jetzt können wir nur hoffen, dass die Fahndung greift oder die Wohnung einen Hinweis gibt«, sagte Martin zu Dieter. »Aber für heute war's das nun endgültig. Lass uns nach Hause gehen und morgen weitermachen.«

Während Martin zu Karla fuhr, war auch Anne in ihrem Wagen unterwegs. Auch sie wollte nach Hause, nachdem sie sich bei Kelly das Buch von Saskia besorgt hatte, das sie morgen bei Mark abgeben würde. Nur mit halbem Ohr hörte sie im Radio die Meldung über den Mord an einer jungen Frau in Wiesbaden, die wahrscheinlich Opfer eines Serienmörders geworden war. Mit ihren Gedanken war Anne allerdings ganz woanders.

6

Als Martin am nächsten Morgen ins Büro kam, fand er auf seinem Schreibtisch eine kurze Notiz von Paul, der ihm mitteilte, dass Ulf am gestrigen Abend nicht zur Wohnung von Marita Janz gekommen war. Vermutlich wusste er also bereits vom Tod seiner Geliebten. Die Frage war nur woher?

Neben der Notiz lag der Bericht über die Untersuchung des Messerblocks, in dem ein Messer fehlte. Die Tatwaffe war mit größter Wahrscheinlichkeit keines dieser Schneidwerkzeuge. Alle Messer steckten mit den Schneiden nach unten im Block und hatten erhebliche Furchen ins Holz geritzt. Der leere Messerschlitz wies die gleiche Furche auf, die aber nicht zur Tatwaffe passte. Außerdem war der Griff völlig anders. Das bewies allerdings nichts weiter, als dass der Mörder entweder die Tatwaffe mitgebracht hatte und der Messerblock einfach nicht vollständig war, oder das gefundene Messer, sofern es Frau Janz gehört hatte, normalerweise woanders aufbewahrt wurde. Aus all dem konnte Martin augenblicklich keine relevanten Schlüsse ziehen.

Von seinen Leuten war niemand im Haus. Alle waren unterwegs, um die besprochenen Nachforschungen anzustellen. Und so beschloss er, die Ärzte von Marita Janz aufzusuchen. Er suchte sich die Namen aus dem Kalender und die dazugehörigen Adressen aus dem Telefonbuch. Es handelte sich um einen Allgemeinmediziner und einen Zahnarzt. Den Zahnarzt ließ er vorerst außer acht und fuhr zu Dr. Stemmler in die Platterstraße. Die Praxis lag nicht weit entfernt von der Wellritzstraße, sodass er der nächstgelegene Arzt für Marita gewesen war. Dort erfuhr er, dass Marita Janz seit vier Jahren bei Dr. Stemmler in Behandlung war. Sie hatte nie an schwerwiegenden Erkrankungen gelitten. Außer Magen-Darm-Grippe und Erkältungen war nichts in der Akte vermerkt. Zuletzt sei sie vor sechs Wochen bei ihm gewesen aufgrund eines sehr starken Hustens, den er mit Antibiotika behandelt hatte. Dass sie schwanger gewesen war, wusste Dr. Stemmler nicht. Er verwies Martin an die Gynäkologin Dr. Liebherr, deren Patientin Marita ebenfalls gewesen war. Martin machte sich sofort im Anschluss auf den Weg dorthin. Er legte einen Zwischenstopp in der Wellritzstraße ein, um sich die Packung mit der Pille aus Maritas Wohnung zu holen.

Frau Dr. Liebherr war eine nette, sehr gesprächige Ärztin. Sie teilte ihm mit, dass Marita zuletzt vor drei Monaten zur Krebsvorsorge gekommen war. Die Befunde waren alle negativ gewesen. Sie hatte regelmäßig die Pille verschrieben bekommen und auch ohne Probleme vertragen. Dass ihre Patientin schwanger gewesen war, wusste die Ärztin nicht. Martin zeigte ihr die Packung mit der Pille. Aufgrund der Daten über die Periode sowie der fehlenden Pillen in der Packung konnte Dr. Liebherr schnell schließen, dass Marita bis zu ihrem Tod die Pille genommen hatte. Die Gynäkologin vermutete, dass sie selbst noch gar nichts von ihrer Schwangerschaft gewusst hatte und wohl schwanger geworden war, weil durch die eingenommenen Antibiotika die Wirkung der Pille versagt hatte.

Mit diesen Erkenntnissen fuhr Martin zurück ins Büro. Dieter war bereits zurück, aber immer noch mit der Überprüfung der Nummern im Adressbuch beschäftigt. Die Fragen zu Fotoalbum und Adressbuch bei der Mutter und Frau Festner hatten nichts Neues ergeben.

Im Lauf des Tages kam das grafologische Gutachten herein. Martin nahm ohne großes Erstaunen zur Kenntnis, dass es sich bei den letzten beiden Morden eindeutig um dieselbe rechte Hand gehandelt hatte, die das Messer geführt hatte. Immerhin war das ein erster Beweis für die Serientäterschaft.

Von der Hausdurchsuchung bei Eva Klein gab es auch erste Ergebnisse. Es waren Reiseprospekte von Bayern gefunden worden, in denen verschiedene Hotels in München angekreuzt waren. Martin leitete die Informationen zur Überprüfung an die Kripo in München weiter.

Gegen Abend trudelte der Rest der Mannschaft ein, und sie setzten sich zu einer kurzen Besprechung zusammen. Martin weihte sie in die jüngsten Entwicklungen ein, die alle voller Erstaunen, aber mit größter Zufriedenheit zur Kenntnis nahmen.

»Wir dürfen jetzt nicht vor lauter Enthusiasmus, den Täter vielleicht gefunden zu haben, den Blick auf die anderen Möglichkeiten verlieren. Wir können noch lange nicht sicher sein«, dämpfte Martin den Optimismus.

»Aber, Chef«, wandte Paul ein, »was gibt es denn noch für andere Möglichkeiten? Es spricht doch alles gegen diese Frau. Wie sollte sie uns sinnvoll die Existenz ihrer Fingerabdrücke am Tatort erklären können?«

»Alles schön und gut, aber ich kann nicht glauben, dass es diesmal so leicht sein soll«, sagte Martin und schüttelte nachdenklich den Kopf.

»Warum nicht? Wir können doch auch einfach mal Glück haben.« Dieter blickte zu ihm herüber.

»Es kann doch nicht sein, dass ein Mörder bei seinem dritten Mord den schwerwiegenden Fehler begeht und überall seine Fingerabdrücke hinterlässt«, gab Martin zu bedenken, »noch dazu, wenn er bzw. sie weiß, dass sie registriert sind.«

»Vielleicht war der Mord nicht geplant, und sie hatte keine Handschuhe mit und auch keine Zeit, die Spuren zu beseitigen. Jedenfalls spricht einiges dafür, dass diese Frau die Mörderin ist. Immerhin hat sie sich aus dem Staub gemacht.«

»Ja, aber vielleicht ist sie auch einfach eine Freundin, die ihre Fingerabdrücke bei einem Besuch hinterlassen hat.«

»Auch auf dem Messer?«, fragte Paul skeptisch.

»Möglicherweise haben die beiden zusammen gekocht. Wer weiß? Warten wir einfach ab, bis wir diese Eva Klein gefunden haben. Bis dahin ermitteln wir in alle anderen Richtungen weiter. Also, was haben wir außer Eva Klein?«

Die Ergebnisse waren mager. Die Suche nach Ulf war bisher erfolglos verlaufen, ebenso wie die Recherche nach Hinweisen aus dem Adressbuch. Dieter hatte sich inzwischen auch mit den Finanzen des Opfers befasst und nichts Auffälliges festgestellt. Es gab regelmäßige Lohnzahlungen, einen höheren Sparbetrag auf einem Tagesgeldkonto, der zum größten Teil aus dem Erbe ihres Vaters stammte, und keine außergewöhnlichen Ausgaben oder zusätzlichen Einnahmen.

»Okay, für heute machen wir Schluss«, sagte Martin abschließend. »Und morgen befragen wir noch mal die Nachbarin. Und diesen Ulf will ich so bald wie möglich persönlich kennenlernen. Also, Hände in den Schoß legen und auf Eva Klein warten gibt's nicht.« Martin griff nach seinen Schlüsseln, winkte den Kollegen und verschwand. Er schlenderte an den Parkplätzen vorüber in Richtung Altstadt. Bevor er nach Hause fahren würde, wollte er erst einmal auf andere Gedanken kommen, denn einen Serienkiller konnte er nicht so leicht aus seinem Kopf verbannen wie die »normalen« Mörder. In seiner bisherigen Laufbahn hatte er es eher selten mit einem Serienmörder zu tun gehabt. Er fühlte, wie der Druck, diesen Menschen zu fassen, von Tag zu Tag stieg und seine innere Unruhe immer größer wurde. Vielleicht würden sie Eva Klein bald haben, und vielleicht war sie tatsächlich die Täterin. Vielleicht wäre es diesmal wirklich einfacher. Aber wenn nicht?

Es war ein herrlicher Abend. Eine warme Brise wehte ihm entgegen, und je weiter er lief, umso mehr entspannte er sich. Nach zwanzig Minuten erreichte er die schmalen, verwinkelten Gässchen der Altstadt. Er blickte an den Häuserfassaden aus dem 18. und 19. Jahrhundert entlang, die Teil des liebenswerten Charmes dieser schönen Stadt waren. Er ging in die Grabenstraße und entschied sich, im Beck's am Bäckerbrunnen ein Bier zu trinken. Das war ein rustikales Kneipen-Lokal, das er hin und wieder aufsuchte, meistens mit Kollegen. Vor dem Haus standen zahlreiche Tische, die fast alle belegt waren. Gerade wollte er nach drinnen gehen, als er jemanden seinen Namen rufen hörte. Er blickte sich um und entdeckte seinen Kollegen Carsten Westphal, der ihn zu sich winkte.

»Hallo, Martin«, begrüßte ihn der junge Mann lächelnd. »Wir haben uns lange nicht gesehen. Willst du dich zu mir setzen?«

»Hallo, Carsten. Ja, gern.« Martin schob sich einen Stuhl zurecht und nahm Platz.

»Bist du auch zum Frusttrinken hier?«, wollte Carsten wissen.

»So was in der Art«, nickte Martin. »Und du? Siehst gar nicht so aus, als hättest du Frust. Eher so, als kämst du gerade aus dem Urlaub.« Er betrachtete Carsten, der sich bequem auf seinem Stuhl zurückgelehnt hatte. Er war ein sportlicher, schlanker Typ, der ihn aus blauen, klugen Augen ansah. Die beiden kannten sich durch die Arbeit schon etliche Jahre, und im Lauf der Zeit hatte sich eine lockere Freundschaft entwickelt.

»Ja, stimmt. Ich komme gerade aus Italien. Dass der Urlaub jetzt vorbei ist, ist eigentlich schon frustrierend genug, aber sie haben mir am ersten Arbeitstag gleich auch noch eine Drogentote serviert.«

»Tja, unsere Wege sind eben mit Leichen gepflastert. Was willst du machen?«

»Ja, von deiner Leiche habe ich auch schon gehört.«

Die Bedienung kam an den Tisch und sie bestellten jeder ein Bier.

»Willst du darüber reden?«, fragte Carsten und musterte den Freund. Zum ersten Mal fiel ihm auf, dass Martins dunkle Haare an den Schläfen die ersten Spuren von Grau zeigten. Auch die kleinen Falten um seine braunen Augen waren tiefer als sonst. Trotzdem wirkte er mit seinen sechsundvierzig Jahren eher jugendlich, was wohl ebenso an seiner guten Figur wie an der charmanten Lässigkeit lag, mit der er sich bewegte. Die ebenmäßigen, doch kantigen Gesichtszüge vermittelten den Eindruck eines Mannes, der alles unter Kontrolle hat.

»Eigentlich nicht«, hörte er Martin antworten. »Ich wollte den ganzen Mist mal für ein paar Stunden vergessen. Aber, wo ich dich hier treffe … vielleicht kennst du unsere Verdächtige ja. Kommt aus deinem Zuständigkeitsbereich.« Martin berichtete von den Morden und von Eva Klein. »Na, du hast ja wirklich eine ganz schöne Scheiße am Backen.« Ernst blickte Carsten seinen Kollegen an. »Aber der Name sagt mir im Augenblick nichts«, überlegte er. »War wohl eher ein kleiner Fisch. Aber ich sehe morgen mal nach und ruf dich dann an.«

»Gut, dann lass uns jetzt endlich zum angenehmen Teil des Abends kommen.«

»Hab' nichts dagegen.« Er hob dem Freund sein eben gebrachtes Bier entgegen. »Prost!«

Ganz anders erging es Anne. Freudige Erregung hatte sie schon den ganzen Tag erfüllt. Sie hatte sich schlecht auf ihre Arbeit konzentrieren können und war froh, als sie um neunzehn Uhr endlich das Büro verlassen konnte. Schnell fuhr sie nach Hause und zog sich um. Schon am Morgen hatte sie die Sachen für den heutigen Abend zurechtgelegt. Sie wollte nicht zu chic, aber auch nicht zu leger bei Mark erscheinen. Also hatte sie sich für eine enge, verwaschene Jeans und ein ebenso enges gelbes T-Shirt mit Carmen-Ausschnitt entschieden. Ihre Haare ließ sie hochgesteckt und zupfte nur einige Strähnen heraus. Das Make-up wurde dezent erneuert, und dann ging's los. Kurz darauf stand sie mit dem Buch in der Hand vor Marks Haustür und klingelte entschlossen.

Mark öffnete die Tür nur zwei Sekunden später, als hätte er direkt dahinter gestanden. Er trug eine Lederjacke und hatte einen Helm in der Hand. Enttäuschung machte sich in Anne breit, aber sie ließ sich nichts anmerken.

»Hallo, Mark. Du wunderst dich bestimmt, dass ich heute schon wieder vor der Tür stehe.«

»Allerdings, ich bin etwas überrascht.«

»Ich wollte Saskia ein Buch zurückbringen.«

»Sie ist im Augenblick nicht da.«

»Schade. Wann kommt sie denn?«

»Das wird spät. Dienstags hat sie ihren Sportabend. Schwimmen und Sauna. Vor zwölf ist sie meist nicht zurück. Aber du kannst das Buch trotzdem hierlassen.« Mark lachte sie an.

»Ja, sicher.« Anne reichte es ihm. »Wolltest du gerade los?«, fragte sie, mit einem Nicken des Kopfes auf seinen Helm deutend.

»Nein, ich bin gerade gekommen.« Mit der Hand fuhr Mark sich durch die kurzen Haare, die in alle Richtungen abstanden.

»Ich wusste gar nicht, dass du Motorrad fährst.«

»Nur im Sommer. Da fahre ich abends oft eine Runde. Aber willst du nicht reinkommen?«, fragte er und trat zur Seite.

»Nur, wenn ich dich nicht störe.«

»Keine Spur.«

Sie ging an ihm vorbei ins Haus. Er legte seine Motorradjacke ab und wandte sich ihr zu. Anne musterte ihn von oben bis unten. Sein weißes T-Shirt lag eng am Körper, sodass vor allem die unglaublich muskulösen Arme nicht zu übersehen waren.

»Was schaust du mich so an? Ist was nicht in Ordnung?«, fragte er amüsiert.

»Doch, doch. Ich habe dich nur noch nie in Freizeitkleidung gesehen. Ich kenne dich nur im feinen Anzug.«

»Und?« Er drehte sich langsam vor ihr. »Wie ist dein Eindruck?«

Sie lachte. »Gut! Gefällt mir.«

»Da habe ich ja noch mal Glück gehabt«, sagte er gespielt erleichtert. »Möchtest du was trinken?«

»Gern. Wie wär's mit *Sex on the beach*? Daran habe ich die besten Erinnerungen.«

»Bedaure. Aber ich habe keine Ahnung, was in den Drink reingehört. Das ist wohl Paolos Geheimnis.«

»Kein Problem«, winkte sie ab. »Ist wahrscheinlich sowieso keine gute Idee. Ich komme gerade von der Arbeit und hab' noch nichts gegessen. Was ohne Alkohol wär' sicher besser.«

»Ich hab' Eistee da.«

»Okay.«

»Setz dich doch inzwischen«, forderte er sie auf und verschwand in der Küche.

Anne ließ sich in das riesige Wohlfühl-Sofa fallen, legte den Kopf in den Nacken und schloss die Augen.

»Müde?«, drang Marks Stimme kurz darauf an ihr Ohr. Er war hinter dem Sofa in die Hocke gegangen. Als sie sich umdrehte, blickte sie direkt in seine unglaublich grünen Augen.

»Entschuldige. Ich bin wirklich etwas müde. Es war ein anstrengender Tag und dieses Sofa hier ist einfach kuschelig.«

»Ganz meiner Meinung.« Er richtete sich auf, kam um das Sofa herum, ließ sich in die Polster fallen und legte einen Arm auf der Lehne hinter ihr ab. Sie tranken schweigend den Eistee.

»Hast du Hunger?«, wollte er wissen.

»Warum?«

»Antwortest du immer mit einer Gegenfrage?« Er schien belustigt.

»Nur manchmal.«

»Na, dann besteht ja noch Hoffnung. Also, Hunger oder nicht?«

»Eigentlich schon, aber ich will dir nicht den Kühlschrank plündern.«

»Nur keine falsche Bescheidenheit. Außerdem droht dem Kühlschrank keine Gefahr. Ich bestelle uns eine Pizza, wenn du Lust hast.«

»Gut, aber ich bezahle.«

»Emanzipation ist ja ganz schön, aber in diesem Falle unangebracht. Du bist eingeladen.« Der Ton duldete keinen Widerspruch, was Anne lächelnd zur Kenntnis nahm.

Keine halbe Stunde später saßen sie auf der Terrasse, aßen und tranken Rotwein.

»Fühlt ihr euch hier nicht immer wie im Urlaub?«, fragte Anne kauend.

»Es ist schon schön hier, klar. Aber es ist wie mit allem: Man gewöhnt sich daran und irgendwann ist es nichts Besonderes mehr.«

»Tatsächlich mit allem? Dann wäre deine Ehe zum Beispiel ja auch schon nichts Besonderes mehr.« Neugierig sah Anne Mark an, und er begann zu lachen.

»Wir sind jetzt seit fünf Jahren verheiratet, und sagen wir mal so: Es ist immer noch okay.«

Hörte sich das nach Ehe-Ermüdungserscheinungen an? Anne fragte weiter: »Ist das nicht ein bisschen wenig: okay?«

»Ich bin glücklich mit Saskia. Für mich gibt's keine andere Frau, denn im Grunde habe ich alles, was ich brauche. Ich würde mit niemandem tauschen wollen.«

»Das hört sich schon besser an.«

Jetzt hieß es erstmal damit zu beginnen, ein Bedürfnis zu schaffen, um sich später als verlockendes Angebot zu präsentieren.

»Bei euch hat man den Eindruck, ihr führt eine Super-Ehe. Ihr seid sozusagen ein Vorbild. Das lässt auch mich hoffen.«

»Hört sich an, als hältst du nicht allzu viel von der Ehe?«

»Einerseits finde ich es toll, sich für das ganze Leben zu binden, andererseits ist diese Einrichtung wider die Natur des Menschen. Man muss sich eigentlich nicht wundern, dass so viele Beziehungen nach ein paar Jahren auseinander gehen oder die Partner woanders Abwechslung suchen.«

»Es ist alles eine Frage der Einstellung.«

»Was macht ihr, damit es nicht langweilig wird?« Sie beobachtete, wie er überlegte.

»Weißt du, wenn man eine Weile zusammen ist, ist man nicht mehr so aufmerksam wie am Anfang. Aber wenn man sich dessen bewusst wird, kann man was dagegen tun. Das Geheimnis einer guten Beziehung besteht darin, den anderen glücklich zu machen, und das ist meist gar nicht so schwer, wie man denkt. Man darf das nur nicht vergessen.«

»Ist das nicht manchmal anstrengend, immer auf die Bedürfnisse des anderen zu achten oder Rücksicht zu nehmen?«

»Alles Übung. Außerdem haben wir beide unsere Freiheiten und Auszeiten.«

»So wie heute Abend?« Anne neigte leicht den Kopf und lächelte verführerisch.

»So wie heute Abend«, bestätigte Mark.

Anne lag es auf der Zunge zu fragen, ob die Freiheiten auch kleine Seitensprünge beinhalteten. Doch würde er ihr wohl kaum die Wahrheit sagen. Sie leerte ihr Glas, und während er ihr nachschenkte, rieb sie sich den Nacken.

»Verspannt?«, fragte er.

»Ja, mein Dauerzustand. Du sitzt doch auch den ganzen Tag am Schreibtisch. Bist du nicht verspannt?«

»Nein, nicht das ich wüsste.«

»Wahrscheinlich treibst du wie wahnsinnig Sport.«

»Wie wahnsinnig«, bestätigte er nickend. »Ich hänge auf der Couch rum und sehe fern, ich fahre Motorrad, ich liege auf der Terrasse und trinke Alkohol oder ich füttere hungrige Gäste mit Pizza. Solche Sportarten eben.« Er blickte sie verschmitzt an und schob ihr ein Stück Pizza in den Mund. Beide lachten, als es an der Tür klingelte.

»Sekunde«, entschuldigte sich Mark und verschwand.

Kurz darauf erschien seine Schwiegermutter auf der Terrasse, Mark im Schlepptau.

»Guten Abend, Frau Degener«, begrüßte sie Anne erstaunt. »Das ist ja eine Überraschung. Was machen Sie hier?«

Helgas kritischer Blick auf die Pizzateller enthob Anne einer Antwort. Mark war gleich um die Hausecke verschwunden und kam nun mit einem Spaten zurück, den er seiner Schwiegermutter in die Hand drückte. Helga verabschiedete sich etwas frostig von Anne und zog dann Mark mit sich zurück ins Haus.

Während die beiden sich entfernten, hörte Anne Helga noch sagen: »Wenn ihr aufgegessen habt, könntest du noch rüberkommen und mir mit dem Pflanzloch helfen.«

»Heute bestimmt nicht mehr. Erstens hab' ich Besuch und zweitens eilt das doch nicht.«

Fünf Minuten später kam Mark mit einem »Entschuldige bitte!« wieder zurück.

»Kein Problem!« Anne nippte an ihrem Glas. »Sie schien sehr erstaunt, mich hier zu sehen.«

»Nicht erstaunter als ich es war. Aber sie ist immer überrascht, wenn Besuch da ist. Zumindest tut sie so. Wahrscheinlich fragt sie sich gerade, warum wir nicht angerufen haben, um sie auch zur Pizza einzuladen.«

»Ich schätze, sie fragt sich eher, warum ihr böser Schwiegersohn nicht mitgekommen ist, um ihr zu helfen.«

»Das kann auch sein.«

»Lass dich von mir bitte nicht abhalten. Ich bin ohnehin schon lange genug hier.«

»So weit kommt's noch. Du bleibst. Ab und zu muss man Helga mal spüren lassen, dass ich nicht immer zu ihrer uneingeschränkten Verfügung stehe. Wir helfen uns zwar gegenseitig, aber wenn's nach ihr ginge, wäre das täglich. Das ist mir zu viel. Außerdem lasse ich mir meinen Besuch nicht mies machen, schon gar nicht so einen netten.«

»Danke für das Kompliment«, ein verführerisches Lächeln unterstrich ihre Worte.

»Nutzt ihr den Pool eigentlich?«, nahm Anne nach einer kleinen Pause das Gespräch wieder auf.

»Saskia schwimmt jeden Morgen eine Runde, und ich schwimme hin und wieder, wenn ich abends nach Hause komme.«

»Hab' ich dich vorhin davon abgehalten?«

»Nein, hast du nicht. Würdest du denn gerne schwimmen?«

»Ehrlich gesagt, es reizt mich schon.«

»Aber?«

»Ich kann doch jetzt hier nicht schwimmen gehen.«

»Warum nicht? Es ist nur einen Sprung entfernt.« Mit einer Handbewegung wies er auf den ovalen Pool, dessen Wasser einladend in der Abendsonne glitzerte.

»Ich hab' keine Badesachen dabei.«

»Wenn's weiter nichts ist. Ich gebe dir was von Saskia.«

»Nein, das wäre ihr vielleicht nicht recht und mir auch nicht.«

»Gut, dann geh eben nackt«, sagte er spontan.

Sie legte den Kopf schief und sah ihn bedeutungsvoll an.

»Was siehst du mich so an?«, lachte er. »Glaubst du, ich weiß nicht, wie eine Frau aussieht?« Er ließ seinen Blick langsam an ihr heruntergleiten.

»Ich glaube kaum, dass Saskia es gut findet, wenn eine nackte Frau vor dir in deinem Pool rumhüpfen würde«, konterte Anne.

»Und ich weiß, dass sie nichts dagegen haben würde.«

»So viel Vertrauen?«, fragte sie skeptisch.

»So viel Vertrauen!«

Erneut leerte Anne ihr Weinglas, stand auf und ging zum Pool herüber. Die Oberfläche des Wassers war glatt wie ein Spiegel. Mark folgte ihr. Anne setzte sich an den Beckenrand, streifte ihre Sandalen ab und ließ ihre Füße ins Wasser gleiten.

»Tut gut«, erklärte sie, legte den Kopf in den Nacken und blickte zu ihm hoch.

Mark ging neben ihr in die Hocke und sah sie neugierig an. »Du bist hübsch. Warum hast du keinen Freund?«

»Woher willst du wissen, dass ich keinen habe?«

»Kelly hat's mir gesagt.«

Sie nickte.

»Ehrlich gesagt, habe ich gar keine Zeit für eine feste Beziehung. Mein Job nimmt mich ziemlich in Anspruch.«

»Aber man braucht doch einen Ausgleich. Kein Wunder, dass du verspannt bist.«

»Dagegen hilft kein Freund, sondern ein Masseur.«

»Oder so was Ähnliches.« Er kniete sich hinter Anne und begann ihren Nacken zu massieren. Wohlig stöhnend schloss sie die Augen.

»Ich sollte wirklich überlegen, mir einen Freund zuzulegen. Er müsste allerdings die gleichen Griffe draufhaben wie du.«

»Das wird sicher schwer«, meinte er ernst.

»Meinst du? Dann komm' ich eben regelmäßig zu dir«, sagte sie kess.

»Kein Problem.«

Als er sich wieder neben sie setzte, blickte sie ihn dankbar an und legte ihre Hand auf sein Bein. Er ließ es gerne geschehen. Sie plauderten noch eine Weile über Belanglosigkeiten, dann verabschiedete sich Anne von Mark. An der Tür fragte sie sich, wie er wohl reagieren würde, wenn sie ihn einfach küssen würde, verwarf den Gedanken aber sofort wieder und reichte ihm stattdessen die Hand. Immer langsam, ermahnte sie sich.

»Tschüss und vielen Dank für Eistee, Pizza mit Logenplatz am Pool und Massage. Heute Morgen hätte ich davon noch nicht einmal zu träumen gewagt.«

»Manche Tage haben eben Überraschungen parat.«

8

Die Bürotür wurde aufgerissen, und Egon Milster marschierte herein. Martin erkannte sofort, dass sein Chef auf hundertachtzig war. Er wedelte wild mit einer Zeitung herum, ehe er sie auf den Tisch knallte. »Was ist das hier für ein Sauhaufen!«, rief er aufgebracht.

»Ich schätze, das werden Sie uns gleich sagen.«

Martins Freundlichkeit trug nicht gerade zu Milsters Beruhigung bei. Er kam langsam auf Martin zu, stützte sich mit beiden Fäusten auf der Tischplatte direkt vor ihm ab und musterte ihn aus zusammengekniffenen Augen. »Wahrscheinlich haben Sie heute Morgen wieder keine Zeitung gelesen. Sonst wüssten Sie, dass

Journalisten inzwischen Ihre Arbeit machen. Diese Schmierfinken, wie Sie sie zu nennen pflegen, haben herausgefunden, dass unser Opfer eine Nutte war!« Die letzten Worte hatte er geschrien. Er richtete sich auf und schritt wütend im Zimmer auf und ab, während er wild mit den Händen gestikulierte. »Und ich denke, dass diese Tatsache nicht ganz unwesentlich für die Ermittlungen ist!«

»Chef, jetzt kommen Sie mal wieder runter«, versuchte Martin ihn zu beschwichtigen.

»Sagen Sie mir nicht, was ich zu tun habe!«, brüllte Milster zurück. »Lesen Sie das Ergebnis journalistischer Arbeit und versuchen Sie in Zukunft diese Art von Informationen *vor* der Presse herauszubekommen! Wie stehen wir denn jetzt da?«

»Wir haben keinerlei Hinweise, die solche Informationen bestätigen könnten.«

Milster ignorierte, was Martin sagte. »Wie die letzten Deppen stehen wir da!« Er ging zur Tür, die noch immer aufstand. »Sehen Sie bloß zu, dass ich solche Neuigkeiten nicht mehr aus der Presse erfahre. Ich will sie von Ihnen, schließlich werden Sie dafür bezahlt.« Er warf jedem der Männer einen vernichtenden Blick zu, dann fiel die Tür laut krachend hinter ihm ins Schloss.

»Was war denn das?« Michael runzelte die Stirn und griff nach der Zeitung. Er las den Artikel auf der ersten Seite des »Hessischen Anzeigers« laut vor. Ein Informant hatte offenbar berichtet, dass sich Marita Janz in ihrer Wohnung als Nutte betätigt hatte. Es folgten Spekulationen über Streitereien mit möglichen Zuhältern oder Kunden, die ein wunderbares Motiv für einen Mord liefern könnten.

»Wo haben die einen solchen Zeugen her?«, fragte Paul in die Runde.

»Das würde mich auch interessieren.« Martin griff nach der Zeitung und las den Namen des Journalisten. »Peter Krieg. Dann wollen wir doch mal sehen, ob wir tatsächlich zu blöd für unseren Job sind. Paul«, bat er, »ruf bitte bei der Zeitung an und frag nach, ob dieser Krieg da ist. Mach aber keinen Termin, wir kommen unangemeldet.«

Auch die Frau hatte den »Hessischen Anzeiger« gelesen. Zufrieden lächelnd legte sie die Zeitung zur Seite. Offensichtlich tappte die Polizei im Dunkeln. Und dass sie nicht die einzige war, die Marita Janz als das ansah, was sie gewesen war, bereitete ihr besondere Freude. Die Frau genoss das Gefühl, eine Arbeit zu Ende gebracht zu haben und sich jetzt ausruhen zu können. Vorerst! Sie würde wissen, wann der Gerechtigkeit das nächste Mal Genüge getan werden müsste. Denn bisher hatte nicht sie die Opfer ausgesucht. Der Zufall hatte ihr jedes Mal einen Hinweis gegeben, dem sie dann pflichtbewusst und erfolgreich nachgegangen war.

Die Frau sah auf die Uhr. Es wurde Zeit, sich auf den Weg zu machen, um der Einladung einer Freundin nachzukommen.

Keine halbe Stunde später betraten Martin und Paul das Büro von Peter Krieg, der gerade telefonierte. Seine Sekretärin war den beiden Beamten gefolgt und zuckte entschuldigend die Schultern. »Sie sind einfach reingekommen!« Der Journalist winkte beschwichtigend ab und die Sekretärin verließ den Raum. Krieg beendete sein Gespräch und wandte sich den beiden Männern zu.

»Sie sind sicher von der Polizei, wenn sie so einfach ungebeten hereinplatzen, stimmt's?« Er lächelte überlegen.

»Gut kombiniert«, lobte Martin und trat an den Schreibtisch. »Wir interessieren uns für Ihren Artikel von heute Morgen.«

»Sie meinen den über die kleine Nutte?« Die Art, wie er sich in seinem schwarzen Ledersessel zurücklehnte, hatte etwas Provozierendes, und Martin wünschte sich nichts mehr, als dass der Bericht eine Lüge war, die er diesem Lackaffen um die Ohren hauen konnte.

»Genau den. Wir hätten gern gewusst, wer der von Ihnen erwähnte Informant ist.«

»Aber, meine Herren, ich bitte Sie. Sie glauben doch nicht, dass ich Ihnen einen Namen nenne. Ich habe dieser Person mein Wort gegeben, dass sie anonym bleibt.«

»Sehr edel, aber das interessiert mich nicht. Wir ermitteln hier in einem Mordfall, und ich glaube nicht, dass Sie auf eine Anzeige wegen unterlassener Hilfeleistung scharf sind.«

»Ach, kommen Sie, was heißt hier unterlassene Hilfeleistung. Ich mache nur meinen Job und Sie Ihren. Wobei Sie im Augenblick tatsächlich Probleme mit den Ermittlungen zu haben scheinen, sonst wären Sie ja nicht bei mir. Es brennt wohl ziemlich?«

»Gleich brennt hier noch mehr.« Martin sprach nun bedrohlich leise. »Wenn ich nicht innerhalb der nächsten zwei Minuten den Namen des angeblichen Informanten habe, werde ich Ihnen eine Klage an den Hals hängen.«

»Wollen Sie mir drohen, Herr Kommissar?« Erstaunt hob Krieg die Augenbrauen.

»Ach, wo denken Sie hin.« Martin grinste falsch. »Das ist keine Drohung, das ist ein Versprechen. Und auch ich habe Informanten, die gerne allen möglichen Dreck, den jemand am Stecken hat, bezeugen könnten.«

Die Männer fixierten sich schweigend.

»Also, dann will ich mal nicht so sein.« Krieg knickte als Erster ein, gab sich dabei aber großspurig. »Wenn ich mich recht erinnere, war es eine Frau Kling aus dem Haus der kleinen Nutte.«

»Na also. Vielen Dank für Ihre Mitarbeit«, sagte Martin betont freundlich.

Er und Paul verließen den Raum, ohne die Türe zu schließen.

»So ein Idiot!«, sagte Paul aufgebracht, als sie auf die Straße traten.

»Ja, aber jetzt wissen wir wenigstens, was wir wissen wollten.«

»Allerdings, und ich kann nicht sagen, dass mich diese Information besonders überrascht.«

»Nein, wirklich nicht. Das passt zu dieser Kling. Aber vielleicht weiß sie ja wirklich etwas, was sie uns noch nicht gesagt hat.« Martin atmete tief durch, um die Borniertheit Peter Kriegs abzuschütteln.

Von der Zeitung fuhren die beiden Polizisten direkt zu Frau Kling. Als sie in dem vornehm eingerichteten Wohnzimmer saßen, ergriff Martin das Wort: »Bei unserer ersten Befragung sagten Sie, Sie wüssten nichts über Freunde oder Besucher von Frau Janz.«

»Ja und?«

»Trifft das immer noch zu?«

»Im Grunde schon.« Eine leichte Unsicherheit schwang in ihrer Stimme mit.

»Im Grunde?«, wiederholte Martin. »Warum haben Sie uns nicht gesagt, dass das Opfer als Prostituierte gearbeitet hat? Wir wären Ihnen für diese Information sehr dankbar gewesen.«

Frau Kling antwortete nicht.

»Herr Krieg vom ›Hessischen Anzeiger‹ hat uns freundlicherweise gesagt, von wem sein Wissen stammt.« Damit drückte er ihr ein Exemplar der Zeitung in die Hand und deutete auf den Bericht.

»Ich habe mich eben erst jetzt erinnert«, versuchte sich Frau Kling zu rechtfertigen und gab das Blatt zurück.

»Dann hätten Sie damit zuerst zu uns kommen müssen. Oder hat Herr Krieg Sie vielleicht mit Geld zu dieser Aussage überredet und das Ganze entspricht gar nicht der Wahrheit.«

»Ich lüge doch nicht«, rief Frau Kling etwas zu laut.

»Also gut.« Martin lächelte sie an, was sie offensichtlich nervös machte. »Dann sagen Sie uns doch mal, was genau Sie beobachtet haben.«

»Die Janz hatte oft Männerbesuch. Damit hat sie sich ihr Konto aufgebessert.«

»Waren es denn verschiedene Männer?«

»Davon gehe ich mal aus.«

»Wissen Sie es, oder gehen Sie nur davon aus?«

»Na, das liegt doch auf der Hand. Glauben Sie, so eine gibt sich mit einem zufrieden?«

»Noch einmal, Frau Kling: Haben Sie verschiedene Männer bei Frau Janz ein- und ausgehen gesehen?« Martin sprach bewusst langsam, wie mit einem Kind, das nicht begreift.

»Ja, sicher.« Diese Antwort kam zu schnell, und Martin wusste, dass sie gelogen war.

»Könnten Sie die Männer beschreiben?«

»Nein. So genau sehe ich mir solche Typen nicht an.«

»Und wie kommen Sie dann zu der Annahme, dass Frau Janz Geld von diesen Männern genommen hat?«

»Die hatte doch nur so einen popeligen Bürojob. Glauben Sie, davon kann man sich das neueste Mercedes Cabrio leisten?«

»Waren Sie eigentlich jemals bei Frau Janz in der Wohnung?«, fragte Martin weiter, ohne auf Frau Klings Antwort einzugehen.

»Warum sollte ich?«

»Haben Sie vielen Dank für Ihre ganz persönlichen Ansichten in diesem Fall. Es war sehr interessant.« Martin stand auf, bedachte Frau Kling mit einem herablassenden Blick und ging Richtung Haustür. Paul folgte ihm. »Ach eines noch, Frau Kling. Wenn Ihnen noch etwas zu Marita Janz einfallen sollte, wenden Sie sich doch bitte an uns und nicht an die Zeitung. Das könnte sonst unschöne Folgen für Sie haben.«

»Ach, ja?«, gab sie schnippisch zurück.

»Ja!«, antwortete er gelassen.

Neben der Tür sah Martin eine Sporttasche stehen, maß ihr aber keine weitere Bedeutung bei.

Als sie zurück im Präsidium waren, gab Martin die Zeitung ins Labor, damit man dort die Fingerabdrücke vom Tatort mit denen von Frau Kling vergleichen konnte. Anschließend sprach er Dieter auf die Anschaffung des Cabrios von Marita Janz an. Es stellte sich heraus, dass sie den Wagen von dem Geld aus dem Erbe bezahlt hatte. Also auch hier keinerlei Hinweise auf mögliche Einnahmen aus einer Prostituiertentätigkeit.

»Für mich sieht das alles so aus, als habe diese Kling das Gerücht aus lauter Boshaftigkeit in die Welt gesetzt«, sagte Martin. »Ganz offensichtlich konnte sie ihre Nachbarin nicht leiden. Warum das so ist, dieser Frage sollten wir nachgehen. Möglicherweise kann uns die Festner was dazu sagen.«

»Vielleicht wollte sie sich auch nur wichtig machen«, mutmaßte Dieter.

Martin nickte bestätigend. »Ich halte es auch für ziemlich unwahrscheinlich, dass diese Marita eine Hure war. In ihrer Wohnung befand sich nicht ein einziges Kondom, dazu dieser Sauberkeitsfimmel und Geldsorgen hatte sie auch nicht … das passt einfach nicht.« Er holte eine Zigarette aus seiner Schublade und steckte sie an. »Diese Kling ist irgendwie komisch.« Nachdenklich blickte er dem aufsteigenden Rauch nach.

»Vielleicht ist sie ja die Täterin«, spekulierte Dieter. »Ein Alibi hat sie nicht, aber dafür eine starke Aversion gegen die Janz. Und zufällig hat sie sie auch noch gefunden.«

»Keine vorschnellen Mutmaßungen. Warten wir erstmal die Auswertung der Fingerabdrücke ab. Dann können wir überprüfen, ob die Kling in irgendeinem Zusammenhang mit den ersten beiden Opfern stand. Zunächst sollten wir uns aber dieses Cabrio ansehen und jemand muss die persönlichen Sachen der Janz zur Durchsicht aus ihrem Büro holen.«

»Gut. Ich kümmere mich darum.«

Der Rest des Tages verlief ruhig. Die Ergebnisse der zahlreichen Nachforschungen hatten sie nicht wirklich weitergebracht, ebenso wenig die Informationen über Eva Klein, die Carsten herübergeschickt hatte. Sie war eine der letzten Glieder in der Rauschgiftkette gewesen; eine der vielen Kleinhändler, die Diskotheken und Schulen abklapperten.

Martin rief Frau Festner an: »Wissen Sie, ob Frau Janz außer Ulf noch andere Männer empfangen hat?«

»Empfangen hat?«, wiederholte sie. »Spielen Sie etwa auf diesen widerlichen Zeitungsartikel an?« Martin hörte die Entrüstung in ihrer Stimme. »Marita war ganz bestimmt keine Prostituierte. Ich denke doch, dass ich das mitbekommen hätte. Ich kann mir das auch nicht vorstellen. So ein Typ war sie nicht.«

»Sie kennen sicher auch Britta Kling aus dem Haus?«

Einen Moment herrschte Stille in der Leitung.

»Flüchtig.«

»Wissen Sie, ob Marita Kontakt zu ihr hatte?«

»Soweit ich weiß, nicht.«

»Es hat sich herausgestellt, dass Frau Kling ihre Freundin nicht gemocht hat. Könnten Sie sich vorstellen, warum das so war?«

»Keine Ahnung.«

»Sagt Ihnen der Name Eva Klein etwas?«

»Nein, gar nichts.«

Martin bemerkte zwar, dass sie die Fragen ziemlich knapp beantwortete, aber wie unangenehm sie ihr waren, fiel ihm am Telefon nicht auf.

Von der Fahndung gab's nichts Neues, und auch die Suche nach Ulf schien schwieriger als angenommen. Die Kollegen hatten alle

Banken in der Umgebung abgeklappert. Bei zweien arbeitete zwar ein Ulf, aber die beiden Männer entsprachen in keiner Weise dem Phantombild. Auch die Nachforschungen bei allen Firmen, die im weitesten Sinne etwas mit Finanzen zu tun hatten, blieben ohne Erfolg. Ihnen blieb nichts anderes übrig, als das Phantombild in die Zeitung setzen zu lassen und zu hoffen, dass jemand aus der Bevölkerung ihn erkennen würde.

Und das war tatsächlich auch der Fall. Bereits im Laufe des Vormittags des nächsten Tages erhielten sie mindestens zwanzig Anrufe von Leuten, die den Mann aus der Zeitung zu kennen glaubten. Martins ganzes Team war damit beschäftigt, diesen Hinweisen nachzugehen. Letztendlich stellte sich jedoch heraus, dass kein einziger ihr gesuchter Ulf war.

Die Überprüfung der Fingerabdrücke von Britta Kling hatte keine Übereinstimmung mit denen vom Tatort gebracht. Martin nahm das ohne Kommentar zur Kenntnis. Es war nur ein weiterer Hoffnungsschimmer, der damit erlosch. Er war daran gewöhnt.

Kurz vor Feierabend fuhr Martin mit Dieter und einem Kollegen von der Spurensicherung in die Wellritzstraße, um sich Maritas Mercedes anzusehen. Das Cabrio parkte direkt vorm Haus auf einem Anwohnerparkplatz. Wie zu erwarten, war das Auto von innen und außen ebenso sauber wie die Wohnung des Opfers. Es wirkte nagelneu. Sie nahmen Fingerabdrücke und sahen alle Stauräume durch, fanden allerdings nichts, was ihr Interesse weckte. Eine Straßenkarte, der Fahrzeugschein, eine Parkscheibe sowie Block und Stift und eine Packung Papiertaschentücher waren alles, was sie mitnehmen konnten.

Von all dem ahnte die Frau noch nichts. Allerdings hatte sie mit leichter Besorgnis zur Kenntnis genommen, dass die Polizei einen Mann, von dem sie wusste, dass er der Geliebte von Marita Janz war, per Phantombild in der Zeitung suchte. Das machte sie nervös. Jetzt blieb ihr nur zu hoffen, dass ihn seine Tarnung, die er Marita gegenüber aufgebaut hatte, weiterhin schützen würde.

9

Auch Annes Kollegen hatten die Zeitungen gelesen, und in den Pausen war der Mord an Marita Janz das Gesprächsthema Nummer eins. Anne bekam davon nur am Rande etwas mit. Ihr Chef war geschäftlich im Ausland, und so musste sie noch einige seiner Termine übernehmen. Erst am Wochenende fand sie ein wenig Ruhe und überlegte, wie sie in der Angelegenheit Mark weiter vorgehen sollte. Vielleicht wäre als nächstes ein zufälliges Treffen angebracht? Allerdings fehlte ihr eine zündende Idee, wo und wie sie Mark begegnen könnte. Erst am Montag hatte sie einen Geistesblitz.

Gleich morgens hatte sie das allwöchentliche Meeting mit ihrem Chef. Sie musste ihm berichten, dass ihnen die Bank einen Teil des Kredits für den Neubau eines Einkaufszentrums verweigert hatte. Zudem forderte ihr Vorstand nun, dass mindestens siebzig Prozent der Verkaufsfläche im Vorfeld an namhafte Firmen vermietet werden sollten. Bendix reagierte aufgebracht und versuchte, Anne die Schuld an dieser negativen Entwicklung zu geben.

Aber Anne ließ sich nicht von seinen Drohposen und Wutausbrüchen einschüchtern. Sie hatte schnell gelernt, wie sie ihren Chef nehmen musste, das beruhigte ihn meistens. Er fuhr sich durch sein krauses, graues Haar und ließ sich in seinen schwarzen Ledersessel fallen. »Haben Sie dem Vorstand gesagt, dass wir wahrscheinlich fünfzig Prozent der Fläche an den Baumarkt Reta vermieten können?«

»Sicher. Und ich denke, dass ich im Laufe dieser Woche den Mietvertrag unter Dach und Fach kriege. Dann fehlt uns nur noch ein Investor, um den Bankkredit aufzustocken.«

Am Ende übertrug Bendix ihr auch die Aufgabe, diesen Investor zu finden. Er war der Meinung, dass man bei solchen Verhandlungen mit weiblichen Reizen weiterkam als mit der Präsentation von Zahlen und Fakten. Als sie darauf nicht einging, meinte er versöhnlich: »Ach, seien Sie einfach so gut wie immer. Aber es muss unbedingt etwas passieren. Ich habe die Anwartschaft auf das Grundstück nur noch vier Monate. Dann muss Baubeginn sein, oder ein anderer ist am Zug. Also, lassen Sie mir das Projekt nicht scheitern.«

»Kein Problem!« Die Ironie in Annes Stimme überhörte er geflissentlich.

»Na, dann ist ja gut. Nächster Punkt.«

Als Anne danach wieder an ihrem Schreibtisch saß, hatte sie die Namen zweier Unternehmen vor sich liegen, die sie wegen der Investition in das Einkaufszentrum ansprechen wollte. Sie fühlte sich plötzlich furchtbar müde. Sie hatte so viel Arbeit am Hals, dass sie nicht wusste, wo sie beginnen sollte.

Während sie blicklos aus dem Fenster starrte, kam ihr für einen Moment die Wette in den Sinn. Sie würde keine Zeit haben, sich auch noch darauf zu konzentrieren. Vielleicht sollte sie eine Fristverlängerung bei Kelly beantragen? Oder sollte sie die Wette besser gleich verloren geben?

Das Klingeln des Telefons holte sie in die Arbeitswelt zurück. Allerdings blieben alle ihre Bemühungen, einen Investor zu finden, vergeblich. Enttäuscht machte sie sich am Abend auf den Heimweg. Allein kam sie hier nicht mehr weiter. Sie würde Hilfe brauchen. Aber an wen konnte sie sich wenden?

Als sie ihre Wohnungstür aufschloss, wurde die Nachbartür aufgerissen, und ein freundliches »Hallo!« drang an ihr Ohr.

»Hallo, Daniela!«, gab sie müde zurück und wandte sich ihrer Nachbarin zu.

»Na, jetzt erst Feierabend?«

Anne nickte nur. Sie wohnte Tür an Tür mit Daniela Böhmer. Ihre Wohnungen lagen im Erdgeschoss, drei weitere im ersten Stock, die alle von älteren Leuten bewohnt wurden.

»Hast du Lust auf ein Glas Wein?« Danielas braune Augen sahen sie bittend an.

»Nein danke. Das ist nett gemeint, aber ich bin todmüde und will nur noch ins Bett.« Schnell verabschiedete sich Anne und schloss die Tür hinter sich.

Endlich alleine! Während Anne in der Küche ein Glas Wasser trank, dachte sie über Daniela nach. Manchmal ging sie ihr ganz schön auf die Nerven. Meistens streckte sie ihren Kopf zur Tür heraus, wenn sie nach Hause kam. Als würde sie dauernd am Fenster sitzen und auf Annes Rückkehr warten.

Seit sich Anne und Toni vor einem guten Jahr getrennt hatten, ging das nun so. Fürsorglich hatte sich Daniela um Anne gekümmert. Oft hatten sie zusammengesessen und erzählt. Es war ein angenehmes, nachbarschaftliches Verhältnis. Anfangs war sie für ihre Gesellschaft dankbar gewesen, doch mit der Zeit fühlte sich Anne eingeengt. Und so schob sie immer öfter Zeitmangel oder Müdigkeit vor, um die Nachbarin abzuweisen.

Sie stellte ihr Glas in die Spüle und inspizierte die Räume. Nicht, weil sie erwartete, dass sich seit dem Morgen etwas verändert hatte, sondern weil sie ihre Wohnung liebte und wie immer froh war zu Hause zu sein. Die Räume erfüllten sie mit Ruhe und Zufriedenheit. Sie hatte alle Zimmer nach der Trennung von Toni renoviert und jedes unter ein bestimmtes Motto gestellt. Die Küche war mit Apfelbildern dekoriert. Sie klebten auf den weißen Fliesen über der Arbeitsplatte, am Fenster hing eine Scheibengardine mit Apfeldruck, und die Fensterbank zierten die gleichen roten Früchte. Selbst das Geschirr hatte ein Apfelmuster. Zwei riesige, rot eingerahmte Bilder von je einem glänzenden grünen Apfel taten ein Übriges, um aus der Küche eine »Apfelküche« zu machen.

Das angrenzende Esszimmer war grün gehalten. Die Wände in zartem Ton, Bilderrahmen, Gardinen und Stuhlkissen dagegen in kräftigem, dunklem Grün. Holzjalousien trennten den Raum optisch vom Wohnzimmer, das sich offen daran anschloss. Diesem Raum hatte Anne eine orientalische Note verliehen. Die vorherrschenden Farben waren orange und gold, die wenigen Möbel waren aus dunklem, massivem Holz. Das alte Sofa hatte einen Überwurf mit schimmernden Golddruck-Ornamenten. Über einem Sideboard hing ein Bild, das Kelly ihr aus dem Urlaub mitgebracht hatte. Ein Maharadscha ritt auf dem Rücken eines Elefanten majestätisch durch die Wüste. Etliche andere passende Dekorationsstücke hatte sie auf dem Flohmarkt ergattert. Das

Wohnzimmer mit seiner warmen Farbgebung war eindeutig ihr Lieblingsraum.

Das Schlafzimmer lag im Osten der Wohnung, sodass sie morgens von den ersten Sonnenstrahlen geweckt werden konnte. Sie hatte sich für weiß-lackierte Holzmöbel, zartrosa Wände und Bettwäsche mit Rosenmuster entschieden. Auf dem Boden lag ein ebenfalls rosafarbener, flauschiger Veloursteppich, und auf einer Kommode stand immer eine Vase mit rosa Rosen. In diesem romantisch-eleganten Ambiente ließ es sich wunderbar einschlafen und aufwachen, fand Anne.

Von hier aus führte eine Tür ins Badezimmer und direkt nach Afrika. Beim Eintreten fiel der Blick zuerst auf einen Kunstdruck, der die Abendstimmung der Savanne zeigte. Kleinmöbel aus dunkler Esche und Giraffenfiguren aus Holz auf dem Boden gaben dem nicht allzu großen Raum Kolonialstil-Charakter. Auf den Terrakottafliesen lag ein Teppich mit Tigerstreifen.

Während Anne den Anrufbeantworter abhörte, fütterte sie ihre Fische. Auch das gehörte zum allabendlichen Ritual. Auf dem Band war nur eine Nachricht von Kelly, die um Rückruf bat. Anne blickte auf ihre Uhr: halb elf. Da sie wusste, dass Kelly immer lange auf war, wählte sie ihre Nummer.

»Hallo, Anne!«, meldete sich die Freundin.

»Hallo!«, entgegnete Anne erstaunt. »Woher wusstest du, dass ich es bin?«

»Wer sonst ruft so spät noch an?« Kelly lachte. »Aber schön, dass du dich endlich mal meldest.«

»Ich weiß, ich bin eine treulose Tomate. Aber ich hatte letzte Woche wirklich keine Zeit, und Sonntag warst du nicht zu erreichen«, verteidigte sich Anne.

»Wir haben eine Tagestour gemacht. Aber sag mal, was macht die Wette?«

Anne berichtete von ihrem Treffen mit Mark und schloss mit den Worten: »Jetzt spiele ich mit dem Gedanken, dich gewinnen zu lassen.« Sie gähnte in die Muschel.

»Weil du zu müde bist, oder warum?«

»Eher, weil ich keine Zeit dafür habe.«

»Du meinst, weil du dir keine Zeit dafür nimmst.«

»Ach, Kelly. Im Grunde ist diese Wette doch total albern.«

»Mensch, sei doch kein Spielverderber.«

»Außerdem hab' ich im Büro so viel am Hals. Ich hab' ein Problem und komm' nicht weiter. Da kann ich mich nicht noch mit so verrückten Sachen beschäftigen.«

»Vielleicht kämst du mit deinem Problem weiter, wenn du dich mal mit was Verrücktem beschäftigen würdest. Du musst mal abschalten. Wenn du für die Wette mehr Zeit brauchst, okay. Setzen wir keine Frist, dann bist du auch nicht unter Druck. Aber einfach aufgeben ... Das gibt's nicht.«

Anne antwortete nicht. Sie war unentschlossen und schrecklich müde.

»Hörst du, was ich sage?«, rief Kelly etwas lauter ins Telefon.

»Ich bin ja nicht taub«, entgegnete Anne. »Also gut, ich verspreche dir, noch nicht aufzugeben. Jedenfalls nicht heute. Vielleicht morgen?«, neckte sie die Freundin.

»Wehe!«

»Ich schlaf noch mal drüber und zwar sofort.«

»Na gut! Wir sprechen uns diese Woche noch, ja?«

»Natürlich. Ich melde mich bei dir. Gute Nacht.«

Als Anne endlich im Bett lag, kamen ihre Gedanken nicht so schnell zur Ruhe. Sie dachte an ihren Chef, dann an Mark. Kellys Worte kamen ihr in den Sinn, etwas Verrücktes zu wagen, um dann auch das berufliche Problem in den Griff zu bekommen. Ihr Chef verkörperte das Problem, Mark das Verrückte. Also war Mark die Lösung des Problems? Unsinn. Plötzlich setzte sie sich ruckartig auf und starrte in die Dunkelheit. Doch, das war's! Mark konnte ihr vielleicht wirklich helfen. Er war doch Vermögensberater! Da musste er doch potenzielle Investoren kennen! Sie ließ sich zurück in die Kissen fallen. Es war ein Hoffnungsschimmer, egal wie klein, der ihr noch dazu die Möglichkeit bot, Mark wiederzusehen. Anne lächelte und war kurz darauf eingeschlafen.

10

Martin saß am nächsten Morgen gerade beim Frühstück, als das Telefon klingelte. Es war ein Kollege aus München, der ihm mitteilte, dass Eva Klein auf einem Campingplatz in München gefasst worden und bereits auf dem Weg nach Wiesbaden war. Er nahm an, dass seine Leute mit ihr in etwa drei Stunden ankommen würden. Martin bedankte sich für die gute Arbeit und war heilfroh, dass es endlich einen Schritt weiterging. Seit fünf Tagen hatte sich nichts Wesentliches in dem Fall getan. Alle waren nach wie vor mit der Überprüfung der Hinweise zu dem Phantombild von Ulf beschäftigt gewesen. Bislang gab es aber noch keine konkrete Spur von dem Mann.

Keine halbe Stunde nach dem Anruf aus München saß Martin an seinem Schreibtisch und informierte sein Team von der bevorstehenden Ankunft Eva Kleins. Während sie noch zusammensaßen, kamen neue Ergebnisse aus dem Labor. Auf dem Teppich aus Marita Janz' Wohnung waren Blutflecken gefunden worden, die alle vom Opfer stammten. Außerdem hatte man ein schwarzes Haar gefunden, das zwar eine weibliche DNA aufwies, die allerdings nicht mit der des Opfers oder Eva Kleins übereinstimmte. Aufgrund von Kleberückständen ließ sich vermuten, dass das Haar aus einer Echthaarperücke stammte. In der Bettwäsche hatte man außer Spermaspuren auch Schamhaare und Kopfhautschuppen gefunden, die ein und derselben, allerdings unbekannten DNA zuzuordnen waren.

Die persönlichen Sachen von Maritas Arbeitsplatz waren noch immer nicht zur Untersuchung ins Labor geschickt worden. Eine Kollegin hatte alle Sachen vom Schreibtisch in eine Kiste geräumt, die kurz darauf spurlos verschwunden war.

Gegen zehn Uhr wurde Eva Klein von zwei Beamten in ein Vernehmungszimmer geführt, wo Martin und Paul auf sie warteten. Dieter und Michael verfolgten die Vernehmung per Videografie aus einem Nachbarraum.

»Nehmen Sie bitte Platz«, forderte Martin sie auf.

»Einen Scheiß werde ich tun«, schnauzte sie ihn an. »Ich will sofort wissen, warum Sie mich hier einfach herschleifen. Was gibt Ihnen, verdammt noch mal, das Recht dazu?«

»Das werde ich Ihnen sagen. Aber unsere Unterhaltung wird höchstwahrscheinlich etwas länger dauern. Also, wollen Sie sich nicht doch setzen?«

Frau Klein ließ sich missmutig auf einen Stuhl fallen, während sie Martin aus zusammengekniffenen Augen fixierte. Er bat die Beamten, ihr die Handschellen abzunehmen.

»Das würde ich lieber nicht«, riet einer von ihnen. »Die Dame hier ist schon ein paarmal ausgerastet und hat einige ihrer Kampfsportmethoden an uns ausprobiert.«

Martin musterte die Frau, die höchstens einen Meter sechzig maß. Ihre sportliche Figur zeichnete sich deutlich durch die enganliegende Kleidung ab. Ihr blondgefärbter Bürstenhaarschnitt sowie ein Nasenpiercing und der stechende Blick aus ihren blauen Augen ließen sie hart wirken.

»Könnten Sie sich vorstellen«, wandte Martin sich an sie, »sich ab sofort zivilisiert zu benehmen, damit wir die Handschellen abnehmen können?«

Sie antwortete nicht, sondern hielt den Beamten ihre Hände unter die Nase. Nachdem sie die Handschellen an sich genommen hatten, verschwanden die Beamten durch die Tür, um auf das Ende der Befragung zu warten.

»Also, Frau Klein. Sie sind hier, weil wir einige wichtige Fragen zu einem Mordfall haben.«

»Zu einem was?« Sie sprang auf. Paul reagierte sofort und packte sie am Arm.

»Beruhigen Sie sich und setzen Sie sich wieder. Es ist doch wohl nicht nötig, Sie an den Stuhl zu ketten, oder?« Paul drückte sie auf ihren Stuhl zurück. Widerwillig ließ sie es zu.

»Kennen Sie eine Frau Marita Janz?« Martin schlug die Akte auf, holte ein Foto der Toten heraus und reichte es Frau Klein.

»Kenn ich nicht«, lautete die knappe Antwort. »Kann ich jetzt gehen?«

»Zu ihrer Information. Diese Frau wurde vor zehn Tagen in ihrer Wohnung ermordet. Jemand hat sie aus dem sechsten Stock geworfen. Und es spricht sehr viel dafür, dass Sie dieser Jemand waren.«

»Ja, na klar.« Eva Klein lachte düster. »Hängen Sie mir doch zur Abwechslung mal einen Mord an. Wenn Sie keinen Besseren finden, nehmen Sie sich wohl einfach einen aus Ihrer Datenbank, der schon Dreck am Stecken hat. Wissen Sie was? Sie können mich mal.«

»Okay, ich muss mich nicht mit Ihnen unterhalten.« Martin hob gleichgültig die Schultern. »Ich kann Sie auch einfach verhaften lassen, und dann können Sie dem Richter erklären, wie Ihre Fingerabdrücke in die Wohnung des Opfers und auf die Tatwaffe kommen.«

Für einen Moment herrschte Stille. Verwirrt starrte Eva Klein Martin an. Dann begriff sie den Ernst der Lage. »Ich verstehe das nicht.« Jetzt sprach sie mit normaler Lautstärke.

»Was gibt es da nicht zu verstehen? Wir haben Ihre Fingerabdrücke am Tatort gefunden, und somit sind Sie die Hauptverdächtige. Andere Kandidaten gibt es nicht. Vielleicht wären Sie jetzt gewillt uns zu sagen, wie die Fingerabdrücke dahin gekommen sind?«

»Herrgott, ich kenne die Frau doch überhaupt nicht.« Eva Klein vergrub ihr Gesicht für einen Augenblick in den Händen. »Was läuft hier bloß?«

»Sie müssen doch in ihrer Wohnung gewesen sein.«

»Wo soll die denn sein?«

»In der Wellritzstraße 14.«

»Da bin ich noch nie gewesen. Was wollen Sie mir da anhängen? Das ist doch alles nur Verarsche.«

»Da muss ich Sie enttäuschen. Das ist genauso ernst wie die Tatsache, dass die Frau tot ist.«

»Ich habe damit nichts zu tun.«

»Besitzen Sie eine schwarze Perücke?«, fragte Martin unbeeindruckt weiter.

»Was soll die Frage?«

»Beantworten Sie sie einfach.«

»Nein, hab' ich nicht.«

»Kennen Sie wenigstens eine dieser beiden Frauen?« Martin legte ihr die Fotos der beiden ersten Mordopfer vor.

»Nein. Wer soll das sein?«

»Auf dem rechten Foto ist Silke Benning, links Veronika Schnitzler.«

»Und? Soll ich die auch umgebracht haben?« Aus zusammengekniffenen Augen fixierte sie Martin.

»Ich dachte, Sie könnten mir das sagen.«

»Ich kann Ihnen gar nichts sagen!«, schrie sie ihn unvermittelt an.

»Vielleicht können Sie uns wenigstens sagen, wo Sie vor zehn Tagen, am Freitagabend, dem 18. August zwischen ein und drei Uhr waren?«

»Freitags gehe ich arbeiten. Mein letzter Kurs geht bis einundzwanzig Uhr. Und vor zehn Tagen ...«, sie überlegte, »war ich auf einer Party von Freunden. Da war ich bestimmt bis nach drei. Dann bin ich nach Hause gegangen.«

»Wir werden das überprüfen. Schreiben Sie Namen und Adresse ihrer Freunde hier auf.« Martin reichte ihr Block und Stift. Eva Klein kritzelte etwas darauf.

»Sie werden jetzt Zeit genug haben, um darüber nachzudenken, ob Sie die Tote nicht doch kennen. Vorerst stehen Sie unter Mordverdacht und werden deshalb in Untersuchungshaft überstellt. Hier ist der Haftbefehl.« Sie schlug Martin das Dokument aus der Hand, das er ihr reichte.

»Das können Sie nicht machen«, schrie sie. Panik stand in ihren Augen. »Ich habe nichts getan!«

»Wenn dem so ist, werden wir das herausfinden. Dann haben Sie auch nichts zu befürchten.« Martin ging zur Tür und holte die beiden Beamten herein. »Abführen!«

Eva Klein tobte und schrie: »Lasst mich los! Ich bin unschuldig! Ihr Schweine!«

Die Polizisten mussten all ihre Kräfte aufwenden, um die Frau aus dem Zimmer zu führen.

»Das war das! Wir lassen sie jetzt erst mal ein bisschen schmoren und holen sie uns morgen noch mal.« Martin bedeutete seinen Kollegen im Nebenzimmer, zu ihnen zu stoßen.

»Nettes Früchtchen«, kommentierte Michael, als er mit Dieter den Raum betrat.

»Soll ich das Alibi überprüfen?« Dieter ersparte sich jeden Kommentar zum Auftritt von Eva Klein.

»Gute Idee.« Martin reichte ihm den Zettel mit Namen und Anschrift. »Schreib dir bitte alles ab. Den Zettel hier unterziehen wir einem grafologischen Gutachten. Vielleicht können unsere Genies ja eine Verbindung zu den Haken finden. Übernimm du das bitte, Michael. Ach, und Dieter, frag doch die Freunde von der Klein auch gleich mal, ob sie eine schwarzhaarige Perücke hat oder hatte. Dann möchte ich, dass du, Paul, noch mal in die Judoschule fährst. Möglicherweise gibt es ja irgendwelche Videoaufzeichnungen von der Klein. Ich würde gerne sehen, wie sie kämpft. Dann befragst du die Kollegen noch mal nach ihr. Und bring eine komplette Liste von allen Vereinsmitgliedern mit.«

Kaum war Martin zurück in seinem Büro, klingelte das Telefon und Egon Milster erkundigte sich nach dem Verhör.

»Sie ist ein ziemliches HB-Männchen und leugnet alles. Angeblich hat sie ein Alibi.«

»Angeblich? Haben Sie das noch nicht überprüft?«

»Die Kollegen sind gerade dabei.«

»Also, Fazit ist, dass wir nicht viel schlauer sind als zuvor.«

»Nicht wirklich. Das ist wohl wahr. Aber ich will sie morgen noch mal befragen.«

»Sandor, hören Sie.« Milsters Stimme bekam einen freundlichen Klang. »Was halten Sie davon, sich zur Psyche eines Serienmörders mal einen Psychologen anzuhören?«

Martin dachte sofort an den Polizeipsychologen Klaus Niemann, mit dem er sich nicht besonders gut verstand. »Chef, ich glaube nicht, dass das nötig ist.«

Milster lachte. »Sie glauben, dass das nicht nötig ist, weil Sie befürchten, dass ich Ihnen den Niemann auf den Hals hetze, der Sie gleich mit analysiert. Aber keine Angst.« Milster machte eine kleine Pause. »Meine Frau Katja hatte da eine sehr gute Idee. Eine

Freundin von ihr ist Psychologin. Und Katja meinte, dass sie die schleppenden Ermittlungen vielleicht unterstützen kann.«

Martin spielte einen Moment lang mit dem Gedanken, seinen Chef darauf hinzuweisen, dass alle Fälle immer noch der Schweigepflicht unterlagen und nicht der häuslichen Unterhaltung dienten. Aber das würde ihn wenig interessieren, und so unterließ er es. Milster sprach auch schon weiter: »Sie heißt Barbara Hansen und ist meistens im Strafvollzug tätig. Eine sehr engagierte und an unserer Arbeit interessierte Frau. Da ich sie persönlich gut kenne, halte ich sie durchaus für fähig, den Fall beziehungsweise den Täter zu analysieren. Katja hat sie auch schon gefragt, und Barbara war ganz spontan bereit zu helfen.«

Wie schön!, dachte Martin und kritzelte ein Gesicht mit herabhängenden Mundwinkeln auf ein Stück Papier.

»Herr Milster«, sagte er dann so freundlich, dass sein Chef es nicht als persönliche Beleidigung auffassen konnte, »ich glaube wirklich, dass wir allein weiterkommen.«

»Meine Frau findet, und ich muss ihr da zustimmen, dass Sie sich ruhig mal anhören können, was Frau Hansen über Serientäter weiß.«

Na, wenn Katja Milster das *findet*, dachte Martin, hab' ich sowieso keine Chance. So herrschsüchtig der Chef im Präsidium oft war, so sehr hatte Martin den Eindruck, dass er zu Hause unter dem Pantoffel stand. Er führte das auf seine Theorie zurück, dass Frauen mit Doppelnamen ein starkes Durchsetzungsvermögen und einen gesunden Egoismus hatten, so wie Katja Milster-Höling. In ihrer Nähe war Egon Milster sanft wie ein Lamm.

»Meinetwegen«, stimmte Martin schließlich zu und ging damit den Weg des geringsten Widerstandes. Milster gab ihm noch die Telefonnummer von Barbara Hansen durch und legte dann auf.

Martin versuchte dem Ganzen etwas Positives abzugewinnen. Vielleicht wäre eine Psychologin doch nicht so schlecht. Sie könnte ihnen helfen, ein Täterprofil zu erstellen. Es könnte sicher auch hilfreich sein, die Psyche des Täters zu verstehen, um ihn eventuell erkennen zu können. Er gab sich einen Ruck und tippte die Nummer ein. Eine Frau mit einer freundlichen Stimme erklärte sich bereit, am Nachmittag ins Präsidium zu kommen.

Paul und Michael trudelten nacheinander wieder ein und berichteten. Dieter rief von unterwegs aus an, um mitzuteilen, dass es bei ihm noch länger dauern würde. Das Alibi konnte er bis jetzt nicht vollständig überprüfen, da sich die beiden Gastgeber alkoholbedingt nicht lückenlos an den besagten Freitagabend erinnern konnten. Zumindest hatte er eine Liste der Gäste, die er alle noch heute befragen wollte. Die Leute konnten sich erinnern, dass Eva Klein da gewesen, aber nicht sicher sagen, wann sie gegangen war.

Paul erzählte, dass Eva Klein laut ihren Kollegen eine gut durchtrainierte Frau war, die es kämpferisch ohne Weiteres mit jedem aufnehmen könnte und auch würde. Sie war keine Frau, die sich etwas gefallen ließ. Sie wurde als ziemlich ruppig und dickköpfig beschrieben, wodurch sie unter den Kollegen nicht nur Freunde hatte. Aber man kam miteinander aus. Bei ihren Schülern war sie hingegen sehr beliebt, wie ihr Chef nicht müde wurde zu betonen. Videoaufnahmen von ihrer Kampftechnik gab es nicht.

»Die Mitgliederliste ist sehr interessant.« Paul reichte sie Martin und deutete auf einen Namen.

»Britta Kling aus der Wellritzstraße«, las Martin laut. »Na, sieh mal einer an. Wenn das kein Zufall ist.« In diesem Moment fiel ihm die Sporttasche wieder ein, die er bei ihr an der Haustür gesehen hatte. Bei seinem Besuch hatte er sie nur am Rande wahrgenommen. Außerdem erinnerte er sich nun, dass sie sogar von ihren Selbstverteidigungskünsten gesprochen hatte. Warum hatte er nicht vorher einen Zusammenhang erkannt? »Diese Dame müssen wir unbedingt noch einmal näher unter die Lupe nehmen. Im Moment kann ich noch nicht sagen, was ich davon halten soll. Auf jeden Fall ist das ein merkwürdiger Zufall.«

»Kann man wohl sagen.« Paul nickte. »Interessant ist auch, dass sie seit etwa einem Jahr Mitglied in dieser Schule ist, genau wie unsere liebe Frau Klein.«

»Tja, und von mir gibt's auch noch Neuigkeiten«, mischte sich Michael in die Unterhaltung. »Als ich wegen des Zettels im Labor war, haben die Kollegen mir gesagt, dass sie mit der Untersuchung der Sachen aus dem Wagen unseres Opfers fertig sind. Der Bericht kommt noch. Aber sie haben mir schon mal gezeigt, was sie gefunden haben.« Er machte eine bedeutungsvolle Pause. »Es gab da doch einen DIN A4 großen Schreibblock, und man konnte erkennen, dass jemand etwas daraufgeschrieben hatte, was sich auf das nächste Blatt durchgedrückt hat.«

»Na und? Mach's nicht so spannend«, forderte Martin ihn auf weiterzusprechen.

»Die Schrift haben sie mit der von Marita Janz verglichen und festgestellt, dass sie die Schreiberin war. Der Text war in großen Buchstaben über das ganze Blatt geschrieben und lautete: Leck mich am Arsch, Briefeschreiber!«

»Was hat das nun wieder zu bedeuten?« Martin lehnte sich erstaunt in seinem Stuhl zurück und fuhr sich durch die Haare.

»Außerdem hat die Spurensicherung Rückstände von Klebestreifen an der Scheibe des Wagens gefunden. Offensichtlich war dort ein Blatt in der Größe DIN A4 befestigt. Für mich ist das ein eindeutiger Hinweis, dass Frau Janz Ärger mit jemandem hatte, der ihr offenbar Briefe geschickt hat, die sie nicht mochte.«

Martin nahm den Gedanken auf: »Dann hat sie den Briefeschreiber entweder nicht gekannt oder wollte nicht in direkten Kontakt mit ihm treten, wenn sie ihn auf diese Weise ansprach.«

Die Männer wurden durch ein Klopfen an der Tür unterbrochen. Herein kam eine Frau, die sich als Barbara Hansen vorstellte und alle drei Männer mit einem kräftigen Händedruck begrüßte. Das gefiel Martin. Er konnte es nicht ausstehen, wenn Leute einem lasch die Hand reichten, so, als wäre ihnen die Geste total unangenehm. Solche Menschen hielt er für schwach. Diese Frau mit den rötlichen, schulterlangen Haaren machte hingegen einen resoluten Eindruck. Kleine Fältchen um die Augen ließen darauf schließen, dass sie Mitte dreißig war. Ihr dunkelblauer Hosenanzug war sehr eng geschnitten, sodass man ihre schlanke Figur gut erkennen konnte. Eine angenehme Erscheinung.

Martin stellte seinen Kollegen die Psychologin vor und forderte sie auf, sich im Besprechungszimmer zusammenzusetzen. Als alle da waren, ergriff Barbara Hansen das Wort.

»Zunächst möchte ich Ihnen sagen, was üblicherweise mein Job ist.« Sie saß kerzengerade auf ihrem Stuhl. »Die meiste Zeit arbeite ich freiberuflich im Strafvollzug, was bedeutet, dass ich versuche, die unterschiedlichsten Typen von Verbrechern zu therapieren. Manchmal sind es ganz normale Menschen, die keine Therapie im eigentlichen Sinne brauchen, aber froh sind, mal ein gutes Gespräch zu führen. Andere haben tatsächlich psychische Störungen, die ich versuche zu behandeln. Darunter waren auch eine ganze Reihe Serientäter, sodass ich Ihnen zu diesem Thema ein bisschen was erzählen kann.«

»Das ist sehr schön. Sie wissen sicher, um welchen Fall es sich handelt?«, warf Martin ein.

»Ihr Chef hat mir die Lage grob geschildert.«

»Gut.« Martin nickte. »Dann können Sie uns vielleicht einen Eindruck davon vermitteln, was für ein Mensch ein Serienmörder ist.«

»Ja, kann ich.« Barbara Hansen beugte sich leicht nach vorn und legte die gefalteten Hände auf die Tischplatte. »Grundsätzlich kann man sagen, dass Serientäter meist Personen mit schweren Persönlichkeitsstörungen sind. Ihre seelischen Defizite und Defekte sind so gravierend, dass sie immer wieder töten. Die Störung hat eine solch starke innere Dynamik, dass das so gut wie gar nicht in den Griff zu bekommen ist.«

»Wahrscheinlich nur mit Medikamenten?«, meinte Michael.

»Nein.« Sie lächelte ihm zu. »Nicht mal das. Dagegen gibt es keine Medikamente. Bei der Behebung dieser Art von Persönlichkeitsstörung könnte nur eine Psychotherapie helfen. Aber selbst die könnte nie eine hundertprozentige Sicherheit bringen. Man kann sich das so vorstellen: Die innere Struktur eines solchen Menschen ist wie eine Mauer, bei der jeder Stein beschädigt ist. Nimmt man Steine heraus, fällt die Mauer zusammen. Also, wo soll man da mit der Behandlung anfangen? Ist der Täter dann noch älter oder hat schon mehrfach getötet, ist es ganz hoffnungslos.«

»Also kann man ihn nur auf Lebzeiten wegschließen«, stellte Paul nüchtern fest.

»Wenn Sie so wollen.«

»Wenn man ihn überhaupt zu fassen kriegt«, ergänzte Martin.

»Höre ich da leichte Resignation in Ihrer Stimme, Herr Sandor?« Forschend sah Barbara ihn an. »Sie haben doch schon eine Hauptverdächtige, wie mir Herr Milster erzählte. Das ist doch mehr, als sie bei den anderen Fällen zu diesem Zeitpunkt der Ermittlungen hatten.«

»Das ist wohl wahr. Aber bis jetzt ist sie noch nicht überführt, und ich zweifele daran, dass das so einfach wird. Deshalb bin ich froh, dass Sie uns etwas über die Psyche dieser Menschen erzählen. Vielleicht können wir dann besser beurteilen, ob die Verdächtige in dieses Schema passt.«

»Tja, bedauerlicherweise erkennt man diese Leute nicht an ihrem Verhalten. Meistens benehmen sie sich nicht sehr auffällig oder verrückt, wie man vielleicht vermuten würde. Auf den ersten Blick scheinen sie nett und freundlich zu sein. Wenn ich die Akten solcher Menschen lese, drängt sich meist der Eindruck auf, es mit einem Monster zu tun zu haben. Sitzt dieser Mensch dann aber vor mir, muss ich zugeben, erscheint er oft genug regelrecht nett.«

»Aber das ist doch dann nur Show«, warf Michael ein.

»Das kann man so nicht sagen.« Frau Hansen schüttelte energisch den Kopf. »Man muss sich immer alle Seiten einer Persönlichkeit ansehen. Für ein besseres Verständnis hilft meist ein Blick auf die Biografie der Täter.«

»Na, Sie sind gut«, sagte Martin. »Ein Serienmörder ist immer ein schrecklicher Mensch. Für derartige Taten kann ich nicht das geringste Verständnis aufbringen.«

»Das sollen Sie auch nicht. Was ich sagen will ist, dass man auch einen Mörder von seiner ganzen Persönlichkeit her betrachten sollte, seine dunklen und seine hellen Seiten.«

Martin blieb skeptisch. Er war als Polizist mehr daran interessiert, Verbrecher hinter Gitter zu bringen als ihre Beweggründe zu verstehen.

»Frau Hansen.« Michael richtete das Wort an sie. »Kann man sagen oder erkennen, welches die Auslöser für die nächste Tat sind?«

»Das ist sicher schwierig. Man kann jedoch sagen, dass sich im Innern eines Täters ein solch großer seelischer Druck aufbaut, der sich irgendwann nur noch in Form der nächsten Tat entladen kann. Die genauen Auslöser sind bei jedem Menschen verschieden, aber im Falle eines Serienmörders kommt der sogenannte Wiederholungseffekt hinzu.« Sie blickte von einem zum anderen und fuhr dann erklärend fort: »Das bedeutet, bleibt der Mörder unentdeckt, kommt er auf den Geschmack und wiederholt die Tat.«

»Diese Persönlichkeitsstörungen, wie entstehen die?« Michael wollte es nun genau wissen.

»Meistens rühren sie von den allgemeinen Lebensumständen des Täters heute oder in der Vergangenheit her. Ausschlaggebend können zum Beispiel dominante Eltern, Missbrauch, Erniedrigung oder eine vereinnahmende Familie sein.«

Frau Hansen griff nach dem Glas Wasser, das Paul für sie bereitgestellt hatte, und leerte es in einem Zug. Martin war fasziniert vom Abdruck ihres leuchtend roten Lippenstiftes am Glas. Das und ihre roten Haare schienen das einzige zu sein, was dem Raum Farbe verlieh. »Möchten Sie noch ein Glas?«, fragte er.

»Danke.« Mit einem Kopfschütteln lehnte sie ab. Noch ehe Martin seine nächste Frage stellen konnte, fuhr sie fort. »Egal, welcher der Faktoren den Ausschlag gibt, die Ursache für aggressives, kriminelles Verhalten ist immer eine erlittene Frustration. Für den Täter stellt die Tat eine Antwort darauf dar.«

»Ich würde gern wissen, wie ein Täterprofil unter Berücksichtigung psychologischer Aspekte in unserem speziellen Fall aussieht. Können Sie uns dazu etwas sagen?« Martin versuchte das Gespräch wieder auf ihren speziellen Fall zu lenken.

»Nur Allgemeines. Ich bräuchte mehr Detailinformationen, damit ich mir ein Urteil bilden kann, zumal ich die vorhergehenden Fälle nur ansatzweise kenne.«

»Okay, wäre es Ihnen dann recht, wenn ich Ihnen die Unterlagen der drei Fälle zur Einsicht gebe und wir dann noch mal miteinander sprechen?«

»Ja, gut.«

Als Barbara Hansen nickte, wandte sich Martin an Paul und beauftragte ihn, Kopien der Akten anzufertigen und der Psychologin weiterzuleiten. Diese zog eine Karte aus ihrer Blazertasche und reichte sie Martin.

»Meine Adresse und Telefonnummern. Sie können mich jederzeit anrufen, wenn Sie eine Frage haben. Ansonsten melde ich mich bei Ihnen, sobald ich mir einen Überblick verschafft habe.«

»Danke für Ihre Hilfe.«

»Oh, Herr Sandor, ich bitte Sie. Das mache ich gern, und wenn ich Ihnen damit tatsächlich weiterhelfe, freut es mich.« Damit erhob sie sich, reichte den Kommissaren nacheinander die Hand, schenkte jedem ein freundliches Lächeln und verließ den Raum.

11

Kurz vor Geschäftsschluss betrat Anne das Gebäude der Vermögensberatung Genta. Vielleicht konnte Mark tatsächlich einige Verbindungen für sie herstellen. Und nebenbei war es ein guter Vorwand, um ihn wiederzusehen. Schon am Morgen hatte sie sein Sekretariat angerufen und herausbekommen, wann sein letzter Termin sein würde. Genau zu diesem Zeitpunkt betrat sie nun sein Büro und bat darum, ihn zu sprechen. Widerstrebend erhob sich die Sekretärin und verschwand hinter einer Tür. Sekunden später wurde sie wieder geöffnet und Mark kam zum Vorschein. »Hallo, Anne. Die Überraschung ist dir gelungen!« Er drückte ihr die Hand.

»Hallo, Mark. Schön dich zu sehen. Entschuldige, dass ich hier so reinschneie, aber ich habe ein Problem und brauche deinen fachmännischen Rat.«

»Ich tue mein Bestes. Komm rein.«

Während Anne ihm ihre Situation schilderte, hörte Mark aufmerksam zu.

»So sieht's aus«, meinte sie abschließend. »Die Frage ist, ob es in deinem Kundenkreis jemanden gibt, der sich für ein solches Projekt interessieren könnte.«

»Das wäre möglich«, überlegte Mark. »Aber bevor ich jemanden anspreche, bräuchte ich die ganzen Eckdaten schriftlich. Hast du Unterlagen dabei?«

»Ja, natürlich.« Sie holte eine Mappe aus ihrem Aktenkoffer und reichte sie Mark. »Das beinhaltet alles, was man wissen muss.

Zudem sind im Anhang verschiedene Angebote und Investitionsmodelle.«

Mark blätterte die Unterlagen durch. »Projektdaten sind hier, aber so was wie ein Angebot finde ich nicht.«

»Das gibt's doch nicht«, entgegnete sie gespielt ungläubig und zog die Mappe zu sich herüber. »Stimmt. Das Wichtigste fehlt. Das kann doch nicht wahr sein. Ich muss das zu Hause vergessen haben. Gestern Abend hab' ich noch daran gearbeitet.« Sie warf Mark einen entschuldigenden Blick zu. »Normalerweise bin ich etwas professioneller.«

»Glaub ich dir aufs Wort. Aber mit Deinen hohen Ansprüchen machst Du dir auch ziemlich viel Stress.« Nachdenklich blickte er sie an.

»Wie auch immer.« Sie wollte von dem Thema ablenken. Unangenehme Gespräche waren hier und jetzt nicht angebracht. »Wegen der Unterlagen. Wenn du einverstanden bist, hole ich sie schnell und bringe sie dir gleich nach Hause.«

»Das brauchst du nicht. Ich bin hier jetzt auch fertig und kann auf meinem Nachhauseweg kurz mit zu Dir fahren. Das ist kein großer Umweg.«

Das läuft ja besser als erwartet, dachte Anne und willigte ein.

Wenig später parkten sie ihre Wagen vor Annes Haus und stiegen aus.

»Ich bin sehr gespannt, ob meine liebe Nachbarin auch heute zur Begrüßung in der Tür steht.« Sie sah, wie sich die Gardine in Danielas Küchenfenster leicht bewegte.

»Wieso? Tut sie das immer?«

»Ja, meistens. Wahrscheinlich lauert sie gerade hinter irgendeinem Fenster und sieht uns kommen.«

»Sollen wir mal winken?« Und schon hob Mark den Arm. Anne zog ihn schnell herunter und hielt seine Hand fest.

»Nein, lass das lieber. Sie muss nicht wissen, dass ich das weiß. Sie soll ruhig sehen, dass ich mit einem gutaussehenden Mann nach Hause komme.«

Lächelnd nahm Mark das Kompliment entgegen und sagte: »Klingt so, als wolltest du sie neidisch machen.«

»Nicht neidisch. Ich will nur, dass sie mich ein wenig in Ruhe lässt.«

»Verstehe. Dann helfen wir doch noch ein wenig nach.« Damit legte Mark seinen Arm um ihre Schultern und zog sie näher zu sich heran. Anne lachte.

»Scheint zu wirken«, meinte sie während sie ihre Wohnungstür aufschloss und die Nachbartür fest verschlossen blieb. »Ich nehme dich jetzt jeden Abend mit nach Hause.« Verschmitzt lächelte sie ihn an.

»Ich denke drüber nach«, entgegnete er und zwinkerte ihr zu.

»So«, sie schwang die Tür auf, »das ist mein Reich. Komm rein.« Sie führte ihn ins Wohnzimmer. »Setz dich doch. Ich hol die Unterlagen.«

Als sie ins Zimmer zurückkam, stand Mark schmunzelnd vor dem Aquarium. »Die Fische freuen sich immer, wenn sie angelächelt werden«, sagte Anne und trat zu ihm.

»Ich lächle vielmehr über dich.«

»Über mich?«

»Ich schätze, die Fische sorgen bei dir für den nötigen Stressabbau.«

»Wie kommst du darauf, ich sei gestresst?« Ihre Augen funkelten. »Hat Kelly das gesagt?«

»Ach, ist sie auch dieser Meinung?« Fragend hob er eine Augenbraue. Anne antwortete mit einem Blick aus zusammengekniffenen Augen. Beschwichtigend strich er ihr über den Unterarm. »Kelly hat nichts davon gesagt. Aber du. Erinnerst du dich an unser Gespräch letzte Woche? Du sagtest, dass du keine Zeit für eine feste Beziehung hast und dass dein Job dich sehr in Anspruch nimmt. Zudem warst du ziemlich verspannt, wie ich selbst fühlen durfte. Alles Anzeichen für Stress. Und jetzt noch die Fische.« Wieder schmunzelte er.

»Hör auf so zu grinsen.« Leicht boxte sie ihn gegen den Arm. »Die Fische sind wirklich beruhigend. Und das mit dem Stress ist ja wohl nichts Außergewöhnliches. Wer hat heutzutage keinen Stress?«

»Stress macht man sich zum größten Teil selbst.«

»Das sagst du so leicht. Mach du mal meinen Job, dann reden wir weiter.« Sie bedachte ihn mit einem herausfordernden Blick.

»Weißt du, dass du sehr süß bist, wenn du dich aufregst?« Er grinste sie noch breiter an.

Normalerweise wurde Anne sehr ärgerlich, wenn sie das Gefühl hatte, nicht ernst genommen zu werden. Aber jetzt zwang sie sich, völlig anders zu reagieren. Zielgesteuert. Schließlich wollte sie diesen Mann verführen und nicht mit ihm diskutieren.

»Willst du mal kosten?« Den Kopf leicht geneigt, trat sie noch einen Schritt näher auf ihn zu. Fragend blickte er sie an, während sie ihre Hand auf seinen Hinterkopf legte und ihn zu sich zog. Zärtlich küsste sie ihn auf den Mund.

»Wow! Ziemlich süß!« Seine Stimme war gedämpft.

»Dann hattest du wohl recht!« Sie drückte ihm die Papiere in die Hand, drehte sich um und lief in die Küche. »Ich hol uns schnell mal was zu trinken.«

In der Küche atmete sie erst einmal tief durch. Ein schöner Kuss war das. Vielleicht sollte sie sich doch ernsthaft auf Männersuche machen. Offensichtlich entging ihr einiges. Sie hatte lange nicht darüber nachgedacht, das Thema immer weggeschoben. Auch jetzt zwang sie sich dazu, sich auf ihren nächsten Schachzug zu konzentrieren. Mit zwei Longdrinkgläsern ging sie zurück ins Wohnzimmer. Mark hatte sich aufs Sofa fallen lassen und sah ihr entgegen.

»Ich hoffe, du hast noch Zeit für einen Drink?« Sie reichte ihm das Glas.

»Sicher.« Forschend betrachtete er sie, doch sie schenkte ihm nur ein unverbindliches Lächeln und setzte sich ihm gegenüber.

»Das ist *Sex on the beach*, aber erwarte nicht zu viel. So gut wie bei Paolo ist es nicht. Ich habe die Mischung aus einem Cocktailbuch.«

Er zog an seinem Strohhalm. »Schmeckt nach mehr …«, und seine grünen Augen glänzten, »wie dein Kuss.«

Offensichtlich hatte sie den Fisch an der Angel. Anne unterdrückte ein Grinsen.

»Hast du die Unterlagen durchgeblättert?« Jetzt hieß es Distanz schaffen, um so das Verlangen noch zu steigern.

»Ja, flüchtig. Scheint alles da zu sein.« Er lächelte über die Art, wie sie vom Thema ablenkte.

»Prima!« Ihr Ton klang sehr geschäftlich. »Was glaubst du, wie schnell du mir Bescheid geben kannst?«

»Ich denke, schon morgen. Am besten, ich rufe dich an, sobald ich etwas weiß.«

»Das klingt gut.« Schweigend tranken sie ihren Cocktail.

»So«, er stellte sein Glas auf den Tisch und erhob sich. »Ich muss los. Saskia ist heute Abend zu Hause. Sie hat ihr Schwimmen auf morgen verlegt und wartet wahrscheinlich mit dem Essen auf mich. Wir sprechen uns dann morgen.«

»Ja. Ich bringe dich noch zur Tür.« Sie folgte ihm und überlegte, ob sie noch einen Schritt weitergehen sollte. Nein, nicht heute. Sie konnte sich noch nicht ganz sicher sein.

An der Tür wandte er sich Anne zu. »Also dann, bis morgen!« Er griff nach ihrer Hand und streichelte ihren Handrücken.

»Bis morgen.« Schnell küsste sie ihn auf die Wange. »Und schon jetzt vielen Dank, dass du dich um die Sache kümmern willst.«

»Gern.« Er hob noch einmal die Hand zum Gruß und war verschwunden.

Anne war sehr zufrieden. Wie doch ein kleiner Kuss die Lebensgeister wecken konnte. Es war wohl tatsächlich etwas dran an der Theorie, dass die Motivation am größten ist, wenn die Sache Spaß macht.

Wie versprochen rief Mark gegen Mittag des nächsten Tages bei ihr an.

»Hör zu«, begann er, »ich habe hier vielleicht einen Interessenten für euer Projekt. Ein Herr Thomas Beltz. Ich habe ihm die Sache bereits telefonisch in groben Zügen geschildert, und er war grundsätzlich nicht abgeneigt. Deine Unterlagen habe ich ihm per Boten zukommen lassen. Jetzt wäre es natürlich gut, wenn du dich mit ihm in Verbindung setzen würdest.«

»Wow! Ich hätte nicht damit gerechnet, so schnell von dir zu hören und noch dazu mit solch einem Ergebnis.«

»Ein Mann, ein Wort!«

Sie lächelte. »Hast du seine Telefonnummer?«

»Ja, klar!« Er diktierte ihr die Nummer sowie die Adresse. »Aber ich kann dir nicht versprechen, dass was daraus wird.«

»Das ist mir klar. Aber es ist ein Versuch, und ich bin dir wirklich dankbar.«

»Bedank dich, wenn er eingestiegen ist.«

»Werd ich machen! Tschüss!«

Kurz darauf führte sie ein nettes Gespräch mit Herrn Beltz. Er war gerade dabei, die Unterlagen zu studieren. Am Ende vereinbarten sie, dass er sich bei Anne melden sollte, wenn er sich entschieden hätte. Lange musste sie nicht warten. Bereits drei Stunden später rief er sie zurück. Ihm gefiele die Sache sehr gut und ob sie nicht einen Termin vereinbaren könnten, um alles genauer zu besprechen und sich kennenzulernen. Anne sprang fast aus ihrem Stuhl vor Freude. Dieser Tag schien ein Glückstag zu sein. Sie machten einen Termin für Freitag aus, weil sie ihren Chef gern dabeihaben wollte. Der würde staunen! Egal, wie das letztendlich ausgehen würde, sie fühlte sich sehr erleichtert. Durchatmen war jetzt angesagt.

Während sie sich eine Tasse Kaffee gönnte, dachte sie über Mark nach. Er war ein interessanter Mann, der ihr ausnehmend gut gefiel. Er war ruhig und höflich und zugleich humorvoll. Gestern hatte es ordentlich zwischen ihnen geknistert, was ihr sehr gefallen hatte. Aber sie durfte sich nicht in ihn verlieben. Das wäre eine Katastrophe. Deswegen musste sie dieses Spiel möglichst schnell beenden. Würde sie es schaffen, ihre Gefühle auszuklammern und das Ganze rein sachlich zu sehen? Sie blickte aus dem Fenster und folgte den dicken Kumuluswolken mit den Augen.

Hör auf zu träumen, ermahnte sie sich selbst. Ruckartig wandte sie sich ab und setzte sich kerzengerade hin. Mit dem letzten Schluck Kaffee spülte sie auch alle Bedenken hinunter. Jetzt noch aufgrund von Zweifeln aufzugeben, kam überhaupt nicht infrage. Die Sache war inzwischen viel zu reizvoll und sie hatte doch alles im Griff. Ein bis zwei Treffen noch, dann wäre die Wette bestimmt abgeschlossen. Dann konnte sie sich auf andere Männer konzentrieren. Kelly lag wohl richtig, wenn sie meinte, dass ihr eine ernsthafte Beziehung guttun würde.

12

Auch Martin bekam gegen Mittag einen Anruf. Barbara Hansen meldete sich und teilte ihm mit, dass sie die Akten durchgelesen hatte.

»Sie sind ja schnell«, sagte Martin überrascht.

»Ja, aber die Unterlagen waren auch nicht uninteressant. Sie haben sich wie ein Krimi gelesen.« Sie lachte, merkte aber schnell, dass das unangebracht war und räusperte sich.

»Leider bisher ohne Happy End.«

»Aber Sie haben doch eine Tatverdächtige? Glauben Sie nicht, dass sie es war?«

»Ich bin mir nicht sicher. Im Augenblick spricht einiges für ihre Schuld.«

»Möchten Sie trotzdem noch was zu dem Fall von mir hören? Ich könnte so gegen achtzehn Uhr noch mal zu Ihnen kommen.«

Martin überlegte kurz. Heute Abend wollte er mit Karla ins Theater gehen, die Karten hatten sie schon länger. Und so ausschlaggebend würden die Informationen dieser Psychologin doch wohl nicht sein, dass er Karla deswegen vertrösten müsste. »Heute Abend habe ich schon andere Pläne. Wie wäre es gleich morgen Vormittag?«

»Gut. Das kann ich einrichten. Ich bin dann um neun Uhr bei Ihnen im Präsidium.«

»Vorab schon mal vielen Dank, Frau Hansen.«

»Kein Problem. Bis morgen, dann.«

Martin hatte früh am Morgen Eva Klein nochmals verhört. Heute war sie wesentlich ruhiger. Er hatte sich ihr berufliches und privates Leben von ihr schildern lassen. Dass sie mit Marita Janz in Kontakt gestanden hatte, stritt sie nach wie vor ab. Auch die anderen beiden Mordopfer wollte sie nicht gekannt haben. Zu den

Fingerabdrücken in Marita Janz' Wohnung wollte sie sich nicht äußern. Frau Kling hingegen war ihr aus der Judoschule bekannt, allerdings nur flüchtig. Ihr Alibi hatte sich nicht bestätigt. Man konnte nur mit Sicherheit sagen, dass sie auf der von ihr erwähnten Party gewesen war. Dafür gab es genügend Zeugen. Aber keiner von ihnen konnte genau sagen, wann sie gegangen war. Alles in allem sah es für Eva Klein sehr schlecht aus. Wenn die Ermittlungen nichts Entlastendes zutage befördern konnten, würde Eva Klein wohl wegen Mordes ins Gefängnis wandern.

Nach dem Telefonat mit Frau Hansen fuhren Martin und Paul zu Frau Kling, um Näheres über ihre Verbindung zu Eva Klein und zur Judoschule herauszufinden. Wie stets war die Dame unzugänglich und arrogant. Außer patzigen Antworten bekamen sie nichts aus ihr heraus, was ihnen weitergeholfen hätte. Immerhin bestätigte Frau Kling, die Tatverdächtige aus der Judoschule zu kennen, aber auch sie stritt einen näheren Kontakt zu ihr ab. Ob Eva Klein und Marita sich gekannt hatten, konnte oder wollte sie nicht sagen. Martin wusste nicht, was er von dem Zufall, dass Eva Klein einen Mord im Haus einer ihrer Judoschülerinnen verübt haben könnte, halten sollte. Hatte sie ihr Opfer durch die Kling kennengelernt? Oder war die Kling selbst in die Sache verstrickt? Irgendwie musste da ein Zusammenhang bestehen.

Martin und Paul fuhren noch einmal in die Judoschule, um gezielt nach einer Verbindung zwischen den beiden Frauen zu fragen. Man kannte Frau Kling zwar, wusste aber nichts über ihre Beziehung zu Eva Klein.

Auf dem Rückweg ins Präsidium wurde Martin von Dieter angepiepst. Man erwartete ihn schon ungeduldig.

»Sie lassen die Klein raus«, empfing ihn Dieter beim Eintreten in sein Büro. Martin blickte ihn verständnislos an.

»Es hat sich ein Zeuge gemeldet, der bestätigt, dass die Klein bis drei Uhr auf dieser Party gewesen ist.«

»Wer ist dieser Zeuge, und wo kommt er so plötzlich her?« Martin war verärgert.

»Es ist ein Christian Bauer, der selbst auf der Party gewesen ist, aber nicht auf unserer Gästeliste stand. Er war eigentlich nicht eingeladen, sondern kam einfach vorbei.«

»Wann war das?«

»Er war schon vor der Klein da, sagt er, und er kann bezeugen, dass sie ohne Unterbrechung da war. Er behauptet, er sei einer der wenigen gewesen, die kaum Alkohol getrunken hätten, weil er noch fahren musste. Deshalb sei er bei klarem Verstand gewesen und sich seiner Sache ganz sicher.«

»Ist der Typ noch da?«

»Nein. Er wollte sofort wieder gehen, nachdem wir seine Aussage aufgenommen hatten.«

»Herrgott noch mal, warum hast du mich nicht früher gerufen?«, fuhr Martin ihn an.

»Ich dachte, ich könnte ihn hierbehalten, bis du wiederkommst. Aber der Mann hatte es furchtbar eilig.«

Martin atmete tief durch und fuhr ruhiger fort: »Was für einen Eindruck hat er gemacht?«

»Die Geschichte schien eigentlich glaubwürdig. Ich hatte nur manchmal das Gefühl, er erzählt das alles irgendwie mechanisch. Fast wie einstudiert. Aber da kann ich mich auch irren.«

»So ein Mist!« Martin ließ sich auf seinen Stuhl fallen. »Das wäre auch zu schön gewesen. Aber irgendwie hatte ich schon die ganze Zeit das Gefühl, dass die Geschichte mit der Klein zu einfach ist. Trotzdem hat sie irgendwas damit zu tun. Auch wenn sie nicht die Mörderin ist, es gibt einen Zusammenhang. Und den werde ich, verdammt noch mal, herausfinden. Wir werden sie genau im Auge behalten.«

»Was ist mit den Fingerabdrücken? Man kann sie doch angesichts solcher Indizien nicht einfach laufen lassen.« Paul blickte ungläubig von Martin zu Dieter.

»Man kann. Und man wird. Alibi ist Alibi. Indizien hin oder her. Ich werde jetzt erst mal mit dem zuständigen Staatsanwalt sprechen.«

Als Martin gerade zum Hörer griff, kam Egon Milster ins Büro. »Na, Sie sind ja gut.« Beide Hände in die Seiten gestützt, baute er sich vor Martins Schreibtisch auf. »Ihre einzige Verdächtige wird gerade freigelassen, und Sie sitzen hier untätig rum. Wie konnte das überhaupt passieren?«

»Es gibt einen Zeugen, der ihr Alibi bestätigt hat.«

»Das habe ich gehört. Ist dieser Zeuge auch echt? Haben Sie das überprüft?«

»Bis jetzt noch nicht. Ich habe es auch gerade erst erfahren.«

»Verschwenden Sie keine Zeit und machen Sie diese Klein endlich dingfest. Wir müssen den Bürgern von Wiesbaden endlich einen Fahndungserfolg präsentieren, damit sich die Leute wieder sicher fühlen können.« Er warf Martin über den Rand seiner Brille einen strengen Blick zu und verließ den Raum.

»Der Meister der kurzen Auftritte«, kommentierte der Gerügte theatralisch. »Okay, tun wir wie befohlen«, wandte er sich an seine Kollegen. »Wir sprechen noch mal mit dem Zeugen, schüchtern ihn ein bisschen ein. Dann gesteht er, dass er gelogen hat, und wir haben unsere Täterin wieder. Nichts einfacher als das.« Sarkasmus schwang in seiner Stimme mit. Er seufzte. »Dieter, gib mir bitte das Aussageprotokoll und dann besuchen wir den Zeugen noch mal. Aber erst telefoniere ich mit dem Staatsanwalt.«

Auf eine Vierundzwanzig-Stunden-Observation Eva Kleins wollte sich der Staatsanwalt nicht einlassen. Dazu gab es seiner Meinung nach keine Veranlassung. Eva Klein erhielt einzig und allein die Auflage, die Stadt nicht zu verlassen. Noch während Martin telefonierte, wurde sie aus dem Gefängnis entlassen.

Eine Stunde später saß Martin Christian Bauer gegenüber, der ihm nichts anderes berichtete als das, was schon im Protokoll stand. Martin klärte ihn über die Konsequenzen auf, die eine Falschaussage mit sich bringen konnte. Doch Bauer blieb ganz entspannt.

Martin war froh, dass er nach diesem Gespräch Feierabend machen konnte. Er fühlte sich, als wäre er in eine Sackgasse gefahren und könnte den Rückwärtsgang nicht finden. Zu Hause berichtete er Karla vom heutigen Tag, die ihn bis zum Theaterbesuch wieder etwas aufrichten konnte.

13

Zur gleichen Zeit besorgte sich Anne eine Flasche Sekt im nahegelegenen Supermarkt, um kurz darauf bei Saskia und Mark zu klingeln. Sie vermutete, beide zu Hause anzutreffen. Sicher war Saskia noch nicht zum Schwimmen aufgebrochen. Aber das wäre nur gut so. Ihr Besuch bekäme auf diese Art etwas Belangloses und würde vom eigentlichen Plan hervorragend ablenken.

Tatsächlich öffnete Saskia ihr die Tür. »Anne, was für eine schöne Überraschung. Komm rein!« Saskia strahlte sie freudig an. »Was führt dich zu uns?«

»Ich wollte mit euch anstoßen.« Anne hielt die Flasche hoch.

»Gibt's was zu feiern?«

In dem Moment erschien Mark im Hausflur. »Hallo, Anne!«

»Hallo!« Lächelnd reichte sie ihm die Hand. »Entschuldige, dass ich einfach so reinplatze, aber ich wollte mich unbedingt bei dir bedanken. Ich bin so happy.« Sie wandte sich Saskia zu. »Mark hat mir einen Kunden vermittelt, der vielleicht Investor bei einem unserer Projekte wird. Ich war wirklich in Not, und er hat mir sehr geholfen.«

»Ja, er hat mir davon erzählt.« Saskia lud Anne mit einer Handbewegung ins Haus ein und nahm ihr den Blazer ab. »Ich freue mich, dass er etwas für dich tun konnte.«

»Hat Beltz denn schon zugesagt?«, wunderte sich Mark, während sie am Esstisch Platz nahmen.

»Noch nicht konkret. Aber nachdem er die Papiere durchgesehen hatte, bat er um einen Gesprächstermin. Es ist ein Anfang, und ich stehe übermorgen nicht mit leeren Händen vor meinem Chef. Das habe ich dir zu verdanken, und das ist mindestens eine Flasche Sekt wert.«

»Man soll die Feste feiern, wie sie fallen. Ich hol die Gläser.« Mark erhob sich.

»Für mich nicht«, rief Saskia ihm hinterher. »Ich muss los.« Erklärend fügte sie hinzu: »Ich gehe zum Schwimmen.«

»Du willst wirklich jetzt gehen? Das ist aber schade!«, heuchelte Anne gekonnt.

»Ja. Aber lass dich davon nicht vertreiben. Stoßt ihr nur zusammen an. Wir holen das ein anderes Mal nach.« Saskia machte eine kurze Pause. »Ach, und wenn Mark dich das nächste Mal einlädt, in unserem Pool zu schwimmen, kannst du das unbedenklich annehmen. Ich hab' nichts dagegen.« Sie schenkte Anne ein freundschaftliches Lächeln und drückte ihr zum Abschied einen Kuss auf die Wange.

»Danke!« Anne konnte ihr Erstaunen nicht verbergen.

Mark kam mit einem Tablett wieder und wurde ebenfalls zum Abschied geküsst. »Im Schrank ist noch was zum Knabbern. Viel Spaß!« Saskia winkte noch einmal, dann war sie weg.

Anne blickte ihr noch hinterher, während Mark sich neben sie setzte und die Gläser einschenkte. »Na, dann!« Er reichte ihr ein Glas, und sie stießen an. »Auf den beruflichen Erfolg!«

»Prost!« Sie nippte an dem Sekt und blickte ihn dann an. »Warum hast du Saskia von meinem Besuch erzählt?«

»Warum nicht?«

»Na ja, ich weiß nicht. Ich denke nur, dass ich meinem Freund –«

»– wenn du einen hättest«, unterbrach er sie.

»Ja, wenn ich einen hätte, nicht unbedingt erzählt hätte, dass ich einem anderen Mann angeboten habe, nackt im Pool zu schwimmen.«

»Du bist echt niedlich!« Mark lachte herzhaft. »Warum sollte ich ihr das nicht erzählen? Wie ich schon sagte, sie hätte nichts dagegen gehabt.«

»Ihr erzählt euch wohl alles, was?« Anne war es peinlich, dass sie Gegenstand einer Unterhaltung der beiden gewesen war. Und außerdem: Wer so ein gutes Verhältnis zu seiner Frau hatte, würde vielleicht doch nicht …?

»So ziemlich«, antwortete Mark ehrlich. »Ich halte das für die Grundlage einer guten Beziehung. Jeder hat natürlich auch seine kleinen Geheimnisse, aber –«

»Ach ja?«, unterbrach sie ihn. »Die da wären?«

»Ich würde ihr zum Beispiel nicht erzählen, dass du mich gestern geküsst hast.« Herausforderung lag in seinem Blick.

»Ach das! Das war ja nichts weiter.« Sie tat den Kuss mit einer Handbewegung als Lappalie ab, konnte ihm dabei aber nicht in die Augen sehen.

»Tatsächlich? Das habe ich ganz anders empfunden.« Er suchte ihren Blick.

Sie antwortete nicht, sondern fragte sich, wo ihre Schlagfertigkeit geblieben war. Sie griff nach ihrem Glas. Er beobachtete sie, wie sie rasch ein paar Schlucke trank, stand auf und holte das Knabberzeug aus dem Schrank. Die Situation entspannte sich und sie sprachen über berufliche Dinge. Mark erzählte von Thomas Beltz, sodass Anne sich ein Bild von ihm machen konnte. Als sie die Sektflasche geleert hatten, fühlte sich Anne völlig entspannt. Sie wechselten das Thema, und interessiert hörte sie den Geschichten aus Marks Teenagerzeit zu.

»Ich glaube, ich sollte jetzt fahren«, sagte sie nach einiger Zeit und legte ihre Hand auf seine Schulter.

»Ich glaube, du solltest noch bleiben«, entgegnete er und legte seinen Arm auf ihre Rückenlehne.

»Warum sollte ich?« Fragend wandte sie sich ihm zu und sah im direkt in die grünen Augen. Sein intensiver Blick versprühte Erotik.

»Da gibt es gleich mehrere Gründe. Zum Beispiel: Es ist noch nicht spät, es ist schön mit dir hier zu sitzen, und du hast zu viel getrunken, um noch selbst zu fahren.«

Jetzt war es Zeit, einen Schritt nach vorn zu machen. »Trotzdem denke ich, es ist besser zu gehen.«

»Aus welchem Grund? Hast du noch was vor?« Er strich ihr über den Rücken.

»Nein«, sagte sie langsam, »ich habe nichts mehr vor. Aber ich habe das Gefühl, dass zwischen uns … wie soll ich sagen? … eine gewisse Spannung, ein Knistern liegt. Sag mir, wenn ich mich irre.«

»Du irrst dich«, er beugte sich zu ihr hinab und flüsterte, »nicht!«

Anne nickte. Noch einen Schritt vor. Sie strich ihm über die Wange, um gleich darauf aufzustehen.

»Warte!« Er hielt ihren Arm fest, und stand im nächsten Moment direkt vor ihr. Sie sah die Unentschlossenheit in seinen Augen. Vorsichtig legte sie ihre Lippen auf seinen Mund. Langsam erwiderte er ihren Kuss, während er seine Arme um sie legte. Anne fühlte sich wie ein Teenager. Das Herz schlug ihr bis zum Hals, und sie gab sich dem fast unerträglich schönen Gefühl hin, das der Kuss in ihr hervorrief. Als sie sich voneinander lösten, starrten sie sich ein paar Sekunden lang schweigend an. Mark sah aus, als könne er kaum glauben, was gerade geschehen war.

»Warum bist du heute gekommen?«, durchbrach er irgendwann die Stille.

»Weil ich mich riesig über deine Hilfe gefreut habe und weil du sagtest, ich solle dir danken, wenn aus der Sache mit Beltz etwas wird.«

»Aber es ist ja noch nichts geworden.«

»Aber … Sag mal, worauf willst du hinaus?«

»Ich frage mich, ob du gekommen bist, um mich zu sehen. Ich meine allein. Du wusstest doch, dass Saskia nicht da sein würde.«

»Daran hatte ich überhaupt nicht mehr gedacht.« Ob er ihr die Lüge abnehmen würde? »Aber spielt das eine Rolle?«

»Im Grunde nicht.« Zärtlich strich er ihr eine Haarsträhne aus dem Gesicht.

»Ich sollte jetzt wirklich gehen. Und wir sollten das eben am besten vergessen. Schließlich bist du glücklich verheiratet, oder etwa nicht?«

»Du hast ja recht.«

»Hast du Saskia eigentlich schon mal betrogen?«

War das hier vielleicht der Moment der Wahrheit? Neugierde lag in ihrem Blick.

»Nein.« Er klang ehrlich.

»Würdest du?«

»Ist das eine Frage oder eine Bitte?« Ein Grinsen machte sich auf seinem Gesicht breit.

»Nehmen wir an, es ist eine Frage.«

»Gut, dann würde ich sagen: wahrscheinlich nicht.«

»Wahrscheinlich?«

»Wer kann schon hundertprozentig sicher sein?«

»Na gut. Aber was, wenn es eine Bitte wäre?« Ihr Herz klopfte immer noch bis zum Hals.

»Du meinst«, er nahm sie wieder in die Arme, »eine Bitte von dir?«

Sie nickte nur. Statt einer Antwort küsste er sie leidenschaftlich.

»Ist das als ein Ja zu deuten?«, fragte sie leise, als er seinen Mund von ihren Lippen löste.

Er lachte nur und ließ sie aus seiner Umarmung frei. »Ehrlich gestanden: ich weiß es nicht.«

Wieder nickte sie. »Belassen wir es dabei. Ich fahre jetzt.«

Schweigend gingen sie zur Tür. Anne drückte ihm zum Abschied einen Kuss auf die Wange. Ohne sich noch einmal umzudrehen, verschwand sie. Weder sie noch der emotional aufgewühlte Mark dachten an Annes Blazer, der an der Garderobe hängenblieb.

14

Eva Klein saß mit Christian Bauer währenddessen in einer Pizzeria. Sie strahlte ihn dankbar an. »Du warst so gut heute. Ich weiß nicht, was ich ohne dich gemacht hätte.«

»Wahrscheinlich für den Rest deines süßen Lebens hinter schwedischen Gardinen gesessen. Aber das wäre wirklich zu schade.«

»Ich werde dir das nie vergessen.«

»Das hoffe ich. So habe ich wenigstens auch ein Alibi gut, wenn ich mal eins brauche.«

Sie prosteten sich zu und tranken auf die Lüge, die ihr Leben verändert hatte.

Die Theatervorstellung war für Martin genau die richtige Ablenkung gewesen. Für drei Stunden hatte er seinen Job vollkommen vergessen können und war mit Karla in eine andere Welt eingetaucht. Leider währte diese Ruhe nur kurz. Sie waren gerade dabei, die Parkgebühr am Automaten zu zahlen, als Karla mit dem Finger zur Decke deutete.

»Sieh mal, Schatz. Eine Kamera. Bitte lächeln!« Übertrieben grinste sie erst Martin, dann die Kamera an. Martin lachte, bis ihm plötzlich ein Gedanke durch den Kopf schoss: Jedes Parkhaus hatte Überwachungskameras, die alle Besucher und ihre Wagen aufzeichneten. In der Nähe der Wellritzstraße gab es seines Wissens nach drei Parkhäuser. Was, wenn dieser Ulf während seiner Besuche bei Marita dort geparkt hatte? Er müsste auf den Bändern zu sehen sein. Es war eine Chance.

Martin küsste seine Frau. »Wenn ich dich nicht hätte«, strahlte er sie an. »Du holst das Beste aus mir raus, mein Schatz!«

Fragend blickte sie ihn an, und er erklärte ihr, auf welche Idee sie ihn gerade gebracht hatte.

Früher als gewöhnlich saß er am nächsten Morgen im Büro und informierte seine Leute.

»Vielleicht haben wir Glück, und finden Ulf auf diesem Weg.«

»Wenn er überhaupt mit dem Auto gekommen ist«, gab Dieter zu bedenken.

»Ja, aber es ist immerhin eine Chance.« Paul war wie Martin voller Tatendrang.

»Von den umliegenden Parkhäusern, die infrage kommen, liegt eins in der Helenenstraße und zwei sind an der Schwalbacherstraße«, erklärte Martin. »Alle praktisch um die Ecke der Wohnung Janz.« Martin griff nach seiner Jacke. »Ich fahre los und hole Frau Festner. Die darf sich heute einen schönen Tag vor dem Fernseher machen. Und ihr besorgt bitte die Videobänder. Ich würde sagen, erst mal die der letzten vier Wochen vor dem Todestag.«

Im Hinausgehen wählte er die Nummer von Jasmin Festner auf seinem Handy, um sie über die Änderung ihres heutigen Tagesablaufs zu informieren.

Bis die Zeugin sowie die Videobänder dort waren, wo Martin sie haben wollte, dauerte es eine ganze Weile. Erst kurz nach neun begann Frau Festner mit der Durchsicht der Aufzeichnungen. Zunächst beschränkten sie sich auf die Bänder von montags und freitags, jeweils ab sechzehn Uhr. Ein Techniker blieb bei ihr, während Martin und seine Leute zurück ins Büro gingen.

Dort wartete bereits Frau Hansen. Martin hatte sie total vergessen.

»Bitte entschuldigen Sie die Verspätung.« Er blickte auf seine Armbanduhr. »Uns ist etwas Wichtiges dazwischengekommen. Normalerweise lasse ich Frauen nicht warten.«

»Normalerweise«, wiederholte sie ernst und brachte damit ihr Missfallen deutlich zum Ausdruck. Pünktlichkeit war ihr sehr wichtig.

Versöhnlich bat Martin sie: »Wenn Sie uns etwas zu unserem speziellen Fall sagen können, dann haben Sie jetzt unsere volle Aufmerksamkeit.« Eigentlich legte er keinen großen Wert mehr auf ihre Ausführungen, und ihm wäre es am liebsten, sie würde gehen. Andererseits hatten sie jede Hilfe nötig. Vielleicht sogar die einer Psychologin. Also fuhr er fort: »Und wenn Sie sogar ein Täterprofil erstellen könnten, dann wäre das sogar ausgesprochen hilfreich, denn leider mussten wir unsere Hauptverdächtige aufgrund ihres Alibis gehen lassen.«

»Was?« Ungläubig blickte Barbara Hansen von einem zum anderen. »Aber ihre Fingerabdrücke waren doch überall. Sind das keine ausreichenden Indizien?«

»Sie sind nichts gegen ein Alibi.«

»Ein Alibi kann sich doch jeder besorgen.«

»Aber wir können nicht beweisen, dass es ein ›besorgtes Alibi‹ ist.«

»Schade!«

Es dauerte eine Weile, ehe sie weitersprach.

»Ich hatte gehofft, dass der Spuk jetzt vorbei ist. Als Frau konnte man sich in Wiesbaden ja nicht mehr sicher fühlen. Das heißt, das kann man ja jetzt immer noch nicht.«

»Wir versuchen alles, um den Täter zu kriegen.«

»Nun gut«, entgegnete sie mit fester Stimme, »dann will ich Ihnen mal helfen. Zum Täterprofil gibt es Folgendes zu sagen.« Sie suchte den Blickkontakt mit allen vier Anwesenden, die sich inzwischen um Martins Schreibtisch platziert hatten. »Der Täter hat sich territorial festgelegt.«

»Das haben wir auch schon bemerkt«, konnte sich Martin nicht verkneifen zu sagen, woraufhin er ein unterkühltes Lächeln erntete.

»So können Sie ziemlich sicher sein«, fuhr sie fort, »dass der Mörder in dieser Umgebung weiter morden wird.«

»Sie gehen also davon aus, dass er weiter morden wird?«, fragte Dieter.

»Davon gehe ich aus. Er war ja bisher sehr erfolgreich. Wir sprachen schon letztes Mal über den Wiederholungseffekt des erfolgreichen Täters«, erinnerte sie. »Zwischen den Morden liegt immer einige Zeit, eine Ruheperiode, wenn man so will. Auch ein Mörder braucht Pausen.«

»Die bisher immer ziemlich genau ein halbes Jahr dauerten.«

»Die Ruhephase ist bei jedem unterschiedlich, aber hier sieht es tatsächlich nach einer Art Rhythmus aus. Nach einer gewissen Zeit flammt die Kraft, von der der Mörder getrieben wird, immer wieder auf. Sie ist stärker als er selbst. Gespeist wird sie daraus, dass er sich als Opfer einer Aggression fühlt und damit zur Vergeltung berechtigt ist. Nach dem Motto: Auge um Auge, Zahn um Zahn.«

»Wie würden Sie einen solchen Menschen beschreiben?«, wollte Martin wissen.

»Normalerweise kommen solche Täter eher aus einer mittleren oder unteren Gesellschaftsschicht. Sie haben ein geringes kulturelles Niveau, eine niedrige Schulbildung, einen niedrigen IQ, also eine unterdurchschnittliche Intelligenz.«

»Was heißt ›normalerweise‹?«

»Je nach Fall braucht der Täter eine gewisse Intelligenz. So wie in Ihrem Fall, denn es ist ihm offensichtlich bisher gelungen, keine relevanten Spuren zu hinterlassen.«

»Also«, folgerte Michael, »ein Idiot kann da nicht am Werk gewesen sein.«

Barbara Hansen belächelte seine Ausdrucksweise und fuhr fort. »Der Täter benutzte jedes Mal ein Messer, zumindest bei den beiden letzten Morden. Eine solche Waffe ermöglicht den direkten Kontakt mit dem Opfer. Und durch das Einritzen des Hakens in die Brust beweist sich der Mörder eine absolute Überlegenheit über die Frauen.«

»Aber wie passt der erste Mord da rein? Da war kein Messer im Spiel.«

»Wenn man davon ausgeht, dass es sich um denselben Mörder handelt, würde ich sagen, dass er sich von Mord zu Mord steigert, seine Methode verbessert. Der erste Mord war dann sozusagen ein Übungsstück.«

»Meinen Sie, die Aggression nimmt immer mehr zu?«, fragte Martin nun.

»Ja, ganz sicher. Wobei das Morden mit der Frage zu tun hat, welche Gelegenheiten sich dem Täter dafür anbieten. Die Morde scheinen gut geplant zu sein, wenn keine Spuren zu finden sind. Also sucht er sein Opfer nicht aus und bringt es sofort um. Er sucht aus und plant dann. Und hat er erst einmal den Entschluss gefasst, kommt er nicht mehr davon los, bis die Auserwählte tot ist. Abgehakt, im wahrsten Sinn des Wortes.«

»Abgehakt!«, wiederholte Martin langsam.

»Ja, das soll der Haken sicher bedeuten«, bekräftigte Frau Hansen. »Wie gesagt, er stellt so seine Überlegenheit zur Schau.«

»Dann ist der Täter eher ein selbstsicherer, knallharter Typ«, mutmaßte Paul.

»Im Gegenteil. Meistens sind diese Menschen wehleidig. Deswegen wenden sie auch opferorientierte Neutralisierungstechniken zur Rechtfertigung an.« Sie machte eine kleine Pause und genoss die erwartungsvoll auf sie gerichteten Blicke, ehe sie erklärte: »Das heißt, dass der Täter die eigene Verantwortung für die Tat ablehnt. Er macht sich nicht selbst, sondern andere für sein Handeln verantwortlich. Er redet sich ein, Vergeltung zu üben, Rächer zu sein. Das Opfer trägt die Schuld, es verdient sein Schicksal.«

»Was ist mit der Tatsache, dass ein Mord in der Regel ein Beziehungsdelikt ist und die Tatbeteiligten sich schon in siebzig bis achtzig Prozent der Fälle vor der Tat kannten?«, fragte Dieter.

»Ich glaube, auch hier handelt es sich in irgendeiner Weise um ein Beziehungsdelikt. Aber ich glaube nicht, dass die Opfer den Mörder kannten.«

»Wie kommen Sie darauf?«

»Die Akten sprechen für sich. Es gibt nicht die geringste Verbindung zwischen den Opfern. Zumindest bisher nicht. Eine Verbindung besteht sicher nur darin, dass er die Opfer nach einem bestimmten Schema aussucht. Irgendetwas haben sie alle gemeinsam.«

»Wenn wir wüssten, was das ist, wären wir einen Schritt weiter.«

»Ich bin sicher, Sie finden das noch heraus«, sagte sie in aufmunterndem Ton. »Haben Sie noch irgendwelche Fragen?«

Martin blickte in die Runde, bekam jedoch nur Kopfschütteln zur Antwort.

»Was haben Sie jetzt vor?«, wollte die Psychologin wissen. »Werden Sie diese Tatverdächtige mit Alibi observieren?«

»Nein, aber wir behalten sie im Auge. Zunächst versuchen wir, den Freund der Toten ausfindig zu machen.«

»Der einzige Anhaltspunkt, was?« In ihren braunen Augen war Mitleid zu erkennen. »Na, ich hoffe, Sie haben Glück.« Sie erhob sich und drückte Martin lächelnd die Hand. »Wenn Sie doch noch Fragen haben, rufen Sie mich an.« Sie nickte den anderen zu. »Auf Wiedersehen, die Herren.«

Martin schloss die Tür hinter ihr und wandte sich an seine Kollegen. »Na, seid ihr jetzt schlauer?«

»Schlauer schon«, meinte Paul, »aber ob uns das weiterhilft, weiß ich noch nicht so genau.«

»Interessant, was Frau Hansen erzählt hat und absolut einleuchtend.« Dieter nickte vor sich hin.

»Was wissen wir jetzt?« Michael machte sich an eine Zusammenfassung. »Wir haben es mit einem cleveren Killer zu tun, der eigentlich ein Weichei ist. Deshalb braucht er ab und zu auch eine Pause, in der er die Auswahl des nächsten Opfers nach seinen Kriterien trifft und den unausweichlichen nächsten Mord plant, denn morden wird er weiterhin. Schließlich ist er der abhakende Rächer von Wiesbaden.« Er blickte die Kollegen an und fügte trocken hinzu: »So werden wir auch nicht arbeitslos.«

»Danke für die Aufmunterung«, sagte Martin und griff zum Telefon, um zu erfahren, ob es schon Neuigkeiten bei der Durchsicht der Videos gab.

Das war leider nicht der Fall. Zudem bat Frau Festner nach zwei Stunden um eine Pause, da sie Nachtschicht gehabt hatte. So fuhr sie erst drei Stunden später mit der Durchsicht fort und entdeckte bis zum Abend niemanden, der Ulf ähnlich sah.

15

Anne rief Kelly an diesem Morgen vom Büro aus an und berichtete ihr, was am vergangenen Abend vorgefallen war. »Er ist wirklich sehr süß«, schwärmte sie.

»Ja, ich weiß. Und was jetzt?«

»Wahrscheinlich sollten wir es dabei belassen.«

»Wegen einem Kuss? Mich küsst er auch.«

»Aber nicht so.«

»Selbst wenn, ein Kuss sagt noch lange nichts aus. Dazu kann man sich mal hinreißen lassen, aber er würde nicht mit dir ins Bett gehen«, sagte sie bestimmt.

»Was, wenn doch?«

»Dann müsste ich eben damit leben. Aber er tut das nicht!«, sagte Kelly laut.

»Wie kann man nur so überzeugt sein? Du bist ganz schön engstirnig.«

»Ich bin nur realistisch.«

»Kelly, du hast nicht gesehen, wie er mich angeschaut hat.«

»Und du hast wohl nicht gesehen, wie er alle Frauen ansieht«, konterte sie.

Selbst Anne musste zugeben, dass Kelly in dieser Beziehung recht hatte. Ihre eigene Überzeugung geriet allmählich ins Wanken. Kelly war so überzeugt, so unglaublich sicher. Sie wäre bestimmt schrecklich enttäuscht, wenn es tatsächlich bis zum Äußersten kommen würde. Anne spielte mit dem Gedanken, der Freundin einfach zu sagen, dass Mark wirklich ein treuer Ehemann war, ohne es eigentlich sicher zu wissen. Aber Kelly kannte Anne zu gut und würde eine Lüge sofort erkennen.

»Okay, okay! Ich versuche es noch ein letztes Mal, dann können wir diese verrückte Wette endlich abschließen«, lenkte sie ein und verabschiedete sich von Kelly.

Für die beiden war der Ausgang der Wette inzwischen völlig nebensächlich. Für Kelly ging es nur um die Bestätigung, dass Mark derjenige war, für den sie ihn hielt. Anne wusste mittlerweile nicht mehr, ob sie sich wünschen sollte zu gewinnen oder zu verlieren. Sie wusste nur, dass Mark ein sehr reizvoller Mann war, der ihr ein bisschen zu gut gefiel. Ihn zu verführen war verlockend, zumal ihre letzte Liebesnacht schon längere Zeit zurücklag.

Sie rief sich zur Ordnung und versuchte sich auf ihre Arbeit zu konzentrieren. Doch kaum hatte sie Mark endlich aus ihren Gedanken verbannt, rief er an.

»Du hast gestern Abend deinen Blazer bei uns hängen lassen«, sagte er nach einer Begrüßung. Er klang fröhlich.

»Wirklich? Das hab' ich überhaupt noch nicht gemerkt.« Sie hasste Lügen, aber sie erkannte sofort die Chance, die sich ihr bot.

»Ich wollte ihn dir heute Abend vorbeibringen.«

»Das ist lieb, aber da werde ich noch nicht zu Hause sein. Wir haben hier jede Menge Arbeit und Besprechungen, unter anderem die mit Herrn Beltz. Vor neun oder zehn Uhr werde ich sicher nicht nach Hause kommen.« Na, das ging ihr doch ganz gut über die Lippen.

»Soll ich ihn dann bei deiner Nachbarin abgeben?«

»Bloß nicht!«, wehrte sie ab. »Ich brauche die Jacke nicht dringend. Ich kann sie mir am Samstag holen kommen. Da muss ich ausnahmsweise mal nicht arbeiten.« Würde er, wie erwartet, Gentleman genug sein, um sie bringen zu wollen?

»Ich kann sie dir gern bringen.«

Wer sagt's denn. »Das musst du nicht.«

»Das ist kein Problem. Ich mache sowieso eine Motorradtour. Dann komme ich kurz bei Dir vorbei.«

»Also gut, einverstanden. Das ist nett von dir.«

»Ab wie viel Uhr bist du ansprechbar?«

»Ich denke, dass ich nicht länger als bis neun schlafe.«

»Gut, wir sehen uns dann am Samstag.«

»Danke.«

Sie legte auf und murmelte: »Ich werde froh sein, wenn das vorbei ist.«

Diese Taktiererei machte sie nicht gerade glücklich.

16

Es gelang Frau Festner am nächsten Morgen doch noch, Ulf auf einer Videoaufzeichnung aus dem Parkhaus in der Helenenstraße wiederzuerkennen. Über seinen roten Audi 80 war es kein Problem mehr, Adresse und Arbeitsplatz herauszufinden. Überraschend war, dass der Halter des Wagens nicht Ulf, sondern Nils hieß, Nils Breitner. Er war Verkäufer in einem großen Autohaus und arbeitete auch nicht in der Nähe der Wohnung von Marita Janz, sondern zwei Bezirke weiter.

Martin und Paul fuhren sofort dorthin und saßen kurz darauf im Büro von Nils Breitner, den sie ohne Zweifel als den Mann auf dem Videoband erkannten.

»Was kann ich für Sie tun, meine Herren?«, fragte er, nachdem sich die beiden vorgestellt hatten.

»Wir haben ein paar Fragen an Sie.«

»Wenn es schnell geht, bitte schön. Viel Zeit habe ich nicht. Termine. Sie verstehen?« Er lehnte sich in seinem Stuhl zurück und schlug die Beine übereinander.

»Es wird nicht lange dauern.« Martin lächelte. »Kennen Sie eine Marita Janz?«

»Marita Janz«, wiederholte Nils nachdenklich. »Nein, der Name sagt mir nichts. Vielleicht eine Kundin?«

Martin sah, wie es um Nils' Mundwinkel zuckte.

»Ich weiß nicht, ob sie Ihre Kundin war. Ich hatte gehofft, Sie könnten mir das sagen. Vielleicht erkennen Sie sie auf diesem Bild.« Martin reichte ihm ein Foto und fixierte ihn. Nils richtete sich auf, betrachtete regungslos das Gesicht und gab das Foto zurück.

»Da kann ich Ihnen nicht weiterhelfen.« Er blickte von einem zum anderen. »Diese Frau kenne ich nicht. Wenn Sie mich jetzt entschuldigen würden.« Schon war er im Begriff, sich zu erheben.

»Herr Breitner, behalten Sie bitte Platz. Wir sind noch nicht ganz fertig.« Noch ehe Nils etwas erwidern konnte, fuhr Martin fort: »Wenn Sie nicht wissen, wer diese Frau ist, werde ich es Ihnen sagen. Marita Janz war Ihre Geliebte, und zwar jeden Montag und Freitag.«

»Was reden Sie da?« Nils sprang auf. Seine Augen fuhren unruhig hin und her.

»Beruhigen Sie sich«, bat Martin und bedeutete ihm mit der Hand, sich wieder zu setzen. »Es wäre für alle von Vorteil, wenn Sie nicht länger versuchen würden, uns etwas vorzumachen. Wir wissen, dass Sie ein Verhältnis mit ihr hatten.«

Nils wandte sich ab, ging ein paar Schritte zum Fenster und starrte hinaus. Er schob die Hände in die Hosentaschen und senkte den Kopf.

»Herr Breitner, Frau Janz ist tot.«

Nils drehte sich um. In seinen Augen standen Tränen. »Aber warum bloß?«

»Sie wussten, dass sie tot ist, nicht wahr?«

Er wandte sich ohne ein Wort wieder ab.

»Hören Sie! Frau Janz ist am vorletzten Freitag ermordet worden, und wir wissen, dass Sie an diesem Tag bei ihr waren. Von wann bis wann war das?«

Stille.

»Herr Breitner, wollen Sie einen Anwalt?«

Nils fuhr herum. »Einen Anwalt? Glauben Sie etwa, ich habe sie umgebracht?«

»Sie reden nicht mit uns, was soll ich also glauben?«

»Ich habe damit nichts zu tun.«

»Warum antworten Sie dann nicht auf meine Fragen?«

»Warum wohl!«, schrie er. »Ich bin verheiratet.«

»Das ist uns bekannt. Trotzdem ändert das nichts an der Tatsache, dass Sie mit der Ermordeten ein Verhältnis hatten und somit zum Kreis der Bekannten des Opfers gehören. Und dieser Kreis scheint extrem klein gewesen zu sein.«

»Also gut. Ich war an diesem Freitag bei ihr, wie immer. Ich kam ungefähr um einundzwanzig Uhr und bin um halb zwei gegangen. Es war alles wie immer.«

»Hatten Sie Geschlechtsverkehr mit Frau Janz?«

»Warum?«

»Weil wir Spermaspuren gefunden haben. Also?«

»Ja, wir haben miteinander geschlafen.«

»Hat sie noch gelebt, als Sie sie verlassen haben?«

»Natürlich hat sie noch gelebt«, antwortete Nils aufgebracht. »Ich hätte ihr nie etwas antun können. Wir haben uns …«

»… geliebt?«

»Nicht wirklich, vielleicht so was in der Art. Es war ein perfektes Verhältnis.«

»Wollte Marita Sie nie ganz für sich?«

»Nein. Das war das Letzte, was sie wollte. Ihre Freiheit ging ihr über alles, und mir war das gerade recht so. Ich wollte mich nicht von meiner Frau trennen. Das, was wir hatten, war rein sexuell.«

»Haben Sie manchmal gestritten?«

»Nein. Nie.« Nils kam zurück zum Tisch und ließ sich auf seinen Stuhl fallen.

»Herr Breitner, woher wussten Sie, dass sie tot ist, noch bevor wir Ihnen das sagten?«

»Es stand in der Zeitung? – Wer tut so etwas nur? Sie war doch ein so guter Mensch. Wer wirft einen gefesselt einfach so aus dem Fenster?«

Paul warf Martin einen schnellen Blick zu und ergriff das Wort. »Herr Breitner, wir haben Ihnen nicht gesagt, dass Frau Janz gefesselt aus dem Fenster geworfen wurde, und in der Zeitung stand das auch nicht.«

Nils sah Paul verstört an. Martin hingegen warf ihm einen dankbaren Blick zu. Vielleicht sollte er in Zukunft doch mal einen

Blick in die Zeitungen werfen. Das hier war ein grober Fehler, der ihm nicht hätte passieren dürfen.

»Woher wissen Sie das also?«, fragte Paul weiter.

»Ich …« Nils stützte die Ellbogen auf den Tisch und vergrub stöhnend sein Gesicht in den Händen. »Ich hab' sie gesehen, wie sie da unten lag, weil doch das Fenster offen war.«

»Wann?«

»Ich kam noch mal zurück zu ihr, weil ich meine Krawatte vergessen hatte. Ich vergesse ständig irgendwas. Diesmal war's meine Krawatte.«

»Erzählen Sie bitte genau von dem Moment an, als Sie sie verließen«, forderte Martin ihn auf.

Nils holte tief Luft und blickte an dem Kommissar vorbei ins Leere. »Ich holte mein Auto, fuhr nach Hause und stellte vor der Haustür fest, dass ich die Krawatte vergessen hatte.«

»Hätte es nicht gereicht, sie am nächsten Montag wieder mitzunehmen?«

»Nein. Meine Frau hätte das sofort bemerkt. Sie hat ein Auge dafür, und das wollte ich auf keinen Fall riskieren.«

»Sind Sie sicher, dass Ihre Frau nichts von Ihrem Verhältnis wusste?«

»Ja. Ganz sicher!«

»Können Sie uns sagen, wo Ihre Frau am vorletzten Freitagabend war?«

»Verdächtigen Sie jetzt auch Ulla?« Nils blickte Martin entsetzt an.

»Falls Ihre Frau doch von Ihrem Verhältnis gewusst hat, hätte Sie ein Motiv für die Tat.«

»Sie weiß aber nichts davon!«, rief er. »So glauben Sie mir doch. Wenn Sie mit meiner Frau sprechen, ist meine Ehe beendet. Das können Sie nicht machen!«

»Sie müssen verstehen, dass wir jede Spur verfolgen müssen. Also, können Sie uns sagen, wo Ihre Frau an besagtem Freitagabend war?«

»Sie war bei einer Freundin.«

»Wie heißt diese Freundin?«

»Claudia Gerber. Sie wohnt in der Innenstadt. Aber Sie dürfen sie nicht fragen. Dann fliegt alles auf.«

»Ich kann Ihnen nichts versprechen. Wir haben schließlich einen Mord aufzuklären.«

»O Gott! Wo bin ich da nur reingeraten?« Wieder verbarg Nils sein Gesicht in den Händen.

»Wie haben Sie Ihre Ausflüge montags und freitags getarnt?«, fragte Martin weiter.

Nils seufzte. »Montags war ich immer in der Sauna und freitags beim Squashen.«

»Okay. Zurück zum vorletzten Freitag. Sie fuhren also noch einmal zu Marita Janz. Wie spät war es, als Sie wieder in der Wellritzstraße waren?«

»Ich habe keine Ahnung. Ich hab' nicht auf die Uhr gesehen. Aber wahrscheinlich habe ich eine gute halbe Stunde gebraucht.«

»Das hieße ja, dass der Mörder exakt in dieser halben Stunde bei Frau Janz war.«

»Das heißt es wohl.«

»Haben Sie irgendjemanden bemerkt?«

»Nein, niemanden. Ich hab' Maritas Wohnung aufgeschlossen und bin reingegangen. Ich hab' sie gesucht, und als ich sie nicht fand, hab' ich aus dem offenen Fenster gesehen. Da lag sie dann unten.«

Erneut traten ihm Tränen in die Augen. Martin sah einen Schmerz darin, der zu echt war, um nur gespielt zu sein. Man spürte deutlich, wie weh ihm die Erinnerung tat.

»Was haben Sie dann gemacht?«

»Ich bin sofort nach Hause gefahren.«

»Warum haben Sie nicht die Polizei verständigt?«

»Ich hatte Panik. Ich hatte Angst, unser Verhältnis würde rauskommen. Dann hätte ich nicht nur sie, sondern auch meine Frau verloren. Und ich war total durcheinander, weil ich wusste, dass das gerade erst passiert war.«

»Sie hatten Angst, man würde Sie verdächtigen?«

»Ja! Und nichts anderes tun Sie ja jetzt, stimmt's?«

Martin ging nicht darauf ein. »Hat Sie vielleicht jemand gesehen, wie Sie zum ersten Mal das Haus verließen?«

»Nein, ich glaube nicht.«

»Wo hatten Sie ihren Wagen geparkt?«

»Beim ersten Mal im Parkhaus, später dann direkt vor der Tür.«

»War Ihre Frau bereits zu Hause, als Sie das erste Mal dorthin kamen?«

»Ja, ihr Wagen stand in der Einfahrt und im Haus brannte Licht. Aber ich bin ja nicht reingegangen.«

»Noch etwas: Mit wem war Frau Janz befreundet?«

»Sie hat nur eine beste Freundin, die ist aber seit vier Monaten im Ausland. Ansonsten hatte sie Kontakt zu einer Frau aus dem Haus. Ich glaub die heißt Jasmin. Das war auch schon alles. Natürlich kannte sie eine Menge Leute durch ihre Arbeit.«

»Wissen Sie von Problemen, privat oder beruflich?«

»Nein. Sie hat mir gegenüber nie etwas erwähnt. Ich versteh das alles nicht. Wurde sie denn ausgeraubt?«

»Wir glauben nicht, sind aber nicht sicher. Hatte sie Wertgegenstände in der Wohnung?«

»Nichts Außergewöhnliches.«

»Herr Breitner, wir müssen Sie bitten, mit uns aufs Präsidium zu kommen.«

»Verhaften Sie mich?« Entsetzen stand in seinem Gesicht.

»Wir müssen eine DNA-Probe nehmen, um festzustellen, welche Spuren in der Wohnung Janz von Ihnen stammen.«

»Ich kann hier doch jetzt nicht weg«, sagte er hilflos.

»Sie können!« Martin stand auf.

Also gab Nils seinem Chef Bescheid und folgte dann Martin und Paul zum Wagen.

Wenig später wurden eine Speichelprobe sowie Fingerabdrücke und eine Schriftprobe von ihm genommen und ins Labor geschickt. Anschließend saß er Martin in dessen Büro gegenüber und blickte den Kommissar unsicher an. »Wie lange muss ich hierbleiben?«, fragte er vorsichtig.

»Wir müssen die Ergebnisse der Proben abwarten, außerdem habe ich noch einige Fragen.«

Paul bot ihnen Kaffee an und setzte sich dann zu ihnen.

»Können Sie uns sagen, was für ein Mensch Frau Janz war?«, begann Martin das Gespräch.

»Na ja. Sie war lebensfroh, ein sehr positiver Mensch. Sie war zufrieden mit sich und ihrem Job. Was soll ich da noch sagen?« Nils zuckte mit den Schultern.

»Wie hielt sie es mit der Ordnung in ihrer Wohnung?«

»Marita war extrem ordentlich, vor allem mit ihrer Garderobe. Nie lag ein Kleidungsstück einfach irgendwo rum, und in den Schränken herrschte perfekte Ordnung. Außerdem war es immer unglaublich sauber bei ihr. Ich denke, sie hat sicher oft geputzt.«

Martin nahm ein Foto aus der Akte und reichte es Nils. Es zeigte die durchwühlte Schublade mit Maritas Unterwäsche.

»In diesem Zustand hätte Marita ihre Unterwäsche nie gelassen«, kommentierte er, was er sah.

»Kann es nicht sein, dass sie es einfach mal eilig gehabt hat?«

»Nein, das kann nicht sein. Zumindest halte ich das für unwahrscheinlich. Sie war da wirklich extrem pingelig. Außerdem ist da drin ja wirklich alles durcheinander. Das war sonst immer ordentlich sortiert.«

Martin nickte. »Wissen Sie, ob sie außer den Ketten, die an der Wand neben dem Spiegel hingen, sonst noch Wertsachen hatte?«

»Nicht sicher.«

»Was ist mit Bargeld? Könnte es sein, dass sie eine gewisse Summe zwischen der Unterwäsche versteckt hatte?«

»Glaub ich nicht. Ich denke, sie war intelligent genug, keine großen Summen zu Hause aufzubewahren. Aber ich weiß das alles nicht so genau.« Ärger lag in Nils Stimme. Ärger darüber, in diese Situation hineingeraten zu sein und vielleicht nicht unbeschadet wieder herauszukommen.

»Hat sie je über Leute aus ihrer Vergangenheit gesprochen?«, fragte Martin weiter.

»Nein, nie.«

»Hatten Sie mal den Eindruck, dass sie Angst vor irgendetwas hatte?«

»Angst?« Nils lächelte schwach. »Marita hatte nie Angst. Sie war ein total unerschrockener Mensch.«

»Wir wissen, dass sie Briefe erhalten hat.« Martin berichtete von dem Zettel an ihrer Autoscheibe. »Wissen Sie etwas darüber?«

»Ich habe keine Ahnung.« Er schien wirklich überrascht zu sein.

»Wussten Sie, dass Frau Janz schwanger war?«

»Schwanger?« Nils starrte Martin entgeistert an. »Das kann doch nicht sein!«

»Haben Sie das gewusst?«

»Nein!«, rief er. »Sie hat nichts gesagt. Ich dachte immer, dass sie die Pille nimmt.«

»Hat sie auch, wenn man der Pillenpackung Glauben schenken kann. Möglicherweise hat sie es selbst noch nicht einmal gewusst. Aber so eine Schwangerschaft wäre sicher ein Problem für Sie gewesen, nicht wahr?«

»In Jubelschreie wäre ich sicher nicht ausgebrochen.«

»Dann sagen Sie uns doch noch, warum sie sich Ulf genannt und Marita Ihren richtigen Namen verschwiegen haben?«

Nils verknotete nervös seine Finger, ehe er antwortete. »Ich konnte nicht wissen, was für ein Mensch sie ist. Es gibt doch auch solche Frauen, die einem nicht mehr von der Pelle rücken, wenn man sie loswerden will. Um dem aus dem Weg zu gehen, habe ich mich Ulf genannt. Als ich merkte, dass Marita mich wirklich nur als Liebhaber haben wollte, bin ich dabei geblieben, damit ich nichts groß erklären musste. Verstehen Sie? Ich wollte meine Ehe nicht aufs Spiel setzen.«

Nils sah zu Martin hinüber und wartete auf eine Reaktion, die ihm zeigte, dass der Kommissar ihm Verständnis entgegenbrachte. Doch Martin schwieg.

»Und ich will auch jetzt meine Ehe nicht riskieren«, rief Nils laut. »Schon gar nicht für eine tote Geliebte.« Tränen schossen ihm in die Augen.

»Herr Breitner, es tut mir leid«, und das tat es Martin tatsächlich, »aber ich muss Sie vorerst hierbehalten.«

»Das können Sie doch nicht einfach machen!«

»Doch ich kann. Zunächst für vierundzwanzig Stunden, und dann sehen wir weiter.«

»Sie glauben, ich habe sie umgebracht?«

»Was ich glaube, interessiert nicht. Sie sind nun mal verdächtig, und ein Alibi haben Sie auch nicht.«

»Wie soll ich das meiner Frau erklären?« Nils klang nun eher ängstlich als ärgerlich.

»Möchten Sie sie anrufen?«

Nils nickte und Martin schob ihm das Telefon rüber.

»Mein Kollege und ich sind kurz draußen.«

Er deutete Paul mit einem Kopfnicken an, ihm zu folgen. Vor der Tür sagte er ohne Umschweife: »Er war es nicht.«

»Wie kannst du da so sicher sein?«, fragte Paul kopfschüttelnd.

»Instinkt«, war die knappe Antwort.

»Das wird wohl kaum reichen, um ihn gehen zu lassen.«

»Ich weiß.«

17

Als Anne um halb neun am Samstagmorgen die Augen aufmachte, war sie sofort hellwach. Der Blick aus dem Fenster verriet ihr, dass es draußen ungemütlich sein musste. Es hatte in der Nacht geregnet, und der Himmel war grau. Sie beschloss, den Tag mit einem guten Frühstück zu beginnen. Schnell schlüpfte sie in Laufhose und Sweatshirt. Sie würde zum Bäcker joggen und so gleich etwas für ihre Gesundheit tun. Ein letzter Blick auf die Uhr: gleich neun! Aber Mark würde sicher nicht so früh bei ihr auftauchen, dachte sie und lief los.

Als Mark um Viertel nach neun an der Haustür klingelte, war Anne noch nicht zurück. Ob sie noch schlief?, überlegte er und drückte erneut auf den Klingelknopf. Nichts. Er suchte nach ihrem grünen Jeep auf dem Parkplatz. Der Wagen war da. Vielleicht duschte sie gerade und hörte die Klingel nicht? Er versuchte es noch einmal. Plötzlich wurde die Haustür aufgerissen und Daniela Böhmer stand vor ihm. »Wollen Sie zu Anne?«, fragte sie, Mark von oben bis unten musternd.

»Ja.«

»Ich hab' die Klingel gehört«, sagte sie entschuldigend und schob sich einige Haarsträhnen aus dem Gesicht. »Ich bin ihre Nachbarin.«

»Ah, ja! Dann wissen Sie sicher, ob sie zu Hause ist?«

»Sie ist nicht da. Vor zwanzig Minuten ist sie joggen gegangen.«

»Das wissen Sie ja sehr genau«, tat Mark erstaunt.

Daniela fühlte sich ertappt und blickte auf ihre Fußspitzen. »Ich hab' sie zufällig durchs Fenster gesehen.«

»Ach so, na dann.«

Mark musterte sie interessiert. Sie war ziemlich dünn, fand er. Ihre braunen, glatten Haare waren seitlich gescheitelt und hingen formlos bis zum Kinn herunter. Ihr viel zu langer Pony reichte ihr bis über die Augen. Sie hielt den Kopf leicht geneigt, um überhaupt etwas sehen zu können. Hübsche braune Augen hatte sie, aber ihre Lippen waren für ihr schmales Gesicht viel zu voll.

»Sind Sie ihr neuer Freund?« Danielas Blick blieb an Marks Ehering hängen.

»Warum interessiert Sie das?« Amüsiert beobachtete er sie.

»Nur so!« Sie zuckte mit den Schultern und schob erneut ihren Pony mit den Fingern zur Seite. »Wollt nur wissen, ob ich Sie jetzt öfter sehe.«

»Lassen Sie sich überraschen.«

»Soll ich Anne was ausrichten, falls ich sie heut seh'?«

»Nein, danke. Das brauchen Sie nicht. Ich werde hier auf sie warten.«

Daniela machte ein griesgrämiges Gesicht.

»Kann ich vielleicht vor der Wohnungstür auf sie warten?«, fragte Mark und deutete in Richtung Treppenhaus.

»Meinetwegen«, brummte Daniela. Bevor sie in ihrer Wohnung verschwand, bedachte sie Mark noch mit einem herablassenden Blick.

Lange musste Mark nicht warten, bis er einen Schlüssel in der Haustür hörte und Anne triefend nass vor ihm stand.

»Du bist schon da?« Sie strich sich mit der Hand die nassen Strähnen aus dem Gesicht.

»Ich und dein Blazer.« Er stand auf und lächelte sie an.

»Ich hatte nicht so früh mit dir gerechnet.«

»Das sehe ich. Gehst du gern im Regen joggen?«

»Es gibt nichts Schöneres.« Sie lachte und sah an sich herunter. »Nein, als ich loslief, war es noch trocken, aber jetzt hat's mich voll erwischt und meine Brötchen auch.« Sie hielt die durchweichte Papiertüte hoch. »Was soll's! Komm rein!« Sie schloss ihre Tür auf und lief voraus in die Küche. Mark folgte ihr, nachdem er ihren Blazer an der Garderobe aufgehängt hatte.

»Es sieht so aus, als hättest du auch noch nicht gefrühstückt?«, fragte er.

»Gut kombiniert. Du auch nicht?«

Er schüttelte den Kopf. Anne riss die nasse Tüte auseinander und verzog das Gesicht. »Lecker! Feuchte Brötchen und matschige Croissants. Ich hätte dich ja gern zum Frühstück eingeladen, aber ich fürchte, ich kann dir nichts bieten.«

Mark trat dicht an sie heran. »Da wäre ich nicht so sicher.« Seine Stimme war warm und zärtlich.

»He!«, sagte sie. »Du weißt schon, dass du mit mir flirtest?« Sie wollte sich um keinen Preis von seinem Lächeln gefangen nehmen lassen, merkte aber, dass sie den Kampf im Grunde bereits verloren hatte.

»Wie kommst du darauf?« Unschuldig blickte er sie an. »Ich bin nur ziemlich sicher, dass du mir zum Frühstück was bieten kannst.« Aus einer Tasche zog er eine Tüte mit Brötchen und hielt sie ihr unter die Nase.

»Willkommen im Fettnäpfchen«, murmelte sie.

Er lachte laut. »Also, gemeinsames Frühstück?«

»Gern, aber ich muss mich erst trockenlegen.«

»Gute Idee. Du siehst erbärmlich aus.« Er grinste.

»Danke für das Kompliment.« Sie fuhr sich mit der Hand durch die nassen Haare. »Wenn du willst, kannst du schon mal Kaffee kochen und den Tisch decken.« Sie zeigte ihm, wo er was finden konnte und verschwand im Bad. Nach einer schnellen Dusche setzte sie sich erfreut an den perfekt gedeckten Tisch.

Sie bestrich sich das erste Brötchen mit Marmelade und Quark, während Mark ihr Kaffee einschenkte. »Wie ist denn euer Gespräch mit Beltz gelaufen?«, wollte er wissen.

Anne berichtete ausführlich, wie sympathisch und interessiert Herr Beltz war. Gestikulierend schilderte sie die verschiedenen Varianten, die sie durchgesprochen hatten und wie zufrieden ihr Chef mit ihr gewesen war. Mark hörte lächelnd zu. Ihm gefiel, was er sah, und die Art, wie sie erzählte.

»Aber jetzt habe ich genug von beruflichen Dingen geredet. Ich habe Wochenende.«

Zur Erheiterung erzählte Mark nun von seiner Begegnung mit Daniela. Beide brachen in schallendes Gelächter aus, als Mark versuchte Daniela zu imitieren.

Wenig später räumten sie gemeinsam den Tisch ab. Dann standen sie sich in der kleinen Küche gegenüber.

»Schade, dass ich dich jetzt nicht fragen kann, ob du noch auf einen Kaffee bleibst.«

»Möchtest du denn, dass ich noch bleibe?«

»Ja«, antwortete sie fest.

»Du hast wirklich Glück, dass es regnet.« Er trat einen Schritt näher zum Fenster und blickte in den grauen, wolkenverhangenen Himmel. »Da muss ich wohl oder übel auf meine Motorradtour verzichten. Also hab' ich noch Zeit.« Verschmitzt lächelte er.

»Fein! Möchtest du noch was anderes trinken oder etwas Obst zum Nachtisch?«

»Nachtisch klingt gut.« Er machte eine bedeutungsvolle Pause. »Aber ich bevorzuge eigentlich eine andere Art von Nachtisch.«

»Ach ja?« Sie machte einen Schritt auf ihn zu und stand nun ganz nah vor ihm. »Vielleicht so?«

Anne hob ihm ihr Gesicht entgegen und ihre Lippen fanden die seinen. Sie legte ihre Arme um seinen Hals und zog ihn dichter zu sich. Während sie sich küssten, fanden seine Hände den Weg unter ihr T-Shirt. Zärtlich streichelte er ihren Rücken und öffnete gekonnt den Verschluss ihres BHs. Als er ihre Brust berührte, legte sie ihren Kopf in den Nacken und stöhnte. Mark bedeckte ihren Hals mit kleinen Küssen, und Anne wusste, dass sie diesen Mann wollte. Sie fühlte sich ausgehungert und sehnte sich nach seiner Berührung. Anne öffnete die Knöpfe seines Hemdes und erkundete mit geschlossenen Augen die festen Muskeln seines Oberkörpers, während er am Reißverschluss ihrer Hose zog. Erneut küsste er sie auf den Mund und streifte die Jeans von ihren Hüften. Anne wölbte sich ihm entgegen und versuchte den Knopf seiner Hose zu öffnen. Plötzlich ließ er von ihr ab.

»Ich kann nicht!«, sagte er hastig und trat einen Schritt zurück.

»Was kannst du nicht?«

Er schüttelte nur den Kopf.

»Du kannst nicht mit mir schlafen, weil du Saskia nicht betrügen willst«, nahm Anne ihm die Antwort ab und zog sich die Hose wieder hoch.

»Ja!« Er lehnte sich gegen die Kante der Arbeitsplatte und versuchte, seine Atmung unter Kontrolle zu bringen. »Es tut mir leid! Ich wollte –«

»Es ist schon gut.« Anne unterbrach ihn. »Du brauchst dich nicht zu entschuldigen. Ich verstehe das.«

»Nicht, dass du mir nicht gefällst. Du bist eine tolle Frau. Und ich bin wahrscheinlich ein Idiot, aber …«

»Nein, nein. Es war mein Fehler. Ich bin zu weit gegangen. Ich hätte das nicht tun sollen.«

In diesem Moment schämte sich Anne, dass sie jemals auf diese dämliche Wette eingegangen war. Welch eine irrsinnige Idee!

»Am besten, wir vergessen das Ganze«, schlug sie vor. Er nickte dankbar und begann sein Hemd zuzuknöpfen.

»Komm her«, sagte er und streckte die Arme nach ihr aus. Bereitwillig schmiegte sie sich an seine Schulter. So standen sie eine Weile, ehe er die Stille durchbrach.

»Du hast einen tollen Körper. Die Realität hat meine Vorstellung noch übertroffen.« Er hatte seine Sicherheit wiedergefunden und lächelte sie zärtlich an.

»Danke!« Sie löste sich aus seiner Umarmung. »Wie gut du mir gefällst, brauche ich wohl nicht zu sagen.«

»Nein. Das habe ich gemerkt.« Sie blickten sich an. »Ich gehe jetzt besser.«

Zum Abschied gaben sie sich einen zarten Kuss auf die Lippen. Ohne ein weiteres Wort schloss Anne kurz darauf die Tür hinter ihm.

Sie ging ins Wohnzimmer und goss sich einen Whisky ein. Ein Getränk, das sie normalerweise überhaupt nicht mochte. Aber was war heute schon normal? Einerseits war sie enttäuscht, denn sie hätte nur zu gerne mit Mark geschlafen. Andererseits musste sie Mark Anerkennung dafür zollen, dass er offensichtlich seine Grenze kannte. Wie recht Kelly doch gehabt hatte. Sie schien ihn wirklich gut zu kennen. Vielleicht sollte sie die Freundin jetzt gleich anrufen? Sicher würde sie sich sehr über den Ausgang der Wette freuen. Als Anne zum Telefonhörer griff, klingelte es. Erstaunt ging sie zur Tür. Wahrscheinlich Daniela, die gesehen hatte, dass Mark gegangen war und ganz beiläufig genauere Informationen wollte, dachte Anne genervt. Doch als sie die Wohnungstür öffnete, blickte sie nicht in Danielas, sondern in Marks ernstes Gesicht.

»Ist was passiert?«, fragte sie überrascht.

»Sozusagen!« Schnell schob er sich an ihr vorbei in die Wohnung. Anne schloss die Tür. »Ich hab' was vergessen«, erklärte er.

»Was denn?«, fragte sie, während sie vom Flur in die Küche spähte. Da packte Mark sie an beiden Armen und drängte sie mit dem Rücken zur Wand. Anne erschrak.

Sie kam nicht dazu etwas zu sagen, denn Mark verschloss ihr den Mund mit einem Kuss. Annes anfängliche Verwirrtheit ertrank langsam in einem Gefühl von Leidenschaft.

»Draußen kam ich zu dem Schluss, dass ich hier ziemlich viel vergessen habe«, flüsterte er ihr irgendwann ins Ohr, um gleich darauf zärtlich hineinzubeißen. Er hob sie hoch und sah sich suchend nach dem Schlafzimmer um. Anne wies ihm den Weg mit den Augen. Während die Regentropfen unaufhörlich gegen die Fensterscheibe prasselten, befreiten sie sich gegenseitig von ihrer Kleidung. Die pure Lust stand in ihren Augen, als sie sich aufs Bett legten. Anne wölbte sich unter seinen Berührungen und Küssen und vergrub ihre Hände in seinen Haaren.

»Ich will dich haben«, flüsterte Mark.

Dann ließen sie sich von einer Welle der Leidenschaft tragen und gaben sich ganz ihren Gefühlen hin, bis sie sich gegenseitig zum Höhepunkt führten. Schwer atmend rollte sich Mark neben sie und zog sie in seine Arme. Aneinandergeschmiegt, ohne etwas zu sagen, lagen sie auf den zerwühlten Decken und blickten, jeder seinen Gedanken nachhängend, aus dem Fenster.

Fünf Minuten später schreckte die Melodie von Marks Handy die beiden unsanft auf.

»Ich geh' nicht ran«, murmelte er und zog Anne noch fester an sich. Das Handy verstummte, begann aber nur eine Minute später erneut zu musizieren.

»Willst du nicht doch rangehen?«, fragte Anne. »Vielleicht ist es wichtig.«

Stöhnend setzte er sich auf und angelte nach seiner Hose, in deren Tasche das Handy nach Aufmerksamkeit heischte. »Linn«, meldete er sich lustlos.

»Sag mal, wo steckst du denn die ganze Zeit?«, fuhr ihn die Stimme seiner Schwiegermutter an.

»Ich bin unterwegs«, antwortete er und lächelte Anne an, die sich aufgesetzt und gegen das Kopfteil ihres Bettes gelehnt hatte.

»Ich hab' schon mehrfach versucht dich zu erreichen. Ich brauche dich hier.«

»Was gibt's denn so Dringendes?«

»Mein Wagen springt nicht an, und ich muss unbedingt zu einer Verabredung. Kommst du also bitte und fährst mich?« Mark hasste diesen fordernden Ton.

»Kannst du dir nicht ein Taxi bestellen?«

»Das ist viel zu teuer.« Helga klang ungehalten. »Wo bist du überhaupt?«

Mark ging nicht auf ihre Frage ein. »Wann ist deine Verabredung?«

»In einer Stunde. Also, kann ich mich darauf verlassen, dass du kommst?«

»Ich versuche es.« Er drückte das Gespräch weg und warf das Handy achtlos zu Boden. Stöhnend rutschte er zu Anne. »Helga braucht mal wieder ein Kindermädchen.« Er legte seinen Arm um Annes Schultern. »Es sieht wohl so aus, als müsse ich weg.« Kurze Pause. »Anne. Ich …« Er suchte nach den richtigen Worten. »Es war wunderbar mit dir und ich bereue das auch nicht.«

»Klingt nach einem ›aber‹.« Forschend sah sie ihn an.

»Ich will dir nur sagen, dass ich …«, er lächelte, »dass ich den Nachtisch ausgesprochen lecker fand.«

»Du brauchst nichts zu erklären. Ich wollte dich, genauso wie du mich. Aber wir sollten es bei diesem einen Mal belassen, richtig?«

Er nickte.

»Hast du ein schlechtes Gewissen, Mark?«

»Das nicht mal. Es ist ja nicht so, als hätten wir Saskia etwas weggenommen. Ich bin und bleibe ihr Ehemann, und ich werde wegen heute nicht anders zu ihr sein als sonst. Ich würde sie wegen einer Affäre nicht verlassen.« Unsicher blickte er sie an. »Das wusstest du, nicht wahr?«

»Ja«, sagte sie fest.

»Ist das okay für dich?«

»Ist es! Es wird unser Geheimnis bleiben.«

Wenig später duschte Mark, um sich gleich darauf von Anne zu verabschieden.

»Sag mal«, fragte sie an der Tür, »bist du schon mal mit anderen Frauen fremdgegangen?«

»Nein«, und Anne wusste, dass er die Wahrheit sagte, »das war Premiere.«

Inzwischen war es ein Uhr, und Anne hatte Hunger. In ihren Bademantel gehüllt, ging sie in die Küche. Während sie sich einen Pfannkuchen buk, durchlebte sie in Gedanken noch einmal die vergangenen Stunden. Sie hatte sich so wohl gefühlt wie lange nicht mehr. Sie war nicht traurig, dass es eine einmalige Sache war, sondern glücklich, dass sie sie erleben durfte. Mark war ein toller Mann.

Beim Essen dachte sie an Kelly. Sie würde sie anrufen, aber nicht sofort. Heute Abend vielleicht. Erst wollte sie ihr kleines Geheimnis noch ein wenig für sich alleine genießen.

Nach dem Essen duschte sie. Während sie sich abtrocknete, fiel ihr Blick auf die Ablage unter dem Spiegel. Dort lag Marks Uhr. Sie beschloss, Mark sofort anzurufen und von ihrem Fund zu erzählen.

»Die Momente, in denen du Dinge vergisst, häufen sich allmählich, was?«

»Sieht wohl so aus«, entgegnete er und schickte ein Lachen durch die Leitung.

»Bist du noch mit deiner Schwiegermutter unterwegs?«

»Nein, ich habe sie zu ihrem Termin gefahren und bin jetzt wieder zu Hause.«

»Dann bringe ich dir die Uhr schnell vorbei.«

»Das wäre toll!«

»Gut. Dann bis gleich.«

Während Anne im Auto saß, bekam Mark überraschend Besuch von Bernd Castor. Die Männer hatten sich gerade mit einem Bier auf die Terrasse gesetzt, als Anne an der Tür klingelte.

»Hallo, Anne!«, begrüßte Mark sie und bat sie herein.

»Ist Saskia da?«, fragte Anne im Wohnzimmer.

»Nein, keine Angst.«

Sie nickte und reichte ihm seine Uhr.

»Danke. Willst du ein bisschen bleiben und was mit uns trinken?«

»Wer ist ›uns‹?« Neugierig blickte sie sich um.

»Bernd ist draußen auf der Terrasse.«

»Nein. Besser ich fahre gleich wieder.« Damit wollte sie an ihm vorbei zur Haustür. Doch Mark hielt sie am Arm zurück und küsste sie sanft. Bevor ihre Gefühle sie überwältigten, löste sich Anne aus seinem Griff und lächelte ihn an. Gleich darauf war sie verschwunden.

Mark streifte sich die Uhr über sein Handgelenk und ließ den Verschluss zuschnappen. Als er aufblickte sah er, dass Bernd in der Terrassentür stand und ihn erstaunt musterte.

»Was war das denn?«

»Du meinst, wer war das denn. Das war Anne. Du kennst sie doch vom Geburtstag.«

»Ich weiß, wer das war, aber eigentlich meinte ich tatsächlich: *Was* war das eben?« Mark blickte Bernd fragend an. »Du hast sie geküsst. Und nicht gerade wie eine flüchtige Bekannte.«

Mark schob Bernd zurück auf die Terrasse und drückte ihn in seinen Stuhl. Stöhnend nahm er ebenfalls Platz.

»Ich habe mit ihr geschlafen.« Mark betrachtete Bernds konsterniertes Gesicht und hätte beinahe gelacht.

»Du hast was?«, fragte Bernd gedehnt. »Das glaub ich jetzt nicht.« Er nahm einen langen Schluck aus seiner Bierflasche.

Geräuschvoll stellte er sie auf den Tisch zurück. »Sag mal, hast du sie noch alle? Ich hoffe, Saskia weiß nichts davon?«

»He, beruhige dich. Es war eine einmalige Sache, und Saskia weiß nichts.«

»Und du wirst ihr auch nichts davon erzählen!« Bernd wurde laut. »Ist das klar?«

»Jetzt komm mal wieder runter. Natürlich erzähle ich ihr nichts. Hätte ich gewusst, dass du dich so aufregst, hätte ich meinen Mund gehalten.«

»Es ist im Grunde ja auch deine Sache«, gab Bernd zu, »aber ihr seid meine Freunde, und ich will nicht, dass eure Ehe kaputt geht.« Langsam breitete sich ein schelmisches Grinsen auf seinem Gesicht aus. »Hat es sich wenigstens gelohnt?«

»Oh ja! Und wie!«

»He, Alter!« Bernds Blick wurde forschend. »Du guckst so komisch. Bist du etwa verliebt?«

»Quatsch!«, wehrte Mark ab. »Das war nur der Reiz. Sie hat mit mir geflirtet, und ich konnte nicht widerstehen. Sie ist nun mal eine tolle Frau.«

»Das ist sie wohl«, bestätigte Bernd. »Und deshalb wollte ich sie auch anrufen, um mich mit ihr zu verabreden. Aber was macht mein werter Freund? Noch ehe *ich* dazu komme, steigt *er* mit ihr ins Bett.«

Mark lachte laut. »Armer Kerl!«

Beide tranken und blickten gedankenverloren vor sich hin.

»Wann war das eigentlich?«, nahm Bernd das Gespräch wieder auf.

»Heute Morgen.«

»Heute Morgen?«, wiederholte Bernd überrascht. »Das wird ja immer besser.«

»Nein, besser kann es eigentlich nicht mehr werden.« Mark grinste.

Nachdem er seinem Freund ein wenig von Anne erzählt und vorgeschwärmt hatte, sagte dieser: »He! Du musst mir versprechen, dass du die Finger von ihr lässt. So was geht auf Dauer nicht gut. Und Saskia hat das nicht verdient.«

»Ich weiß!«

»Glaubst du, Anne wird dich in Ruhe lassen?«

»Ja, ich bin ziemlich sicher.«

»Gut! Aber, wenn ich rauskriege, dass da noch mehr läuft zwischen euch, dann geht's dir schlecht, mein Freund.«

»Wie gut, dass ich dich habe, um auf mich aufzupassen.«

Mark lachte, und sie prosteten sich zu.

18

Die Frau lief nervös in ihrem Wohnzimmer hin und her. Es war anders gelaufen, als sie sich das gedacht hatte. Im Radio war es heute Morgen auch schon gesendet worden. Dieser Kommissar hatte doch tatsächlich einen neuen Tatverdächtigen verhaftet. Sie wusste, es war Nils Breitner. Warum war der Idiot in der Mordnacht auch noch mal zurückgekommen? Jetzt hatte er kein Alibi, und seine Ehe war wohl auch verloren. Es sei denn, sie würde etwas unternehmen und zwar schnell.

Eva Klein trat auf die Straße vor der Judoschule und sah auf ihre Uhr. Schon fünf nach elf. Sie hatte in aller Ruhe geduscht und ihren Schreibkram erledigt. Jetzt war sie für heute die Letzte und schloss die Haupttür ab. Endlich Feierabend. Auf dem Weg zu ihrem Wagen lächelte sie vor sich hin. Fast wäre das mit den Bullen in die Hose gegangen. Wie gut, dass sie Freunde wie Christian hatte. Sie fühlte sich unverwundbar.

Im dem Augenblick, in dem sie sich auf den Fahrersitz ihres Autos fallenließ, wurde auf der anderen Seite die Tür aufgerissen, und eine Frau setzte sich mit vorgehaltener Pistole neben sie.

»Nimm die Flossen hoch und komm nicht auf die Idee, deine Judokünste an mir auszuprobieren. Ich habe keine Hemmungen, dich abzuknallen.«

Eva nahm verdattert die Hände nach oben und blickte die Frau mit den schwarzen Haaren an. »Ich kenn dich doch«, sagte sie, während sie die Fremde im Halbdunkel musterte. Nur eine entfernt stehende Laterne warf ein wenig Licht ins Wageninnere.

»Natürlich kennst du mich. Und jetzt wirst du mich noch viel besser kennenlernen. Augen zu!«, befahl sie. »Du sollst die Augen zu machen«, schrie sie Eva an, als die nicht sofort gehorchte, und drückte ihr den Lauf der Pistole an die Schläfe.

»Warum?«, schrie Eva zurück. »Darf ich die Kugel nicht kommen sehen?«

Ohne Vorwarnung schlug die Frau ihr mit der Handkante gegen die Gurgel. Eva ließ die Arme fallen und griff sich an den Hals. Sie japste mit weit aufgerissenen Augen nach Luft. Die Frau ließ die Pistole achtlos fallen und holte ein Paar Handschellen aus der Jackentasche. Schnell griff sie nach Evas Händen und hatte leichtes Spiel, sie ans Lenkrad zu fesseln.

»Du hast mit Drogen gedealt. Das war nicht gut.« Die Frau sprach ganz ruhig. Eva sah zu ihr hinüber und blickte in kalte Augen, die ihr sagten, dass das hier noch nicht das Ende war. Ganz allmählich bekam sie wieder etwas besser Luft, und ihr war klar, dass sie sich wehren musste. Jetzt sofort. Blitzschnell versuchte sie ihre Beine zum Einsatz zu bringen. Doch die Frau hob sofort die Hand und schlug ihr erneut gegen die Kehle. Schmerzverzerrt krümmte sich Eva nach vorne und glaubte zu ersticken.

»Versuch's erst gar nicht!«, flüsterte die Frau nah an ihrem Ohr und zog Evas Kopf brutal zurück. Erneut griff sie in ihre Tasche, zog einen Draht hervor und legte ihn ihrem Opfer um den Hals. Während sie ihn an der Nackenstütze befestigte, fühlte Eva, wie ihr der Draht in die Haut schnitt. Sie rang nach Luft. Würde die Frau sie erwürgen? Eva stöhnte, während Tränen der Wut und des Schmerzes aus ihren Augen quollen.

»Du hast es gleich geschafft«, sagte die Frau, die nun ein glänzendes Messer hervorholte.

Eva versuchte sich zu bewegen, wodurch der Draht noch tiefer ins Fleisch schnitt. Sie achtete nicht darauf, sondern zog erneut die Beine unter dem Lenkrad hervor, um sich irgendwie zu verteidigen. Im selben Augenblick stieß ihr die Frau das Messer tief in die Oberschenkel. Erst in den rechten, dann in den linken. Ein hysterischer Schmerzensschrei entrang sich leise Evas verletzter Kehle.

»Das hättest du dir ersparen können«, hörte sie die Frau sagen, während sie spürte wie Blut an ihren Beinen hinablief. »Aber keine Angst, du wirst nicht weiter leiden. Für das, was du getan hast, wirst du auf wunderbare Weise bestraft.« Sie ritzte ihr das Sweatshirt von oben nach unten auf und legte den Stoff sorgfältig zur Seite. »Du hast viele Menschen dazu gebracht, Drogen zu nehmen, und hast selbst nie das Beste probiert. Das bisschen Koks ist ja nicht der Rede wert.«

Sie setzte ihr das Messer unterhalb der Brust auf. Eva stöhnte, so laut es ihre Stimme zuließ. Mit angsterfüllten, weit aufgerissenen Augen blickte sie die Frau an und wartete darauf, dass die Klinge ihr zwischen die Rippen drang. Dann fühlte sie, wie ihr das Messer die Haut aufschlitzte. Augenblicke später realisierte sie, dass die Frau sie nicht getötet hatte. Sie hatte ihr einen großen Schnitt zugefügt, aus dem nun warmes Blut quoll. Röchelnd fühlte Eva eine Welle der Übelkeit in sich aufsteigen.

Aus den Augenwinkeln sah sie, dass sich die Frau ihren Gürtel aus der Hose zog und ihr um den rechten Oberarm schnallte. Er wurde eng zusammengezogen, und Eva wusste, was das hieß. Noch immer röchelnd versuchte sie *Nein* zu sagen. Es gelang nur in ihrem Kopf. Ihre Lippen brachten nur ein undeutliches Winseln hervor. Wieder griff die Frau in ihre Tasche und zog etwas hervor, das sie so hielt, dass Eva es sehen konnte. Eine Spritze. Diese Frau würde sie ermorden.

»Deine Schmerzen werden gleich vorüber sein. Ich habe hier ein bisschen Dope. Oder sagt ihr eher ›H‹ oder ›Schnee‹ in der Szene? Das Beste vom Besten jedenfalls.« Die Frau zog die Schutzkappe von der Kanüle, schob sie in die inzwischen gut gestaute Vene und drückte die Flüssigkeit hinein, während sie vollkommen gleichgültig in Evas Gesicht starrte. »Dein erster und letzter Schuss, inklusive Flash. Wenn das kein schöner Tod ist. Genieß ihn!«

Innerhalb von Sekunden war Eva frei von allen Schmerzen. Ein unglaubliches Glücksgefühl erfasste sie für einen kurzen Moment, ehe sie bewusstlos wurde und ihre Atmung versagte.

Die Frau stieg aus, schlug die Autotür zu und verschwand im Dunkel der Nacht.

Stundenlang war sie durch die Straßen gelaufen, hatte immer wieder darüber nachgedacht, ob sie das Richtige getan hatte. In der Regel blieb ihr vor ihren nächtlichen Streifzügen, in denen sie für Gerechtigkeit sorgte, genügend Zeit für die Planung. Aber diesmal musste alles so schnell gehen. Mit jedem Schritt überlegte sie, ob sie Spuren hinterlassen hatte, ob man einen Zusammenhang zwischen ihr und Eva finden könnte. Zum ersten Mal spürte sie Unsicherheit und nicht wie sonst Erleichterung nach einer Tat.

Zurück in ihrer Wohnung hatte sie es geschafft, sich selbst zu beruhigen, sich einzureden, dass alles in perfekter Ordnung war. Erst jetzt begann sie Gefallen an dem zu finden, was sie getan hatte. Sie schaltete ihren Computer an und rief eine Datei auf. Auf dem Bildschirm erschien ein Foto von Eva Klein. Die Frau lächelte, druckte das Foto aus und hängte es in die vierte Reihe zu all den anderen Frauen. Auch auf Evas Gesicht zeichnete die Frau genüsslich einen roten Haken. Abgehakt!

19

Anne hatte Kelly angerufen und sie für Sonntagabend auf ein Glas Wein eingeladen. Sie wollte ihr nicht am Telefon von Mark erzählen.

Das gestrige Regenwetter war herrlichem Sonnenschein gewichen. Trotzdem zog es Anne nicht nach draußen. Sie machte sich einen faulen Tag zu Hause und ließ es sich rundum gutgehen.

Um neun trudelte Kelly endlich ein. »Sag nichts!«, rief sie ihr schon in der Tür entgegen. »Ich weiß, ich bin viel zu spät, aber ich konnte es mir nicht aussuchen.«

Während sie Handtasche und Jacke im Flur ablegte, erzählte sie von der Autopanne, die sie gehabt hatte. Sie war auf der Landstraße liegengeblieben und musste drei Kilometer bis zur nächsten Telefonzelle laufen, um ein Taxi und den Abschleppdienst zu rufen. Ihr Handy hatte sie, wie meist, nicht dabeigehabt.

»Ich bin total sauer!«, fuhr Kelly am Esstisch fort, wo eine Flasche Wein auf sie wartete. »Auf mich, wegen dem Handy und auf die Karre, dass sie mich mitten in der Pampa im Stich gelassen hat.« Ihre Augen funkelten.

»Jetzt beruhige dich mal«, sagte Anne und drückte die Hand der Freundin. Insgeheim spielte sie mit dem Gedanken, Kelly heute nichts von Mark zu sagen, um sie nicht noch mehr aufzuregen.

Doch schon fragte sie: »Erzähl mal, was macht unsere Wette. Hast du Mark nach unserem letzten Telefonat noch mal gesehen? Du wolltest es doch ein letztes Mal probieren.«

»Hab' ich.« Anne sah in Kellys erwartungsvoll blickende Augen.

»Jetzt sei doch nicht so wortkarg. Erzähl schon.«

»Ich hole dir erst mal einen Schnaps.« Anne erhob sich.

»Wieso Schnaps? Ich trinke nie Schnaps.«

»Heute wirst du«, rief Anne aus der Küche und kam kurz darauf mit zwei Gläsern und einer Flasche Malteser zurück.

»Was ist hier los, Anne?« Kelly blickte sie ernst an und verschränkte ihre Arme.

»Mark war gestern hier.« Sie füllte die beiden Gläser. »Und … wir haben miteinander geschlafen.« Jetzt war es raus. Ungläubig starrte Kelly sie an. Um dem Ganzen die Ernsthaftigkeit zu nehmen, fuhr Anne fort: »Also habe ich die Wette gewonnen. Wann gehen wir auf die Beautyfarm?« Sie versuchte zu lachen, was ihr beim Anblick der Freundin jedoch nicht gelang.

»Das ist nicht wahr.« Entsetzen stand in Kellys Augen.

»Doch, Kelly.«

»Jetzt brauche ich den Schnaps!« Sie trank das Glas in einem Zug leer, verzog den Mund und forderte einen zweiten. Nachdem auch der geleert war, sagte sie: »Warum hast du das gemacht?«

»Warum? Weil wir gewettet hatten.«

»Aber du hättest es nicht zum Äußersten kommen lassen dürfen. Du hattest es doch in der Hand, Nein zu sagen.«

»Das ist nicht so einfach, wie du glaubst. Das Ganze war zwar ein Spiel, aber ein Spiel mit Gefühlen.«

»Unsinn«, sagte Kelly gereizt, »du kannst dich doch sonst so gut steuern. Das waren keine Gefühle, dich hat einfach der Ehrgeiz gepackt!«

»Kelly, was soll das? Warum machst du mir jetzt Vorwürfe? Du hast mich zu dieser Wette überredet, und nur weil Mark nicht der ist, für den du ihn hältst, stellst du mich als Sündenbock hin.«

»Ich glaube«, sagte Kelly abwesend, als hätte sie nicht gehört, was Anne gesagt hatte, »ich kann ihm nie wieder in die Augen sehen. Was ist das für ein Schwein!«

»Er ist kein Schwein. Er ist ein Mann. Und man kann ihm eigentlich nicht mal einen Vorwurf machen –«

»Ach, nein!«, sagte Kelly übertrieben betont. »Dir kann man keinen Vorwurf machen, ihm kann man keinen Vorwurf machen. Ihr armen Unschuldslämmer.«

»Sarkasmus ist hier fehl am Platz.« Jetzt kippte auch Anne ihren Schnaps herunter. »Noch bei unserem letzten Telefonat habe ich dir gesagt, dass du enttäuscht sein würdest, und dich gefragt, was wäre, wenn er mit mir ins Bett ginge, weil ich es für sehr wahrscheinlich hielt. Du hast gesagt, damit müsstest du dann leben.« Annes Stimme wurde laut. »Also lebe damit und benimm dich nicht wie die beleidigte Leberwurst.«

Einige Minuten sagte keine der beiden Frauen ein Wort.

»Erzählst du mir, wie es dazu gekommen ist?«, bat Kelly schließlich leise und blickte Anne traurig an. »Vielleicht verstehe ich es dann.«

Anne nickte und fing an zu erzählen. Als sie geendet hatte, nahm sie Kellys Hand. »Es war eine irrsinnige Wette, und wir hätten es nicht tun sollen, aber –«

Kelly unterbrach sie lächelnd. »Aber dann hättest du nicht diesen wirklich guten Sex gehabt. Und das wäre doch, im Nachhinein betrachtet, wirklich schade gewesen.«

»Du bist mir nicht mehr böse?«

»Nein. Ich hätte mich nicht so aufregen sollen. Das war dumm. Ich habe eben tatsächlich geglaubt, Saskia und Mark wären so glücklich miteinander, dass er nicht fremdgehen würde.« Sie schüttelte den Kopf.

»Sie sind auch glücklich.«

»Klar, und deshalb geht er mit dir ins Bett«, entgegnete sie trocken. »Gut, dass das jetzt abgehakt ist. Aber es muss euer kleines Geheimnis bleiben und darf sich nicht wiederholen. So hat unsere Wette wenigstens keine Folgen.«

20

Als am Montagmorgen der Anruf kam, war Martin gerade damit beschäftigt, die Ehefrau von Nils Breitner zu befragen. Eine Weile sagte er nichts, hörte nur zu, während er immer bleicher wurde. »In Ordnung. Wir sind unterwegs.« Martin legte den Hörer kräftiger auf, als es nötig gewesen wäre. »Scheiße!«, rief er impulsiv und fuhr sich mit beiden Händen durch die Haare. Für einen Augenblick hatte er vergessen, dass ihm Frau Breitner gegenübersaß. »Entschuldigen Sie, wir haben einen Notfall«, erklärte er ihr. »Mein Kollege wird die Befragung beenden. Einen Augenblick, bitte.«

Er lief ins Nebenzimmer, wo Paul und Michael saßen. »Wir haben eine neue Leiche auf einem Parkplatz in der Texasstraße. Wieder eine mit Haken auf der Brust, wieder eine Frau.«

»Mist«, Michael war schon aufgestanden. »Der Täter hat's aber jetzt eilig.«

»Nicht nur der. Wir auch! Michael, du kommst mit mir. Paul, führst du bitte die Befragung von Frau Breitner zu Ende?«

Paul nickte nur.

Auf dem Weg zum Wagen fragte Michael: »Die Texasstraße liegt ziemlich nahe an der Judoschule, in der die Klein arbeitet, oder?«

»Nein, nicht ziemlich nah. Die Judoschule ist in der Texasstraße.«

Michael und Martin erreichten den Parkplatz fünfzehn Minuten später. Vor der Absperrung hatten sich bereits einige Journalisten und Schaulustige versammelt. Ein Streifenpolizist kam auf die beiden Männer zu. »Sind Sie Herr Sandor?«

Martin nickte, zeigte seinen Ausweis und stellte Michael kurz vor.

»Ich war der Erste am Tatort, nachdem uns eine Frau Wolf gerufen hat. Sie hat die Leiche entdeckt«, erklärte der junge Mann, während er mit ihnen auf einen Golf zuging, der mitten auf dem Parkplatz stand.

»Hat jemand etwas angefasst?«, fragte Martin.

»Ich habe beim Eintreffen nur kurz die Tür geöffnet, weil ich feststellen wollte, ob sie noch lebt. Aber als mir der fürchterliche Gestank in die Nase stieg, war klar, dass sie tot ist. Dann habe ich nur noch von außen hineingesehen und auch den Haken auf der Brust entdeckt.«

»Gut.«

»Soll ich feststellen, auf wen der Wagen zugelassen ist?«, fragte der Polizist.

»Ja, bitte tun Sie das.« Martin trat dicht an den Golf, sodass er das Gesicht der Toten sehen konnte. Es überlief ihn eiskalt, als er Eva Klein erkannte. »Das darf doch nicht wahr sein!« Schnell zog er ein Paar Latexhandschuhe aus seiner Jackentasche und streifte sie über, bevor er die Fahrertür öffnete. Der Gestank des Todes traf ihn mit voller Wucht. »Scheiße, Scheiße, Scheiße!« Sein Gesicht verzog sich in einer Mischung aus Abscheu und Trauer. »Warum, zum Teufel, haben wir sie nicht observiert?«

Michael hatte die Beifahrertür geöffnet und hielt sich angewidert die Hand vor die Nase. »Ich bin sicher, wir hätten das trotzdem nicht verhindern können«, versuchte er Martins Selbstvorwürfe zu mildern.

»Schau dir das an!« Martin schüttelte den Kopf. Sein Blick glitt über die großen Blutflecken auf Evas Oberschenkeln und ihre gefesselten Hände, bis hinauf zu ihrer Armbeuge, in der noch die Spritze steckte. Er musterte ihr Gesicht, das entspannt wirkte. Nur der vom Draht gehaltene Kopf wirkte wie ein Fremdkörper auf dem Rumpf.

»Dieser Typ muss echt irre sein.«

»Widerlich einfallsreich würde ich sagen.«

»Hier, guck mal.« Michael hielt eine Pistole hoch, die er im Fußraum gefunden hatte. »Eine Walther P99«, stellte er erstaunt fest.

»Eine P99?« Ungläubig blickte Martin auf die Waffe. Doch noch ehe er über diesen seltsamen Fund nachdenken konnte, wurde er von dem jungen Polizisten angesprochen.

»Der Wagen ist auf eine Eva Klein zugelassen.«

»Ja, danke.«

»Und die Spusi kommt gerade«, kommentierte er das Heranfahren der Kollegen von der Spurensicherung.

»Gut.« Martin richtete sich auf und blickte ihnen entgegen. »Dann werden wir ihnen das Feld überlassen.« Bevor er sich abwandte, fiel sein Blick auf den Haken zwischen Evas nackten Brüsten. Wieder hatte der Killer ein Opfer abgehakt. Und Martin wünschte, er könnte diesen Fall auch endlich abhaken.

»Tag, Sandor!« Dr. Stieber war neben ihn getreten. »Brauchen Sie mich noch, oder ist schon alles klar?«

Martin wandte sich dem Gerichtsmediziner zu und schenkte ihm ein müdes Lächeln. »Das wäre zu schön. Leider bin ich nicht in der Lage das zu sehen, was Sie sehen. Also …«, Martin trat ein Stück zur Seite und wies mit der Hand auf die Leiche, »brauche ich Sie unbedingt.«

»Na, dann wollen wir mal.«

Die Spurensicherung war gerade dabei, einen Faltpavillon aufzustellen, um den Tatort vor neugierigen Blicken zu schützen, als der Leichenwagen vorfuhr. Martin fragte den Polizist nach der Frau, die Eva gefunden hatte, und wurde von ihm zu seinem Streifenwagen geführt, wo sie auf der Rückbank saß. Martin setzte sich zu ihr.

»Guten Tag, Frau Wolf.«

»Na, ein guter Tag ist das ja wohl kaum«, entgegnete Maria Wolf leise und blickte ihn aus traurigen Augen an.

»Das stimmt wohl. Erinnern Sie sich an mich? Mein Name ist Sandor. Wir haben uns schon mal in der Judoschule gesehen, und Sie haben mit meinem Kollegen gesprochen.«

Sie nickte.

»Ich leite hier die Ermittlungen. Können Sie mir sagen, was passiert ist?«

Sie holte tief Luft und strich sich die langen braunen Haare hinter die Ohren, ehe sie zu sprechen begann.

»Ich bin um halb neun mit dem Fahrrad gekommen und wollte in die Judoschule. Ich bin eine Kollegin von Eva, und sie sollte um diese Zeit auch kommen, um aufzuschließen. Sie hatte den Schlüssel, weil sie am Samstagabend die Letzte hier war. Ich habe zehn Minuten gewartet. Als sie nicht kam, hab' ich versucht, sie auf ihrem Handy anzurufen. Sie ging nicht dran. Dann bin ich zum Parkplatz hinter der Schule, um zu sehen, ob ihr Auto da ist. Von weitem sah es so aus, als schliefe sie. Ich bin dann näher ran und hab' sie so schrecklich da sitzen gesehen. Ich wusste nicht, was mit ihr ist. Aber ich hab' mich nicht getraut, die Tür aufzumachen. Ich bin zurück zur Straße gelaufen und hab' die Polizei angerufen.«

»Wissen Sie, wann Frau Klein die Schule am Samstag verlassen hat?«

»Nicht genau. Ich weiß nur, dass sie noch da war, als ich um kurz vor zehn gegangen bin.«

»War sonst noch jemand bei ihr?«

»Nein. Ich war die Vorletzte. Und sie hat hinter mir abgeschlossen, weil sie in Ruhe duschen und noch irgendwelchen Schreibkram erledigen wollte.«

»Wissen Sie, ob sie anschließend noch etwas vorgehabt hat?«

»Nein, keine Ahnung. Sie hat nicht viel über ihr Privatleben erzählt.«

»War sie an diesem Samstag irgendwie anders als sonst?«

»Sie war sehr gut gelaunt. Normalerweise war sie eher ein bisschen zickig.«

»Gab es einen Grund dafür?«

»Ich glaube, sie war einfach froh, dass sie aus dem Gefängnis raus war.«

»Wissen Sie, ob sie eine Waffe besaß?«

»Nein, weiß ich nicht. Aber ich glaube eher nicht. Bei ihren Kampfkünsten hatte sie das eigentlich nicht nötig.«

»Wird der Parkplatz nur von den Besuchern der Judoschule genutzt?«

»Normalerweise ja.«

»Gut, vielen Dank. Fürs Erste war's das. Wir melden uns bei Ihnen, wenn wir noch Fragen haben. Ein Kollege fährt Sie jetzt nach Hause.«

»Nein, danke. Aber das geht nicht. Die Judoschule … da kommen doch gleich die Leute. Ich muss meinen Chef anrufen. Wer soll denn die Kurse heute halten? Ist das alles schrecklich!« Sie schlug die Hände vors Gesicht und stöhnte.

»Vorerst werden keine Kurse stattfinden. Die Schule bleibt geschlossen, bis die Spurensicherung fertig ist. Ich rufe Ihren Chef an und mein Kollege fährt Sie nach Hause. Sie müssen sich erholen. Wir kümmern uns um alles.«

Martin legte ihr kurz die Hand auf die Schulter und stieg dann aus. Er winkte Michael heran und bat ihn, alles Notwendige zu veranlassen.

Der Platz vor der Absperrung war inzwischen von einer großen Menschenmenge belagert. Von dort aus hörte Martin seinen Namen rufen. Ein großer dunkelhaariger Mann in Jeans und Sakko versuchte seinen Platz in der ersten Reihe mit den Ellbogen zu verteidigen. »Wissen Sie schon, wer die Tote ist?«

Dass es sich um eine weibliche Leiche handelte, hatte sich offensichtlich schon herumgesprochen.

»Neugierige Schmierfinken!«, schimpfte Martin vor sich hin.

»Ist das wieder ein Opfer des Serienkillers? Gibt es wieder einen Haken auf der Brust?«, brüllte ein anderer Journalist in Martins Richtung. Auch er erhielt keine Antwort.

Martin ging zu Dr. Stieber zurück, der gerade damit beschäftigt war, die Handschellen zu entfernen, um den Körper in den bereitstehenden Blechsarg legen zu können. Er unterbrach seine Arbeit kurz, als er Martin sah.

»Ist es das, wonach es aussieht?«, fragte Martin.

»Sie meinen Mord?« Stieber kratzte sich am Kopf. »Ich glaube fast ja. Obwohl es natürlich auch sein könnte, dass sich die Tote beide Oberschenkel blutig sticht, sich dann die Spritze setzt und sich anschließend noch schnell die Handschellen anlegt, nachdem sie sich den Draht um den Hals gebunden hat. Ich meine, rein theoretisch …«

»Sehr witzig.«

»Ich merke schon, Sie sind nicht zu Späßen aufgelegt. Also gut. Folgendes: Es ist ziemlich sicher, dass es sich um eine Heroinvergiftung handelt. Todesursache dabei ist immer Atemstillstand. Sehen Sie die bläuliche Verfärbung der Haut und der Schleimhäute? Das deutet auf den Sauerstoffmangel hin, der damit einhergeht. Außerdem liegt eine Miosis vor, also eine Verengung der Pupillen auf Stecknadelgröße. Auch typisch bei einer Heroinvergiftung. Die Gesichtszüge wirken entspannt, was angesichts dieser Folter eher verwunderlich ist, es sei denn, sie hat zum Todeszeitpunkt keine Schmerzen mehr gehabt. Und das ist durch das Eintreten einer starken Analgesie, also Schmerzlinderung, ausgelöst durch Heroin, gut denkbar.«

»Können Sie irgendwas zum Todeszeitpunkt sagen?«

»Noch nicht endgültig. Sie hat lange im Auto in der Sonne geschmort. Das verfälscht das Bild.« Er wiegte den Kopf nachdenklich hin und her. »Aber ich schätze, dass der Tod vor etwa dreißig bis fünfunddreißig Stunden eintrat. Auf jeden Fall starb sie in der Nacht zum Sonntag. Meinen Bericht haben Sie morgen auf dem Schreibtisch.«

»Danke, Doktor!« Martin nahm sein Handy aus der Hosentasche und tippte die Nummer von Carsten Westphal ein.

»Hallo, Martin. Schön, dass du dich mal meldest.«

»Der Anlass ist eher weniger schön. Wir haben so was wie eine gemeinsame Tote hier. Wahrscheinlich Heroinvergiftung, also dein Fall, aber gekennzeichnet mit dem Haken auf der Brust, also mein Fall.«

»Verstehe.« Carsten war schlagartig ernst. »Wisst ihr, wer es ist?«

»Eva Klein.«

»Eure entlassene Hauptverdächtige?« Die Überraschung war seiner Stimme deutlich anzuhören.

»Genau die«, bestätigte Martin und beschrieb die Lage am Tatort. »Wenn ich Stiebers Bericht morgen habe, komme ich bei dir vorbei. Vielleicht kommen wir zusammen ein Stück weiter.«

»In Ordnung, ich suche schon mal alles raus, was wir über sie haben.«

»Danke dir. Bis dann!«

Als Martin kurz darauf in seinem Büro saß und gerade zum Telefonhörer griff, um seinen Chef zu informieren, klopfte es an der Tür. Auf sein »Herein!« erschien Katja Milster.

»Hallo, Herr Sandor! Ich hoffe, ich störe nicht?«

»Frau Milster!« Martin vergaß trotz der Überraschung seine Manieren nicht, erhob sich und reichte ihr die Hand. »Suchen Sie Ihren Mann?«

»Nein, nicht direkt.«

»Was verschafft mir dann die große Ehre?«

»Ich wollte doch mal hören, wie es Ihnen so geht.«

»Danke, gut!«

»Das nehme ich Ihnen nicht ganz ab. Mein Mann sagte, Sie seien ganz schön im Stress wegen dieses schrecklichen Falles.«

»Nicht mehr als sonst auch.«

»Aber dieser Fall ist doch wirklich extrem scheußlich.« Katja Milster nahm auf einem Stuhl Platz. »Ich störe wirklich nicht?«

»Ein paar Minuten habe ich für Sie«, lud Martin sie höflich ein weiterzusprechen. »Sie sind mir eine willkommene Ablenkung bei all den Toten.«

Sie lächelte freundlich, während sie ihr langes, blondes Haar hinter die Ohren strich. »Ich will Sie nicht überstrapazieren. Ich wollte wirklich nur mal schnell hören, wie Sie mit meiner Freundin Barbara zurechtkommen.«

»Frau Hansen ist eine sehr kompetente Frau, die etwas von ihrem Fach versteht.«

»Ja, das denke ich auch. Hat sie Ihnen denn irgendwie weitergeholfen?«

»Doch schon!«

»Klingt nicht wirklich überzeugt.«

»Frau Milster, was soll ich sagen? Frau Hansen verschafft uns zwar einen Einblick in die Psyche des Mörders, aber das reicht nicht, um den Fall sofort lösen zu können.«

»Wohl wahr. Ich vergaß, dass Sie schon so lange im Dienst sind, dass Ihnen Barbaras Ausführungen sicher nur begrenzt neu sein dürften. Gibt's denn irgendwelche neuen Erkenntnisse?«

»Das darf ich Ihnen nicht sagen. Das wissen Sie doch.«

»Ja, dumm von mir. Es ist nur so, dass auch mein Mann ziemlich gestresst ist durch diese Geschichte und ich mir eben Gedanken mache.«

»Apropos Ihr Mann. Ich muss ihn unbedingt noch anrufen. Das wollte ich gerade eben machen, als Sie kamen.« Zeit, den netten Smalltalk zu beenden.

»Also habe ich doch gestört. Das hätten Sie mir sagen müssen.« Sie machte ein vorwurfsvolles Gesicht. Dann erhob sie sich und reichte ihm lächelnd die Hand. »Ich hoffe mit Ihnen, dass Sie Ihren Fall bald zu den Akten legen können.«

Er nickte nur.

»Machen Sie es gut, Herr Sandor.«

Den Rest des Tages verbrachten Martin und seine Leute damit, wieder einmal die Kollegen, Schüler und Bekannten von Eva zu befragen. Sie erfuhren allerdings nichts, was sie nicht schon wussten. Die Ergebnisse der Spurensuche würden frühestens morgen vorliegen.

Als Martin nach Hause fuhr, fragte er sich, wer der große Unbekannte war und was ihn dazu gebracht hatte, all diese Taten zu begehen. Warum hatte er so kurz nach dem letzten Mord schon wieder zugeschlagen? Hatte diese Psychologin nicht gesagt, ein Serienmörder braucht eine gewisse Ruhephase? Sollten die Abstände zwischen den Morden jetzt immer kürzer werden? Bei diesem Gedanken erfasste ihn eine schreckliche Unruhe, wie so oft in derartigen Situationen. Dieses Gefühl trieb ihn dann zu ständiger Eile an, ließ ihn nicht ruhen, bis der Fall gelöst war. Wie viele Tote würde es noch geben, bis er diesen Wahnsinnigen endlich finden würde?

21

Anne war geübt darin, ihre Erlebnisse in Schubladen im Gehirn zu verschließen, um sich auf andere Dinge konzentrieren zu können. So auch die Begegnung mit Mark am Samstag. Doch es war, als rüttelte ständig jemand an dieser Schublade, um sie wieder zu öffnen.

Als sie am Montagabend nach Hause kam, hörte sie ihr Telefon bereits vor der Tür läuten. Schnell öffnete sie, warf den Schlüssel auf die Kommode im Flur und stieß die Tür mit einem Fußtritt laut krachend zu. »Degener!«, meldete sie sich.

»Hallo, Anne. Hier ist Mark.«

Mit dir habe ich überhaupt nicht gerechnet, dachte sie und streifte die Schuhe von den Füßen.

»Ich wollte nur hören, wie's dir geht.«

»Mir geht's gut. Ich hatte einen angenehmen Arbeitstag. Die Kollegen waren nett, das Mittagessen gut. Jetzt habe ich Feierabend. Was will ich mehr.«

»Schön zu hören. Aber ich meinte eigentlich, wie es dir innendrin geht. Ich drücke mich total bescheuert aus, was? Liegt sicher daran, dass ich noch nie in dieser Situation war.«

»Ist schon gut. Ich weiß, was du meinst. Aber um mich brauchst du dir keine Sorgen machen. Ich komme damit zurecht.«

»Wirklich?«

»Ja!«, antwortete sie mit Nachdruck und ließ sich in den Sessel neben dem Telefon fallen. »Aber mir scheint, das gilt nicht für dich?«

»Ich habe ein schlechtes Gewissen.«

»Ist das nicht normal?«

»Ich glaube nicht. Ich habe das schlechte Gewissen eher dir gegenüber.«

»Mir gegenüber?«

»Ja, weil ich am Samstag so schnell weg bin.«

»Glaub mir, das war kein Problem für mich. Es war eine schöne, einmalige Sache, und das ist in Ordnung so.«

»Gut. Dann bin ich beruhigt.«

»Also dann, tschüss, Mark!« Nachdem sie aufgelegt hatte, blieb Anne noch einen Moment im Sessel sitzen und gestattete sich einen Blick in die Schublade in ihrem Gehirn. Sie erinnerte sich an jedes Detail. Sehnsucht überkam sie. Wie herrlich musste es doch sein, abends nach Hause zu kommen und von seinem Mann empfangen zu werden, sich auszutauschen, gemeinsam zu essen, sich zu lieben …

Hör auf!, rief sie sich zur Ordnung. Sie sprang aus dem Sessel und schob die Schublade energisch zu. Alles bestens!

Bis Dienstagabend dachte sie nicht mehr an Mark. Doch dann stand er abends um acht unangemeldet vor ihrer Tür. »Kann ich reinkommen?«, fragte er, als Anne ihn nur schweigend anstarrte.

Sie ließ ihn herein und ging voraus ins Wohnzimmer. Dort baute sie sich mit verschränkten Armen vor ihm auf. »Warum bist du hier?«

»Ich hab' dich vermisst.« Der zärtliche Blick aus seinen grünen Augen, kombiniert mit einem verführerischen Lächeln, ließen Annes Knie weich werden. Sie wandte sich ab und setzte sich auf das Sofa. Er folgte ihr und nahm neben ihr Platz.

»Wir hatten eine Abmachung!«, versuchte sie ihn zu erinnern.

»Wir hatten nur vereinbart, dass wir das, was passiert ist, geheim halten, aber nicht, dass wir uns nicht mehr sehen.«

»Sicher. Aber ich fände es besser, wenn wir uns nicht mehr sehen.«

»Ich musste die ganze Zeit an dich denken.« Er spielte mit einer ihrer Haarsträhnen.

»Und ich war froh, dass ich nicht die ganze Zeit an dich gedacht habe. Lass uns vernünftig sein und es dabei belassen«, sagte sie und schob ihn sanft ein wenig von sich weg.

»Das klingt aber nicht sehr überzeugt.«

Sie wich seinem Blick aus und wollte aufstehen. Doch er hielt sie zurück und drückte sie ins Kissen.

»Nicht weglaufen!«, hauchte er ihr ins Ohr. »Sag mir ins Gesicht, dass ich jetzt gehen soll und dass du mich nicht mehr willst.«

»Es sollte doch eine einmalige Sache sein. Wohin soll das sonst führen?« Fragend, fast hilflos, blickte sie ihn an.

»Am besten zum Höhepunkt«, entgegnete er strahlend. Wider Willen musste Anne lachen.

Dann strich sie ihm zärtlich über das Gesicht. »Es ist unfair, dass ich dir sagen soll, dass du gehen sollst.«

»Du sollst es ja auch nur sagen, wenn du es wirklich willst.«

»Das ist ja das Gemeine. Für mich ist es viel schwerer, Nein zu sagen. Ich bin allein, aber du hast eine Frau. Du müsstest gehen wollen.«

»Wir reden zu viel!« Er verschloss ihr den Mund mit seinen Lippen und streichelte sie beruhigend. Anne schloss die Augen und gab sich Marks Zärtlichkeiten hin, ließ sich von ihm ausziehen und genoss die wissenden Berührungen seiner Finger, die sie zum Höhepunkt führten, ehe er in sie eindrang.

Draußen war es inzwischen dunkel geworden. Anne zündete ein paar Kerzen an und legte eine CD von Céline Dion ein, ehe sie sich wieder zu Mark aufs Sofa kuschelte. Beide fühlten die Nähe des anderen und genossen die Stimmung des Augenblicks. Der Raum unterstützte dieses Gefühl mit seiner romantischen Anmutung aus Tausendundeiner Nacht. Alles schien wie im Märchen. Ein Märchen, das Punkt 21.58 Uhr endete. Marks Handy klingelte.

»Das gibt's doch gar nicht.« Verärgert meldete er sich. Annes erster Gedanke war: Das ist Saskia, und jetzt muss Mark sie anlügen.

»Okay, okay!«, hörte Anne ihn sagen. »Ich bin spätestens in zwanzig Minuten da.« Er stöhnte und drückte das Gespräch weg. Mitleidig blickte er Anne an. »Bernd steht vor der Tür und will meinen Laptop ausleihen. Ein Notfall sozusagen.«

»Du scheinst ein vielgefragter Mann zu sein. Aber nächstes Mal musst du das Handy am Eingang abgeben«, sagte sie lächelnd.

»Was höre ich da?« Mark machte ein erstauntes Gesicht. »Nächstes Mal? Ich darf wiederkommen?« Er wollte sie in die Arme nehmen, doch Anne entzog sich ihm.

»Ich weiß nicht, ob es gut wäre, wenn du wiederkommst. Wo soll das hinführen?« Wie auf Kommando fingen beide laut an zu lachen und sagten gleichzeitig: »Zum Höhepunkt!«

»Nein, im Ernst«, fuhr Anne fort. »Wir benehmen uns egoistisch und schäbig Saskia gegenüber.«

»Nein!« Seine Stimme klang fest. »Ich habe dir schon mal gesagt, dass wir Saskia nichts wegnehmen. Es sind verschiedene Dinge. Das eine hat mit dem anderen nichts zu tun.«

»So kann man das doch nicht sehen.«

»Warum nicht? Wir sind jung, wir mögen uns, warum sollten wir nicht ein bisschen Spaß zusammen haben? Ohne Druck und Verpflichtungen. Was spricht dagegen?«

Ja, was sprach dagegen?, überlegte Anne und starrte in die Flamme einer Kerze. Warum sollte sie diesen Zustand nicht ein bisschen auskosten? Mark tat ihr gut, und niemand müsste je von ihrer Affäre erfahren. Für eine kleine Weile wäre es doch in Ordnung, oder? Sie wandte sich ihm zu. »Sicher würde einiges dagegen sprechen, aber das hätte alles etwas mit Vernunft zu tun, und vernünftig will ich eigentlich jetzt nicht sein.«

»Hört sich gut an.« Er nahm sie in die Arme und begann ihren Hals zu küssen.

»Musst du nicht los?«

»Ja«, seufzte er. »Muss ich wohl.«

»Wenn es anfängt kompliziert zu werden«, sagte sie zu ihm, als sie an der Tür standen, »oder du dauernd lügen musst oder einer von uns einfach nicht mehr will, beenden wir es.«

»In Ordnung.« Ein letzter Kuss. »Ich rufe dich an.«

In der Alwinenstraße wurde Mark ungeduldig erwartet.

»Wie viele Frauen musstest du noch glücklich machen?«, begrüßte ihn Bernd und ging mit Mark ins Haus.

»Sehr witzig!«

»Das sollte in der Tat witzig sein, aber wenn du nicht darüber lachen kannst, liege ich offenbar gar nicht so falsch.« Er blickte Mark forschend ins Gesicht.

»Guck nicht so. Ich hol dir jetzt den Laptop. Soll ich gleich noch ein Bier mitbringen?«

»Ne, heute nicht. Ich muss wieder los. Um vier Uhr ist meine Nacht zu Ende.«

»Warst du bei Anne?«, fragte Bernd unvermittelt, als Mark zurückkam.

»Was?«

»Du hast mich schon verstanden. Warst du oder nicht?«

Mark brauchte nicht zu antworten. Sein Blick war dem langjährigen Freund Antwort genug. »Mensch, Junge! Du –«

»Sag nichts!«, unterbrach Mark ihn. »Ich weiß das alles selbst, aber ich konnte nicht anders. Sie ist mir nicht aus dem Kopf gegangen. Ich musste hinfahren.«

»Und? Ich nehme an, ihr habt nicht nur geplaudert?«

»Nein!«

Bernd blickte ihn eine ganze Weile an, ohne etwas zu sagen.

»Hör auf, so vorwurfsvoll zu schweigen!«, rief Mark.

»Und wie soll das jetzt weitergehen? Willst du sie weiter besuchen?«

»Ja, ich denke schon.«

»Du weißt schon, was du aufs Spiel setzt?«

»Ja, ich weiß. Ich weiß auch, dass das verrückt ist. Das Ganze ist wie ein Rausch und die Heimlichtuerei erhöht den Reiz noch.«

»Weißt du was? Meinetwegen leg sie ein paarmal flach. Dann merkst du sowieso, dass es nicht anders ist als zu Hause, aber danach schaffst du den Abflug. Versprich mir das!«

Mark nickte.

»Und verlieb dich bloß nicht!«, sagte Bernd eindringlich. »Das könnte eine Eigendynamik entwickeln, die du jetzt noch nicht voraussehen kannst. Unterschätz das nicht!«

Wieder nickte Mark.

Bernd hob die Hand zum Gruß und verschwand kopfschüttelnd.

22

Martin stoppte den Mercedes vor dem grauen Tor, hinter dem sich das Gebäude befand, in dem unter anderem auch das Drogendezernat untergebracht war. Während er langsam zum Eingang ging, zog er ein letztes Mal an seiner Zigarette, um sie gleich darauf auf dem Bürgersteig auszutreten. Auch seine Gesundheit hing gewissermaßen vom Auffinden des Mörders ab, überlegte er. Denn erst, wenn dieser Fall gelöst war, würde er die Glimmstängel wieder in seine Schublade verbannen. Verrückt! Vielleicht sollte er versuchen, diese Dinger ganz aus seinem Leben zu verbannen. Das wäre dann sozusagen sein persönlicher, kleiner Triumph über die Verbrecher, noch bevor er den großen Triumph ihrer Festnahme genießen konnte.

Er nahm die Treppe in den zweiten Stock und klopfte kurz darauf an Carstens Bürotür, ehe er eintrat. Die beiden begrüßten sich mit Handschlag und setzten sich an einen Tisch. Carsten stellte seinem Freund ungefragt einen Kaffee hin und sah ihn erwartungsvoll an.

»Also«, begann Martin, »ich erzähle dir jetzt, was wir wissen, und du sagst mir dann, wer der Mörder ist. Ist das ein Deal?«

»Klar, kein Problem.« Carsten grinste. »Fang an!«

Martin berichtete zuerst von den drei Mordfällen und ihrem Ermittlungsstand, bevor er zu Eva Klein kam. Leider vergaß er dabei, die Briefe zu erwähnen, die Marita Janz erhalten hatte. Zum Schluss nahm er einige Fotos aus der mitgebrachten Akte, die die Spuren sowie die Tote aus jedem Blickwinkel und in allen grauenhaften Einzelheiten zeigte, und breitete sie auf dem Tisch aus. »Wegen des Mordes an ihr mussten wir Nils Breitner gehen lassen, weil wir weiterhin davon ausgehen, dass es sich bei allen Morden um denselben Täter handelt.«

»Und was ist mit seiner Frau? Die hätte doch ein Motiv. Erst bringt sie die Geliebte um, dann Eva Klein, um ihren Mann zu entlasten, weil sie ihn unbedingt behalten will.«

»Für diese beiden Morde würde das prima funktionieren. Aber was ist dann mit den ersten beiden Opfern? Es gibt keine direkte Verbindung zwischen ihnen. Insgeheim hatte ich schon gehofft, dass Breitners Frau etwas damit zu tun hat, aber das scheint wirklich unlogisch. Außerdem hat sie ein wasserdichtes Alibi. Noch dazu ist sie Linkshänderin und kommt aus diesem Grund laut grafologischem Gutachten nicht als Täterin infrage.«

Martin erinnerte sich an das erste Verhör mit ihr. Als er ihr von dem Verhältnis ihres Mannes mit Marita Janz erzählte, hatte sie wie versteinert gewirkt. Sie war so geschockt, dass es für Martin offensichtlich war, dass sie nichts davon gewusst hatte. »Wir haben den Bekanntenkreis der Klein überprüft, aber da gibt's im Grunde niemanden, den wir ernsthaft verdächtigen können. Im Augenblick stehen wir mit den Ermittlungen sozusagen vor einer verschlossenen Tür und können den Schlüssel dazu nicht finden. Eigentlich stehen wir sogar ziemlich am Anfang, und das nach dem vierten Mord.« Martin fuhr sich durch die Haare und wollte seinen Bericht schon beenden, da fiel ihm Barbara Hansen ein. Also erzählte er noch von den Erkenntnissen der Psychologin.

»Ja, die Hansen, die kenn ich. Sie hat sich manchmal um meine eingebuchteten Täter gekümmert. Ich glaube, die arbeitet fast nur im Strafvollzug.«

»Ja, meistens.«

»Vielleicht macht sie ja mal eine Ausnahme und du bekommst einen Termin bei ihr. Du siehst nämlich ziemlich schlecht aus, wenn ich das so offen sagen darf. Und viel Hoffnung, den Fall abzuschließen, strahlst du auch nicht aus.«

»Ich soll mich bei ihr auf die Couch legen? Da geh' ich lieber zum Tatort zurück und suche meinen Optimismus.«

»So kenn' ich dich.« Carsten lachte. »Dann erzähl mir jetzt noch, was die Obduktion der Klein ergeben hat.«

»Bevor er sie umgebracht hat, hat der Mörder sie ziemlich drangsaliert. Sie hat starke Schläge gegen die Gurgel bekommen.

Laut Dr. Stieber könnten die Schläge von einer Handkante stammen. Also ein klassischer Schlag, um jemanden außer Gefecht zu setzen. Wir haben zwar auch eine Waffe gefunden, mit der sie wahrscheinlich bedroht wurde, aber wie ich die Klein einschätze, hätte sie sich trotzdem irgendwie gewehrt. Die hätte doch niemals freiwillig stillgehalten, wenn jemand ihr einen Draht um den Hals legt, ihr die Hände ans Lenkrad kettet und ihr dann eine tödliche Spritze gibt. Ich denke, dass der Täter das wusste oder gemerkt hat. Deshalb hat er alles, was sie zur Verteidigung nutzen konnte, lahmgelegt. Aus diesem Grund hat er ihr bestimmt auch das Messer brutal in die Beine gejagt. Jedenfalls war sie am Ende komplett kampfunfähig.« Er nahm einen Schluck von seinem Kaffee, ehe er fortfuhr: »Todesursache war tatsächlich eine Heroinvergiftung. Sie hat ein Gramm injiziert bekommen.«

»Ein Gramm? Heilige Scheiße!«, rief Carsten. »0,1 Gramm ist ja schon tödlich.«

»Spricht das eher für einen Idioten oder für einen, der auf Nummer sicher gehen will?«

»Auf jeden Fall hat derjenige nicht viel Ahnung von Drogen, würde ich sagen. Außerdem hat er auch nicht viel Ahnung vom Spritzen, wie mir scheint.« Er deutete auf ein Foto, das Evas rechten Arm zeigte, in dem noch die Nadel steckte. Es war deutlich zu sehen, dass der Gürtel fest zugezogen um Evas Oberarm lag. »Der Stoff kam durch die Blutstauung schwerer durch. Was bei der Menge aber auch nichts ausgemacht hat.«

»Also haben wir es nicht mit einem Täter aus der Drogenszene zu tun?«

»Auf keinen Fall.« Carsten schien sich sicher zu sein. »Einer aus dem Milieu hätte auf jeden Fall den Gürtel gelöst. Es sei denn, er hätte sich schnell aus dem Staub machen müssen.«

Martin nickte. Das schien einleuchtend.

»Was ist mit dem Heroin an sich? Irgendwelche Auffälligkeiten?«

»Laut Labor: gängiges Zeug. Ein Verschnitt, wie wohl üblich. Mit Traubenzucker, Milchpulver und Strychnin gestreckt.«

»Also, an jeder Ecke zu kriegen«, stellte Carsten fest. »Was gibt's von der Spusi in dem Fall?«

»Der Draht, den die Klein um den Hals hatte, lässt sich in jedem Baumarkt kaufen. Also nichts Besonderes. Gleiches gilt für den Gürtel. Er scheint absolut neu zu sein. Da sind keine Spuren zu finden. Auch die Handschellen sind neu. Und es sind original Polizeihandschellen, eine Spezialvariante der Clejuso Nr. 12. Diese Version wird vorwiegend von unseren bayerischen Kollegen verwendet. Das sind die Dinger mit dem massiven Vollschlüssel statt des normalen Hohlschlüssels, wie bei den älteren Clejuso-Modellen.«

»Und was sagt euch das?«

»Nichts, denn die kann sich jeder besorgen, zum Beispiel übers Internet. Kosten irgendwas zwischen vierzig und fünfzig Euro. Zurzeit überprüfen wir, ob wir ein paar der Verkäufe aus der letzten Zeit namentlich zuordnen können. Aber das kann ein bisschen dauern.«

Martin tippte auf ein Foto, das eine Pistole zeigte. »Das ist die Waffe, die wir im Wagen gefunden haben. Eine Walther P99 Compact. Unbenutzt, alle zehn Patronen noch drin, keine Fingerabdrücke.«

»Moment«, unterbrach ihn Carsten. »Eine Walther P99?«

»Ja, genau. Erstaunlich, nicht wahr?«

»Das sollten doch ab 2004 unsere neuen Dienstwaffen werden. Ich hatte kurze Zeit auch eine.«

»Wie die meisten von uns. Aber im März 2006 wurden die Umstellaktionen größtenteils gestoppt.«

»Richtig. Da gab's Probleme mit der Handhabung. Die Dinger hatten Ladehemmungen und das Sicherheitsholster war zu breit, um sich gescheit damit anzuschnallen.« Carsten erinnerte sich mit Grausen an die kurzzeitige Dienstwaffe.

»Also frage ich mich, woher der Killer eine solche Waffe hatte?«

»Gute Frage! Entweder ist der Täter einer von uns, oder die Waffe wurde geklaut.«

»Gehen wir mal von Letzterem aus, wobei wir das noch nicht genau wissen.«

»Das Ding lässt sich doch über die Identity-Nummer zuordnen.«

»Schön wär's! Aber an der Stelle gibt's nur Kratzspuren. Das Labor versucht noch, die Nummer wieder lesbar zu machen.«

»Warum lässt der Mörder sie am Tatort liegen?«

»Er hat so ziemlich alles liegengelassen. Messer, Gürtel, Waffe, Spritze.«

»Dann musste er sich vielleicht tatsächlich schnell aus dem Staub machen«, mutmaßte Carsten.

»Nein, das ist es nicht.« Martin schüttelte nachdenklich den Kopf und ließ seinen Blick über die Fotos gleiten. »Bei den letzten Morden hat er auch immer die Messer liegengelassen. Es ist, als wolle er eine Spur legen, von der er genau weiß, dass wir sie nicht deuten können.«

»Hört sich nach einem Spiel an.«

»Ja, das Spiel mit dem Tod und der bekloppten Polizei.«

»Warum bringt er sie nicht auch zu Hause um, wie die anderen? Er ist ein ziemlich großes Risiko eingegangen.« Carsten versuchte, ihre Gedanken in eine andere Richtung zu lenken.

»Der Täter muss gewusst haben, dass die Klein als Letzte aus der Judoschule kommt. Oder er hat sie beschattet und auf eine gute Gelegenheit gewartet. Der Parkplatz ist zwar ziemlich übersichtlich, aber dunkel und wird zudem nur von Besuchern und Angestellten der Judoschule benutzt. Mir stellt sich da die Frage, wie gut der Täter sein Opfer kannte, und ob es Zufall war, dass sie gerade jetzt umgebracht wurde, wo wir einen Verdächtigen hatten?«

»Richtig. Es wäre doch praktisch gewesen, den Breitner als Sündenbock dastehen zu lassen.«

»Es sei denn, er will nicht, dass die Taten jemand anderem angelastet werden. Entweder um denjenigen zu schonen oder um klar zu machen, dass er selbst der Schuldige ist.«

»Ja, solche Egomanen gibt es immer wieder.«

»Kannst du mir von deiner Seite noch was Neues über die Klein sagen?«, fragte Martin.

»Ich hab' hier eine Zusammenstellung von denen, die mit ihr im Knast saßen. Vielleicht gibt's in der Richtung irgendeine Verbindung. Ansonsten wissen wir nur, dass sie selbst keine Drogen genommen hat, zumindest keine harten. Als sie gedealt hat, hat sie sich meistens an Schüler rangemacht. Hier ist eine Liste von Kunden. Es ist nur eine Handvoll, aber mehr haben wir nicht. Woher sie den Stoff zum Dealen hatte, wissen wir nicht. Darüber hat sie sich damals ausgeschwiegen.«

»Wie ist sie aufgeflogen?«

»Ein Konkurrent hat uns anonym Informationen gegeben, woraufhin wir sie observiert haben.«

»Verstehe.« Martin sammelte die Fotos zusammen und schob sie zurück in die Akte. »Kannst du bitte überprüfen, ob die anderen Toten in irgendeiner Form was mit dem Drogenmilieu zu tun hatten?«

»Klar, mach ich. Ich geb dir sofort Bescheid, wenn ich was habe.«

»Danke dir!«

Martin trank seinen inzwischen kalt gewordenen Kaffee aus. Für eine halbe Stunde tauschten sie noch private Neuigkeiten aus, dann rief auch schon der nächste Termin. Martin hatte Britta Kling ins Präsidium bestellt. Irgendetwas stimmte mit dieser Person nicht. Was das war, würde er heute herausfinden, egal wie lange es dauern würde.

Und es dauerte Stunden. Wie immer gab sie sich arrogant und sagte nichts, was sie nicht schon zuvor gesagt hatte. Martin platzte fast der Kragen. »Frau Kling«, herrschte er sie an, »wenn Sie uns jetzt nicht sagen, welcher Zusammenhang zwischen Ihnen, Frau Janz und Frau Klein besteht, werde ich Sie dem Haftrichter vorführen.«

»Sind Sie irre?«

»Nein, ganz und gar nicht. Das ist die übliche Vorgehensweise, wenn jemand unter Mordverdacht gerät.«

»Mordverdacht«, wiederholte sie gedehnt und sah Martin aus zusammengekniffenen Augen an. »Sie spinnen ja!«

»Hüten Sie Ihre Zunge.«

»Sie haben doch überhaupt nichts gegen mich in der Hand!«

»Das sehe ich anders. Sie haben für die Morde an Frau Janz und Frau Klein keine Alibis, aber ein Motiv.«

»Ein Motiv? Das ich nicht lache!«

»Sie haben keinen Hehl daraus gemacht, dass Sie Marita Janz nicht leiden konnten. Sie sagten, dass jeder bekommt, was er verdient. Außerdem beherrschen Sie Judogriffe, die nachweislich beim Opfer angewandt wurden. Zudem haben Sie der Zeitung vorgelogen, sie sei eine Nutte gewesen. Wahrscheinlich, um den Verdacht von sich weg auf das Rotlichtmilieu zu lenken. Und es war sehr schlau, die Polizei nach dem Mord selbst zu rufen. So wird man nicht gleich verdächtigt.«

»Wahnsinnig!« Frau Kling brüllte nun. »Sie sind einfach wahnsinnig!«

»Auch das sehe ich anders«, entgegnete Martin ganz ruhig. »Für mich ist der Mörder oder die Mörderin wahnsinnig.«

»Und warum sollte ich auch noch Eva umbringen?«

»Vielleicht hat sie von dem Mord gewusst?«

»Sie haben eine blühende Fantasie. Das höre ich mir nicht länger an.«

Sie erhob sich und wollte zur Tür hinaus, die Paul allerdings versperrte.

»Sie können mich nicht einfach hierbehalten.«

»Doch. Ich kann. Und ich werde jetzt den Staatsanwalt anrufen, um ihn darüber zu informieren, dass wir eine Tatverdächtige haben.« Damit griff er zum Telefon.

»Ich bringe doch niemanden um!«, schrie sie ihn an.

»Dann beantworten Sie einfach unsere Fragen, damit wir Ihnen glauben können«, schrie Martin unvermittelt zurück und knallte das Telefon auf den Tisch. »Glauben Sie im Ernst, dass es Ihnen hilft, wenn Sie keine Angaben machen, immer hübsch nach dem Motto: Wenn ich nichts sage, kann ich mich auch nicht in Wiedersprüche verwickeln? Im Gegenteil!«

Einen Moment herrschte absolute Stille. Dann setzte sie sich zurück auf ihren Stuhl und begann zu reden. »Es ist richtig, dass ich Marita Janz nicht leiden konnte. Sie hat mir meine Freundin ausgespannt.«

»Ihre Freundin?«

»Bevor sie aufgetaucht ist, hatte ich mit Jasmin eine Beziehung.«

»Jasmin?« Langsam dämmerte es ihm. »Jasmin Festner?«

»Ja. Diese Janz hat sie mir weggenommen. Nachdem Jasmin sie kennengelernt hat, wollte sie nichts mehr mit mir zu tun haben.«

»Hatte sie denn anschließend eine Beziehung zu Marita Janz?«

»Natürlich! Ich habe sie oft zusammen gesehen, und beide haben nicht mehr mit mir geredet.«

»Wir wissen, dass Marita Janz auch einen Freund hatte. Glauben Sie, dass sie bisexuell war?«

»Sicher, dass hat mir Jasmin doch erzählt.«

»Eben sagten sie, Jasmin habe nicht mehr mit Ihnen geredet.«

»Ach, denken Sie doch was Sie wollen. Sie können Sie ja selbst fragen.«

»Das werden wir. Aber nichtsdestotrotz hätten Sie ein prima Motiv: Eifersucht.«

»Ich habe sie nicht umgebracht, auch wenn ich sie nicht gemocht habe«, rief sie aufgebracht.

»Haben Sie mit Eva Klein über diese Beziehung gesprochen?«

»Nein, warum? So gut befreundet waren wir nicht. Ich kannte sie doch nur vom Training.« Britta Kling stand auf und blickte von oben auf Martin herab. »Dann kann ich ja jetzt wohl gehen.«

»Können Sie nicht.«

»Ich habe Ihnen gesagt, was ich weiß, und Sie wollen mich immer noch festhalten. Verstehe ich das richtig?«

»Wir werden ein grafologisches Gutachten von Ihrer Handschrift anfordern und Ihre Wohnung durchsuchen. Bis wir die Ergebnisse haben, bleiben Sie hier.«

»Meine Wohnung durchsuchen? Was wollen Sie denn da finden?«

»Wir werden sehen.«

»Ich will sofort einen Anwalt.«

Aber auch der zugezogene Rechtsbeistand konnte die polizeilichen Maßnahmen nicht verhindern. So musste sie wütend ausharren.

Währenddessen bestellte Martin Jasmin Festner ins Präsidium.

»Frau Festner, als ich Sie fragte, ob es zwischen Frau Janz und Frau Kling eine Verbindung gab, verneinten Sie. Auch konnten Sie mir nicht sagen, warum Frau Kling Marita nicht mochte. Inzwischen hat sich herausgestellt, dass Sie zu all dem sehr wohl etwas zu sagen haben. Sie haben es nicht getan, das kommt der Behinderung polizeilicher Ermittlungen gleich. Sie wissen schon, dass das strafbar ist?«

Jasmin Festner wirkte plötzlich sehr unsicher und starrte schweigend auf ihre im Schoß gefalteten Hände.

»Das wäre jetzt der Moment, sich zu der Sache zu äußern«, forderte Martin sie auf zu sprechen.

»Mir ist das alles sehr unangenehm«, begann sie langsam. »Ich war mit Britta befreundet, aber sie ist ein aufdringlicher Typ, und mir wurde das zu eng. Da habe ich mich Marita zugewandt, was Britta mir schrecklich übel genommen hat.«

»Hatten Sie eine sexuelle Beziehung zu Frau Kling?«

»Ich …«, sie errötete. »Ich … das heißt … wir hatten einmal einen One-Night-Stand. Und danach dachte sie, dass daraus eine feste Beziehung werden würde. Ich bin aber eigentlich nicht lesbisch. Ich war nur furchtbar betrunken an dem Abend und –«

»Was ist mit Marita Janz? Hatten Sie zu ihr eine sexuelle Beziehung?«

»Du lieber Himmel, nein! Sie hatte doch Ulf, beziehungsweise Nils heißt er ja. Sie war absolut hetero.«

»Frau Kling behauptet, dass Sie ihr gesagt hätten, eine Beziehung zu Marita zu haben.«

»Ja, das habe ich auch. Aber nur, damit sie mich endlich in Frieden lässt.«

»Und das hat sie dann auch?«

»Ja, von da an hatte ich Ruhe. Aber sie war ziemlich sauer.«

»Hat sie Ihnen oder Marita irgendwann einmal gedroht?«

»Nein, nicht wirklich. Sie beschimpfte mich manchmal als Nutte, aber gedroht …« Sie überlegte und schüttelte dann den Kopf. »Nein!«

»Haben Sie einen Freund, Frau Festner?«

»Zurzeit nicht.«

Martin holte die Fotos aller Opfer hervor und breitete sie vor Jasmin aus. »Welche von diesen Frauen haben Sie schon einmal gesehen? Vielleicht bei Frau Kling?«

»Außer Marita kenne ich keine von denen. Das habe ich Ihnen doch schon gesagt.«

»Schade. Na gut!« Er sammelte die Bilder zusammen. »Dann sagen Sie uns bitte, wo Sie zur Tatzeit waren.«

»Verdächtigen Sie mich?« Erstaunt blickte sie Martin an.

»Wir überprüfen einfach jeden. Und die, die nicht gleich alles sagen, was sie zu dem Fall wissen, erst recht. Also?«

»Sie wissen doch, dass ich übers Wochenende weg war.«

»Ich möchte aber genau wissen, wo sie sich zur Tatzeit befanden und ob das jemand bestätigen kann.«

Nachdem ein Hotel in Stuttgart ihre Ankunft am späten Abend des Mordes bestätigt hatte, gab es vorerst keine weiteren Fragen, und Jasmin Festner konnte gehen.

Gehen konnte auch Britta Kling, nachdem sie durch das grafologische Gutachten als Täterin ausgeschlossen werden konnte und kein Hinweis auf die Tat in ihrer Wohnung zu finden war.

23

In den nächsten vier Wochen sahen sich Anne und Mark regelmäßig jeden Mittwoch bei ihr. Ab und zu konnten sie sich auch samstags treffen, wenn Anne nicht arbeiten musste. Sie unterhielten eine rein sexuelle Beziehung. Anne erschien die Situation nahezu perfekt. Hatte sie doch nun ein geregeltes Sexleben, ohne sich in eine feste Beziehung hineinknien zu müssen. Da war niemand, der ihr sagte, sie arbeite zu viel, niemand, für den sie kochen und waschen musste, niemand, der ihr zu viel abverlangte. Durch Mark fühlte sie sich ausgeglichener und war motivierter denn je. Nur Kelly stellte einen kleinen Wermutstropfen dar. Natürlich wusste sie von der Affäre und ließ Anne deutlich spüren, wie wenig sie davon hielt. Die beiden Frauen sahen sich kaum noch.

Vor einer Woche hatte sich Kelly, wenn auch widerstrebend, von Anne ins Café Blum zum Mittagessen einladen lassen. Das

Café, Wiesbadens Klassiker im zeitgemäßen Bistro-Stil, war wie üblich gut gefüllt. Kelly blickte Anne ernst an, nachdem sie Platz genommen hatten.

»Anne, wir haben uns jetzt länger nicht gesprochen, und ich hoffe wirklich, dass du mir was Positives zu sagen hast. Sonst wüsste ich nicht, warum wir hier sind.«

»Kelly, können wir die Sache mit Mark nicht vergessen und einfach Freundinnen bleiben? Im Grunde hat das mit uns doch nichts zu tun.«

»Wenn ich deine Worte richtig deute, triffst du ihn also immer noch?«

»Ja, aber Kelly, bitte –«

Kelly ließ sie nicht weitersprechen. »Hör auf zu bitten«, rief sie aufgebracht, »und zu glauben, dass das nichts mit uns zu tun hat. Du zerstörst mit deinem egoistischen Verhalten unsere Freundschaft und meine Beziehung zu Saskia und Mark. Ich kann die beiden wegen eurer Affäre nicht mal mehr einladen. Vor lauter Geilheit scheinst du völlig blind zu sein!«

»Kelly, kannst du bitte etwas leiser sprechen?«, bat Anne. »Es muss ja nicht das ganze Café mitbekommen.« Einige der Gäste blickten bereits neugierig zu ihnen herüber.

»Anne, tu mir einen Gefallen«, bat Kelly etwas ruhiger. »Lass endlich die Finger von Mark. Diese Affäre ist nicht richtig, und so haben wir das auch nicht gewollt. Mark ist ein verheirateter Mann. Mit dem Wissen, dass du ihn seit vier Wochen regelmäßig vögelst, kann ich den beiden nicht mehr in die Augen sehen. Sie sind doch meine Freunde, und ich will sie nicht verlieren, genauso wie ich dich nicht verlieren möchte. Aber wenn du nicht damit aufhörst, wird genau das passieren.«

Anne hatte einen Kloß im Hals und konnte nichts darauf sagen.

Die Frau saß allein am Nachbartisch, von Kelly und Anne nur durch einen Paravent getrennt, und schenkte ihnen ihre ungeteilte Aufmerksamkeit. Hier schien der Zufall ein weiteres Schicksal besiegeln zu wollen. Die Frau stöhnte unmerklich. Eine Sekunde lang zog sie in Erwägung, das Café zu verlassen und das Gehörte zu vergessen. Doch das konnte sie nicht, wenn-

gleich sie sich müde fühlte und noch nicht bereit war für einen neuen Fall. Aber es war ihre Pflicht, und so griff sie in ihre Tasche und zog Papier und Stift heraus, um die neuen Informationen zu notieren.

»Kelly, ich werde darüber nachdenken. Im Grunde weiß ich ja, dass es nicht richtig ist, aber es ist nicht so einfach.« Anne nahm das Gespräch wieder auf.

»Es wäre sehr einfach. Aber du bist in Liebesangelegenheiten ziemlich schwach.« Kelly schenkte ihr ein müdes Lächeln. »Vielleicht sollte ich dir einfach helfen und Mark bitten, Schluss zu machen, weil ich von eurer Affäre weiß und es Saskia sagen könnte.«

»Das tust du nicht!«

»Dann tu *du* was! Wenn nicht, suche ich mir eine neue beste Freundin.« Damit stand Kelly auf und ließ Anne alleine zurück. Sie seufzte. Ihre Freundschaft zu Kelly war immer etwas Besonderes gewesen. Doch jetzt schien es ihr, als sei sie dabei, Kelly unwiederbringlich zu verlieren.

Die Frau legte Geld auf den Tisch und verließ kurz nach Anne das Café. Während sie ihr folgte, nahm sie ihr Handy aus der Tasche und sagte alle ihre Termine für den Nachmittag ab.

Mark erging es mit Bernd ähnlich wie Anne mit Kelly. Sein Freund hatte ihm erst letzte Woche wieder gesagt, dass es allmählich Zeit würde, die Sache zu beenden. Aber Mark dachte nicht im Geringsten daran. Auch er genoss die sexuellen Ausflüge. Anne war ganz anders als Saskia. Er mochte ihre Schwäche und ihre Leidenschaft. Er brauchte sie nur anzusehen, und das Verlangen, sie zu berühren, stieg in ihm hoch. Er war richtiggehend süchtig nach Anne.

24

Inzwischen war es Oktober geworden, und es schien ein ganz und gar gewöhnlicher Morgen zu werden. Martin trommelte gedankenverloren auf die vor ihm liegenden, geschlossenen Akten und dachte wie so oft in letzter Zeit über die Mordfälle nach. Seitdem Eva Klein ermordet worden war, hatten sie zwar einige Erkenntnisse dazugewonnen, die sie aber genaugenommen nicht wirklich weiterbrachten. Sie wussten inzwischen, dass die ersten drei Opfer absolut nichts mit Drogen zu tun gehabt hatten. Und das Heroin, das Eva Klein umgebracht hatte, war gewöhnlich und leicht zu beschaffen, wenn man sich ein wenig in der Szene auskannte.

Christian Bauer wurde nochmals befragt, und dabei stellte sich heraus, dass er Eva Klein ein falsches Alibi verschafft hatte. Obwohl Martin nicht wusste, wo sie während des Mordes an Marita Janz gewesen war, ging er davon aus, dass sie nicht die Mörderin der ersten drei Opfer war. Allerdings blieb der Zusammenhang zwischen Klein und Janz, den die Fingerabdrücke am Tatort Nummer drei hinterlassen hatten, weiterhin ungeklärt.

Das gefundene Messer lieferte auch keine Erkenntnisse, ebenso wenig wie die Waffe. Im Labor hatte man die Identity-Nummer bis auf eine Stelle wieder lesbar gemacht, und so ließ sich feststellen, dass sie eine von etwa hundert Walther-P99-Pistolen war, die bei einer vom Hersteller betriebenen Eintauschaktion gestohlen worden waren. Und obwohl man die Diebe gefasst hatte, konnten oder wollten sie keine Auskunft über die Abnehmer der Waffen geben. Angeblich waren alle über das Internet oder durch Hehler verkauft worden.

Auch die Vernehmungen von Eva Kleins Knastkollegen und Drogenkunden brachten die Ermittlungen nicht voran.

Es war zum Verrücktwerden. Jede Spur endete in einer Sackgasse. Es schien fast so, als müsse man auf einen weiteren Mord warten, in der Hoffnung, der Täter würde sich dann endlich irgendwie verraten. Aber Martin wollte keinen weiteren Mord. Zum x-ten Mal schlug er die Akten auf, legte die Fotos aller Fälle untereinander und betrachtete sie genau. Könnte er den Zusammenhang zwischen den Fällen doch endlich erkennen! Er war sich sicher, dass er dann der Lösung ein ganzes Stück näher sein würde.

Plötzlich stutzte er. Er nahm eine Lupe zur Hand und nahm sich eines der Fotos, das nach dem ersten Mord in der Wohnung von Veronika Schnitzler gemacht worden war. Es zeigte die Küche. Martins Aufmerksamkeit galt einer Leiste, die an der Wand angebracht war, um dort Messer in einer Reihe aufzuhängen. Alle Haken waren belegt, bis auf einen. Eigentlich nicht weiter ungewöhnlich. Doch ihm fiel sofort der Messerblock in Marita Janz' Wohnung ein, in dem ebenfalls ein Messer gefehlt hatte. Vielleicht ein dummer Zufall? Vielleicht aber auch nicht. Hastig suchte er sich das entsprechende Foto heraus und überprüfte seine Erinnerung. Das Messer fehlte. Aber was war mit Opfer Nummer zwei? Er versuchte auch hier ähnliche Hinweise zu finden, konnte jedoch keine aufgereihten Messer in irgendeiner Form entdecken. Silke Benning schien ihre Messer wohl in einer Schublade aufbewahrt zu haben.

Martin versuchte alle Messer miteinander zu vergleichen, und tatsächlich, wenn er sich nicht täuschte, könnte die Tatwaffe, die Silke Benning umgebracht hatte, das fehlende Messer von Veronika Schnitzlers Leiste sein. Ganz sicher konnte er sich nicht sein, dazu war die Messerleiste zu klein dargestellt. Aber zumindest hatte die Tatwaffe ebenfalls ein Loch im Griff wie die anderen Messer.

Martin rief das Labor an und forderte einen genauen Vergleich der Messer sowie der Fingerabdrücke auf den Tatwaffen und der Opfer an. Von Toten wurden in der Regel keine Fingerabdrücke genommen und gespeichert. Aber es existierten in jedem Mordfall genügend Beweismittel, auf denen die Fingerabdrücke der Opfer zu finden waren. Martin veranlasste bei der Asservatenkammer die Überstellung dieser Beweismittel ans Labor. Anschließend beugte er sich erneut über die Fotos, suchte und verglich. Doch nach einer halben Stunde schob er die Bilder zurück in die Akten. Er hatte nichts weiter gefunden.

Sein Blick fiel nach draußen, und er sah, wie der Regen in Streifen über die Scheiben lief. Er stand auf, steckte die Hände in die hinteren Taschen seiner Hose und ging zum Fenster herüber, wo er auf die vom Regen verzerrten Umrisse der Gebäude blickte. Er hoffte, dass die Sache mit den Messern nicht wieder in eine Sackgasse führen würde. Irgendeine Erkenntnis musste das doch bringen.

25

Es war wieder Mittwoch, und Anne war gerade nach Hause gekommen. Sie fütterte ihre Fische, als das Telefon läutete. Mark rief an, um ihr zu sagen, dass er wahrscheinlich nicht kommen könne, da er seiner Schwiegermutter helfen müsse.

Anne war schon so sehr darauf programmiert, dass Mark mittwochs bei ihr war, dass sie nicht wusste, was sie nun mit der Zeit anfangen sollte. Nach einigen Minuten trübseligen Herumsitzens beschloss sie, sich mit einem Buch statt mit Mark auf die Couch zu legen. Es schien Ewigkeiten her zu sein, dass sie sich Zeit zum Lesen genommen hatte. Und zum ersten Mal seit vier Wochen überlegte sie, was sie tun würde, wenn Mark die Beziehung beendete. Ihr war klar, dass sie früher oder später damit rechnen musste. Vielleicht würde auch sie selbst irgendwann genug haben und Schluss machen wollen. Sie gestand sich ein, dass der Wunsch, eine eigene Familie zu gründen, tief in ihr schlummerte, sie aber den richtigen Zeitpunkt noch nicht für gekommen hielt.

Dann vertiefte sie sich in ihre Lektüre. Zwei Stunden später klingelte es, und Mark kam doch noch. Sie schliefen miteinander und wussten, dass er bereits eine Stunde später wieder gehen musste, um vor Saskia zu Hause zu sein. Als Mark frisch geduscht, nur mit einem Handtuch um die Hüften, zurück ins Schlafzimmer kam, klingelte es an der Tür. Beide verharrten einige Sekunden wie erstarrt. Sie hatten das Gefühl, erwischt worden zu sein. Wer kam so spät noch?

»Ich schau durch den Türspion«, versuchte Mark die Anspannung zu lindern. Wenig später rief er von der Tür her: »Es ist deine Nachbarin.«

»Fragst du sie bitte, was sie will?«, rief Anne aufatmend zurück.

Mark öffnete die Tür und Daniela den Mund. Sie starrte Marks Körper an und blieb an den in das Handtuch gewickelten Hüften hängen.

»Was gibt's?«

»Ich, äh … ich wollte zu Anne.«

»Wissen Sie, wie spät es ist?«

»Moment.« Daniela schob den Ärmel ihres Sweatshirts zurück und schaute auf ihre Armbanduhr. »Kurz vor elf.«

»Und was sagt uns das?« Mark redete mit ihr wie mit einem begriffsstutzigen Kind. Den Ton konnte Daniela überhaupt nicht leiden. Sie stützte die Hände in die Hüften und blickte Mark angriffslustig an.

»Das sagt uns, dass es Zeit für Sie ist, nach Hause zu gehen.«

»Wie bitte?«

»Es geht mich zwar nichts an, aber sind Sie nicht verheiratet?« Sie deutete auf Marks Ehering und lächelte süffisant. »Wartet Ihre Frau nicht auf Sie, während Sie …«, ihr Blick glitt wieder hinunter zu Marks Hüften, »sich hier vergnügen?«

»Wie Sie schon richtig erkannt haben: Es geht Sie nichts an.« Mark tippte ihr mit dem Zeigefinger gegen die Schulter. »Wollten Sie noch irgendetwas anderes, außer in anderer Leute Angelegenheiten herumschnüffeln?«

»Eigentlich wollte ich mir Milch ausleihen, aber ich glaube, das hat doch Zeit bis morgen.« Daniela wandte sich ab und ging hinüber zu ihrer Tür. Bevor sie dahinter verschwand, sagte sie in kumpelhaftem Ton: »Fahr'n Sie nicht zu spät nach Hause, sonst fliegt ihr kleines Geheimnis noch auf.« Ein fieses Lächeln folgte.

»Neugierige Zicke!«, rief Mark und schloss die Tür.

»Was war denn?«, wollte Anne wissen, die gerade in den Flur trat.

»Deine liebe Nachbarin wollte Milch, sagt sie. Aber im Grunde wollte sie wohl nur einen gut gebauten Mann sehen.« Er lächelte Anne vielsagend an und zog das Handtuch von den Hüften. Sie schlang ihre Arme um seinen Hals.

»Dann war sie ja hier an der richtigen Adresse«, neckte sie ihn.

Er drückte ihr einen Kuss auf die Nasenspitze. »Ich muss los.«

»Ich weiß!«

In der darauffolgenden Woche erhielt Anne einen Anruf von Bernd Castor. Er fragte, ob er sie am Abend zum Essen einladen dürfe. Anne war leicht verwirrt. Sie war sich nicht sicher, ob er von ihrer Beziehung zu Mark wusste, und wollte eigentlich ablehnen. Doch er verstand es, sie zu überreden, und so trafen sie sich im Restaurant Prinz in der Nähe des Casinos.

Er war bereits da, als sie eintraf, und begrüßte sie mit einem Kuss auf die Wange. »Jetzt, wo ich dich wiedersehe, bedaure ich zutiefst, nicht früher angerufen zu haben.« Er war einfach zum Du übergegangen, was sie lächelnd zur Kenntnis nahm.

»Danke für die Einladung!« Sie setzte sich ihm gegenüber und sah ihn unverbindlich an.

Heute trug er die Haare offen, und seit ihrem letzten Zusammentreffen hatte er sich einen Schnauzbart wachsen lassen. Normalerweise mochte sie Bärte nicht, aber Bernd stand er ausgezeichnet. Er wirkte wie ein Abenteurer.

»Du siehst gut aus!«, sagte sie und deutete auf den Bart.

»Ja, manchmal lohnt es sich, etwas Neues auszuprobieren. Apropos, hier gibt's eine neue Karte. Wollen wir aussuchen?«

Sie nickte und hatte wenig später Lammbraten mit Blumenkohl und Kroketten bestellt. Bernd schloss sich ihrer Wahl an. Beide genossen das vorzügliche Gericht, den Wein sowie den Smalltalk, den sie beim Essen führten. Und wäre Bernd danach nicht auf den eigentlichen Grund ihres Treffens gekommen, hätte der Abend sogar recht schön werden können.

»Ich kann Mark schon verstehen, wenn ich dich so ansehe. Ich hätte wirklich früher anrufen sollen.« Bernd sagte das leicht dahin, aber Anne wurde hellhörig. »Dann wäre es vielleicht nie dazu gekommen.«

»Was meinst du?« Sie wusste genau, was er meinte.

»Ich meine, dass ich von euch beiden weiß.«

Anne sah ihm fest in die Augen. Jetzt nur nicht verlegen wegsehen, dachte sie.

»Bernd, warum habe ich das Gefühl, dass du mir etwas ganz Bestimmtes sagen willst?«

»Ich wollte dich tatsächlich fragen, was du für Mark empfindest.«

»Warum sollte ich dir das sagen?«

»Vielleicht weil ich sein Freund bin und nur sein Bestes will? Drücken wir's mal so aus«, fuhr er fort, als Anne nicht antwortete. »Saskia und Mark sind meine besten Freunde und zwar als Paar, als Ehepaar. Ich möchte nicht, dass ihre Ehe kaputtgeht.«

»Keine Angst! Die Gefahr besteht nicht.« Sie trank ihr Glas leer.

»Die Gefahr besteht sehr wohl, solange ihr ein Verhältnis habt. Und je länger das so geht, umso größer wird die Gefahr.«

»Ich will Saskia nicht den Mann wegnehmen.«

»Nichts anderes tust du aber.«

»Saskia weiß doch nichts davon, und wenn du ihr nichts sagst, wird sie es auch nicht erfahren.«

»Du bist ganz schön kaltschnäuzig.« Er beugte sich zu ihr herüber, und seine Augen blitzten. »Hast du nicht den Hauch eines schlechten Gewissens?«

»Vielleicht habe ich das, aber würde das eine Rolle spielen?«

»Es würde dir dann leichter fallen, die Sache zu beenden.«

»Ich sehe nicht, warum ich Schluss machen sollte.«

»Natürlich! Warum auch? Du bist die ehrgeizige, egoistische Karrierefrau, die Mark ganz schön zielstrebig erobert hat. Warum also die Beute wieder laufen lassen? Wo du ja gerade so viel Spaß mit ihr hast.«

»Netter Vortrag!« Sie griff nach ihrer Handtasche, die über der Armlehne hing. »Ich glaube, ich gehe jetzt besser.«

»Warte!« Er nahm ihre Hand.

»Worauf? Hast du noch mehr solch netter Komplimente?«

»Ich wollte dich nicht verletzen.« Bernd redete besänftigend weiter. »Anne, du bist eine tolle Frau. Du kannst doch jeden Mann haben. Warum Mark?«

Sie lächelte geheimnisvoll. »Manche Dinge im Leben passieren einfach.«

»Okay, jetzt ist es passiert. Aber als klar denkende Frau musst du zugeben, dass es sinnvoll wäre, einen Schlussstrich zu ziehen. Du hattest doch deinen Spaß. Wie schon gesagt, ich glaube nicht, dass du Probleme haben wirst, einen anderen zu finden.«

»Hast du schon mit Mark darüber gesprochen? Er ist doch dein bester Freund. Er hört sicher auf dich. Das wäre auch viel billiger als deswegen mit mir essen zu gehen.«

»Mark reagiert in Hinblick auf dich doch eher schwanzgesteuert, wenn ich das mal so sagen darf. Ich wollte an deine Vernunft appellieren.«

»Gut, das hast du ja jetzt getan.« Sie schob ihren Stuhl zurück und stand auf. »Vielen Dank für das Essen. Es war ausgezeichnet. Ich wünsche dir weiterhin viel Erfolg.«

»Anne!« Auch er erhob sich. »Wirst du darüber nachdenken?«

Sie legte den Kopf schief und betrachtete ihn.

»So etwas geht nie endlos gut. Mach es nicht kaputt. Bitte!«

Fast tat er ihr leid, wie er da stand und sie mit jeder Faser seines Körpers bat. Er versuchte doch nur seinen Freunden zu helfen. Und was er sagte, machte sicher auch Sinn, aber sie wollte das alles eigentlich nicht hören, nicht darüber nachdenken. So, wie es war, war es doch gut.

Schweigend reichte sie ihm die Hand, nickte und ging.

In dieser Nacht schlief Anne schlecht. Das Gespräch mit Bernd beschäftigte sie mehr, als ihr lieb war. War sie die ganze Zeit zu egoistisch gewesen? Hatte sie Mark benutzt, um sich ab und zu ein wenig besser zu fühlen? Weniger einsam? Dieser Gedanke bereitete ihr Unbehagen. Außerdem wäre es dumm zu glauben, es könnte ewig so weitergehen und niemand würde je davon erfahren. Wahrscheinlich sollten sie wirklich einen Schlussstrich ziehen, bevor das Ganze ein unschönes Ende nahm. Sie wollte gleich am Mittwoch mit Mark darüber reden.

Das war jedoch nicht so einfach. Mark ließ sie kaum zu Wort kommen und räumte alle Bedenken mit seinen Blicken aus. Nächstes Mal, sagte sie sich. Oder zumindest bald.

Am Ende der Woche meldete sich Kelly und erinnerte Anne daran, dass sie kommenden Freitag mit Patrik für vier Wochen nach Südafrika fliegen würde. Wie immer würde Anne inzwischen ihren Vierbeiner Sunny hüten, worauf sie sich schon freute.

»Und was ist mit Mark?«, wollte Kelly wissen.

»Was soll mit ihm sein?«

»Du weißt genau, was ich meine. Seht ihr euch noch?«

»Kelly … ich weiß nicht, ob du das wirklich wissen willst.«

»Keine Antwort ist auch eine Antwort.«

Schweigen.

»Anne, was soll das? Du benimmst dich wie ein kleines Kind, das ein Spielzeug nicht hergeben will, obwohl es einer anderen gehört. Such dir endlich einen eigenen Mann.«

»Der Kommentar. Es sprach die Vorsitzende der Eheschützer.«

»Es gibt keinen Grund, Witze darüber zu machen. Offensichtlich willst du Saskia den Mann ausspannen. Das ist schäbig, egoistisch und dumm.«

»Danke für so viele Komplimente auf einmal. Bist du jetzt fertig?«

»Ich könnte dir noch einiges sagen, aber ich halte dich für so intelligent, dass du selbst weißt, wie bescheuert du dich benimmst. Wach langsam mal wieder auf, oder das Lachen wird dir bald vergehen.«

»Du hast gut reden mit deiner perfekten Ehe. Hättest du mich nicht zu dieser Wette angestachelt, wäre nie was passiert. Du erwartest ja auch nicht von deinem Hund, dass er nur am Fressen schnüffelt und es aus lauter Vernunft dann stehen lässt.«

»Dein Vergleich hinkt ganz schön. Du warst schon mal besser.«

»Weißt du was? Lasst mich doch alle in Ruhe.« Anne drückte das Gespräch weg und knallte das Telefon auf den Tisch. »Super!«, lobte sie sich. »Scheint so, als wäre ich spitze im Zerstören von Beziehungen.«

26

Das Labor hatte Martin inzwischen den schriftlichen Bericht geschickt. Es stand nun fest, dass der Mörder jedes Mal ein Messer vom Tatort mitgenommen hatte, um damit dem nächsten Opfer den Haken auf die Brust zu ritzen. Eine interessante Tatsache, wie Martin fand, aber auch nicht mehr. Bedauerlicherweise ließen sich bis jetzt keine weiteren Schlüsse daraus ziehen.

Barbara Hansen kam, nachdem sie von Egon Milster gehört hatte, dass Kommissar Sandor in seinen Ermittlungen nicht weiterkam, an einem Nachmittag überraschend im Präsidium vorbei. »Ich hoffe, ich störe nicht?«

»Nein, nein. Kommen Sie rein. Wir haben zurzeit nicht viel zu tun.« Martin lud sie mit einer Geste ein, Platz zu nehmen.

»Sie kommen nicht weiter in Ihrem Fall?«

»Nicht wirklich.«

»Haben Sie Lust, mit mir einen kleinen Spaziergang zu machen?« Noch bevor Martin antworten konnte, hatte Barbara seine Jacke vom Kleiderständer genommen und ihm zugeworfen. »Na, los. Ein bisschen frische Luft tut Ihnen ebenso gut wie mir.«

Eigentlich war ihm nicht nach Smalltalk mit dieser Psychologin, andererseits würde ein kurzer Gang wirklich nicht schaden. So zog er sich die Jacke über und verließ mit ihr das Gebäude. Draußen wehte ein frischer Wind. Martin stellte den Kragen seines Anoraks hoch und steckte die Hände in die Taschen. Eine Weile gingen sie schweigend nebeneinander her. Dann brach Barbara Hansen das Eis. »Es bedrückt Sie ganz schön, dass Sie nicht vorankommen.« Interessiert schaute sie ihn von der Seite an.

Er lächelte vor sich hin. Typisch Psychologin. »Sie können es nicht lassen, was? Alles und jeder muss analysiert werden.«

»Ich wollte mich nur nach Ihrem Wohlbefinden erkundigen«, verteidigte sie sich.

»Mir geht's gut. Das ist nur ein Job.«

»Von dem Sie aber das Gefühl haben, ihn nicht ordentlich zu machen, weil Sie den Mörder nicht finden.«

Martin antwortete nicht. Im Stillen gab er ihr recht. Sicher war es nur ein Job, aber einer, der ihn nicht losließ, solange er nicht erledigt war. Er wünschte, es wäre anders.

»Ich weiß«, sie lächelte, »mir geht's ja auch oft nicht anders. Ich bin auch erst zufrieden, wenn Dinge erledigt sind. In meinem Job ist das manchmal allerdings schwierig zu entscheiden. Ob ich jemandem tatsächlich geholfen habe, weiß ich in vielen Fällen gar nicht.«

»Das wär nichts für mich.«

»Von Psychologie halten Sie sowieso nicht viel, stimmt's?« Sie hakte sich bei ihm unter und blickte ihn herausfordernd an.

Martin zögerte.

»Sie können ruhig ehrlich sein«, ermunterte sie ihn zu antworten.

»Also gut. Ich stehe dem Ganzen eher skeptisch gegenüber. Meiner Meinung nach kann jeder vernünftige Mensch seine Probleme selbst bewältigen. Dazu bedarf es keiner Hilfe.«

»Sie denken doch nur so, weil sie an nichts glauben, was man nicht fassen kann. Nur das Absolute zählt für Sie.«

»In Ihren Augen wahrscheinlich völlig falsch.«

»Völlig!« Sie lachte. »Oft ist es doch der Schein, der trügt und uns falsche Schlüsse ziehen lässt. Das müssten Sie doch besser als jeder andere wissen. Ihnen passiert das doch vermutlich ständig.«

»Das ist wohl wahr, aber trotzdem lassen uns die Schlüsse, die wir ziehen, letztendlich doch zu einem Ergebnis kommen. Ein Ergebnis, an das ich glauben kann, weil es zu fassen ist.«

»Aber in Ihrem jetzigen Fall lässt das Fassbare ganz schön auf sich warten.«

»Das liegt wohl daran, dass die Hinweise, die wir haben, eigentlich keine Hinweise sind, sondern nur Fakten, Indizien, die uns nicht weiterbringen.«

»Vielleicht ist das Fehlen von Hinweisen ja der Hinweis selbst.«

Er betrachtete sie einen kurzen Moment von der Seite und dachte über ihren letzten Satz nach. Vielleicht war da was dran und er sollte den Fall mal aus einer anderen Perspektive betrachten.

»Was ist denn mit Ihrer Verdächtigen?«, hörte er Barbara Hansen fragen. »Diese Frau aus dem Haus des dritten Opfers? Konnten Sie sie nicht überreden, die Schuld für die Morde auf sich zu nehmen?«

»Nein, bisher nicht.« Er lächelte schwach.

»Glauben Sie denn, dass sie es war?«

»Ich weiß es nicht. Eher nicht. Aber sagen Sie es mir, Sie sind doch die Psychologin.«

»Psychologin ja, aber keine Hellseherin.« Nach einer kleinen Pause fügte sie leicht gekränkt hinzu: »So wie Sie das sagen, merke ich genau, dass Sie mich nicht ernst nehmen. Ich werde aber gern ernst genommen.«

»Ihre Ausführungen bezüglich des Serienmörders waren sehr interessant und nachvollziehbar.«

»Eines Tages werden Sie mich noch ernst nehmen, wenn Sie durch meine Hilfe eines Ihrer vielen Rätsel lösen können.«

»Hört sich theatralisch an.«

»Ich bin eine verhinderte Schauspielerin«, lachte sie ihn offen an, während sie ihre roten Haare hinters Ohr strich.

»Vielleicht können Sie mir tatsächlich schon ein Rätsel lösen und sagen, warum ein Mörder ein Messer vom Tatort mitnimmt, um es beim nächsten Mord zum Einsatz kommen zu lassen. Was soll das? Was geht da in so einem Typ vor?«

»Ich gehe davon aus, dass das in Ihrem Fall so ist?«

Er nickte.

»Dann würde ich sagen, der Täter will eine Verbindung schaffen, zum einen zwischen den Taten und zum anderen zwischen den Opfern.«

»Verbindung heißt, er will uns, auch unabhängig von dem Haken, wissen lassen: He, Jungs, ich war's wieder! Und die Verbindung zwischen den Opfern zeigt wohl, dass alle etwas gemeinsam hatten.«

»Weswegen sie zu Opfern wurden«, ergänzte Barbara.

»Irgendwie komme ich mir dadurch ein bisschen verarscht vor. Es ist wie ein Spiel, das der Kerl spielt. Wahrscheinlich sitzt er zu Hause und lacht sich ins Fäustchen.«

»Oder plant den nächsten Mord.«

Martin blickte sie ernst an und wusste, dass sie recht hatte. »Ich will ihn *vor* dem nächsten Mord haben. Ich hoffe nur, dass er mir noch ein bisschen Zeit lässt. Sie sagten mal, ein Mörder brauche eine Ruhepause. Das sah beim letzten Mord allerdings nicht so aus.«

»Dann können Sie davon ausgehen, dass dieser Mord eher unplanmäßig geschehen ist. Ausnahmen bestätigen eben die Regel.«

»Schöner Trost!«

»Er wird jetzt eine Pause brauchen, dringender als zuvor. Immerhin hat er zweimal in kurzer Zeit gemordet. Das schlaucht auch einen Mörder, wenn auch psychisch. Er muss jetzt Kraft sammeln für das nächste Mal.«

»Könnte es sein, dass er jetzt so fertig ist, dass er aufgibt?«

»Eher unwahrscheinlich. Ich bin ziemlich sicher, dass er weitermordet. Irgendwann.«

»Auch, wenn er vielleicht kein Messer der letzten Toten benutzen kann?«

»Die Frage wird ihn wahrscheinlich beschäftigen, aber ich glaube nicht, dass er aus diesem Grund das Morden lässt.«

Eine Weile schwiegen sie wieder.

»Warum sind Sie eigentlich zur Mordkommission gegangen?«, nahm Barbara Hansen das Gespräch wieder auf.

»Ich fühlte mich damals als Streifenpolizist wie der Depp der Nation. Man muss sich in dem Job mit Menschen herumschlagen, mit denen man privat nie was zu tun haben möchte. Sie beschimpfen einen im Suff, werden handgreiflich oder Ähnliches.«

»Und ist das jetzt anders?« Zweifelnd hob sie die Augenbrauen.

»Ja, schon. Ich habe nicht mehr täglich persönlich Kontakt zu diesem Teil der Menschheit, um es mal höflich auszudrücken. Ich jage zwar hinter Verbrechern aller Art her, muss sie aber nicht ständig vor mir sehen und mit ihnen umgehen.«

»Verstehe! Und warum sind Ihre Ehen gescheitert?«

»Sie geben mir doch immer wieder das Gefühl, mich auf Ihrer Couch zu befinden. Können Sie das nicht mal lassen?« Er warf ihr einen wenig begeisterten Blick zu.

»Ich finde Sie eben sympathisch und interessiere mich für Sie.«

Jetzt war er es, der fragend die Augenbrauen hob.

»Nein, nein«, lachte sie. »So war das nicht gemeint. Ich wollte nur … ich meine …«

»Das ist das erste Mal, dass ich Sie sprachlos erlebe. Wer hätte das gedacht.«

»Tun Sie meine Fragerei einfach als weibliche Neugier ab.«

»Okay!«

Mittlerweile hatten sie kehrtgemacht und waren auf dem Rückweg.

»Wäre Ihre Frau eifersüchtig, wenn sie Sie jetzt mit mir hier sehen würde?«

»Nein, wieso sollte sie?«

»Wieso sollte sie nicht?«

»Weil ich ihr sagen würde, wer Sie sind!«

»Und wer bin ich?«

»Eine neugierige Psychoanalytikerin, die mich während der Arbeitszeit an die frische Luft zerrt, um nicht allein durch die Gegend laufen zu müssen. Eine Frau, die versucht, die Rätsel meines Falles zu lösen, um endlich bei mir zu punkten.«

»Jetzt sind Sie aber ganz schön von sich eingenommen, Herr Kommissar.«

»Richtig analysiert!«

27

Die Frau entschied, Anne Degener ihr falsches Verhalten aufzuzeigen. Ihre Recherchen hatten ergeben, dass dieses Flittchen tatsächlich eine Affäre mit Mark Linn hatte. Zeit, dem ein Ende zu machen.

Als Anne am Samstag aus dem Büro nach Hause kam, nahm sie einen Stapel Post aus ihrem Briefkasten: Reklame von Kaufhof, die

Telefonrechnung, Werbung für eine Kreuzfahrt, noch eine Rechnung, ihre neue Fernsehzeitung und … was war das? Neugierig hielt sie einen DIN A5 großen, weißen Umschlag ohne Adresse und Absender in der Hand. Vielleicht eine Wurfsendung, die jeder Haushalt bekam, mutmaßte sie und legte alle Briefe erst einmal auf den Esstisch, um sich und ihre Fische zu füttern. Später griff sie erneut zur Post und öffnete den weißen, namenlosen Umschlag zuerst. Sie zog ein gefaltetes Blatt Papier heraus, das zu ihrem großen Erstaunen mit ausgeschnittenen Zeitungsbuchstaben beklebt war:

Ein guter Rat!! Lass die Finger von Mark Linn, sonst wird dir das Lachen vergehen.
Zu niemandem ein Wort von diesem Brief.
Ein Freund.

Sie konnte nicht glauben, was sie da las. Immer wieder blickte sie auf die Buchstaben. Wer zum Teufel konnte so etwas geschrieben haben? Plötzlich sprang sie auf, griff sich die Schlüssel von der Kommode und verließ das Haus. Wenig später klingelte sie Sturm bei Kelly. Eigentlich hatte sie sich vorgenommen, nach dem gestrigen Telefongespräch in Ruhe mit ihr zu reden. Ihre Freundschaft war ihr wichtig, und sie wollte die Wogen glätten. Aber jetzt, nach diesem Brief, war daran nicht zu denken. Sie kochte vor Wut.

»Hallo, Anne!« Patrik öffnete ihr die Tür. »Du hast's aber eilig!«

»Ist Kelly da?«

»Ja, komm rein. Sie ist im Wohnzimmer.« Leicht verwirrt blickte er ihr hinterher, während sie sich an ihm vorbeidrängte.

»Ist was passiert? Setz dich!« Kelly sah Anne ebenfalls verwundert entgegen.

Anne warf Kelly den Brief in den Schoß. »Was soll das?« Mit zornig funkelnden Augen sah sie die Freundin an.

Kelly las und schüttelte verständnislos den Kopf. »Was meinst du?«

»Na, du hast mir doch dieses nette Briefchen geschickt.«

»Ich?« Kelly hob ungläubig die Stimme. Patrik erschien in der Tür. »Kannst du uns bitte einen Moment allein lassen?«, bat sie ihn. Er nickte und schloss die Tür hinter sich. »Sag mal, bist du noch ganz bei Trost? Du glaubst doch nicht wirklich, dass ich so etwas tun würde?« Kelly sah zornig aus. »Obwohl ich zugeben muss, dass die Idee vielleicht gar nicht so schlecht ist. Könnte es sein, dass dich das zur Vernunft bringt?«

»Wenn du glaubst, ich lasse mich von so einem Wisch einschüchtern, dann hast du dich geirrt. Und das müsstest du auch wissen.«

»In der Tat. So ein Brief bewirkt bei dir eher noch das Gegenteil. Reine Zeitverschwendung.« Damit legte sie den Umschlag auf den Tisch vor sich.

Schweigend betrachtete Anne die Freundin und wusste plötzlich, dass sie auf der falschen Fährte war. Ihr Zorn verpuffte. »Kelly, es tut mir leid! Aber du wolltest so sehr, dass ich diese Affäre beende, und dann sagtest du neulich: ›Lass die Finger von Mark‹ und am Telefon ›dir wird das Lachen noch vergehen‹. Genauso steht es auch in dem Brief. Außerdem wolltest du was unternehmen, wenn ich es nicht tue. Was sollte ich also glauben?«

»Setz dich!« Kelly drückte sie in einen Sessel. »Im Grunde ist es mir egal, mit wem du schläfst. Mir ist wichtig, dass du glücklich bist. Aber bei Mark habe ich einfach Angst, dass ich mir eines Tages die Schuld dafür geben muss, wenn er sich von Saskia trennt.«

»Aber das wäre doch nicht deine Schuld. Wenn hier jemand Schuld hat, dann bin ich das.«

»Hätte ich dich nicht zu dieser Wette überredet, wäre es doch nie so weit gekommen.«

»Ich hätte einfach Nein sagen sollen. Es war von Anfang an ein idiotischer Plan.«

»Ja, das war es wohl. Wir haben uns ziemlich kindisch benommen.«

Beide schwiegen eine Weile.

»Als ich heute diesen Wisch hier bekam«, Anne nahm den Brief vom Tisch, »da dachte ich, du willst mich ein bisschen schocken, damit ich wach werde.«

»Falls du es noch nicht gemerkt hast, der Brief ist nicht besonders witzig.« Ernst blickte Kelly zu Anne hinüber.

»Ja«, sagte sie leise.

»Wer könnte so was machen?«

»Ich weiß nicht.«

»Wer weiß denn von eurer Beziehung?«

»Nur du …«, Anne legte die Stirn in Falten und überlegte, »und Bernd. Natürlich. Warum habe ich nicht gleich daran gedacht.« Sie schlug sich mit der flachen Hand gegen die Stirn. »Ich war am Dienstag mit ihm essen. Er hat mich eingeladen, um mir klar zu machen, dass es besser ist, mit Mark Schluss zu machen.«

»Das kann ich mir vorstellen. Er ist schon immer der Schlichtertyp gewesen. Vielleicht ist diese Gabe das Resultat seiner gescheiterten Beziehungen.«

»Er muss den Brief geschrieben haben.«

»Nun mal langsam. Keine voreiligen Schlüsse. Warum sollte er dir das schreiben, wenn er es dir schon persönlich gesagt hat?«

»Um es zu bekräftigen!«

»Das glaube ich nicht. Bernd würde das nicht tun.«

»Das hast du von Mark und seiner Untreue auch mal gesagt.«

»Das stimmt. Manchmal irrt man sich. Aber ich kann's mir von Bernd nicht vorstellen. Das ist zu billig.« Kelly war sich wieder einmal ganz sicher.

»Aber sonst weiß es doch niemand.«

»Vielleicht hat Saskia es herausgefunden und will Mark auf diese Weise zurück?«

»Das wäre möglich.«

»Du musst mit Mark darüber sprechen oder diese Affäre einfach beenden, dann hat sich sowieso alles erledigt.«

»Das ist wahrscheinlich das Beste.« Anne stand auf, ging zum Fenster und blickte in die Dunkelheit. »Wenn es nicht Saskia war, dann weiß ein anderer davon und könnte es jederzeit ausplaudern. Ich will Marks Ehe nicht kaputtmachen, und er wollte Saskia auch nie verlassen. Das Ganze entwickelt sich in eine komplizierte Richtung. Und wir haben mal gesagt, wenn das passiert, dann beenden wir es.«

Kelly war zu ihr getreten. »Ich wäre sehr froh, wenn alles wieder beim Alten wäre.«

»Ja … ich glaube, ich auch.«

Patrik steckte den Kopf durch die Tür. »Alles klar bei euch Mädels?«

»Ja, alles klar. Komm rein.« Kelly lächelte ihren Mann an.

»Hast du Patrik eigentlich von der Wette erzählt?«, flüsterte Anne ihr zu, während Patrik sich um etwas zu trinken bemühte.

»Wo denkst du hin! Mit so einem Schwachsinn will ich ihn gar nicht belasten. Er würde uns für verrückt erklären.«

»Was wir wohl auch sind.«

»Waren. Wir sind ja jetzt wieder vernünftig, nicht wahr?« Die beiden lachten befreit auf.

Wenig später nahm Anne ihren Brief und fuhr wieder nach Hause. Auch in dieser Nacht schlief sie schlecht, denn ihre Gedanken kreisten immer wieder um den Drohbrief. Sie hätte zu gern gewusst, wer die Buchstaben so mühevoll ausgeschnitten und aufgeklebt hatte.

28

Gleich am Montagfrüh rief Anne Mark im Büro an, um sich in der Mittagspause mit ihm zu verabreden. Sie trafen sich in einem Bistro und begrüßten sich mit einem Kuss auf die Wange. Beide bemerkten nicht, dass ein Mann ganz in ihrer Nähe im selben Augenblick den Auslöser eines Fotoapparates drückte. Ebenso wenig bemerkten sie die Frau, die sie von einem gegenüberliegenden Geschäft aus beobachtete.

»Na, Schönheit, was gibt's so Dringendes?«

»Ich wollte nicht bis Mittwoch warten, sondern es lieber heute schon hinter mich bringen.«

»Hinter dich bringen?« Eine leise Ahnung beschlich ihn.

»Mark, ich möchte –« Weiter kam sie nicht, denn da schlug jemand Mark von hinten kräftig auf die Schulter.

»Hallo, Herr Linn! Was machen Sie denn hier?« Ein korpulenter Mann mit Beinaheglatze setzte sich ungefragt auf den freien Stuhl zwischen ihnen.

»Wahrscheinlich das Gleiche wie Sie. Mittagspause.«

Der Mann lachte laut. »Ganz genau. Ich wollte schnell noch einen Kaffee trinken, ehe es zurück ins Büro geht.« Er warf Anne einen interessierten Blick zu.

»Das ist Frau Degener«, erklärte Mark ihm. »Und das ist Herr Kappler, ein neuer Arbeitskollege von mir«, sagte er in Annes Richtung.

»Ganz genau!« Kappler erhob sich halb aus dem Stuhl, um ihr die Hand zu drücken. »Angenehm! Sind Sie auch in unserer Branche tätig?«

»Nein. Ich bin Bauingenieurin und habe mit Herrn Linn über eines meiner Projekte gesprochen.«

»Interessant.« Kappler lehnte sich bequem zurück. Er machte nicht die geringsten Anstalten, sich zu verabschieden, sondern winkte die Bedienung heran, um sich einen Kaffee zu bestellen. Mark und Anne warfen sich einen verblüfften Blick zu. Dieser Mensch hatte offenbar überhaupt kein Benehmen.

»Entschuldigen Sie, aber wir hätten hier noch etwas zu besprechen«, bemerkte Mark kühl.

»Ganz genau!« Wieder lachte er, dass sein Bauch sichtbar vibrierte. »Das sagten Sie ja. Aber bitte, lassen Sie sich von mir nicht stören.« Er faltete die Hände im Schoß und blickte von einem zum anderen. »Aber ich bin immer froh, wenn ich in der Mittagspause nichts Geschäftliches regeln muss. In meinem alten Job, da hatte ich nie Mittagspause …« Und dann redete er ohne Punkt und Komma, bis Anne sich plötzlich erhob.

»Herr Kappler, es tut mir leid, ihren hochinteressanten Ausführungen nicht länger folgen zu können, aber ich muss wieder arbeiten. Ich wünsche Ihnen noch eine wundervolle Mittagspause.« Die Ironie in ihrem Ton schien ihm nicht aufzufallen, im Gegenteil, er strahlte sie an.

»Mark, würdest du mich noch bis zur Ecke bringen?«

»Natürlich!« Sofort sprang er auf. »Genießen Sie Ihre Pause noch. Man muss ja jede Minute hier auskosten.«

»Ganz genau! Bis später!«

In einiger Entfernung sagte Anne: »Was war denn das für ein unsensibler Holzklotz?« Angewidert verzog sie das Gesicht. »Und das Blöde ist, ich hab' jetzt keine Zeit mehr. Wir reden dann am Mittwoch.«

»In Ordnung! War schön, dich zu sehen. Bis Mittwoch.« Mark strich ihr kurz über den Rücken, dann wandte sie sich zum Gehen.

Na, das war ja nicht so toll gelaufen. Ärgerlich. Aber im nächsten Augenblick hatte sie Mark in die hinteren Regionen ihres Gehirns verbannt und konzentrierte sich auf ihre bevorstehende Besprechung mit einigen Fachingenieuren.

Bis Dienstagabend hatte sie nur ihr Projekt im Kopf. Auf der Fahrt nach Hause kaufte sie noch schnell ein paar Kleinigkeiten ein. Sie würde sich eine Lasagne backen und sich faul vor den Fernseher legen. Entspannung pur, herrlich! Während sie noch die Vorfreude genoss, öffnete sie den Briefkasten. Wie angewurzelt starrte sie auf einen einzigen Briefumschlag. Er war weiß und ohne Adresse oder Absender. Plötzlich wurde eine Tür aufgerissen. Anne fuhr erschrocken zusammen. Es war Daniela, die aus ihrer Wohnung kam.

»Musst du mich so erschrecken?«, fuhr sie sie an.

»Konnt' ja nicht wissen, dass du hier rumstehst.«

»Ach nein?«

»Nein!« Daniela zog ihre Tür zu, ging an ihr vorüber und verschwand nach draußen.

Anne riss sich zusammen und holte tief Luft. Schnell griff sie nach dem Umschlag und lief in ihre Wohnung. Noch ehe sie Jacke und Schuhe auszog, öffnete sie den Brief. Sie fühlte, wie ihr Herz vor Aufregung klopfte.

Ich hatte dir geraten, die Finger von Mark Linn zu lassen. Ratschläge sollte man befolgen. Doch du nimmst mich nicht ernst. Du bist ein Flittchen, eine Ehebrecherin!!! Solltest du noch ein einziges Mal Kontakt zu Mark Linn haben, wird etwas geschehen, was dir nicht gefallen wird. Wenn du Mark oder einer anderen Person auch nur ein Wort von dem Brief sagst, schneide ich dir die Zunge raus.

Annes Gedanken überschlugen sich. Seit dem ersten Brief hatte sie Mark nur gestern im Bistro getroffen. Jemand musste sie beobachtet haben. Das war bestimmt kein Zufall.

Anne ging hinüber zum Telefon und wählte Kellys Nummer.

»Ich habe wieder einen Brief bekommen«, fiel sie mit der Tür ins Haus.

»Wieder anonym?«

»Ja!«

»Was steht drin?«

Anne las vor.

»Was ist das für ein Irrer?«, rief Kelly aufgebracht.

»Reg dich nicht auf.«

»Das sagst du mir? *Du* müsstest dich aufregen. Wie kannst du so ruhig bleiben?« Ihre Stimme wurde immer lauter. »Du musst unbedingt mit Mark sprechen.«

»Damit dieser Psychopath mir dann die Zunge rausschneidet? Nein danke! Sein Argument ist für mich absolut überzeugend.« Sie erzählte Kelly von ihrem Treffen im Bistro.

»Jemand muss dich beschatten«, folgerte sie.

»Ja, das denke ich auch. Und das ist ganz schön unheimlich!«

»Das wär's mir auch. Eigentlich müsstest du zur Polizei gehen«, sagte Kelly resolut.

»Und was soll das dann bringen? Sie würden Mark befragen und wahrscheinlich auch Saskia. Dann käme alles raus, und wir hätten das Chaos, das wir nicht wollten. Außerdem hätte ich schon Schluss gemacht, wenn nicht dieser dämliche Kollege aufgetaucht wäre.«

»Was willst du jetzt machen?«

»Ich werde Mark anrufen und es am Telefon beenden.«

»Dann erreicht dieser Kranke genau das, was er will.«

»Und das ist auch gut so. Ich will ihn nicht provozieren.«

»Hast du Angst?« Besorgnis schwang in Kellys Stimme mit.

»Ein wenig schon. Und wenn ich mich mit Mark treffen würde, hätte ich anschließend vor Angst keine ruhige Minute mehr. Das Ganze ist ziemlich rätselhaft. Ich wüsste zu gern, wer dahinter steckt.«

»Es muss doch jemand sein, den wir kennen«, überlegte Kelly laut.

»Ja, das würde ich auch vermuten. Aber wer?«

»Vielleicht solltest du doch mal Bernd fragen.«

»Ich weiß nicht. Ich glaube, wenn ich jetzt einfach Schluss mache, dann wird ja Ruhe sein.«

»Na, hoffen wir, dass das alles glatt über die Bühne geht. Und ruf mich an, wenn irgendwas ist, hörst Du? Ich komme dann sofort.«

»Das ist lieb von dir. Aber ich hoffe, dass nichts sein wird und wir uns am Freitagmorgen wie geplant zur Hundeübergabe sehen.«

Sie verabschiedeten sich, legten auf und blieben gedankenverloren sitzen, jede an ihrem Ende der Leitung. Anne riss sich aus ihren Gedanken, als sie merkte, wie hungrig sie war.

Während sie die Lasagne zubereitete, fiel ihr Blick durch das Küchenfenster. Es war schon fast dunkel draußen. Vielleicht stand ihr Verfolger gerade im Garten und beobachtete sie? Eigentlich war Anne kein ängstlicher Mensch. Doch nun fühlte sie sich so unwohl, dass sie im Laufschritt von Fenster zu Fenster lief, um die Rollläden zu schließen. Sie fluchte vor sich hin und ärgerte sich über sich selbst. Zwei blöde Briefe und sie benahm sich wie eine Gejagte, die zum Abschuss freigegeben war. Sie konnte sich doch von so einem Verrückten nicht derart in Angst und Schrecken versetzen lassen. Vergessen musste sie das Ganze. Nein! Besser noch, sie würde herausbekommen, wer dahinter steckte. Erst dann würde sie wirklich Ruhe haben.

Während sie darauf wartete, dass die Lasagne fertig wurde, spielte sie alle Möglichkeiten, die ihr einfielen, durch. Es gab doch wirklich nicht viele, die als Briefeschreiber infrage kamen. Kelly war ausgeschlossen. Mark? Das wäre ziemlich abgefahren und nur denkbar, wenn er so schwach wäre, dass er sich nicht traute, die Affäre zu beenden und deshalb diesen Weg wählen würde. Aber Mark war nicht schwach. Er sagte eigentlich immer, was er wollte und dachte. Nein! Was war mit Saskia? Sie schien als Absenderin einigermaßen logisch. Wenn sie von der Affäre wüsste, würde sie durch die Briefe vielleicht die Möglichkeit sehen, Mark zurückzubekommen.

Als letzter Verdächtiger war da noch Bernd. Einerseits wäre es denkbar, dass er mit den Briefen seinen Worten Nachdruck verleihen wollte, andererseits musste man schon ein bisschen verrückt sein, um so etwas zu tun, auch einer Freundschaft zuliebe. Sicher konnte sie nicht behaupten, ihn gut zu kennen, aber er machte nicht den Eindruck, ein durchgeknallter Extremist zu sein. Doch man konnte nie wissen.

Sie überlegte, wie sie herausbekommen könnte, wer von den beiden nun tatsächlich hinter den Briefen steckte. Saskia konnte sie unmöglich fragen, und Bernd würde es sicher nie zugeben. So kam sie also nicht weiter. Wenn sie mit Mark morgen Schluss machen würde, wäre sowieso alles vorüber, und im Grunde wäre es dann auch egal, wer der Absender war. Jedenfalls, dachte sie, muss ich vor Bernd oder Saskia keine Angst haben. Also gibt es auch keinen Grund, sich länger den Kopf zu zerbrechen. So schloss sie das Thema fürs Erste ab und widmete sich ihrem Essen, das mittlerweile verführerisch aus dem Ofen duftete.

Am selben Abend wurde das Bild mit dem roten Rahmen von der Wand genommen. Die Frau heftete drei neue Fotos in die fünfte Reihe. Fotos von Anne. Eine schöne Frau, fand sie. Aber sie war nicht besser als all die anderen, die verheiratete Männer verführten. Der erste Brief hatte nicht gewirkt. Anschließend hatte diese Hure sich sogar in aller Öffentlichkeit mit Mark getroffen. Die Frau empfand das als die reinste Provokation und fühlte sich übergangen. Sie spürte, wie ihre Wut langsam aber sicher zunahm.

29

Martin Sandor saß hinter seinem Schreibtisch und blickte unverwandt auf die vor ihm ausgebreiteten Gegenstände. Es waren die persönlichen Sachen von Marita Janz, die man endlich in ihrem Büro wiederentdeckt hatte. Neben dem üblichen Kleinkram gab es ein Foto von Nils Breitner inklusive seiner Telefonnummer.

Wie einfach wäre es vor ein paar Wochen gewesen, ihn dadurch ausfindig zu machen, hätte nicht irgendeine ahnungslose Putzfrau die Kiste in den Keller verfrachtet. Aber das spielte jetzt keine Rolle mehr. Wichtig waren hingegen die Briefe, so hoffte Martin jedenfalls. Marita Janz hatte Kopien von anonymen Briefen angefertigt, die sie offensichtlich in einem Zeitraum von drei Monaten erhalten hatte. Es waren fünf, alle aus Zeitungsbuchstaben zusammengesetzt. Sie forderten alle das Ende der Affäre zwischen Marita und Herrn Breitner und drohten bei Zuwiderhandlung eine entsprechende Bestrafung an. Der letzte Brief gab sehr deutlich zu verstehen, dass der Absender keine weiteren Briefe schicken und Marita für ihr Verhalten bestrafen würde. Martin erinnerte sich an den Zettel »Leck mich am Arsch, Briefeschreiber!« an Maritas Wagen. Den musste der Mörder wohl als heftige Provokation empfunden haben.

Martin fragte sich, ob er hier endlich das Motiv für die Morde gefunden hatte. Wenn man davon ausging, dass das Motiv immer das gleiche war, mussten alle Opfer ein Verhältnis mit einem verheirateten Mann gehabt haben. Das müsste sich doch herausbekommen lassen. Und der Mörder? Was war das für ein Typ? Ein fanatischer Christ vielleicht, für den das Gebot »Du sollst nicht ehebrechen« Gesetz war? Aber warum vergriff er sich immer an den Frauen und ließ die Männer ungeschoren davonkommen? Möglicherweise wies er den Frauen die größere Schuld zu, oder aber er sah in ihnen die leichter zu tötenden Opfer.

Martin besprach das Ganze mit seinem Team und unterrichtete auch seinen Chef über die neusten Erkenntnisse. Endlich gab es etwas zu tun, und Martin hätte am liebsten alles gleichzeitig erledigt. Aber zunächst nahm er sich zum x-ten Mal die Akten aller Morde vor, um sie im Licht der neuen Ermittlungsansätze noch einmal zu durchforsten.

Seine Kollegen sprachen inzwischen mit Nils Breitner und zeigten ihm die Briefe. Er war entsetzt, als er zu dem Schluss kam, dass Marita seinetwegen getötet worden war. Er konnte nicht verstehen, dass sie nie etwas von den Briefen gesagt hatte und auch nicht, dass sie aus ihnen seinen richtigen Namen erfahren hatte.

In der Polizeidirektion wurde im Informationssystem »INPOL« nach Tätern gesucht, die in irgendeiner Hinsicht aus religiösen oder anderen fanatischen Gründen Straftaten begangen hatten. Da gab es einige, die allerdings nicht in unmittelbarer Nähe lebten. Die zuständigen Präsidien wurden unterrichtet und gebeten, entsprechende Befragungen mit diesen Leuten durchzuführen.

Da man annahm, dass die Opfer beobachtet worden waren, bat man alle Privatdetekteien der Umgebung, ihre Unterlagen durchzusehen, ob nicht der Name eines Opfers als Beschattungsobjekt zu finden war. Sollte der Täter die Observationen selbst durchgeführt haben, aber nicht in Wiesbaden ansässig sein, bestand die Möglichkeit, dass er in Hotels untergekommen war. Also überprüfte man auch dies, zumindest für die Namen der religiösen Fanatiker aus der Verbrecherdatei.

Bis die Ergebnisse vorliegen würden, konnte es eine ganze Weile dauern. Dennoch schöpfte das Ermittlungsteam wieder Hoffnung, doch noch die Nadel im Heuhaufen zu finden, nach der sie schon viel zu lange suchten.

Kurz nach Mitternacht beendete Martin die Durchsicht der Akten und seinen Kaffeekonsum. Er hatte zumindest in einem Fall einen Ansatzpunkt gefunden, dem er in ein paar Stunden nachgehen würde.

30

»Hallo! Hier ist Anne!«, meldete sie sich am Mittwochabend telefonisch bei Mark.

»Hi!« Man hörte die Freude in seiner Stimme. »Ich wollte gerade zu dir kommen.«

»Mark, ich möchte nicht, dass du kommst.«

»Warum das denn? Bist du krank?«

»Nein, mir geht es gut. Aber ich möchte, dass du überhaupt nicht mehr kommst.«

»Was soll das heißen?«

»Dass ich unsere kleine Affäre beende.«

Für einige Sekunden herrschte Stille in der Leitung.

»Und das sagst du mir so einfach am Telefon?« Der fröhliche Ton war aus seiner Stimme gewichen.

»Ich dachte, es ist das Beste so.«

»Was? Schluss zu machen oder es mir am Telefon zu sagen?«

»Beides!«

»Anne, was soll das? Das ist doch nicht dein Ernst.«

»Doch!«

»Ich komme, und wir reden darüber«, sagte er bestimmt.

»Nein!«, rief sie erschrocken. »Du brauchst nicht kommen. Da gibt's nichts mehr zu reden.«

»Das finde ich schon. Ich komme!«

»Nein!«, rief sie wieder und hörte gleichzeitig ein Klicken. Er hatte aufgelegt. Sie hätte es wissen müssen. Am Telefon Schluss zu machen, das konnte man vielleicht mit einem Teenager machen, aber nicht mit einem Mann wie Mark.

Eine Viertelstunde später stand er vor ihrer Wohnungstür. Anne überlegte, ob sie ihn überhaupt hereinlassen sollte. Würde sie tatsächlich beobachtet werden, könnte ihr anonymer »Brieffreund« sich dadurch veranlasst fühlen, ihr weiterhin zu drohen. Mark klingelte Sturm und klopfte heftig.

»Anne, sei nicht albern. Mach auf. Oder sollen wir das durch die Tür besprechen?«

»Also gut«, seufzte sie leise, verwarf ihre Gedanken und öffnete.

Die Frau sah Mark in Annes Wohnung verschwinden. Sie nickte bestätigend vor sich hin. Jetzt war es an der Zeit, Anne Degener ein bisschen Angst zu machen. Ihren Briefen musste sie offensichtlich etwas mehr Nachdruck verleihen. Sie musste Taten sprechen lassen, die sie immer ein wenig steigern würde, sollte sich das Flittchen nicht fügen wollen. Irgendetwas in ihr hoffte sogar, dass Anne sich nicht fügen würde. Es war ein Spiel, das ausschließlich nach ihren Regeln gespielt wurde und das ihr, wie schon bei den vorherigen

Fällen, aufs Neue begann Spaß zu machen. Aber diesmal würde sie ein bisschen länger mit ihrem Opfer spielen.

»Was ist passiert?«

Anne ging voraus ins Wohnzimmer, ehe sie antwortete.

»Mark, ich möchte nicht, dass wir uns weiter treffen.« Sie wandte sich ihm zu. »Ich habe Angst, dass es herauskommt, und das wollen wir beide nicht.«

»Warum sollte es herauskommen? Keiner vermutet etwas.« Er griff nach ihren Händen. »Unser kleines Geheimnis ist sicher.«

»Und bis hierhin war es auch wunderschön.« Sie lächelte. »Aber trotzdem bin ich der Meinung, wir sollten es beenden. Es wissen schon genug Leute davon.«

»Genug Leute?« Er machte ein besorgtes Gesicht. »Wer denn?«

»Kelly weiß davon und Bernd.«

»Ach so!« Sein Gesicht entspannte sich sofort wieder. »Die sind absolut vertrauenswürdig. Für die beiden würde ich die Hand ins Feuer legen. Aber woher weißt du, dass Bernd von uns weiß?«

Anne war versucht, ihm von ihrem Gespräch mit Bernd zu erzählen, doch sie entschied sich dagegen. Mark würde sonst denken, sie mache wegen Bernd Schluss und wäre dann auf seinen besten Freund sauer. Das wollte sie nicht, und es spielte auch keine Rolle. »Na, er ist doch dein bester Freund.«

»Richtig!«

»Vor ein paar Wochen haben wir doch abgemacht, dass jeder von uns es jederzeit beenden kann. Erinnerst du dich?« Anne ließ nicht locker.

Mark nickte. »Ich weiß. Aber das kommt jetzt ganz schön plötzlich. Und warum wolltest du mir das am Telefon sagen? Das ist eigentlich unter deinem Niveau.«

»Ich weiß, aber ich dachte, es wäre leichter, wenn ich dich dabei nicht ansehen muss.« Entschuldigend lächelte sie ihn an. Von den Briefen wollte sie ihm nichts sagen, das würde alles nur noch komplizierter machen.

»Schon gut.« Er nahm sie in die Arme, und sie genoss die Wärme, die er ausstrahlte, und den Duft seines Aftershaves. »Bist du wirklich sicher?«, fragte er leise an ihrem Ohr. Seine Stimme und die zärtliche Berührung machten sie beinahe schwach. Das wollte sie nicht. Sie löste sich aus seiner Umarmung.

»Ja, ich bin sicher. Weißt du, ich befürchte auch, dass mir unsere Treffen ein- oder zweimal die Woche auf Dauer nicht reichen werden.«

Er nickte und lächelte sie liebevoll an. »Ich kann dich verstehen, aber ich muss zugeben, dass es mich traurig macht. Du bist mir richtig ans Herz gewachsen. Was soll ich denn jetzt mit meinem Mittwochabend anfangen?«

»Du wirst etwas finden.«

»Aber wir bleiben in Kontakt.«

»Wir können ja mal telefonieren.«

»Wow, telefonieren.« Er nickte anerkennend. Dann lachten beide.

»Wir wussten doch, dass es nicht auf Dauer ist. Es ist sicher das Beste so, meinst du nicht?«

»Wahrscheinlich.« Er betrachtete sie und beneidete jetzt schon die Männer, die in Zukunft an ihrer Seite sein würden. Anne war eine Frau mit Klasse. Aber er hatte sich für Saskia entschieden, und wenn Anne Schluss machen wollte, musste er es so hinnehmen.

»Es waren wunderschöne Wochen mit dir, die ich nie vergessen werde.«

»Da geht es mir ebenso.« Er küsste sie zärtlich auf den Mund. »Anne, ich wünsche dir alles Glück dieser Welt. Du hast es verdient.«

»Danke, aber du nicht weniger.«

Beide wussten nicht so recht, was sie noch sagen sollten.

»Also, dann gehe ich jetzt. Ich hoffe, wir sehen uns mal wieder.« Mark brach den Bann und nahm sie ein letztes Mal in die Arme.

Dann löste er sich mit einem Ruck von ihr, strich ihr über die Wange und verließ die Wohnung, ohne ein weiteres Wort. Anne setzte sich und blickte lange verträumt in ihr Aquarium. Sie überlegte, ob sie nicht einen Fisch nach Mark benennen sollte, dann wäre er nicht ganz aus dem Sinn. Sie bedauerte, ihn in Zukunft nicht mehr sehen zu können. Doch gleichzeitig merkte sie, dass das Gefühl, das sie für ihn empfand, nicht so tief war, dass sie unter der neuen Situation schrecklich litt. Sie würde nach vorn schauen und sich einen anderen Mann angeln. Einen, der nicht verheiratet war und mit dem sie sich auch in der Öffentlichkeit zeigen konnte. Vielleicht war jetzt der richtige Zeitpunkt, mal wieder an eine feste Beziehung zu denken?

31

»Hier ist Herr Schäfer. Ich habe ihn von unten mitgebracht.« Mit diesen Worten öffnete Paul die Tür zu Martins Büro.

»Danke dir.« Martin nickte Paul zu und wandte sich an den Besucher, ein Hüne von Mann mit einem markanten Gesicht, in dessen Mitte eine große Nase hervorstach. »Herr Schäfer!« Er drückte ihm die Hand. »Bitte nehmen Sie Platz!« Während der Mann der Aufforderung folgte, sagte Martin: »Schön, dass Sie Zeit für uns haben. Es dauert auch nicht lange.«

Lutz Schäfer fühlte sich offensichtlich unbehaglich. Nervös fummelte er an seinem Schlüsselbund herum.

»Wir hatten ja bereits vor einem Jahr das Vergnügen miteinander.«

»Na, von Vergnügen kann wohl kaum die Rede sein. Immerhin haben Sie mich verdächtigt, die Kindergärtnerin meines Sohnes umgebracht zu haben.«

»Herr Schäfer, wir haben Sie lediglich zu dem Fall befragt.«

»Ja, sicher. Sie fragten mich, ob ich ein Alibi habe, und das fragen Sie ja wohl nur, wenn Sie jemanden verdächtigen.«

»Wir mussten damals allen Hinweisen nachgehen, und da die Möglichkeit bestand, dass Sie in einem engeren Kontakt zu Veronika Schnitzler standen, mussten wir Sie das fragen.«

»Und was wollen Sie jetzt von mir?«

»Im Grunde geht es noch um dieselbe Sache. Sie wissen, dass wir den Mörder nie gefunden haben. Inzwischen gibt es drei weitere Morde, die höchstwahrscheinlich alle auf das Konto desselben Täters gehen.«

»Und was hat das mit mir zu tun?«

»Wir möchten Sie bitten, einige Fragen ehrlich zu beantworten. Das wird für Sie keinerlei Folgen haben und absolut vertraulich behandelt werden.«

»Na, das hört sich ja richtig toll an.«

»Wir möchten wissen, ob Sie damals mit Frau Schnitzler ein Verhältnis hatten.«

»Warum spielt das noch eine Rolle?« Verständnislos schüttelte Schäfer den Kopf.

»Das werde ich Ihnen sagen. Wir haben den Verdacht, dass der Mörder sich Frauen aussucht, die einen verheirateten Geliebten haben. Wenn dem so ist, könnte man darin eventuell ein Motiv sehen. Aber wir wissen das bisher nur von einer Toten sicher. Deshalb würde es uns weiterhelfen, wenn Sie uns diesbezüglich die Wahrheit sagten.« Martin fixierte den Mann, der den Kopf gesenkt hatte und wieder mit den Schlüsseln spielte.

»Ich …«, er hob den Kopf und blickte Martin traurig an, »ich hatte ein Verhältnis mit Veronika.«

»Warum haben Sie das damals nicht gesagt? Sie hatten doch ein Alibi.«

»Ich hatte eine Scheißangst. Immerhin hatte ich gerade meine Freundin verloren und wollte nicht auch noch meine Frau verlieren. Was mir allerdings nicht ganz gelungen ist. Es ist wohl Ironie des Schicksals, dass sie mich wegen einem anderen vor einem halben Jahr verlassen hat.«

»Hat sie jemals von Ihrem Verhältnis erfahren?«

»Nein. Sicher nicht, denn sonst wäre sie nicht so zerknirscht gewesen, als sie mich verlassen hat.«

»Wissen Sie, ob es damals jemanden gab, der von ihrer Beziehung mit Veronika Schnitzler gewusst haben könnte?«

»Nein, das glaube ich nicht. Wir hatten mal darüber geredet, waren aber beide der Meinung, dass niemand etwas sicher weiß.«

»Wie konnte dann eine Kollegin Mutmaßungen über eine Affäre zwischen ihnen beiden anstellen?«

»Ich weiß es nicht. Wir haben oft miteinander geredet, wenn ich meinen Sohn abgeholt habe. Ansonsten waren wir aber super vorsichtig und haben penibel darauf geachtet, uns in der Öffentlichkeit nichts anmerken zu lassen.«

»Hat Frau Schnitzler Ihnen gegenüber mal erwähnt, dass sie Drohbriefe erhalten hat?«

»Nein, nicht dass ich wüsste.« Er runzelte die Stirn. »Hat sie denn?«

»Das wissen wir nicht genau. Hatten Sie den Eindruck, dass sie Angst vor etwas hatte?«

Man sah, wie er überlegte. »Wenn ich so darüber nachdenke, könnte ich mir einbilden, dass sie in den letzten Wochen vor ihrem Tod in gewisser Weise ängstlich war. Sie hat sich immer ganz extrem versichert, dass uns niemand bei unseren Treffen sieht. Immer noch mal aus dem Fenster gesehen und so.«

Martin nickte. »Ich danke Ihnen für Ihre Offenheit heute. Vielleicht bringt uns das weiter.«

Martin erhob sich zum Zeichen, dass die Befragung beendet war. Lutz Schäfer tat es ihm gleich und reichte ihm die Hand.

»Ach, da fällt mir noch was ein«, sagte Martin wie beiläufig und griff nach drei Fotos auf seinem Schreibtisch. Er reichte sie Schäfer. »Ist Ihnen eine dieser Frauen zufällig bekannt?«

»Wieso wollen Sie das wissen? Das sind doch sicher die anderen drei Toten? Glauben Sie vielleicht doch, ich hätte was damit zu tun? Haben Sie mich deshalb herbestellt?« Aufgebracht wedelte Schäfer mit den Fotos vor Martins Gesicht herum.

»Nein, eigentlich nicht. Aber ich möchte sicher ausschließen können, dass die Bekanntschaft mit Ihnen der gemeinsame Nenner der Opfer ist.«

»Ach, Sie meinen wohl, das alles wären meine Geliebten gewesen?«

»Ich meine gar nichts. Beruhigen Sie sich und sehen Sie sich kurz die Fotos an.«

Das tat Schäfer und meinte kurz darauf in ruhigem Ton: »Ich kenne keine von denen.«

»Sagen Sie mir doch bitte noch, ob Ihnen einer der folgenden Namen bekannt vorkommt.« Und Martin nannte alle Namen, die bei den Mordfällen relevant waren. Doch Lutz Schäfer schüttelte jedes Mal nach kurzem Überlegen den Kopf.

»Ich danke Ihnen«, sagte Martin, nahm ihm die Fotos ab und brachte ihn zur Tür.

32

Den ganzen Tag über hatte sich Anne wohlgefühlt. Sie war nach einer erholsamen Nacht mehr denn je davon überzeugt, dass die Trennung von Mark richtig war. Als sie abends nach Hause kam, hatte sie bereits beim Betreten der Wohnung das Gefühl, als sei nicht alles so wie sonst. Sie griff wie gewohnt zum Fischfutter, öffnete den Deckel und hielt erschrocken inne. Alle Fische schwammen oben. Tot!

»O nein!«, entfuhr es ihr. »Das kann doch nicht sein. Gestern wart ihr doch noch putzmunter. Ihr armen Dinger.«

Die Fische waren empfindlich, und irgendeine eingeschleppte Krankheit raffte hin und wieder einen von ihnen dahin.

Sie fischte die toten Tiere mit dem Kescher heraus und bestattete sie ohne viel Aufwand in der Toilette. Anschließend goss sie das offensichtlich verseuchte Wasser weg.

Anne beschloss, keine neuen Fische zu kaufen. Immerhin würde sie dann das Aquarium nie wieder säubern müssen. Einmal in der Woche hatte sie die Algen von den Scheiben gekratzt. Keine besonders angenehme Arbeit. Jetzt reinigte sie das Aquarium ein letztes Mal sorgfältig und schleppte es in den Keller. Der kleine Tisch, auf dem es gestanden hatte, stand etwas verloren im Wohnzimmer. So konnte das nicht bleiben. Sie kramte eine goldene Organzadecke heraus und ging ins Schlafzimmer, um nach Dekomaterial zu suchen. Als ihr Blick auf das Bett fiel, erstarrte sie. Dort lag eine langstielige rote Rose zusammen mit einem Umschlag auf ihrem Kopfkissen. Ihr erster Gedanke galt Mark, aber das konnte nicht sein, denn er hatte keinen Schlüssel zu ihrer Wohnung. Langsam ging sie auf ihr Bett zu, legte die Rose zur Seite und griff nach dem Umschlag. Eine Gänsehaut kroch ihr den Rücken hinauf, als sie Wörter aus zusammengeklebten Buchstaben vor sich sah. Sie begann zu lesen:

Mein letzter Brief war sicher noch nicht deutlich genug. Entschuldigung! Aber ich wusste nicht, dass Schlampen nicht nur primitiv, sondern auch blöd sind. Um etwas mehr Klarheit in die Sache zu bringen, habe ich mich mit deinen Fischen beschäftigt. Wenn du nicht aufpasst, ergeht es dir genauso wie ihnen.
Ein dorniger Blumengruß von deinem ganz speziellen Freund.
Schlaf gut!

Ihr Herz begann zu rasen, und sie fühlte, wie ihr der Schweiß auf der Stirn ausbrach. Sie konnte keinen klaren Gedanken fassen. Die Worte wirbelten in ihrem Kopf herum. Plötzlich erfasste sie die Vorstellung, dass der Einbrecher vielleicht noch in der Wohnung sei. Ängstlich blickte sie sich nach einem Gegenstand um, der sich zur Verteidigung eignete. Sie dachte an die Messer in der Küche und griff auf dem Weg dorthin nach einem metallenen Kerzenständer.

Langsam ging sie den Flur entlang. Sie überlegte, ob sie nicht einfach zur Wohnungstür hinausrennen sollte. Aber was, wenn der Einbrecher draußen auf sie warten würde? Sie war unschlüssig. Nein! Sie befand, dass ihr nichts anderes übrig blieb, als zumindest bis ins Wohnzimmer zu gehen, um das Telefon zu erreichen. Leise setzte sie Fuß vor Fuß. Abrupt blieb sie stehen, als sie ein Geräusch hörte. Es kam eindeutig aus dem Wohnzimmer, und hörte sich an wie das Rascheln von Stoff. Sie kannte das Geräusch. Sie selbst verursachte es manchmal, wenn sie im Vorübergehen ihre Gardine streifte.

Sie presste sich eng an die Wand und lauschte. Nichts. Das einzige, was sie hörte, war ihr Herz, das wie wild hämmerte. Jeder Schlag dröhnte ihr in den Ohren, und sie war sich sicher, dass es in der ganzen Wohnung zu hören sein musste. Ganz langsam schlich sie weiter. Ihre Beine schienen vor Angst bleischwer zu sein, jeder Schritt kostete sie Überwindung. Vorsichtig spähte sie ins Wohnzimmer, konnte aber niemanden sehen. Etwas mutiger schritt sie den Raum ab und stellte fest, dass es hier praktisch kein Versteck gab. Dafür fand sie die Ursache für das Stoffrascheln, denn die Organzadecke war von dem kleinen Tisch gerutscht und zu Boden gefallen. Sie hatte sich selbst erschreckt. Zur Sicherheit suchte sie noch die anderen Räume ab, aber sie war allein. Mit dem Handrücken wischte sie sich den Schweiß von der Stirn.

Nachdem sie einmal tief durchgeatmet hatte, stieg langsam Wut in ihr hoch. Dieser Mistkerl war in ihrer Wohnung gewesen, hatte ihre Fische umgebracht, und es schien ihr, als wartete er nur darauf, dass sie sich wieder mit Mark treffen würde, um auch sie endlich umbringen zu können. Wer zum Teufel war dieses Schwein? Und wie war er in die Wohnung gekommen? Sie sprang auf und lief zur Wohnungstür. Am Schloss war nicht der kleinste Kratzer. Sie lief von Fenster zu Fenster. Alle waren verschlossen.

Mit einem Mal wusste sie, was passiert sein musste. Es gab nur eine Person, die ohne Schwierigkeiten in die Wohnung kommen konnte, da sie einen Schlüssel hatte. Sie ballte ihre Hände zu Fäusten und lief aus der Wohnung. Warum war sie nicht gleich darauf gekommen? Sie hämmerte mit beiden Fäusten an die Tür ihrer Nachbarin. »Komm raus, du Schwein!«, schrie sie.

Die völlig verdutzte Daniela Böhmer erschien in der Tür. Noch ehe sie etwas sagen konnte, hatte Anne sie am T-Shirt gepackt und zog sie zu sich heran. »Wie kommst du dazu, dich in mein Leben einzumischen?« Aus zusammengekniffenen Augen blickte sie die Nachbarin bedrohlich an.

»Ich wollt' dir doch nur einen Gefallen tun«, jammerte sie. Anne wunderte sich eine Sekunde lang, dass Daniela sofort alles zugab. »Es sollte doch eine Überraschung sein.«

»Eine Überraschung?« Annes Stimme überschlug sich. Sie konnte nicht glauben, was sie da hörte. »Du bist doch total durchgeknallt. Ich sollte die Polizei rufen.«

»Nein, Anne, bitte! Ich mach das auch nie wieder.«

»Das wirst du auch nicht können.« Sie schrie noch immer. »Die Fische sind ja bereits tot.«

Völlig verwirrt sah Daniela ihr in die vor Wut glänzenden Augen. »Wieso die Fische?«

»Wieso? Weil du sie vergiftet hast. Hast du das schon vergessen?« Anne schüttelte Daniela hin und her. »Und jetzt gib mir sofort meinen Schlüssel!« Sie ließ sie los und schubste sie von sich.

»Natürlich«, murmelte Daniela kleinlaut, drehte sich zur Seite und griff hinüber zum Schlüsselbrett. »Hier!«

Anne riss ihr den Schlüssel aus der Hand und stopfte ihn in ihre Hosentasche, ohne Daniela dabei aus den Augen zu lassen. »Ich habe alle drei Briefe drüben liegen und werde dich höchstwahrscheinlich anzeigen. Mit so einer Psychopathin will ich nicht unter einem Dach wohnen. Du gehörst eingesperrt.«

»Welche Briefe?«, fragte Daniela konfus. »Ich versteh' nicht.«

»Bist du so dämlich oder tust du nur so! Die Briefe, die du mir in meinen Briefkasten und aufs Kopfkissen gelegt hast!«

»Ich weiß nur von dem Brief auf dem Kopfkissen, und der ist nicht von mir. Ich hab' dir keine Briefe geschrieben.«

»Ja, das stimmt wohl«, sagte Anne höhnisch, um sie gleich darauf wieder anzuschreien. »Du hast sie ja sorgfältig zusammengeklebt!«

»Sag mal, von was redest du überhaupt? Ich versteh' nur Bahnhof.« Auch Daniela wurde lauter.

»Du bist eine eifersüchtige Irre.«

»He! Jetzt mach aber mal halblang.« Sie machte einen Schritt auf Anne zu und stützte die Arme in die Hüften. »Nur weil ich für einen deiner Lover die Tür aufmach', damit du eine Überraschung kriegst, brauchst du mich hier nicht so runterzuputzen. Ich hab's nur gut gemeint.«

Anne war perplex. »Wie, meinem Lover die Tür aufmachen? Was erfindest du jetzt für einen Scheiß?«

»Ich erfinde nichts. Frag ihn doch selbst.«

Anne verstand überhaupt nichts mehr. Wenn Daniela nicht log und ihr Lover, sprich Mark, heute in ihrer Wohnung war, dann … Das machte doch alles keinen Sinn. »Daniela, lüg mich nicht an.«

»Ich lüg' nicht! Der Typ kam zu mir, und er wusste, dass ich die Schlüssel zu allen Wohnungen habe. Er wollte, dass ich dir einen Willkommensgruß aufs Bett lege.«

»Du hast für ihn …?«

»Ja, die Rose und den Brief aufs Kissen gelegt. Was ist schon dabei?«

»Und die Fische hast du netterweise auch gleich gefüttert?«

»Fische? Quatsch. Ich hab' nur den Brief hingelegt und sofort wieder abgeschlossen. Der Typ ist dann abgeschwirrt.«

»Du lügst doch! Jemand hat meine Fische vergiftet, und wenn nur du in der Wohnung warst, wer soll es bitteschön dann gewesen sein?«

»Ich war das jedenfalls nicht. Ich war nur im Schlafzimmer, und der Kerl hat im Flur gewartet.«

»Wie sah der Typ aus?«

»Was weiß ich.« Daniela war sichtlich genervt.

»War es der, mit dem du mich neulich gesehen hast? Der, mit dem du mal spät abends an der Tür gesprochen hast?«

»Nee! War wohl dein anderer Lover«, sagte Daniela abfällig. »Hast ja scheinbar mehrere.«

»Ich hab' nicht mehrere.« Am liebsten hätte Anne ihr ins Gesicht geschlagen. »Und jetzt sag endlich: Wie sah der Mann aus?«

»Dunkelhaarig, schlank und nicht so groß wie der von neulich. So'n ausländischer Typ mit 'nem Bart.«

Anne war skeptisch. Wenn Daniela log, machte sie das gut. Und dass sie log, war ziemlich sicher, denn Anne kannte niemanden, der so aussah wie der Mann, den Daniela beschrieben hatte.

Ohne ein weiteres Wort drehte sie sich um und ging zurück in ihre Wohnung. Was sollte sie jetzt tun? Sie hatte keine Ahnung. Sie war verwirrt, wütend und ängstlich zugleich. Sie ließ sich in den Sessel fallen und fühlte, wie ihr Herz immer noch hämmerte. Versuche dich auf das Wesentliche zu konzentrieren, sagte sie sich. Offenbar musste der Briefeschreiber gesehen haben, dass Mark gestern bei ihr gewesen war, und hatte sofort reagiert. Da sie Mark jedoch in Zukunft nicht mehr wiedersehen würde, sollte dieser anonyme Verfolger sie bald wieder in Ruhe lassen. Dieser Gedanke beruhigte Anne etwas.

Sie ging immer noch davon aus, dass Daniela hinter allem steckte, aber von ihr ging eigentlich keine ernsthafte Gefahr aus. Oder doch? Wie gut kannte sie sie überhaupt? Und war es nicht so, dass man Psychopathen nicht unbedingt als solche erkannte? Bislang hatte sie sich ihr überlegen gefühlt. Sie war selbstbewusster als Daniela und konnte sie in Grund und Boden reden. Aber würde ihr das helfen, immer mit ihr fertig zu werden? Sie war sich nicht sicher. Und was, wenn es diesen unbekannten Typ doch gab, von dem sie gesprochen hatte?

Als sie so zusammengekauert dasaß, wurde Anne schmerzlich bewusst, wie einsam sie sich fühlte. Da war niemand, an den sie sich anlehnen, mit dem sie reden konnte. Bis in die frühen Morgenstunden saß sie im Wohnzimmer und merkte nicht, wie die Zeit verging. Erst als sie draußen eine Autotür zuschlagen hörte, sah sie auf die Uhr und stöhnte. Schon vier Uhr. Es blieben ihr gerade noch drei Stunden, ehe Kelly ihren Hund bringen würde und sie sich fürs Büro fertig machen musste.

Um Viertel vor sieben wurde sie durch das Klingeln der Türglocke geweckt. Erschrocken fuhr sie hoch und blickte auf die Uhr. Sie hatte vergessen, den Wecker zu stellen. Sie lief zur Tür und öffnete. Kelly kam ihr strahlend entgegen, Sunny schwanzwedelnd an ihrer Seite. Anne lächelte die beiden müde an. Dabei freute sie sich ehrlich, den Hund nun bei sich zu haben. Er würde ihr ein Gefühl der Sicherheit geben. Bereitwillig kraulte sie ihm den Rücken.

»Komm, Sunny«, forderte Anne den Hund auf. Sie folgte der Freundin, die bereits zwei Taschen mit Sunnys Utensilien in der Küche abstellte. »Schön, dass du da bist, Kelly«, sagte sie und nahm sie in die Arme.

»Sag mal, wie siehst du denn aus?« Mit sorgenvoller Miene betrachtete Kelly die vollkommen übernächtigte Freundin.

»Ich hatte eine kurze Nacht.«

»Warum? War Mark da?« In ihrem Ton schwang deutliche Missbilligung mit.

»Nein. Aber die Post!«

»Welche Post?«

»Das ist eine längere Geschichte.«

»Ich habe noch Zeit, und du musst erst mal frühstücken, um richtig wach zu werden. Dabei kannst du mir alles erzählen.« Eindringlich ruhte Kellys Blick auf ihr.

»Okay. Dann gehe ich heute mal etwas später ins Büro.«

»Lobenswert!«

Anne berichtete jedes Detail des gestrigen Abends. Nach den ersten Sätzen hatte Kelly aufgehört die Brötchen zu belegen und sich zu ihr gesetzt. Sie unterbrach die Freundin nicht, bis sie geendet hatte. Dann nahm sie sie in die Arme und hielt sie einen langen Augenblick fest. »Du musst zur Polizei gehen!«, sagte sie ernst.

»Ich weiß nicht.«

»Aber ich. Das war jetzt eindeutig zu viel. Was soll noch alles passieren?«

»Jetzt wird nichts mehr passieren. Mark kommt ja nicht mehr.«

»Da wäre ich mir nicht so sicher. Selbst wenn, musst du dieser Irren das Handwerk legen. So eine darf doch nicht ungestraft durch die Gegend laufen.«

»Wahrscheinlich wäre es tatsächlich nicht schlecht, wenn jemand Daniela mal unter die Lupe nimmt. Ich denke wirklich, dass sie es war.«

»Ja, das liegt nahe. Auch wenn du sie als harmlose Spinnerin bezeichnest, finde ich, dass man besessen von etwas sein muss, wenn man sich zu solchen Aktionen hinreißen lässt. Und deshalb kannst du ganz und gar nicht sicher sein, dass Ruhe ist. Neid und Eifersucht haben schon so manchen in den Wahnsinn getrieben.«

»Ja«, nachdenklich rührte Anne in der Kaffeetasse herum, die Kelly ihr inzwischen in die Hand gedrückt hatte, »ich werde zur Polizei gehen.«

»Gut! Zu blöd, dass ich ausgerechnet jetzt wegfahre. Ich würde lieber hierbleiben.«

»Wozu? Um auf mich aufzupassen?«

»Zumindest, um in deiner Nähe zu sein. Ich habe kein gutes Gefühl. Du solltest um Personenschutz bitten.«

»Kelly, jetzt übertreib mal nicht. Ich habe doch einen Beschützer hier.« Damit blickte sie zu Sunny hinunter, der auf ihren Füßen lag. Als hätte er verstanden, dass die Rede von ihm war, hob er den

Kopf und blickte Anne erwartungsvoll an. »Nicht wahr?«, sagte sie. »Du wirst mich bewachen?«

Sunny bellte, stand auf und legte seinen Kopf in ihren Schoß.

»Na, siehst du?«, wandte sich Anne an Kelly. »Ein Mann, ein Wort!«

Die Frauen lachten. Als sie sich wenig später voneinander verabschiedeten, sagte Kelly eindringlich: »Wenn irgendetwas ist, rufst du mich an. Du hast alle Telefonnummern, die du brauchst.«

»Es wird nichts sein«, versuchte Anne die Freundin zu beruhigen. »Genieße deine Zeit in Südafrika und bring mir was Schickes für mein Bad mit.«

»Versprochen!« Dann drückte sie Anne und streichelte Sunny ein letztes Mal. »Du wirst mir fehlen, mein Junge. Pass schön auf Anne auf.«

33

»Morgen, Sandor«, begrüßte Egon Milster den Kommissar, als dieser sein Büro betrat. »Ich habe Neuigkeiten, die vielleicht mit Ihrem Fall zu tun haben.«

»Und das wäre?« Martin nahm gegenüber seinem Chef Platz.

»Gestern Abend wurde in die ehemalige Wohnung von Eva Klein eingebrochen. Sie ist zurzeit ja noch unbewohnt. Die Geschwister der Toten wollen die Wohnung behalten. Eigenbedarf, weil irgendeiner von ihnen demnächst hier studieren will.«

»Und wieso denken Sie, dass das was mit uns zu tun hat? Jeder Einbrecher konnte ohne Probleme feststellen, dass die Wohnung derzeit leer steht.«

»Richtig! Aber der Einbrecher hat etwas hinterlassen, das eine Verbindung zu den Morden herstellt.« Milster lehnte sich zurück, während Martin ihn erwartungsvoll anblickte. »Einen Haken! Aufgemalt auf den Spiegel im Badezimmer, mit Lippenstift.«

»Verdammt! Dieser Kerl spielt Spielchen mit uns.« Martin fuhr sich durch die Haare. »Wurde etwas gestohlen, verwüstet?«

»Augenscheinlich nicht. Aber vielleicht verschaffen Sie sich ein eigenes Bild. Sie waren doch schon in der Wohnung. Die Kollegen vom Einbruch haben die Schwester für heute Vormittag um elf Uhr in die Meyerbeerstraße bestellt. Sehen Sie zu, dass Sie dann etwas in Erfahrung bringen. Vielleicht gibt's noch andere Hinweise außer dem Haken.«

Martin nickte und wollte gehen.

»Ach, und Sie sollten eventuell die Brettschneider noch mal fragen, was sie davon hält.«

»Brettschneider?« Martin zuckte fragend die Achseln.

»Ach«, Milster winkte kopfschüttelnd ab, »ich meine die Hansen. Früher hieß sie Brettschneider. Ich hab' sie immer noch unter dem Namen im Kopf.«

»Wenn ich Zeit habe, rufe ich sie an.« Martin ging zur Tür.

Martin informierte sein Team über den Einbruch und fuhr mit Dieter um halb elf in die Meyerbeerstraße. Die Leute von der Spurensicherung waren noch da. Martin wandte sich an den zuständigen Kollegen. »Wie ist der Einbrecher reingekommen?«

»Durch das Wohnzimmerfenster. Er hat die Scheibe mit einem Stein aus dem Garten eingeschmissen. Das hat natürlich entsprechend Krach gemacht. Die Nachbarin wurde aufmerksam und hat uns schließlich gerufen.«

»Wissen wir, wie viel Zeit zwischen dem Geräusch und eurem Eintreffen liegt?«

»Etwa zwanzig Minuten.« Der Kollege machte eine vage Handbewegung.

»Nicht viel Zeit.«

»Einem geübten Einbrecher reicht das in der Regel. Die wissen doch genau, wo die Wertsachen liegen. Trotzdem war der hier ziemlich unprofessionell und plump, wenn Sie mich fragen.«

»Wir sehen uns mal um.«

Martin und Dieter streiften sich Einmalhandschuhe über und gingen zunächst ins Badezimmer. Der grellrote Lippenstifthaken auf dem Spiegel erinnerte auf den ersten Blick an all die abgehakten Leichen.

»Das hier sieht aus wie die Ankündigung eines weiteren Mordes.« Martins Gesicht verdüsterte sich.

Dieter nickte. »Ja. Ich glaube auch nicht, dass ein Einbrecher diese Schmiererei veranstaltet hat, nur weil er vielleicht weiß, dass hier eine Frau gewohnt hat, die dem Hakenmörder zum Opfer gefallen ist.«

Sie suchten im Badezimmerschrank vergeblich nach einem Lippenstift und hörten von den Kollegen, dass auch sie bis jetzt keinen gefunden hatten. Anschließend sahen sie sich den Rest der Wohnung an. In keinem der Räume fanden sich Hinweise auf eine hektische Suche nach Wertgegenständen. Alles schien unangetastet. Auch die Küche, die sie zuletzt betraten, war sauber und aufgeräumt. Martin musste an Barbara Hansens Worte denken: Das Fehlen von Hinweisen ist vielleicht der Hinweis selbst.

»Scheiße!«, Martin durchfuhr die Erkenntnis wie ein Blitz. »Jetzt weiß ich, was der Einbrecher hier gesucht hat.« Ein Schauer überlief ihn.

»Was denn?«

»Die Waffe, um die nächste Frau damit abzuhaken. Ein Messer.«

»Damit wäre auch zu erklären, warum der Täter nicht leise und unauffällig hier eingedrungen ist. Um ein Messer einzustecken, braucht man doch höchstens fünf Minuten. Messer greifen, Haken hinschmieren und raus.«

Martin ging hinüber zu den Küchenschränken und öffnete alle Schubladen. »Gut bestückt war die Klein ja nicht.« Martin konnte außer normalen und kleinen Obstmessern kein einziges Brot- oder Fleischmesser entdecken.

Plötzlich trat ein Kollege zu ihnen. Er deutete auf eine Frau, die ihm gefolgt war. »Das ist Frau Meinhard, die Schwester von Frau Klein. Wenn Sie Fragen an sie haben …«

»Ja, danke!« Martin reichte ihr die Hand und stellte sich und Dieter vor. »Konnten Sie sich schon einen Überblick verschaffen, was eventuell fehlt?«

»Auf den ersten Blick nichts.«

»Wie gut kannten Sie sich denn in der Wohnung aus?«

»Ich denke, ziemlich gut. Ich habe sie nämlich vor kurzem erst aufgeräumt. Und es sieht noch alles genauso aus, wie ich es hinterlassen habe.«

»Sagen Sie, hat ihre Schwester einen Lippenstift benutzt oder besessen?«

»Nein.« Frau Meinhard lächelte schwach. »Eva war ja eher ein burschikoser Typ. Und ihre Lippen haben nie einen Lippenstift gesehen.«

»Dürfte ich Sie bitten, sich das Besteck anzusehen? Insbesondere die Messer. Könnte es sein, dass da was fehlt?«

Frau Meinhard trat an die Schubladen heran und sah sie sorgfältig durch. »Ja, tatsächlich. Da fehlt was.« Fragend blickte sie Martin an.

»Was genau?«

»Ich bin sicher, dass in dieser Schublade ein großes Messer lag. So eins mit einer glatten Schneide, ein Fleischmesser. Es hatte einen weißen Griff und war ungefähr so lang.« Sie zeigte mit den Händen eine Länge von etwa dreißig Zentimetern. »Ich weiß das genau, weil ich es beim Aufräumen gespült und hier reingelegt habe.«

»War nach Ihnen noch jemand in der Wohnung?«

»Nein. Ich bin die Einzige, die einen Schlüssel hat.«

Martin nickte und bedankte sich bei ihr. Er und Dieter warfen sich einen wissenden Blick zu. Dann drehte er sich zu dem erstaunt dreinblickenden Polizeikollegen um und erklärte ihm, was er vermutete.

»Veranlassen Sie bitte, dass alle Untersuchungsergebnisse auch auf meinem Schreibtisch landen.«

»Alles klar!«

Die Kommissare verließen die Wohnung mit dem Wissen, dass der Mörder wieder zuschlagen würde. Es war nur eine Frage der Zeit. Martin überkam eine große Rastlosigkeit, das Gefühl nicht schnell genug zu sein, um dem Mörder das Handwerk zu legen.

34

Anne hatte beschlossen, gleich am Nachmittag zur Polizei zu gehen. Je eher sie das hinter sich brachte, umso besser.

Gegen drei Uhr verließ sie trotz der Proteste ihres Chefs das Büro. Zunächst lief sie mit Sunny ein Stück durch den nahegelegenen Park. Für Mitte Oktober war es schon ziemlich kühl. Die Blätter fegten über die Wege, und der Hund jagte ihnen über die Wiese nach. Anne hingegen wurde mit jedem Schritt unruhiger, und so brachte sie Sunny nach Hause und wollte die anonymen Briefe einstecken. Aber sie fand lediglich den letzten. Das war doch nicht möglich. Sie wusste genau, dass sie die beiden anderen auf der Ablage unter dem kleinen Tisch vom Aquarium gelassen hatte. Natürlich! Daniela musste sie an sich genommen haben, als sie in ihrer Wohnung war. Ärgerlich! Warum hatte sie sie nicht besser weggelegt? Jetzt hatte sie nur den einen Brief in der Hand. Was soll's, sie musste los. Sie würde der Polizei ja genau sagen können, was in den anderen gestanden hatte.

Auf dem Weg sah sie immer wieder in den Rückspiegel, um irgendeinen Verfolger ausmachen zu können. Obwohl ihr nichts Verdächtiges auffiel, fuhr sie mehrere Umwege, bis sie sicher glaubte, unbeobachtet zu sein.

Am Eingang der Polizeistation fragte sie nach dem zuständigen Beamten.

»Zimmer 304, Herr Dauscher«, hieß es.

Sie nahm den Aufzug und klopfte kurz darauf an die angegebene Tür.

Eine dunkle Stimme rief: »Herein!«

»Guten Tag!« Anne trat ein und schloss die Tür hinter sich. Das Zimmer war klein, und es roch nach abgestandenem Zigarettenqualm. Ein wuchtiger Mann, Anfang fünfzig, saß hinter seinem Schreibtisch, auf dem sich Akten und Papiere stapelten.

»Mein Name ist Anne Degener. Ich möchte eine Anzeige machen«, sagte sie fest.

»Setzen Sie sich. Worum geht es?«

»Ich habe in der letzten Zeit drei anonyme Briefe bekommen.«

»Wo sind sie?« Dauscher streckte die Hand aus und Anne reichte ihm den dritten Brief.

»Die beiden ersten sind verschwunden.«

Herr Dauscher krauste die Stirn, und Anne berichtete von dem Inhalt der beiden ersten Briefe, dem Einbruch, den vergifteten Fischen und von Daniela.

»Junge Dame«, sagte er, nachdem sie geendet hatte, und lehnte sich zurück. »Das ist ja alles schön und gut, aber was soll ich da tun?«

»Sie sollten meine Nachbarin überprüfen, denke ich. Aber eigentlich sollten *Sie* doch wissen, was in so einem Fall zu tun ist.«

»Sie erzählen mir von Briefen, die Sie nicht haben, von einer Nachbarin, der Sie selbst einen Schlüssel gegeben haben und die für einen anderen einen Brief abgelegt hat. Sie reden von Fischvergiftung und haben sämtliche Spuren, sofern es welche gegeben hätte, bereits gründlich beseitigt. Die Fische könnten doch tatsächlich an einer Krankheit gestorben sein.«

Sie unterbrach ihn. »Haben Sie den dritten Brief nicht gelesen? Da steht doch deutlich, dass er sich mit den Fischen beschäftigt hat, um mich zu schocken.«

»Das kann man auslegen, wie man will. Lassen Sie mich Ihnen einen guten Rat geben. Vergessen Sie die Sache. Wenn Sie, wie Sie sagen, den Herrn nicht mehr treffen, werden ja auch diese Briefe aufhören.«

»Dieser Jemand weiß aber vielleicht nicht, dass ich die Beziehung beendet habe. Was, wenn etwas Schlimmeres passiert?«

»Dann werden wir weitersehen.« Für ihn war der Fall offensichtlich erledigt, denn er wandte den Blick ab.

Anne sprang auf und stützte sich mit den Fäusten auf der Schreibtischkante ab. »Das kann ja wohl nicht wahr sein. Verstehen Sie denn nicht, was bei mir passiert? Ich werde offensichtlich beobachtet. Man dringt in meine Wohnung ein, schreibt mir Drohbriefe. Mit einem bisschen guten Willen könnten Sie sich vielleicht in meine Lage versetzen. Ich habe Angst.« Sie starrte ihn zornig an.

»Ich bin Polizist und nehme meine Arbeit sehr ernst. Denken Sie etwa, Sie sind hier der einzige Fall? Ihre Sache ist eher eine Lappalie, glauben Sie mir.«

»Sie spielen sich hier ganz schön auf. Von wegen: die Polizei, dein Freund und Helfer. Sie interessiert es doch kein bisschen. Sie haben ja nicht mal nach Einzelheiten gefragt. Sie sind das Paradebeispiel eines faulen Beamten.«

»Jetzt passen Sie aber auf, was Sie sagen«, warnte er. »Sie ahnen ja nicht, was für Geschichten ich täglich zu hören bekomme. Da werden unbedeutende Kleinigkeiten zu riesenhaften Problemen hochstilisiert. Ich kann Ihnen nur raten, sich mit etwas Positivem zu beschäftigen. Das ist das beste Mittel gegen Angst.« Er verzog den Mund zu einem schmallippigen Lächeln und sah sie geringschätzig an.

»Sie werden also nichts unternehmen!« Es war mehr eine Feststellung als eine Frage.

Anne warf ihm einen letzten vernichtenden Blick zu, griff nach ihrem Brief und wandte sich ab. Mit lautem Türknallen verließ sie den Raum. Fluchend lief sie den Flur entlang, an den Aufzügen vorüber. Sie wollte nur noch weg hier, bloß nicht stehenbleiben.

»Mistkerl!«, rief sie laut, bevor sie schwungvoll um die Ecke schoss, hinter der die Treppen waren. Im nächsten Augenblick stieß sie mit einem Mann zusammen, der einen Kaffeebecher balancierte. Die Akten, die er unter dem Arm trug, knallten auf den Boden, einzelne Blätter flogen durch die Luft, und sein Kaffee schwappte auf seine Hand und sein Hemd. Auch Anne ließ ihren Brief fallen und stolperte rückwärts, kam aber ebenfalls nicht ganz fleckenfrei davon.

»Scheiße, ist das heiß!«, fluchte der Mann und ließ den Plastikbecher fallen. Der Rest des Getränks ergoss sich über die Unterlagen.

»Können Sie nicht aufpassen?«, fuhr Anne ihn wütend an. »Müssen Sie hier so herumschleichen? Fast hätten Sie mich verbrüht.« Sie besah sich ihren Blazer. »Sehen Sie sich die Schweinerei an. Meine Jacke ist total bespritzt.«

»Augenblick mal!«, sagte der Mann kopfschüttelnd. »Erstens bin ich hier nicht herumgeschlichen, vielmehr haben Sie mich Mistkerl genannt, sind um die Ecke geschossen und haben mich über den Haufen gerannt. Zweitens haben Sie *mich* verbrüht und nicht ich Sie.«

»Der ›Mistkerl‹ galt nicht Ihnen. Und dass Sie sich verbrüht haben, dafür kann ich doch nichts. Sie müssen ja keinen Kaffee durch die Gegend tragen. Typisch Beamter! Das passt hervorragend in mein Bild, das ich gerade von Ihrem Laden bekommen habe.« Sie verschränkte die Arme vor der Brust. »Kaffeetrinkende, aktenherumschleppende Beamte, die die Zeit totschlagen. Und alles auf Kosten der Bürger.«

»Wow! Tolles Statement!« Er nickte anerkennend und betrachtete Anne. Ihre braunen Augen blitzten ihn an, und er begann zu lächeln.

»Sie scheinen das Ganze ja sehr amüsant zu finden.«

»Im Grunde nicht. Ich dachte nur gerade, dass Ihnen wohl eine ganz dicke Laus über die Leber gelaufen sein muss, wenn Sie mich so angiften.«

»Nein! Keine dicke Laus, eher ein dicker Kollege von Ihnen. Aber das kommt so ziemlich aufs Gleiche raus.«

Carsten Westphal grinste. »Lassen Sie mich raten. Sie kamen von da hinten.« Er blickte den Flur entlang. »Dann ist die dicke Laus sicher Ludwig Dauscher, stimmt's?«

»Exakt!« Anne machte einen großen Bogen um die verstreuten Unterlagen und wollte gehen.

»He! Moment mal! Wollen Sie mich mit dem ganzen Chaos hier allein lassen?«

»Ja, das will ich.« Damit lief sie die Treppen hinunter.

Carsten blickte ihr hinterher. Schade, dachte er, so eine hübsche Person, aber so was von zickig. Er machte sich daran, die Papiere aufzusammeln. Plötzlich hielt er Annes Brief in den Händen. Er las und sah nachdenklich in die Richtung, in die sie verschwunden war. Dann warf er den Becher in den Mülleimer, ging in sein Büro und legte die Akten ab. Annes Brief faltete er zusammen und steckte ihn vorerst in seine Hosentasche. Anschließend lief er zum Ausgang. Dort sagte er der Zentrale, dass er kurz nach Hause müsse, um sich umzuziehen.

Auf dem Parkplatz sah Carsten Anne gegen einen Wagen gelehnt stehen. Sie starrte vor sich hin. Carsten ging langsam auf sie zu. Erst als er direkt vor ihr stand, bemerkte sie ihn und richtete sich erschrocken auf. Er sah den feuchten Schimmer in ihren Augen.

»Geht es Ihnen gut?« Seine warme, sonore Stimme klang freundlich.

»Ja. Ich brauchte nur ein bisschen frische Luft, bevor ich zur Arbeit zurückgehe.« Sie wandte sich ab und öffnete die Autotür, um einzusteigen.

»Moment mal, laufen Sie doch nicht immer weg.«

Anne blickte ihn über die Schulter hinweg an. »Wollen Sie mich in Handschellen legen und mich dann zum Kaffeewischen und Aufräumen schleifen?«, fragte sie spöttisch.

»Nein! Ich wollte Ihnen nur etwas wiedergeben, das Sie bei unserem Zusammenstoß verloren haben. Es gehört doch Ihnen?« Er zog den Brief heraus und hielt ihn ihr hin.

»Ja.« Sie wandte sich ihm zu. »Das ist meiner, aber ich brauche ihn nicht mehr. Sie können ihn gern in den Mülleimer werfen.«

»Kein Problem. Ich habe ja jetzt Erfahrung im Beseitigen von Schweinereien. Also, schaffe ich das auch noch.« Er drehte sich zum Gehen um.

»Warten Sie!«, rief Anne. »Ich war eben ganz schön eklig zu Ihnen. Ich habe meine ganze Wut an Ihnen ausgelassen.«

»Ich liebe es, auf Klischees reduziert zu werden. Also, ist schon okay.«

»Nein, ist es nicht.« Sie sah zu ihm auf. Er war mindestens einen halben Kopf größer.

»Stimmt. Sie haben meinen ganzen Tagesablauf durcheinandergebracht. Meinen Beamtenkaffee haben meine Akten und mein Hemd aufgesaugt, und ich weiß nicht, wie ich ohne ihn weiter Unterlagen spazierentragen kann.«

Anne erwiderte sein Lächeln. »Kann ich das irgendwie wiedergutmachen? Vielleicht kann ich Ihnen die Reinigung des Hemds bezahlen.«

»Nein, aber Sie könnten mich zum Kaffee einladen«, antwortete Carsten ganz spontan.

Anne zögerte einen Moment. Eigentlich müsste sie zurück ins Büro, aber sie fühlte sich der Arbeit noch überhaupt nicht gewachsen. »Gut«, sagte sie deshalb. »Aber nicht aus Plastikbechern. Oder sind Sie das so gewohnt?«

»Nein!« Er lachte. »Tassen sind mir in der Regel lieber.«

»Wollen wir ins Café Lindner gehen? Das ist doch gleich hier vorn auf der Ecke«, schlug sie vor.

»Wenn Sie nichts dagegen haben, würde ich mir vorher gern ein frisches Hemd zu Hause holen.«

»Natürlich!« Darauf kam es jetzt auch nicht mehr an.

»In meiner Nähe gibt's auch ein ganz nettes, kleines Café. Wir könnten mit meinem Wagen fahren, und ich setze Sie anschließend wieder hier ab.«

»Einverstanden!« Sie hielt ihren Autoschlüssel in Richtung Wagen, drückte die Fernbedienung für die Zentralverriegelung und folgte ihm zu seinem schwarzen BMW.

Zwanzig Minuten später saßen sie sich im Café Fobes an einem sehr kleinen Tisch in einer gemütlichen Ecke gegenüber. Während der Fahrt hatten sie sich einander vorgestellt, und Anne hatte ihn interessiert gemustert. Carsten war ein sportlicher, großer Mann, Anfang dreißig, sein dunkelblondes, dichtes Haar trug er kurz geschnitten.

»Sie sind mutig, sich mit mir in einem hellen Hemd an einen Tisch zu setzen.«

»Ich hatte gehofft, dass Sie heute keinen Wutausbruch mehr bekommen, und dachte deshalb, ich könnte es riskieren.«

»Ihre Hoffnung ist wohl berechtigt. Ich glaube, für heute ist mein Wutpotenzial erschöpft.«

Als er Milch in seinen Kaffee rührte, fielen Anne seine großen, schlanken Hände auf. Sie lächelte vor sich hin.

»Es ist schön, Sie lächeln zu sehen. Ihre explosive Seite hat zwar auch ihren Reiz, aber so gefallen Sie mir doch besser.«

»Normalerweise raste ich nicht so aus«, sagte sie entschuldigend.

»Ich sehe das eher positiv. Hätten Sie nicht so reagiert, würden wir jetzt hier nicht zusammensitzen.«

»Ja, das stimmt! Mir gefällt es hier auch viel besser als in meinem Büro.«

Nach einer Weile zog Carsten ein Papier aus seiner Hosentasche. Es war Annes Brief. »War das der Grund für Ihren Besuch beim dicken Ludwig?« Seine klugen, blauen Augen sahen sie neugierig an.

»Ja.«

»Und warum waren Sie so wütend?«

»Weil Ihr Kollege nichts unternehmen wollte.« Sie sprach ganz ruhig. Alle Anspannung und Wut waren verpufft.

»Wollen Sie mir noch einmal erzählen, worum es geht?«

»Das ist aber eine lange Geschichte«, wehrte sie ab.

»Umso länger kann ich hier mit Ihnen sitzen«, gab er scherzhaft zurück, um gleich darauf wieder ernst zu werden. »Erzählen Sie nur, wenn Sie möchten. Ich bin ein guter Zuhörer.«

Das glaubte sie ihm aufs Wort. Sein Gesicht strahlte Ruhe aus, und das bewirkte, dass sie sich in seiner Nähe sicher fühlte. So begann sie, ihm ausführlich alles zu berichten, von Anfang an. Er ließ sie reden und unterbrach sie nur manchmal, um eine Frage zu stellen. Als sie geendet hatte, sah sie nicht sehr glücklich aus.

»Ich wundere mich, dass ich Ihnen das alles so erzählt habe. Ich kenne Sie doch überhaupt nicht.« Unsicher blickte sie ihn an.

»Geht es Ihnen jetzt nicht besser? Es tut doch gut, mal alles loszuwerden.«

»Schon, aber gleichzeitig fühle ich mich ziemlich dumm. Sie müssen doch denken, dass ich verrückt bin, auf so eine Wette einzugehen.« Sie sah zerknirscht aus.

»Nein, Sie sind bestimmt nicht verrückt. Ich denke, dass Sie durch weibliche Neugier in eine Sache geschlittert sind, deren Folgen Sie nicht absehen konnten. Denn die Geschichte ist in der Tat außergewöhnlich.« Er nippte an seinem Kaffee und fragte dann: »Was haben Sie von meinem Kollegen erwartet?«

»Die Frage ist: Was konnte ich erwarten? Was hätten Sie mir an seiner Stelle gesagt?« Erwartungsvoll blickte sie ihn an, mit einem Blick, der ihn fesselte. Am liebsten hätte er geantwortet, dass er froh sei, dass ihr das passiert war, denn sonst hätten sie sich nicht kennengelernt.

»Sie müssen wissen«, sagte er stattdessen, »Herr Dauscher ist ein sehr konservativer Mensch. Wenn er hört, dass eine Frau ein

Verhältnis mit einem verheirateten Mann hat, ist sie bei ihm gleich unten durch.«

»Sollte ein Polizist nicht vorurteilsfrei sein?«

»Sicherlich, aber auch wir sind nur Menschen.«

»Und was sind Sie für ein Mensch?«

»Einer, der Ihnen gern helfen würde, wenn er könnte.«

»Das ist nett!« Sie bedankte sich mit einem Lächeln. »Und was könnte man tun?«

»Leider haben Sie nicht allzu viel vorzuweisen. Man könnte natürlich den Brief auf Fingerabdrücke untersuchen und Ihre Nachbarin befragen. Sie würde uns wahrscheinlich nichts anderes erzählen als Ihnen.«

»Sie klingen nicht so, als hätte das sehr viel Sinn.«

»Das will ich nicht sagen. Man muss im Grunde alles versuchen, aber ob es viel bringt, sei dahingestellt.« Sie sah die Skepsis in seinem Blick und nickte.

»Und ich sollte wohl einfach abwarten?«

»Sie könnten schon etwas tun. Ich würde das Türschloss austauschen. Zwar haben Sie Ihren Schlüssel jetzt wieder, aber wissen Sie, ob es mittlerweile nicht einen Zweitschlüssel gibt? Außerdem wäre es sinnvoll Ihren Freund, wie war noch sein Name … Mark?«, Anne nickte, »also, ihn einzuweihen, um aus seiner Sicht zu klären, wer als Briefeschreiber infrage kommt.«

»Nein, auf keinen Fall! Im Augenblick will ich keinen Kontakt zu ihm aufnehmen. Ich hätte Angst, dass mein Verfolger das mitbekommt, und wer weiß, was dann passieren würde.«

Anne tat Carsten leid. Sein Beschützerinstinkt regte sich, und am liebsten hätte er ihre Hand genommen, griff aber nach seiner Tasse.

»Der anonyme Schreiber wollte nicht, dass ich diese Briefe irgendjemandem zeige. Und ich hoffe nur, dass er meinen Gang zur Polizei, der noch dazu völlig überflüssig war, nicht gesehen hat.« Anne konnte nicht länger verbergen, dass sie Angst hatte, wenn sie an die Drohbriefe dachte. »Ständig schaue ich in den Rückspiegel, wenn ich Auto fahre, um einen eventuellen Verfolger auszumachen. Bisher ist mir nie einer aufgefallen. Und trotzdem hat dieser Verrückte immer alles mitbekommen.«

»Sie müssen keine Angst haben«, versuchte Carsten sie zu beruhigen. »Nach allem, was Sie erzählt haben, denke ich, dass der Absender Ruhe geben wird, sobald er merkt, dass Sie sich nicht mehr mit Mark treffen. Inzwischen kann ich aber auf jeden Fall den Brief untersuchen lassen, und Sie sollten sich überlegen, ob Sie nicht doch mit Mark darüber sprechen wollen. Sie können ihn ja anrufen.«

»Was, wenn mein Telefon abgehört wird?«

»So einfach ist das alles nicht.«

»Aber immerhin war jemand in meiner Wohnung«, gab sie zu bedenken.

»Ja, das stimmt. Wenn es Sie beruhigt, kann man Ihre Wohnung auf Abhörvorrichtungen untersuchen.«

»Das würden Sie tun?« Ungläubig sah sie ihn an.

»Sicher, wenn Sie möchten.«

»Es würde mich ziemlich beruhigen, denke ich.«

Er nickte verständnisvoll. »Geben Sie mir Ihre Handynummer. Dann kann ich Sie anrufen, um Bescheid zu sagen, wann jemand deswegen kommt.«

Sie kramte einen Zettel aus ihrer Handtasche und notierte die Nummer.

»Haben Sie noch einen Zettel?«, fragte Carsten. »Ich würde Ihnen gern meine Nummer geben, für den Fall, dass Sie Hilfe brauchen.« Sie reichte ihm einen, und er gab ihn ihr kurz darauf mit den Worten »Sie können mich zu jeder Tages- und Nachtzeit anrufen« zurück.

»Sie sind sehr nett. Danke!«

Schweigend tranken sie ihren Kaffee aus.

»Wir müssen jetzt leider gehen«, sagte er und blickte auf seine Armbanduhr. »Mein Dienst ist noch lange nicht zu Ende, und ich müsste mich mal wieder um meine Drogendealer kümmern.«

Im Wagen hatte er ihr bereits erzählt, dass er Kommissar beim Drogendezernat war. Jetzt auf der Rückfahrt forderte sie ihn auf, über seine Arbeit zu sprechen, was er bereitwillig tat. Und sie merkte, dass er das verkörperte, was sie sich unter einem guten Polizisten vorgestellt hatte. Er schien Ziele zu haben, die seinen Ehrgeiz beflügelten. Er wirkte selbstbewusst, ohne arrogant zu sein, und dass er hilfsbereit war, hatte sie ja selbst schon zu spüren bekommen. Ein ausgesprochen netter Mensch, befand sie und schämte sich noch immer, ihn so beschimpft zu haben.

Er hielt direkt neben ihrem Wagen und ließ sie aussteigen. »Sie hören von mir, wegen des Briefs und der Wohnung.«

»Danke!« Sie hoffte, dass er sich bald melden würde, damit sie sich zu Hause wieder etwas sicherer fühlen konnte.

Bisher war noch keines ihrer Opfer so dreist gewesen, zur Polizei zu gehen. Zwar wusste sie nicht genau, was Anne dort gemacht hatte, aber es stand zu vermuten, dass sie wegen der Briefe dort gewesen war. Das machte sie wütend, wenngleich die Tatsache, dass die Polizei jetzt mit im Spiel war, eine besondere Herausforderung darstellte, die sie nur zu gerne annahm. Ein Gefühl von Überlegenheit stieg in ihr auf. Sie hatte doch die Situation in der Hand, und sie würde Anne zeigen, wie sträflich ihr Handeln war. Anne würde bekommen, was sie verdiente.

35

Am Wochenende passierte gar nichts, und das machte Martin ganz verrückt. Er fieberte dem Montagmorgen regelrecht entgegen, an dem verschiedene Untersuchungsergebnisse vorliegen sollten. Früher als sonst saß er an seinem Schreibtisch. Bis zum Mittag wusste er, dass von den überprüften kriminellen, religiösen Fanatikern keiner als Täter in Betracht kam. Die Kollegen in den verschiedenen Präsidien hatten schnelle und gute Arbeit geleistet.

Von den Privatdetekteien gab es nur negative Antworten; in keinem ihrer Fälle tauchten eines der Opfer oder die dazugehörigen Liebhaber, sofern sie bekannt waren, auf. Dennoch bat er die Privatdetektive darum, auch weiterhin die Augen offenzuhalten, insbesondere bei Fällen, in denen es um Ehebruch ging. Womöglich würde der Mörder diese Branche doch einmal für seine Zwecke nutzen. Nichts durfte unversucht bleiben.

Was den Einbruch anbelangte, hatte man die Marke des Lippenstiftes festgestellt. Es handelte sich um einen relativ teuren Estée-Lauder-Lippenstift, der, wie Martin fand, den passenden Namen »True Lipstick« trug. Gerade als er mit seinen Leuten die Untersuchungsergebnisse besprechen wollte, klingelte das Telefon, und Barbara Hansen meldete sich.

»Ich war gestern Nachmittag bei Ihrem Chef zum Kaffeetrinken eingeladen«, berichtete sie. »Er fragte mich, was ich Ihnen zum Einbruch gesagt hätte.«

»War er sehr enttäuscht, dass ich Sie deswegen noch nicht kontaktiert habe?«

»Ein wenig schon.«

»Ich hatte viel um die Ohren.«

»Sie brauchen sich bei mir nicht zu entschuldigen.«

»Bei Ihnen nicht, höchstens bei meinem Chef. Aber wo ich Sie schon mal an der Strippe habe, darf ich Sie was fragen?«

»Jederzeit.«

Er erzählte ihr das, was er vom Einbruch wusste, und fragte dann: »Kann man etwas Psychologisches in die Benutzung dieses teuren Lippenstiftes hineininterpretieren oder daraus schließen, dass der Mörder eine Frau ist?«

Martin hörte sie lachen. »Dass ihr Täter eine Frau ist, ist natürlich möglich. Ich halte es sogar für ziemlich wahrscheinlich.«

»Warum?«, fragte er gespannt.

»Eben weil dieser Haken am Spiegel mit einem teuren Lippenstift geschrieben wurde. Das deutet für mich auf eine Person mit einem gewissen Stil hin.«

»Aber es wäre doch auch denkbar, dass der Täter, wenn er ein Mann ist, sich einen gerade greifbaren Lippenstift von einer weiblichen Person leiht.«

»Oder sich tatsächlich das teure Ding kauft, um damit zum Ausdruck zu bringen, wie viel ihm seine, nennen wir es mal ›Arbeit‹, wert ist. Aber ein Mann hätte vielleicht etwas anderes benutzt. Zahncreme, Ketchup, was weiß ich.«

»Interessant. Glauben Sie, der Täter hat sich bei dem Namen ›True Lipstick‹ etwas gedacht?«

»Wenn er oder sie raffiniert ist, dann schon.«

»Zuzutrauen ist es ihm wohl. Sie sagten ja schon mal, dass da kein Idiot am Werk ist.«

»Richtig!«

»Und was denken Sie über den Messerklau?«

»Ich denke, dass das vorauszusehen war.«

»Vorauszusehen?«, wiederholte Martin ungläubig. »Wohl kaum. Wer würde denn das Risiko eingehen, bei so einem Einbruch geschnappt zu werden, nur um an ein Messer zu kommen. Außerdem konnte er sechs Wochen nach dem Mord nicht einmal sicher sein, dass die Wohnung noch nicht geräumt war.« Er machte eine kurze Pause, um dann nachdenklich hinzuzufügen: »Es sei denn, er wusste, dass noch alles da war.«

»Herr Sandor, der Täter scheint ja ein guter Beobachter zu sein. Also ist es für ihn nicht weiter schwierig, auch das herauszubekommen. Selbst wenn er es nicht gewusst hat, kam es ihm offensichtlich auf einen Versuch an. Er arbeitet doch nach einem Muster. Und wenn er immer ein Messer vom vorigen Opfer für seine Taten benutzt, warum sollte das beim nächsten Mal anders sein? Dieser Mensch legt Wert auf solche Kleinigkeiten. Das gehört wohl in gewisser Weise auch zu seinem Stil.«

»Es ist wohl weniger Stil als vielmehr Spiel. Er oder sie geht immer wieder Risiken ein, die nicht sein müssten. Und ich hoffe inständig, dass ihm das irgendwann das Genick bricht. Manchmal scheint es fast so, als legte er es darauf an, erwischt zu werden.«

»Da könnten Sie nicht ganz Unrecht haben. Solche Täter wollen im Grunde, dass man weiß, wer sie sind.«

»Ganz schön irre! Einerseits wollen sie das, andererseits wollen sie natürlich nicht gefasst werden. Nennt man das gespaltene Persönlichkeit?«

»Nein«, Barbara Hansen lachte, »nicht unbedingt. Das ist noch ein bisschen was anderes. Soll ich es Ihnen erklären?«

»Nein, vielen Dank. Im Augenblick nicht.«

Kurz darauf beendeten sie das Gespräch, und Martin setzte sich mit seinem Team zusammen. Nachdem er seine Gedanken und die neuesten Erkenntnisse dargelegt hatte, berichtete er auch von dem Gespräch mit der Psychologin.

»Eine Täterin?« Paul runzelte die Stirn.

»Warum nicht?« Michael schien der Gedanke nicht abwegig. »Solche Taten sind doch nicht geschlechtsspezifisch.«

»Da gebe ich dir recht«, mischte sich Dieter ein. »Auch wenn fast alle Serienmörder Männer sind. Vielleicht findet auch in dieser Branche die Emanzipation ihren Einzug.«

»Da kommt mir doch gleich wieder die Kling in den Sinn«, sagte Michael.

»Nein!« Martin schüttelte langsam den Kopf. »Überlegt doch mal. Zwischen den Toten gibt es keinerlei Zusammenhang. Zwar gibt es die Verbindung durch die Kling zwischen Janz und Klein, aber das reicht mir nicht.«

»Es wäre doch aber möglich, dass der Mörder zwischendurch ein privates Problem, sprich irgendeinen Streit mit Janz und Klein, auf diese Weise aus dem Weg räumt.« Michael ließ sich nicht so schnell von seinem Gedankengang abbringen. »Das würde auch erklären, warum die Klein außerplanmäßig sterben musste.«

»Ob das außerplanmäßig war, wissen wir nicht. Es lässt sich nur vermuten. Und gegen die Kling haben wir nicht genug in der Hand. Ich glaube eher, dass wir es mit einem ganz fremden Menschen zu tun haben, der weder zum Freundes- noch Familien- oder Bekanntenkreis eines der Opfer gehört.« Martin hatte am Wochenende noch einmal lange über alle Aspekte des Falls nachgedacht und war schließlich zu der Einsicht gelangt, dass es keine andere Lösung geben konnte.

»Da ist was dran«, bestätigte Dieter. »Serienmorde werden im Gegensatz zu normalen Morden eher von Personen ausgeübt, die den Opfern fremd sind. Obwohl wir das wussten, haben wir unser Augenmerk immer wieder auf die bekannten Personen gelenkt.«

»Wir hatten ja auch keine andere Chance.«

Paul meldete sich zu Wort. »Wäre es nicht sinnvoll, einen Aufruf in der Presse zu veröffentlichen, dass sich alle, die anonyme Drohbriefe bekommen und ein Verhältnis mit einer verheirateten Person haben, melden sollen?«

»Schlag das mal Milster vor. Der wird dich in der Luft zerreißen und dich fragen, ob du ganz Wiesbaden noch mehr ängstigen und den Mörder auf besondere Weise provozieren willst.« Michael lachte und lehnte sich auf seinem Stuhl zurück. »Und die Ehebrecher werden wohl kaum angelaufen kommen und rufen: Hallo, ich betrüge meinen Mann oder meine Frau.«

»Ehrlich gesagt«, gestand Martin »weiß ich nicht, was wir jetzt weiter unternehmen sollen. Wir kennen zwar das Motiv, wissen aber sonst nichts, was uns wirklich weiterbringt.«

»Ich nehme an, die Fingerabdrücke vom Einbruch haben auch kein Ergebnis gebracht?«, fragte Dieter.

»Nein.« Martin richtete sich in seinem Stuhl auf. »Aber irgendwas müssen wir tun. Also werden wir noch mal alle, die mit der Klein und der Benning in Kontakt standen, befragen. Augenmerk auf ein unbekanntes Verhältnis. Jemand muss doch was wissen.«

Sie nahmen sich die Akten vor und teilten die zu erledigenden Befragungen auf.

36

Auch für Anne begann der Montagmorgen früher als gewöhnlich. Etwas Kaltes berührte ihren Arm, der über die Bettkante hing. Sie zog ihn zurück unter die Decke und drehte sich um. Aber schon im nächsten Augenblick wurde sie von der Seite angestupst.

»Noch nicht!«, knurrte sie mit einem schlaftrunkenen Blick zur Uhr. Daraufhin fuhr ihr eine feuchte, kalte Hundeschnauze über die Wange, eine lange Zunge folgte.

»Schon gut. Schon gut. Hör auf!« Jetzt war Anne wach.

Nach einem schnellen Frühstück ging sie mit Sunny hinaus, um einen ausgiebigen Spaziergang zu machen. Dann nahm sie ihn mit ins Büro, wo er ihr nicht von der Seite wich. Herr Bendix war von ihrer Begleitung alles andere als begeistert.

»Er stört doch niemanden«, versuchte Anne einzuwenden, doch ihr Chef blieb hart und verlangte, dass der Hund aus dem Büro verschwand. So fuhr sie in der Mittagspause nach ein paar Schritten im Park nach Hause und ließ Sunny bis zum Abend dort allein. Sie wusste, dass das für den Hund kein Problem sein würde. Bei Kelly war er oft stundenlang allein zu Hause, und sie selbst hatte ihn sonst auch in der Wohnung gelassen, wenn er bei ihr war. Aber zurzeit hätte sie ihn gern um sich gehabt. Na gut, dann eben nicht. Wenigstens würde sie heute Abend nicht alleine sein.

Sie fuhr zurück ins Büro und erledigte alles, was sie sich für den Nachmittag vorgenommen hatte. Zufrieden machte sie um sieben Uhr Feierabend, besorgte auf dem Weg noch einen Kauknochen für Sunny und freute sich schon auf seine stürmische Begrüßung.

»Sunny!«, rief sie, nachdem sie die Tür aufgeschlossen hatte. Kein Laut. Sie stutzte. Selbst wenn der Hund geschlafen hätte, käme er jetzt angerannt. Irgendetwas stimmte hier nicht. Was es war, sah sie in dem Augenblick, als sie die Tür hinter sich schloss und das Licht im Flur anknipste. Sunny lag auf dem Fußboden und rührte sich nicht. Aus seinem Maul quoll weißer, schleimartiger Schaum. Er hatte die Augen weit offen und bot ein schreckliches Bild.

»Nein!«, rief Anne und ließ sich sofort neben dem Hund nieder. Sie nahm seinen Hals in die Hände und legte ihr Ohr auf seinen Brustkorb, auf der Suche nach einem Lebenszeichen. »Sunny! Nein!« Sie zog den Körper des Tieres zu sich und schüttelte ihn. Als sie sah, wie sein Kopf leblos hin und her schaukelte, schossen ihr die Tränen in die Augen. Immer wieder rief sie: »Nein! Nein!«, bis ihr Rufen nur noch ein Flüstern war. Sie bettete den Kopf des Hundes in ihren Schoß und streichelte ihn. Ihre Tränen tropften unaufhaltsam auf Sunnys Fell. »Wer hat das getan?«, schluchzte sie. »Wer?«

Im nächsten Moment schrillte das Telefon. Erschrocken richtete sie sich auf. Anne legte Sunnys Kopf vorsichtig auf den Boden, wischte sich die Tränen mit dem Handrücken ab und ging ins Wohnzimmer. Langsam nahm sie den Hörer ans Ohr.

»Na, Frau Ingenieurin«, sagte eine deutlich verstellte, metallisch klingende Stimme. »Ich wollte mal hören, ob er schon tot ist?« Anne lief es eiskalt den Rücken herunter.

»Du Schwein!« Sie sagte es fast flüsternd, und Tränen der Wut liefen ihr die Wangen hinunter.

»Nein!« Die Person sprach ganz ruhig. »Da verwechselst du was. Das Schwein bist du. Das weißt du ganz genau.«

Anne brachte kein Wort über die Lippen, lauschte nur der kalten Stimme.

»Hat es dir die Sprache verschlagen? Ich weiß schon, du fühlst dich schuldig. Du hast auch allen Grund dazu. Ich hatte dir doch geschrieben, dass du die Briefe niemandem zeigen sollst. Und was tust du? Du gehst zur Polizei. Ich habe das Gefühl, du nimmst mich nicht ernst, und das macht mich ganz schön böse.« Die Stimme hörte sich an, als würde sie mit einem begriffsstutzigen Kind sprechen. »Ich hoffe, du hast jetzt endlich verstanden. Falls du eine Anzeige gemacht hast, rate ich dir, sie zurückzuziehen.«

»Du Mistkerl!«, schrie Anne in den Hörer.

»Beschimpfungen regen meine Fantasie ungemein an.« Anne hörte ein eiskaltes Lachen. »Ich weiß auch schon, was ich als nächstes mit dir mache, wenn du nicht endlich lieb bist. Und glaub mir, es wird dir nicht gefallen. Schlaf gut!«

Ehe Anne noch etwas sagen konnte, hörte sie ein Klicken in der Leitung. Sofort ließ sie den Hörer fallen, als klebte der Ekel, den sie empfand, noch daran. Dabei fiel ihr Blick auf einen Zettel neben dem Telefon. »Carsten Westphal«, las sie und starrte die Zahlen durch einen Tränenschleier an. Spontan tippte sie seine Nummer, während sie versuchte, ihre Tränen zurückzuhalten und ein Schluchzen zu unterdrücken.

»Westphal!«, meldete er sich schon nach dem zweiten Läuten.

»Hier ist Anne Degener. Ich weiß nicht, ob Sie sich an mich erinnern. Ich bin –«

»Natürlich weiß ich, wer Sie sind«, unterbrach er sie. »Wie könnte ich Sie vergessen?«

Anne hörte sein Lachen, und erneut schossen ihr die Tränen in die Augen. Sie musste tief Luft holen, um weitersprechen zu können. »Sie sagten, ich könnte anrufen.«

Er hörte die Aufregung in ihrer Stimme und wusste, dass etwas passiert war. »Was ist los?«, fragte er ohne Umschweife.

»Der Hund meiner Freundin. Er liegt hier. Er ist tot.« Anne sprach stockend, immer wieder unterbrochen von Schluchzern.

»Sind Sie allein?«

»Ja.«

»Beruhigen Sie sich. Ich komme zu Ihnen. Wo wohnen Sie?«

Erneut holte sie tief Luft. »Eichenwaldstraße 3.«

»Bin gleich da.«

Während Carsten zum Wagen lief ging Anne zurück in den Flur. Beim Anblick des Hundes krampfte sich ihr Magen zusammen. Sie lehnte sich gegen die Wand und rutschte an ihr herunter, bis sie auf dem Boden saß. Sie zog ihre Knie eng an den Körper und starrte das tote Tier an. Sie rührte sich nicht, bis es an der Haustür klingelte. Über die Sprechanlage hörte sie, dass es Carsten war. Sie öffnete und blickte in sein aufmerksames Gesicht.

»Ich wusste nicht, wen ich –«

»Ist schon gut. Es war keine Floskel, als ich sagte, dass Sie anrufen können.«

Er schob sie zurück in die Wohnung und schloss die Tür hinter sich. Ihrem Blick folgend, sah er den Hund liegen. Er ging darauf zu und befühlte das Tier. Dann schaute er zu Anne hinüber, die wie ein Häufchen Elend immer noch da stand, wo er sie hingeschoben hatte. Langsam ging er auf sie zu und fasste sie bei den Schultern.

»Können Sie mir sagen, was passiert ist?« Seine Stimme war warm und einfühlsam.

»Ich bin nach Hause gekommen, und da lag er schon tot hier, mit all dem Schaum vorm Maul und …« Wieder flossen ihr Tränen über die Wangen.

»Ist ja gut!« Er nahm sie in die Arme und hielt sie eine ganze Weile fest, bis er merkte, dass sie sich langsam beruhigte. »Kommen Sie«, forderte er sie auf und führte sie ins Wohnzimmer. Dort drückte er sie in den Sessel. Suchend blickte er sich um und fand eine Flasche Whisky und ein Glas auf dem Schrank. Er schenkte ein. »Hier, trinken Sie!«

Sie tat, was er ihr sagte. Die Wärme, die der Alkohol in ihrem Bauch verbreitete, und Carstens Anwesenheit beruhigten sie zusehends. Er nahm neben ihr Platz, beugte sich zu ihr vor und nahm ihre Hand in die Seine. Liebevoll blickte er sie an und wartete, bis sie bereit war zu sprechen.

»Ich habe Sunny zur Pflege. Er ist der Hund meiner besten Freundin. Sie ist gerade im Urlaub in Südafrika. Und ich war so froh, ihn um mich zu haben. Ich habe mich etwas sicherer gefühlt mit ihm.«

Verständnisvoll nickte er.

»War der Hund heute allein in der Wohnung?«

»Ja, seit heute Mittag. Mein Chef wollte nicht, dass ich ihn ins Büro mitbringe.«

»Haben Sie schon nachgesehen, ob er irgendetwas angefressen hat?«

»Angefressen?«, wiederholte sie verwirrt.

»Es könnte doch sein, dass er irgendetwas gefressen hat, was hier herumstand. Ich bin kein Fachmann, aber es sieht nach einer Vergiftung aus. Vielleicht eine Chemikalie?«

»Der Hund ist absichtlich vergiftet worden!«, sagte sie fest.

»Wie kommen Sie darauf?«

»Ich wurde eben angerufen. Jemand hat sich erkundigt, ob der Hund schon tot sei.«

»Was?«

Anne gab den genauen Wortlaut des Telefonats wieder.

»Kam Ihnen die Stimme bekannt vor?« Sein Ton wurde plötzlich dienstlich.

»Nein. Sie war total verzerrt.«

»Haben Sie inzwischen ihr Schloss ausgetauscht?«

Sie nickte.

»Gut!« Sie sah, wie er überlegte. »Hören Sie, ich fände es nicht sehr gut, wenn Sie heute Nacht allein sind. Haben Sie jemanden, zu dem Sie gehen könnten?«

»Nein.«

»Wenn Sie wollen, können Sie bei mir übernachten. Ich habe ein Sofa, das ich Ihnen anbieten kann.«

»Danke, das ist lieb gemeint, aber ich möchte lieber hierbleiben.«

»Sind Sie sicher?« Forschend sah er ihr ins Gesicht.

Nein, wollte sie sagen, aber sie musste sich doch zusammenreißen. Selbst wenn sie heute Nacht nicht allein wäre, die folgenden Nächte wäre sie es. Da würde sie wohl auch diese eine Nacht überstehen. Sie nickte, vermied es aber ihn anzusehen.

»Sie wollen tapfer sein, nicht wahr?« Er suchte den Augenkontakt. »Das ist zwar ehrenwert, aber heute müssen Sie das nicht.«

»Aber ich werde in allen zukünftigen Nächten auch allein sein. Was macht da eine einzelne Nacht aus?«

»Es ist die Nacht nach einem schrecklichen Erlebnis und eine, in der Sie sicher mehr Angst haben als sonst.«

»Ja«, sagte sie leise. »Ich habe Angst. Würden Sie … ich meine, könnten Sie …?« Sie konnte ihn doch nicht fragen, ob er heute Nacht bei ihr in der Wohnung bliebe. Schließlich kannte sie ihn eigentlich gar nicht. »Vergessen Sie es.«

»Was wollten Sie fragen?«

»Nichts! Ist schon gut. Ich möchte hierbleiben. Ich komme schon klar.«

Er schüttelte lächelnd den Kopf. Sie versuchte so stark zu sein. »Würde es Ihnen helfen, wenn ich bei Ihnen bleibe?«

Die Antwort war in ihren Augen abzulesen, die ihn erleichtert ansahen.

»Das ist kein Problem«, versicherte er. »Ich tausche gern mal mein Bett gegen ein Sofa. Bringt ein bisschen Abwechslung in mein Nachtleben.« Er lächelte sie verschmitzt an.

»Ich weiß wirklich nicht, ob ich das annehmen kann. Ich will niemandem zur Last fallen.«

»Hören Sie auf. Sie fallen mir nicht zur Last. Im Gegenteil. Ich tue das gern für Sie.« Er meinte es ehrlich, das konnte man seiner Stimme anhören.

»Danke! Ich hole Ihnen Kissen und Decke.« Als sie aufstand, fiel ihr Sunny wieder ein. »Was machen wir mit dem Hund?«

»Ich kümmere mich darum. Haben Sie vielleicht eine alte Decke?«

»Im Wagen liegt seine Hundedecke.«

»Gut, geben Sie mir die Schlüssel. Ich hol sie und bringe ihn dann in mein Auto.«

»Was wollen Sie mit ihm machen?«

»Wir werden sehen. Gehen Sie mir schon mal Bettzeug holen.« Er wollte sie nicht im Flur haben, damit sie nicht sehen musste, wie er den Hund in die Decke wickelte und nach draußen brachte.

Als sie mit Kissen und Decke aus dem Schlafzimmer kam, sah sie, dass Carsten sich ihre Tür genauer betrachtete.

»Der Täter hatte es ziemlich leicht«, erklärte er, als er sie bemerkte. »Durch diesen Briefschlitz konnte er ohne Probleme etwas zu dem Hund hineinschieben.«

»Der Briefschlitz war schon immer in der Tür, obwohl er eigentlich gar keinen Nutzen hat. Unsere Briefkästen hängen ja im Treppenhaus.«

»Der Täter hat ihn sich jetzt zunutze gemacht.«

Dass eine solche Tür auch nicht besonders einbruchsicher war, sagte er ihr jetzt nicht, sondern nahm ihr die Bettwäsche ab und ging voraus ins Wohnzimmer. Während er alles auf dem Sofa ablegte, starrte Anne ins Leere.

»Was habe ich nur angerichtet?«, sagte sie. »Wie soll ich das bloß Kelly sagen.«

»Versuchen Sie, sich darüber jetzt nicht den Kopf zu zerbrechen.«

»Ich kann ihr doch nie wieder unter die Augen treten.«

»Sie sagten doch, dass sie Ihre beste Freundin ist. Sie wird Ihnen keinen Vorwurf machen.«

»Aber ich habe ihren Hund umgebracht.«

»Nein. Das haben Sie nicht. Das war dieser Irre.«

»Aber indirekt schon. Hätte ich nicht mit ihr gewettet, hätte ich dieses ganze Chaos nicht ausgelöst. Wie kann man nur so dumm sein? Und hätte ich mich gegen meinen Chef behauptet und Sunny im Büro behalten, würde er jetzt noch leben.«

Carsten kam auf sie zu, fasste sie bei den Schultern und sah ihr fest in die Augen. »Hören Sie auf, sich diese selbstzerstörerischen Vorwürfe zu machen. Dieser Verrückte ist offensichtlich sehr zielgesteuert und ehrgeizig. Er hätte einen Weg gefunden, wenn nicht heute, dann morgen oder an einem anderen Tag. Sie haben keine Schuld! Das wird auch Ihre Freundin so sehen.«

Anne schüttelte den Kopf. »Ich hätte nicht zur Polizei gehen sollen, dann würde er noch leben. Das war sowieso eine blödsinnige Idee. Es wird doch sowieso erst etwas unternommen, wenn mir was passiert ist. Ich hätte das wissen müssen.« Anne war aufgebracht und konnte Carsten nicht in die Augen sehen.

»He!« Er hob ihr Kinn mit seinem Daumen an, dass sie ihn ansehen musste. »Beruhige dich. Ich werde nicht zulassen, dass dir etwas passiert. Alles wird gut.« Sein beruhigender Ton verfehlte seine Wirkung nicht, und sie ließ ihn ihren Kopf an seine Schulter drücken. Ewig hätte sie so stehen können mit dem Gefühl, dass jemand die Last von ihren Schultern nahm und die Angst aus ihrem Kopf vertrieb.

Nach einer Weile schob er sie sanft von sich. »Sie sollten jetzt versuchen zu schlafen.«

»Ja!« Sie lächelte ihn schwach an. »Aber Sie brauchen jetzt nicht wieder ›Sie‹ zu sagen.«

Erst jetzt merkte er, dass er sie eben geduzt hatte. Er nickte. »Gut. Und ich bin Carsten.«

»Ich zeige dir noch den Rest der Wohnung, damit du dich heute Nacht zurechtfindest.«

Er folgte ihr und bestaunte jeden Raum. »Deine Wohnung ist sehr geschmackvoll eingerichtet. Ich habe noch nie eine Wohnung gesehen, in der jeder Raum völlig anders gestaltet ist. Das gefällt mir gut. Du hast Fantasie.«

Bevor sie sich gute Nacht sagten, stellte Anne ihm noch eine Flasche Wasser neben das Sofa.

Erst gegen Morgen war sie eingeschlafen und hörte nicht, wie Carsten aufstand und Frühstück machte. Als sie endlich erwachte, erschrak sie und setzte sich ruckartig im Bett auf. Kaffeeduft zog durch die Wohnung, und sie hörte jemanden sprechen. Dann erinnerte sie sich. Carsten war da. Er schien zu telefonieren. Anne sprang aus dem Bett und warf sich ihren Bademantel über. Die Stimme verstummte, und im Flur kam er ihr entgegen.

»Guten Morgen! Geht's ein bisschen besser?«

Sie nickte. »Ja, ich denke schon.«

»Ich habe Kaffee gekocht.«

»Das habe ich gerochen, und unter anderen Umständen wäre das eine mehr als angenehme Art aufzuwachen.«

37

Martin dachte darüber nach, was er gerade erfahren hatte. Vierundsiebzig Überwachungsfälle hatten die Privatdetekteien ihnen aufgelistet. Was hieß das für ihn und seine Leute? Vor allem jede Menge Arbeit, von der er sich nicht allzu viel versprach. Bisher hatte der Mörder wahrscheinlich allein gearbeitet und auch die Observationen selbst übernommen. Warum sollte es plötzlich anders sein? Aber es war eine Chance, und es bedeutete, dass sie nicht untätig herumsitzen würden. Jede einzelne Akte mussten sie nun durchsehen. Das würde eine Menge Zeit in Anspruch nehmen. Aber hatten sie nicht Zeit genug? Wie viel Zeit? Wie lange noch bis zum nächsten Mord?

Das Telefon klingelte und riss ihn aus seinen Gedanken. Carsten Westphal meldete sich. »Hallo, Martin. Wollte mal hören, was dein Fall macht?«

»Frag nicht. Es ist alles ziemlich verworren. Wir haben kaum relevante Ansatzpunkte.«

»Dann würde dir vielleicht ein bisschen Abwechslung guttun. Hättest du Lust, mal wieder ein Bier trinken zu gehen?«

»Hört sich gut an. Aber mir wäre es am liebsten, wenn ich dich spontan anrufen könnte. Ich muss ausgerechnet im Moment eine ganze Menge organisieren.«

»Kein Problem. Melde dich einfach, wenn's dir passt.«

»Gern.« Martin freute sich wirklich über die Aussicht, den Freund privat zu treffen. »Und was gibt's bei dir Neues?«

»Nicht viel. Das heißt, ich habe eine Frau kennengelernt und –«

»Oh, was höre ich da?«, unterbrach er ihn. »Endlich mal eine erfreuliche Nachricht.«

»Nein, nicht was du denkst. Es ist nichts Privates.«

»Na, deiner Stimme nach zu urteilen, bedauerst du das.«

»Was du so hörst. Sie hat ein Problem und ich helfe ihr ein bisschen dabei. Aber lass uns das Thema bei einem Bier vertiefen.«

»Machen wir. Ich melde mich, sobald ich kann.«

Doch da Martin und seine Leute in den kommenden Tagen von der Durchsicht der Observations-Akten vollkommen in Beschlag genommen waren, verschob er den Anruf bei Carsten immer wieder.

38

Wie es im Büro üblich war, gab Anne am Mittwoch in der Frühstückspause einen kleinen Sektumtrunk. Es war ihr Geburtstag. Nach Feiern war ihr überhaupt nicht zumute. Viel lieber hätte sie diesen Tag ganz normal verstreichen lassen. Stattdessen ließ sie das Happy-Birthday-Lied und das fröhliche Händeschütteln über sich ergehen und war froh, dass sie ab sechs Uhr allein im Büro war und endlich Ruhe hatte. Sie nahm sich vor zu arbeiten bis sie müde wäre. Doch dazu kam es nicht. Um acht Uhr klang ihre Handymelodie an ihr Ohr, und Carsten meldete sich.

»Hallo, Anne. Ich stehe gerade vor deiner Tür und wollte dir die Laborergebnisse mitteilen.«

»Ich bin noch im Büro. Überstunden.«

»Ach je. Lohnt es sich zu warten? Oder soll ich am Telefon berichten?«

»Ich weiß nicht.« Sie war unentschlossen. »Vielleicht sollte ich wirklich Feierabend machen«, überlegte sie laut. »Auf dem Nachhauseweg wollte ich eigentlich noch beim verwaisten Haus meiner Freundin Kelly vorbei, zum Blumengießen. Sie wohnt am Stadtrand. Aber ich glaube, dazu habe ich jetzt keine Lust mehr. Das kann auch noch bis Freitag warten.«

»Prima!«, kam es spontan. »Dann warte ich hier. Bis gleich.« Und schon hatte er das Gespräch weggedrückt, als wollte er nicht Gefahr laufen, dass sie es sich noch mal anders überlegte.

Mit einem großen Blumenstrauß in der Hand, leeren Sektflaschen und den Resten des Knabberzeugs im Korb verließ sie das Büro und parkte ihren Jeep zehn Minuten später neben Carstens Wagen.

»Toller Strauß«, begrüßte Carsten sie, als sie aus dem Auto stieg. »Gab's was zu feiern?«, fragte er mit einem Blick auf die Sektflaschen.

»Nichts Besonderes.« In der Wohnung angekommen bat sie ihn: »Geh schon mal ins Wohnzimmer. Ich bring' das gerade in die Küche.«

In diesem Moment läutete es an der Tür. Erschrocken drehte sich Anne zu Carsten um.

»Soll ich aufmachen?«, fragte er.

»Nein.« Sie winkte ab. »Ich war nur einen Moment lang überrascht, weil ich niemanden erwarte.«

Sie ging zur Sprechanlage und Carsten beobachtete sie. Als sie hörte, wer vor der Tür stand, warf sie ihm einen fragenden Blick über die Schulter zu. Er kam ein paar Schritte näher und sah, wie sie zögerte, dann aber doch auf den Summer drückte und die Tür öffnete.

»Hallo, Schönheit! Herzlichen Glückwunsch zum Geburtstag!« Mark trat ein, nahm sie in die Arme und wirbelte sie einmal im Kreis herum.

»Was machst du denn hier?«, fragte Anne fast vorwurfsvoll.

»Na, deine Begeisterung kennt ja keine Grenzen«, lachte er. »Du glaubst doch nicht, dass ich deinen Geburtstag vergesse. Ich wollte dir gratulieren.«

»Es ist nicht gut, dass du hier bist.«

»Das hast du vor Kurzem aber noch ganz anders gesehen«, sagte er vielsagend und streichelte ihr zärtlich über die Wange, während Carsten einen kleinen Stich in der Magengegend verspürte. Er versuchte sich einzureden, dass er als Polizist hier war und nicht als Mann. Er wünschte, es wäre umgekehrt.

Mark hatte ihn noch nicht bemerkt, und er wollte nicht länger Zuschauer einer Begrüßung sein, die ihm nicht gefiel. Zumal

Anne sich ziemlich zu quälen schien. So trat er zu ihnen in den Flur.

»Oh, hallo!«, sagte Mark, als er ihn sah und streckte ihm sofort die Hand entgegen. »Ich bin Mark Linn.«

»Hallo. Carsten Westphal.«

»Störe ich vielleicht?« Mark ließ seinen Blick zwischen Anne und Carsten hin und her wandern.

»Nein, nicht wirklich.« Es war deutlich zu sehen, wie unbehaglich sich Anne fühlte. »Ich bin gerade aus dem Büro gekommen.«

»Ich wollte auch nicht lange bleiben«, meinte Mark. »Nur kurz gratulieren, dir mein Geschenk geben, mit dir anstoßen und wieder verschwinden.« Er drückte ihr ein kleines Päckchen in die Hand.

»Danke!«, sagte sie höflich. »Geht doch rein. Ich hole Gläser.« Sie ging in die Küche, lehnte sich gegen die Arbeitsplatte und vergrub ihr Gesicht in den Händen. Laut atmete sie aus. Das hatte ihr gerade noch gefehlt.

»Anne!« Sie zuckte zusammen und nahm die Hände vom Gesicht. Carsten trat zu ihr.

»Entschuldige, ich wollte dich nicht erschrecken.«

»Schon gut!«

»Geht's dir gut?«

»Nein! Absolut nicht. Ich hätte Mark nicht reinlassen sollen. Es ist viel zu gefährlich.«

»Ganz ruhig. Vielleicht wäre jetzt der Zeitpunkt, ihm von der ganzen Sache zu erzählen.«

»Nein!«, rief sie, und er sah die Angst in ihren Augen. »Ich will das nicht. Ich schicke ihn wieder weg. Sicher hat der Verrückte gesehen, dass er zu mir gekommen ist. Wenn er jetzt gleich wieder geht, passiert vielleicht nichts.«

Es tat ihm im Herzen weh zu sehen, wie verängstigt sie war. Am liebsten hätte er sie beschützend in die Arme genommen.

»Na, kann ich helfen?« Mark streckte den Kopf zur Tür herein.

»Ja, indem du gehst«, antwortete Anne spontan. »Sei mir nicht böse, aber mir geht es zurzeit nicht gut. Ich kann dir das nicht erklären. Ich verspreche, ich melde mich bei dir, wenn bei mir wieder alles in Ordnung ist. Vielleicht können wir das Anstoßen nachholen.«

»Klar, kein Problem!« Einige Sekunden standen sie sich unbehaglich gegenüber. »Dann geh' ich jetzt mal.«

»Ich bring dich zur Tür.« Anne begleitete ihn. »Du bist mir nicht böse?«

»Nein, nicht böse, nur verwundert. Du siehst unglücklich aus.«

Sie senkte den Blick.

»Ist er der Grund dafür?« Er wies mit einem Kopfnicken in Carstens Richtung.

»Nein. Im Gegenteil. Er versucht mir zu helfen.«

»Willst du nicht darüber reden?«

»Nein!«, rief sie energischer, als sie wollte.

»Schon gut«, sagte Mark beschwichtigend und legte seine Hand auf ihren Arm. »Es war nur eine Frage.« Auch ihm fiel ihr ängstlicher Blick auf, und er hätte gern gewusst, was passiert war. Doch er spürte, dass es jetzt keinen Sinn hatte, sie zu drängen, und verabschiedete sich mit einem »Pass auf dich auf!«

Sehr passend, dachte sie, nickte nur und schloss die Tür. Carsten wartete in der Küche. Er hatte inzwischen zwei Gläser mit Sekt gefüllt und hielt ihr eines entgegen.

»Mir ist überhaupt nicht nach Feiern zumute«, sagte sie traurig.

»Ich weiß! Und wir brauchen auch nicht zu feiern, wir können uns ja sinnlos betrinken.«

»Das ist eine richtig gute Idee.« Sie lächelte schwach und stieß mit ihm an.

»Alles Gute für dich!«, sagte er leise.

Anne trank ihr Glas in einem Zug leer und dachte dabei, dass sie alles nur noch hinter sich bringen wollte: Mark, den Sekt und Carsten mit seinen Laborergebnissen, nach denen sie ihn jetzt fragte.

»Wir haben vier verschiedene Fingerabdrücke auf dem Brief gefunden. Kannst du sagen, wer den Brief in der Hand hatte?«

Anne überlegte kurz. »Also, ich natürlich. Dann meine Freundin Kelly und Daniela, meine Nachbarin.«

»Hat Ludwig Dauscher den Brief angefasst?«

»Ja, stimmt.«

»Und ich habe ihn auch in den Fingern gehabt. Das wären dann fünf verschiedene Abdrücke. Bist du bei deiner Freundin sicher? Hast du gesehen, wie sie ihn angefasst hat?«

»Ja, ganz sicher.«

»Was ist mit deiner Nachbarin?«

»Sie hat den Brief doch auf mein Bett gelegt. Das hat sie ja sogar zugegeben.«

»Aber du hast ihr den Brief anschließend nicht mehr gegeben?«

»Nein, aber –«

»Wahrscheinlich sind ihre Fingerabdrücke nicht auf dem Brief, sondern nur auf dem Umschlag. Hast du den noch?«

»Nein, der ist weg.«

»Dann können wir davon ausgehen, dass die Fingerabdrücke des Täters nicht auf dem Brief sind.«

»Hab' mir schon gedacht, dass das nichts bringt.« Anne klang merkwürdig gleichgültig. »Was soll's? Hätten wir irgendwelche fremden Abdrücke gefunden, hätte man sie sicher auch nicht zuordnen können. Also ist es auch egal.«

»Nicht so pessimistisch. Wir haben hier beim BKA mehr als 370.000 Datensätze gespeichert, und jeden Tag kommen zwei- bis dreihundert neue dazu.«

»Und die Erfolgsquote?«

»Etwa jede vierte bis fünfte eingestellte Spur führt zu einem Täter.«

Anne nickte schweigend und schenkte beide Gläser noch mal voll, prostete Carsten zu und trank in großen Schlucken. Besorgt beobachtete er sie. »Du bist ziemlich trinkfest, was?«

»Überhaupt nicht, aber wollten wir uns nicht sinnlos betrinken? Auf diese Art und Weise geht das bei mir am schnellsten.« Und wieder leerte sie ihr Glas. »Zwei, drei Gläser noch, dann dürfte es schon geschafft sein.« Sie wollte sich erneut einschenken, als Carsten ihr die Flasche abnahm. Sie sagte nichts, ging ins Esszimmer und ließ sich auf einen Stuhl fallen. Er folgte ihr. »Hast du schon was gegessen?«, wollte er wissen.

»Ja!«, log sie und wechselte das Thema. »Was hast du mit Sunny gemacht?«

»Ich habe ihn untersuchen lassen. Er ist durch ein Pflanzenschutzmittel, das mit Leberwurst vermischt war, vergiftet worden.«

»Der arme Kerl.« Tränen glitzerten in ihren Augen. Carsten nahm neben ihr Platz und griff nach ihrer Hand. Am liebsten hätte sie sich bei ihm angelehnt und sich von ihm trösten lassen. Doch sie wollte nicht weinen und zog ihre Hand weg. Erneut wechselte sie das Thema. »Was ist eigentlich mit den Wanzen, die hier vielleicht versteckt sind?«

»Ach ja! Darüber wollte ich auch mit dir reden. Ich habe einen Kollegen, der morgen Vormittag vorbeikommen könnte, um sich die Wohnung anzusehen. Ist das irgendwie machbar?«

»Donnerstagvormittag?« Nachdenklich runzelte sie die Stirn. »Da habe ich ein Meeting und kann unmöglich fehlen.«

»Schlecht. Ich habe ihn ewig bequatscht, bis er endlich zugesagt hat, hierher zu kommen. Kannst du mir vielleicht den Schlüssel geben, und ich begleite ihn morgen früh?«

»Klar, kein Problem.«

»Ich rufe dich sofort an, wenn wir hier fertig sind.«

Als er wenig später gegangen war, trank sie die Flasche Sekt aus und ging ins Bett.

Sie war ihr von der Arbeit aus gefolgt und stellte mit einer gewissen Befriedigung fest, dass Mark an diesem Abend bei ihr auftauchte. Zwar hatte sie auch Carsten in die Wohnung gehen sehen, aber das spielte keine Rolle. Mark war gekommen, und Anne hatte ihn reingelassen. Das gab ihr ohne Zweifel die Berechtigung, den geplanten nächsten Schritt in die Tat umzusetzen. Sie gab ihren Beobachtungsposten auf und führte ein Telefonat. Als sie das Gespräch beendet hatte, lächelte sie zufrieden vor sich hin. Alles lief nach Plan!

39

Bis Donnerstagabend hatte Martins Abteilung alle Akten der Privatdetekteien überprüft. Jetzt wurden die Fälle sortiert. Ein besonderes Augenmerk hatten sie dabei auf alle Auftraggeber, die nicht aus familiären Gründen observieren ließen. Dazu gehörten Leute, die mehr über ihre Nachbarn, Angestellten, Arbeitskollegen oder

Bekannten wissen wollten. Bei anderen ging aus der Akte nicht hervor, in welchem Verhältnis sie zu dem Überwachten standen. All diese Fälle würden sie bis ins Detail durchleuchten. Aber nicht mehr heute. Martin machte Feierabend.

Auf dem Weg zum Wagen lief er Katja Milster in die Arme.

»Na, endlich Feierabend?«, rief sie ihm lächelnd entgegen.

»Ja.« Sie blieben voreinander stehen. »Und Sie? Holen Sie Ihren Mann ab?«

»Ja. Wir haben eine Einladung, von der er noch nichts weiß.« Spitzbübisch zog sie die Augenbrauen hoch. Martin schmunzelte. »Was macht Ihr Fall? Kommen Sie voran?«, fragte sie interessiert. »Gibt's was Neues von dem Einbruch?«

»Sie sind ja voll im Bilde«, tat er erstaunt, doch wunderte es ihn nicht wirklich.

Sie zuckte mit den Schultern. »Ich weiß immer zu wenig«, sagte sie unverbindlich lächelnd. »Nur, was man so hört und liest.«

»Oder, was Ihnen Ihr Mann berichtet«, ergänzte Martin.

Beide lächelten wissend.

»Diesmal haben Sie es wohl mit einer anderen Sorte Täter zu tun. Der scheint ganz schöne Spielchen mit Ihnen zu treiben. Das muss Sie doch furchtbar ärgern, oder nicht?« Katja Milster legte ihren Kopf schief und betrachtete ihn neugierig.

»Das haben Sie gut erkannt. Aber wenn wir am Ende siegreich sind, soll's mir recht sein.«

»Sie klingen nicht so, als glaubten Sie wirklich an einen Sieg.«

»Sein Sie sicher, ich tue mein Bestes.«

»Davon bin ich überzeugt, und ich hoffe wirklich, Sie werden auch diesmal so erfolgreich sein wie sonst, damit der Gerechtigkeit Genüge getan wird. Aber jetzt muss ich los«, sagte sie und streckte ihm die Hand entgegen. »Wir sehen uns sicher bald wieder. Bis dann!«

»Einen schönen Abend wünsch ich!«

Sie winkte und ging hinüber zum Eingang. Martin blickte ihr noch einen Augenblick nach. Es fiel ihm immer schwer, diese Frau einzuordnen. Sie war sympathisch und nett, keine Frage. Er mochte ihr pfiffiges Lächeln. Doch ihre Art sich zu bewegen, ließ sie eher affektiert und unnahbar wirken. Stets hielt sie sich extrem gerade und hatte den Kopf leicht angehoben. Und Martin fragte sich auch diesmal wieder, ob sie nur sehr selbstbewusst oder tatsächlich eingebildet war. Er schüttelte den Kopf und wandte sich zum Gehen. Über was dachte er da nach? Hatte er sich nicht ganz andere Gedanken zu machen?

Als er wenig später zu Hause war, rief er Carsten endlich an und verabredete sich mit ihm für den morgigen Abend im Beck's am Bäckerbrunnen. Karla würde ebenfalls mit einer Freundin ausgehen, sodass er die Gelegenheit für das Treffen mit dem Freund nutzen wollte.

Pünktlich um sieben saßen sich die beiden Männer am nächsten Abend gegenüber. Bei einem Weizenbier und einem großen Salatteller sprachen sie über Politik und entspannten sich, eingehüllt in die Geräuschkulisse des Kneipenlokals. Im Lauf des Abends erkundigte sich Carsten nach dem Stand der Ermittlungen in Martins Fall. Dieser berichtete von den neusten Überprüfungen und von dem Einbruch bei Eva Klein. Er erwähnte die Drohbriefe, die Marita Janz bekommen hatte, und das Motiv, das sich dadurch ergeben hatte.

»Drohbriefe?« Carsten wurde hellhörig. »Was für Drohbriefe?«

Martin erzählte und gab den ungefähren Wortlaut wieder.

»Ach, du Scheiße!«, rief Carsten aufgebracht.

»Ja, nicht gerade die Sorte von Briefen, die man bekommen möchte. Aber was regst du dich so auf?« Martin musterte den Freund stirnrunzelnd.

»Die Frau, von der ich dir erzählt habe, die bekommt auch Drohbriefe.« Carsten berichtete ihm von Anne.

»Das gibt's doch gar nicht! Das kann doch kein Zufall sein.« Nun war auch Martins Puls in die Höhe geschnellt.

»Nein, das glaube ich auch nicht.« Carsten griff in seine Jackentasche und zog das Handy heraus. »Ich ruf' sie an.«

»Sag ihr, wir kommen zu ihr.«

Während Carsten auf eine Verbindung wartete, winkte Martin die Bedienung heran und bezahlte. Er hörte, dass der Freund nur die Mailbox erreichte, auf der er eine Nachricht hinterließ und darum bat, ihn sofort zurückzurufen.

»Ich hol' mir am Tresen ein Telefonbuch. Ich versuch' sie zu Hause zu erreichen.« Aber auch hier hatte er kein Glück. Erneut sprach er seine Nachricht auf ihren Anrufbeantworter. »Sie arbeitet oft lange«, überlegte er laut. »Vielleicht ist sie noch im Büro.« Wieder blätterte er im Telefonbuch und suchte nach der Nummer. Doch auch hier war niemand mehr zu erreichen. »Das gefällt mir nicht. Ich hab' kein gutes Gefühl.«

»Immer langsam. Nur weil du jetzt von dieser Parallele weißt, muss nicht gleich was passiert sein.« Martin merkte, dass er wenig überzeugend klang.

»Ich versuche noch, bei diesem Mark anzurufen. Möglicherweise hat sie es sich überlegt und spricht gerade mit ihm über die Briefe.«

Zwar erreichte er Mark, aber Anne war nicht bei ihm.

»Komm, lass uns fahren. Wir sehen erst im Büro nach, dann zu Hause.«

Anne hatte gegen acht Feierabend gemacht und war wie immer zu der Unterführung gegangen, die zum Parkplatz führte. Schnell hastete sie die Stufen hinunter, als sie hinter sich eine Gestalt aus dem Dunkel treten sah. Folgte ihr etwa jemand? Oder bildete sie sich das vor lauter Angst nur ein? Anne ging noch etwas schneller. Als sie sich nach dem vermeintlichen Verfolger umsah, lief sie fast in einen Mann hinein, der wie aus dem Nichts plötzlich vor ihr aufgetaucht war.

»Hallo, schöne Frau. Wohin so schnell?«

Anne starrte einen großen, muskelbepackten Mann mit einer Strumpfmaske über dem Gesicht an. Einen Augenblick später realisierte sie, dass das kein zufälliges Zusammentreffen war, und wollte um ihn herumrennen.

»Immer langsam!« Er hielt sie am Arm fest und riss sie zurück, sodass ihre Handtasche zu Boden flog. Anne begann zu schreien und nach dem Mann zu schlagen. Der lachte nur, während er ihren Angriff locker abwehrte. Die Gestalt, die hinter ihr gewesen war, hatte nun aufgeschlossen. Sie zog ein Messer und hielt es Anne vors Gesicht, was sie augenblicklich verstummen ließ. Dieser zweite, ebenfalls maskierte Mann war wesentlich dünner, aber ebenso groß wie der andere, der sie immer noch festhielt. Wortlos taxierte er sie von oben bis unten.

»Was wollt ihr von mir?« Die Angst in Annes Stimme war nicht zu überhören.

Der mit dem Messer trat nah an sie heran. »Nimm die Hände hinter den Kopf«, flüsterte er ihr ins Ohr. Seine Stimme war kalt wie Eis, und sie glaubte, sich nicht mehr bewegen zu können. Doch sie tat, wie geheißen. Dann schubste der Mann sie mit seinem Körper immer weiter in Richtung Wand, bis sie hart dagegen prallte.

»Wir kommen, um dir eine Nachricht zu bringen. Wir haben gehört, du bist ein schlimmes Mädchen und verführst unschuldige Männer.«

Er hatte so nah vor ihrem Gesicht gesprochen, dass sie seinen schlechten Atem riechen konnte. Übelkeit stieg in ihr hoch.

»Wir kennen da jemanden, der dich schon oft gewarnt und dir gesagt hat, du sollst ein liebes Mädchen sein. Aber du hast nie darauf gehört. Und jetzt ist die Person ziemlich böse auf dich und möchte, dass du bestraft wirst. Und deswegen sind wir heute alle hier.«

»Ich habe kein Verhältnis mehr mit diesem Mann.« Annes Stimme zitterte.

»Das würde ich in deiner Situation auch sagen«, erwiderte die Stimme hinter der Maske.

»Glauben Sie mir doch«, flehte sie. »Ich habe das schon vor einer Weile beendet.«

»Sei still!«, herrschte sie der andere an.

Anne schielte nach rechts und links ohne den Kopf zu drehen, in der Hoffnung ein Passant käme durch die Unterführung. Die Männer lachten höhnisch.

»Das kannst du vergessen! Es kommt niemand runter, solange wir hier sind. Die Unterführung ist zurzeit gesperrt – wegen Säuberungsaktionen. Das oder was Ähnliches wird unser Kollege, der oben Schmiere steht, den Leuten jedenfalls sagen.«

Anne überlief eine Gänsehaut. Was würden diese Männer mit ihr machen? »Wer ist diese Person, die euch geschickt hat?«, wagte sie zu fragen.

»Wer wird denn gleich so neugierig sein?«

»Komm zur Sache, Mann«, forderte das Muskelpaket seinen Kumpel auf.

»He, bleib locker. Wir haben doch Zeit. Vielleicht sollten wir uns mit dem Püppchen noch ein bisschen amüsieren.«

Anne sah seine lüsternen Augen nah vor ihrem Gesicht.

»Zieh die Jacke aus!«, befahl der Dünne.

Langsam schüttelte Anne den Kopf. »Nein!«, sagte sie leise.

»Doch!«, entgegnete er ebenso leise. Dieses eine Wort machte Anne mehr Angst als Geschrei oder Handgreiflichkeiten.

»Mach schon, was er sagt«, mischte sich der andere wieder ein und riss an ihrem Ärmel. Sie versuchte sich zu wehren, hatte aber keine Chance. Ihre Jacke flog in hohem Bogen davon. Sie wurde herumgedreht und ihre Hände auf dem Rücken zusammengehalten. Der Dünne zog eine Schnur aus der Hosentasche und band ihr die Handgelenke zusammen. Erneut presste er sie gegen die Wand.

»He, kleine Raubkatze. Ich glaube, wir müssen dich mal ein bisschen bändigen.« Damit griff er ihr kräftig in die Haare und zog ihren Kopf in den Nacken.

Anne zitterte in ihrer dünnen Bluse und wurde sich bewusst, dass ihr hier niemand zur Hilfe kommen würde, egal was die Männer nun mit ihr anstellen würden. Sie fühlte, wie die Messerklinge langsam ihren Hals entlangfuhr. Dann schnitt ihr der Dünne genüsslich einen Blusenknopf nach dem anderen ab. Es war ganz still, nur das Aufprallen der Knöpfe auf den Boden war zu hören. Zuletzt schob er ihr den Stoff mit der kalten Klinge von den Schultern.

»Hilfe!«, schrie Anne und begann nach den Männern zu treten. Nein, sie würde sich nicht wehrlos in ihr Schicksal ergeben. Irgendjemand musste sie doch hören. Doch ihr Hilferuf wurde von der Hand des Muskelpakets erstickt.

»Was versuchst du hier, Lady? Ich dachte, es ginge, ohne dass wir dir das Maul stopfen müssen. Schade!« Der Dünne zog sich einen Schuh, dann den Strumpf aus. Er schlüpfte barfuß zurück in seinen Schuh und knäuelte die graue Socke zusammen.

»Mund auf!« Wieder diese leise, bedrohliche Stimme.

Anne schüttelte mit weit aufgerissenen Augen den Kopf, während der Mann seinem Kumpel grinsend zunickte. Der hielt ihr daraufhin die Nase zu, bis Anne den Mund öffnete und der andere ihr die Socke hineinstopfen konnte. Anne stöhnte. Von dem widerlichen Geschmack im Mund wurde ihr übel, und sie begann zu würgen.

»Komm schon«, sagte der Dünne. »So schlimm ist das nun auch wieder nicht. Tief durchatmen, sonst erstickst du noch an deiner Kotze.«

Vielleicht ist das wirklich halb so schlimm im Vergleich zu dem, was noch kommt, überlegte Anne. Sie riss sich zusammen und versuchte die Übelkeit zu unterdrücken. Wenn die Männer doch nur einen Moment abgelenkt würden, dann könnte sie vielleicht entwischen und nach oben rennen. Doch bei dem Blick in die Augen der beiden wusste sie, dass sie keine Chance dazu haben würde.

Der Dünne drückte ihre nackten Schultern gegen die kalte Wand und setzte das Messer zwischen ihren Brüsten an. Anne wand sich panisch. Schweiß brach ihr aus, und sie fühlte eine innere Kälte, die nur von Todesangst ausgelöst werden konnte. Sie konnte den Blick nicht von der glänzenden Klinge abwenden, jeden Moment darauf gefasst, getötet zu werden. Der Mann streichelte ihre Haut mit der Messerspitze. »Jetzt!«, flüsterte er genüsslich.

Annes angsterfülltes Winseln hallte, von der Socke gedämpft, durch die Unterführung, als das Messer ihr mit einem Ruck den BH durchschnitt. Die Körbchen sprangen zur Seite und gaben den Blick auf ihren wohlgeformten Busen frei. Sie schloss für eine Sekunde die Augen, realisierte, dass sie noch lebte und versuchte sich zu beruhigen, während die Männer laut über ihre Angst lachten. Mit der Klinge streichelte der Mann ihre Brustwarzen. Anne liefen Tränen über die Wangen.

»Nett!«

»He, Alter. Wir haben genaue Anweisungen, also lass deinen Schwanz stecken.«

»Sie ist doch eh eine Schlampe. Wen stört's, wenn wir sie vorher ein bisschen durchficken?«

»Mich!« Der Muskelprotz nahm dem Dünnen das Messer ab und drehte Anne mit dem Gesicht zur Wand.

»Lass mich das machen!«, rief der andere. »Damit ich wenigstens *einen* Spaß habe.«

Anne fühlte, wie der eine von ihr abließ, dann riss der andere ihren Kopf an den Haaren nach hinten. Er fuhr mit dem Messer langsam an ihrem Hals entlang. Annes Herz schlug wie ein Hammer gegen ihre Brust und sie hatte nur den einen Gedanken: Ich will nicht sterben!

Carsten hatte ganz ähnliche Gedanken, während er mit Martin zu seinem Wagen lief. Sie soll nicht sterben! Nicht durch die Hand dieses Serienkillers. »Martin, ich muss sie finden!«

»Komm, beruhige dich.« Er hatte seinen Freund selten so aufgeregt erlebt. »Vielleicht ist sie nur mit Kollegen oder Freunden unterwegs, oder sie arbeitet tatsächlich noch. Wo ist ihr Büro?«

»Nicht weit von hier. Sie arbeitet im Ingenieurbüro Kalvert in der Rheinstraße.«

»Ist sie Bauingenieurin?«

»Ja.«

Inzwischen hatten sie den BMW erreicht. Die Fahrt ging Carsten viel zu langsam, und er musste sich zusammennehmen, nicht an jeder roten Ampel laut zu fluchen. Zehn Minuten später standen sie vor dem Bürogebäude. Schon von außen sah man, dass alle Lichter gelöscht waren. Trotzdem klingelte Carsten einige Male und lief um das Gebäude herum. »Siehst du irgendwo ihren Wagen?«, fragte Martin.

»Nein!« Carsten schüttelte den Kopf. »Sie scheint wirklich nicht hier zu sein.«

Erneut versuchte er sie telefonisch zu erreichen, ohne Erfolg. »Mensch!« Er schlug sich mit der flachen Hand gegen die Stirn. »Jetzt weiß ich, wo sie ist. Sie wollte bei ihrer verreisten Freundin Blumen gießen.«

»Weißt du, wo die wohnt?«

»Lass mal überlegen. Ich glaube, sie hat was von einem Haus am Stadtrand gesagt. Dummerweise weiß ich auch nicht, wie diese Freundin mit Nachnamen heißt. Sie hat immer nur von Kelly gesprochen. Ich weiß nur, dass sie verheiratet und mit ihrem Mann im Augenblick in Südafrika ist.«

»Na, besser als nichts.«

Martin nahm sein Handy heraus und rief im Präsidium an. Er ließ sich alle verheirateten Kellys in Wiesbaden samt ihrer Adressen heraussuchen. Das waren zum Glück nicht allzu viele. Am Ende blieben nur zwei übrig, die eigene Häuser am Stadtrand hatten. Sie versuchten beide telefonisch zu erreichen, was nur bei einer gelang. Diese Kelly schied also aus. So machten sie sich eine halbe Stunde später auf den Weg in den Rebhuhnweg zum Haus einer Kelly Schwab.

In einem Sessel am anderen Ende der Stadt führte die Frau zur gleichen Zeit ein Telefonat.

»Alles erledigt!«, hörte sie den Mann sagen.

»Wunderbar. Gab's Komplikationen?«

»Nein. Lief alles wie am Schnürchen. Und wie verabredet haben wir einen Teil von ihr als Beweis in das Schließfach gelegt.«

»Gut, dann könnt ihr euch die Belohnung, wie besprochen, morgen in dem Schließfach holen.«

»Alles klar!«

»Ihr habt mir einen riesigen Gefallen getan.«

»Jederzeit wieder!«

Die Frau drückte das Gespräch weg und lächelte vor sich hin.

Carsten konnte von der Straße aus nur das Dach des Hauses sehen. Es lag verborgen hinter einer Reihe von Kirschlorbeerbüschen. Die Männer stiegen aus und gingen zum Eingang. *Patrik und Kelly Schwab* stand auf der Klingel. Die Rollläden waren alle halb heruntergelassen. Im Innern war kein Licht zu sehen. Carsten lief auch hier wieder um das Haus herum, während Martin beim Nachbarhaus klingelte. Er erkundigte sich nach den Schwabs und erfuhr, dass sie tatsächlich in Südafrika waren. Also waren sie hier zwar an der richtigen Adresse, von Anne Degener aber keine Spur.

»Was jetzt?«, wollte Martin wissen.

»Wir können jetzt nur noch zu ihr nach Hause fahren und hoffen, dass sie da ist. Vielleicht hat sie einfach vergessen ihren Anrufbeantworter abzustellen.«

Schweigend fuhren die beiden los. Als sie in die Eichenwaldstraße einbogen, sahen sie die Polizeistreife vor der Nummer 3 stehen.

Carstens braungebranntes Gesicht wurde beim Anblick des Polizeiwagens aschfahl. »Nein! Das darf nicht sein!« Er stoppte den Wagen abrupt und sprang heraus. Martin folgte ihm. Vor dem Haus kam ihnen ein junger Polizist mit trauriger Miene entgegen. Carsten lief an ihm vorbei auf den Eingang zu, während Martin stehenblieb, um mit dem Kollegen zu sprechen.

Die Türen waren nur angelehnt, und Carsten atmete noch einmal tief durch, ehe er die Wohnungstür aufstieß. Er hatte selten Angst, aber jetzt und hier graute ihm vor dem, was er vielleicht gleich sehen würde. Er hörte eine Männerstimme, die aus dem Wohnzimmer zu ihm in den Flur drang. »Für uns gibt es hier nichts mehr zu tun. Wir fahren also dann.«

Carsten erkannte beim Nähertreten einen Kollegen, der sofort auf ihn zukam, als er ihn sah. »Was wollen Sie hier?«, fragte er in scharfem Ton.

Carsten wies sich aus. »Was ist passiert?« fragte er, wusste aber nicht, ob er die Antwort hören wollte. Er drängte sich an dem Kollegen vorbei und trat ins Wohnzimmer. Anne saß auf dem Sofa. »Oh, mein Gott!«

Carsten betrachtete sie einen Moment, dann ging er auf sie zu. Die Erleichterung, sie hier sitzen zu sehen, lebend, stand ihm sichtbar ins Gesicht geschrieben. Sie blickte ihn nur mit großen, traurigen Augen an. Was war bloß geschehen? Auf ihren Wangen hatte sie blutige Kratzer und ihr langes Haar … war abgeschnitten, aber offensichtlich nicht von einem Friseur. Er setzte sich zu ihr und nahm ihre Hände in die seinen.

»Ich bin so froh, dich zu sehen. Ich hab' dich überall gesucht.«

»Warum?«, fragte sie leise.

»Ich wusste, dass du in Gefahr bist.«

Sie lehnte ihren Kopf an seine Schulter und schloss die Augen für einen Moment.

Martin war inzwischen hereingekommen, die anderen Polizisten hatten sich verabschiedet.

»Anne, darf ich dir meinen Freund und Kollegen Martin Sandor vorstellen?«

»Guten Abend, Frau Degener!«

Anne nickte nur, und Martin wandte sich an Carsten. »Kann ich dich kurz sprechen?«

»Sicher!« Und zu Anne gewandt: »Bin gleich wieder da.«

Die beiden Männer gingen zurück in den Flur, wo Martin den Freund davon in Kenntnis setzte, was mit Anne geschehen war, soweit er es von seinen Kollegen wusste. Er endete mit den Worten: »Sie haben ihr ein leichtes Beruhigungsmittel gegeben. Ich denke, wir sollten sie jetzt nicht noch mehr aufregen mit dem, was wir wissen. Das hat im Augenblick Zeit.«

»Ich kümmere mich um sie. Wir dürfen sie nicht mehr aus den Augen lassen.«

»Gut. Du meldest dich morgen früh bei mir, ja?«

»Sicher!« Carsten schloss die Tür hinter Martin und kam zu Anne zurück. »Ich habe gehört, was passiert ist. Du brauchst keine Angst mehr zu haben. Ich bin da.«

Es tat ihr gut, dass er lächelte. »Im Augenblick habe ich keine Angst, aber das liegt wohl an den Tabletten, die sie mir gegeben haben.« Sie blickte ihn schweigend an und fügte dann hinzu: »… und daran, dass du da bist. Das ist für mich eine große Hilfe.«

Er nickte. »Das mache ich gern, und dass du Hilfe brauchst, ist ziemlich sicher. Aber darüber sprechen wir morgen. Für heute möchte ich dir vorschlagen, mit mir nach Hause zu kommen. Ich denke, es wäre gut, wenn du in einer anderen Umgebung und nicht allein wärst.«

»In Ordnung!«, sagte sie ohne Zögern. Sie empfand große Erleichterung darüber, dass ihr jemand sagte, was sie jetzt tun sollte. Sie war müde und wollte nicht mehr denken, nur ausruhen und vergessen.

Gemeinsam packten sie ein paar Sachen zusammen und verließen die Wohnung. Auf der Fahrt blickte Carsten immer wieder in den Rückspiegel, um mögliche Verfolger auszumachen. Doch er war sich ziemlich sicher, dass niemand ihnen folgte. Als sie im Ingwerweg ankamen, war Anne vor Erschöpfung eingeschlafen. Er trug sie ins Haus, dabei wurde sie wieder wach.

Sie blickte sich irritiert in Carstens Wohnzimmer um.

»Meine bescheidene Hütte«, erklärte er. »Sieh dich nur um, sie ist nicht besonders groß. Verlaufen kannst du dich nicht.«

Sie erkannte, dass es sich um ein Holzhaus handelte, das aus Blockbohlen errichtet war. Die Räume strahlten Wärme und Geborgenheit aus. Es gab drei Zimmer, eine Küche und ein Bad. Alles nicht sehr groß, aber gemütlich. Carsten zündete ein Feuer im Kamin an und holte Bettzeug.

»Du schläfst in meinem Bett und ich auf der Couch.«

»Nein. Du hast bei mir auf der Couch geschlafen. Jetzt bin ich dran.«

»Aber –«

Sie legte ihm einen Finger auf den Mund, um ihn zum Schweigen zu bringen. »Hast du Wein da?«, fragte sie, um das Thema zu beenden, und nahm auf dem Sofa Platz.

Er lächelte, öffnete schweigend eine Flasche Rotwein und schenkte ein. Sie genoss die Wärme, die sich vom Kamin her ausbreitete, und starrte schweigend in die Flammen.

»Möchtest du über den Überfall sprechen?«, fragte er so sanft wie möglich.

»Eigentlich nicht, aber ich werde es tun.«

»Du musst nicht, wenn du nicht willst.«

»Ich weiß, aber morgen oder an einem anderen Tag wird es auch nicht besser. Wenn ich es jetzt loswerde, kann ich es vielleicht schneller verdrängen.« Sie wollte eigentlich »vergessen« sagen, doch sie wusste, dass sie das niemals würde vergessen können.

Bereits auf der Polizeistation hatte sie Angaben machen müssen, aber sie hatte sich so kurz wie möglich gefasst. Und sie war dankbar gewesen, dass man sie nicht weiter bedrängt hatte. Aber jetzt, hier an Carstens Seite, konnte sie sich dem Erlebten stellen. Sie begann zu erzählen. Sie war an dem Punkt angelangt, als die Männer sie mit dem Gesicht zur Wand gedreht hatten.

»Ich spürte, wie die Klinge an meinem Hinterkopf hinaufgeschoben wurde. Da dachte ich, sie bringen mich um.« Dass ihr seit einigen Minuten Tränen über die Wangen liefen, schien sie nicht zu merken. »Meine Haare hielt der Dünne zusammengerafft und begann, sie direkt am Kopf abzuschneiden, während der andere mein Gesicht brutal gegen die Wand drückte. Dann wurde ich wieder herumgedreht. Der Dünne sagte: ›Siehst ein bisschen verändert aus. Aber ich muss sagen, wenigstens die Socke im Mund steht dir gut.‹ Er lachte fies, während er meine Haare in eine Plastiktüte steckte und diese dem anderen reichte. Dann sagte er noch, dass nächstes Mal andere Dinge abgeschnitten würden, wenn ich weiterhin ein böses Mädchen wäre. Das wäre dann auch gleichzeitig das letzte Mal, wenn ich verstehen würde, was er beziehungsweise die Person, die auf mich aufpasst, meint. Dann steckte er das Messer ein und nahm meine Handtasche. Er kramte mein Handy heraus und meinte: ›Das brauchst du nicht, denn die Polizei wirst du doch nicht rufen. Das wäre ja gleichzeitig die Bestellung des nächsten Treffens.‹ Er warf das Handy gegen die Mauer. Es blieben nur unzählige Einzelteile übrig. Die Tasche ließ er achtlos fallen, und dann drückte er sich noch einmal ganz eng an mich und leckte mir über den Hals.«

Der Ekel, den sie in der Unterführung empfunden hatte, war jetzt deutlich auf ihrem Gesicht zu sehen.

»Ich wollte mich wehren, ich wollte schreien, aber ich hab' versucht, das zu unterdrücken, in der Hoffnung, dass er von mir ablässt. Das tat er dann auch, aber …« Sie sprach nicht weiter, versuchte das Schluchzen hinunterzuschlucken. Carsten hatte die ganze Zeit ihre Hand gehalten. Jetzt nahm er sie zärtlich in die Arme und Anne ließ ihren Emotionen freien Lauf. Laut weinte sie an seiner Schulter, und er wünschte, er könnte ihr die Last der Erinnerung abnehmen. Langsam wurde sie ruhiger und löste sich aus seinen Armen. Die Tränen wischte sie mit dem Handrücken ab, atmete tief durch und fuhr fort.

»Der Kerl begrapschte meine Brüste und stöhnte, sodass ich dachte, er überlegt es sich vielleicht und fällt doch noch über mich her. Aber er hat nur gesagt, dass er mich vielleicht mal besuchen kommt, in der Eichenwaldstraße.« Sie hatte die ganze Zeit ins Feuer gesehen, während sie erzählte. Doch jetzt wandte sie sich Carsten zu. »Er weiß, wo ich wohne«, rief sie und man konnte die Angst in ihren Augen sehen. Wieder nahm Carsten sie in den Arm.

»Dir wird nichts passieren. Ich passe auf dich auf.«

Beide schwiegen eine Weile, und Anne erinnerte sich, wie die Männer sich gegenseitig auf die Schultern geklopft und im Fortgehen »Bye, bye, Süße!« gerufen hatten. Sie hatte sie mit den Augen verfolgt, bis sie verschwunden waren. Dann war sie an der kalten Wand entlang nach unten gerutscht, bis sie auf dem Boden gesessen hatte.

Du musst dich beruhigen!, hatte sie sich in Gedanken zugerufen und tief Luft geholt. Den Gestank von Urin und der widerlichen Socke würde sie nie mehr im Leben vergessen können. Irgendwie musste sie dieses Ding aus ihrem Mund bekommen. Sie zog an ihren Fesseln, konnte sich aber nicht befreien, so sehr sie es auch versuchte. Die Schnur schnitt ihr nur immer tiefer ins Fleisch. So hatte sie sich zusammengekrümmt und versucht, die Socke zwischen ihre Füße zu klemmen, um daran ziehen zu können. Es glückte ihr nicht sofort, und sie hatte sich gewünscht, gelenkiger zu sein. Doch endlich hatte sie das stinkende Ding ausspucken können und sich gleich darauf übergeben.

Nachdem sie wieder zu Atem gekommen war, hatte sie sich zitternd vor Kälte und Angst aufgerappelt. Langsam und mit dem Gefühl, dass ihre Beine jeden Augenblick den Dienst versagen würden, war sie zu ihrer Handtasche gegangen. Ihr einziger Hoffnungsschimmer! Sie hatte hinter ihrem Rücken darin herumgekramt, auf der Suche nach einem Werkzeug, mit dem sie die Fesseln durchtrennen könnte. Sie hatte aber nichts Passendes gefunden.

Stattdessen hatte sie die Innentasche ihrer Handtasche geöffnet und ihr Bürohandy herausgeholt. Wie gut, dass die Männer nicht genau nachgesehen hatten. Obwohl sie »keine Polizei!« gesagt hatten, schien es Anne die einzige Möglichkeit zu sein, sich aus ihrer Lage zu befreien. Kurz hatte sie an Carsten gedacht, und sich gewünscht, sie wüsste seine Nummer auswendig. Blind hatte sie die Nummer der Polizei eingetippt und den Überfall gemeldet. Dann war sie in sich zusammengesunken und hatte laut losgeschluchzt. Es war das einzige Geräusch, das in der Unterführung zu hören war und das von den Wänden wie unwirklich widerhallte.

Sie war nicht sicher, wie viel Zeit vergangen war, bis sie Schritte gehört und verängstigt aufgeblickt hatte. Zwei Polizeibeamte waren auf sie zugekommen. »Sind sie Anne Degener?«, hatten sie gefragt. Anne hatte nur genickt.

Carsten brach das Schweigen, das sich ausgebreitet hatte, nachdem Anne fertig erzählt hatte, als Erster. »Glaubst du, du kannst schlafen?«

»Ich denke schon. Im Grunde bin ich hundemüde.« Sie leerte ihr Weinglas in einem Zug. »Ich benutze mal dein Bad, und dann kannst du mich ins Bett bringen.« Sie lächelte ihn müde an.

Normalerweise hätte er darauf mit einem lockeren Spruch geantwortet, doch jetzt nickte er nur. Als sie im Pyjama zurückkam, hatte er das Sofa bereits zum Bett umfunktioniert.

»Wenn du heute Nacht irgendwas brauchst, rufst du einfach. Ich bin gleich nebenan.«

40

Anne lief mit Carsten durch die Unterführung. Tatortbegehung nannte er das. Sie blieb an der Stelle stehen, wo immer noch ihr zerbrochenes Handy am Boden lag. Plötzlich tauchten die beiden maskierten Männer wieder auf. Der Muskelbepackte ging schnurstracks auf Carsten zu und schlug ihn ohne Vorwarnung mit der Faust ins Gesicht und anschließend in den Magen, sodass er schmerzverzerrt in sich zusammensank. Der andere packte Anne und warf sie zu Boden. Er riss ihr den Pullover vom Leib und holte das schon bekannte Messer heraus.

»Du hast die Polizei gerufen. Ein folgenschwerer Fehler! Und wie du siehst, kann die dich auch nicht retten.« Er blickte in Carstens Richtung, wo der andere damit beschäftigt war, dem Polizisten ununterbrochen in den Bauch zu treten.

»Nein!«, schrie sie. »Lasst ihn!«

»Gleich, Süße!«, hörte sie den Mann, der nun rittlings auf ihren Hüften saß, sagen. »Erst werde ich dir noch den Rest deiner Haarpracht nehmen.« Er setzte ihr das Messer an der Stirn an. Höhnisch lachend rief er: »Ich werde dich skalpieren!«

»Nein!«, schrie sie wieder. »Nein! Lass mich los!« Sie versuchte zu strampeln und um sich zu schlagen, doch ihre Hände wurden festgehalten.

»Anne!«, hörte sie jemanden rufen. »Anne, wach auf!«

Schweißgebadet öffnete sie die Augen und blickte Carsten an, der ihre Hände festhielt und sie jetzt zu sich hochzog.

»Du hattest einen Albtraum!«, erklärte er und wischte ihr den Schweiß von der Stirn.

»Sie wollten mich skalpieren!«, rief sie atemlos.

Er holte ihr ein Glas Wasser und setzte sich neben sie.

»Trink das. Ich bleibe jetzt bei dir. Versuch wieder einzuschlafen.«

»Ich habe Angst, die Augen zuzumachen«, gestand sie.

»Das musst du nicht. Du wirst jetzt keinen Albtraum mehr haben. Ich bin ja bei dir.«

Tatsächlich schlief sie kurz darauf ruhig und traumlos ein.

Als sie am nächsten Morgen erwachte, blickte sie in die entspannten Gesichtszüge von Carsten, der im Sessel eingeschlafen war. Er war nach unten gerutscht und hielt seinen Kopf auf seine Hand gestützt. Zärtlich betrachtete sie ihn. Er war ein wunderbarer Mann. Welches Glück sie hatte, ihn kennengelernt zu haben. Ohne ihn wären die letzte Nacht und auch der Abend, als Sunny starb, noch mehr zum Horror geworden, als es sowieso schon der Fall war. Dankbar küsste sie ihn auf die Wange. Verwundert öffnete er die Augen.

»Wofür war das?«, fragte er leise.

»Ein Dankeschön für deine Hilfe.«

»Und da küsst du mich im Schlaf, wo ich das nicht mal richtig mitkriege?«

Erneut senkte sie ihre Lippen auf seine Wange. Dann nahm er ihren Kopf in beide Hände und küsste sie auf den Mund. Es war ein langer, zärtlicher Kuss. Einer von der Sorte, die man am liebsten in eine Schachtel gelegt hätte, um sie ewig aufzubewahren.

Wenig später saßen sie beim Frühstück.

»Anne, ich möchte gern, dass du heute hierbleibst«, sagte er in einem Ton, der keinen Widerspruch duldete.

»Gern.«

»Ich habe eine Nichte«, fuhr er fort, »die arbeitet hier in Wiesbaden als Friseurin. Wenn du möchtest, rufe ich sie an.«

»Du meinst, da ist noch was zu retten?« Sie fuhr sich mit den Fingern durch die Haare, die an den Seiten noch Kinnlänge hatten, am Hinterkopf aber sehr kurz waren.

»Es wird schwer, dich noch hübscher zu machen«, sagte er galant. »Aber Franziska kann es ja mal versuchen. Ich rufe sie an.«

»Danke!«

»Und dann gibt es da noch etwas, worüber Martin, mein Kollege von gestern, und ich mit dir reden müssen. Es ist sehr wichtig.«

»Klingt nach etwas Unangenehmem.«

»Ich wünschte, ich könnte es dir ersparen.«

»So schlimm wie das, was ich bis jetzt erlebt habe, wird es schon nicht sein, oder?«

Er antwortete nicht auf ihre Frage. Anne versteifte sich. Was konnte es noch Schlimmeres geben, als überfallen zu werden, Todesangst auszustehen und wahrscheinlich für den Rest ihres Lebens Albträume zu haben?

»Du musst keine Angst haben. Ich würde gern mit dir heute Nachmittag zu ihm fahren. Schaffst du das?«

»Ja, wenn du bei mir bist.«

Er griff über den Tisch und nahm ihre Hand. »Das werde ich.«

Während Anne sich im Bad fertig machte, telefonierte Carsten mit seiner Nichte, die sich sofort bereit erklärte zu kommen.

»Ich habe bis Mittag Dienst«, erklärte er Anne. »Aber Franziska kommt gleich und bleibt bei dir, bis ich zurück bin. Du wirst sie mögen.«

Das war auch auf Anhieb der Fall. Als die junge Frau ihren rötlichen Lockenkopf zur Tür hereinstreckte und fröhlich rief: »Hier kommt ihr ganz persönlicher Heimservice!«, zauberte das auch bei Anne ein Lächeln auf die Lippen. Nachdem Carsten die beiden einander vorgestellt hatte, ließ er sie allein und fuhr los. Dass er eine Streife vor die Tür beordert hatte, davon wussten die Frauen nichts.

»Carsten hat mir von ihrem Überfall erzählt. Es muss schrecklich sein, so was zu erleben«, sagte Franziska, während sie ihre Friseurutensilien auspackte. »Aber«, sie lachte Anne offen an, »ich werde Sie wieder wunderschön machen. Das wird diese böse Erinnerung verblassen lassen.«

Während sie an Annes Haaren herumschnitt, meinte sie: »Carsten mag Sie sehr.«

»Tut er das?«

»Ja! Er hat mir schon neulich von Ihnen erzählt. Und die Art, wie er das tat, sagte mir gleich, dass Sie etwas Besonderes sein müssen.«

»Was Besonderes«, wiederholte sie. »Das ist doch Unsinn. Ich bin eine Frau, wie viele andere auch.«

»Aber eine, die Carsten verzaubert, und das ist das Besondere.«

»Verzaubert. Wie sich das anhört. Ich glaube, was er für mich empfindet, ist eher Mitleid.«

»Da irren Sie sich aber gewaltig. Glauben Sie mir, ich kenne meinen Onkel gut.«

Anne bezweifelte Franziskas Worte, hatte aber eigentlich keine Lust, weiter über das Thema zu diskutieren. Sie beobachtete die junge Frau. Franziska war sehr schlank und wesentlich größer als sie selbst. Die Sommersprossen auf ihrer Stupsnase verliehen ihr ein keckes Aussehen. Ihre schmalen Lippen betonte sie mit einem scharlachroten Lippenstift.

»Er ist ein toller Mann«, hörte sie Franziska sagen. »Wenn ich jemals so einen an die Angel kriege, lasse ich ihn nicht wieder vom Haken.«

»Wenn er so toll ist, warum hat er dann keine Freundin?«

»Weil er zurzeit jeder tieferen Beziehung ausweicht. Er kennt eine Menge Frauen und hätte sicher auch keine Probleme weitere kennenzulernen. Er hat das gewisse Etwas.«

Damit lag seine Nichte nicht falsch, überlegte Anne. Wenn sie versuchte, ihn so objektiv wie möglich zu betrachten, musste sie zugeben, dass er ein außergewöhnlich attraktiver Mann war. Sein Lächeln war entwaffnend, sein Blick offen und direkt.

»Sicher flirtet er auch mal hier und da«, sprach Franziska weiter. »Aber seit er vor acht Monaten geschieden wurde, kam eine neue

Beziehung für ihn nicht infrage. Er hat Angst vor der Hingabe, die immer die Gefahr einer Verletzung mit sich bringt. Von dieser Art Schmerz hat er genug, hat er mir mal gesagt.«

»Warum hat er sich scheiden lassen?«

»Karin war einfach nicht die Richtige für ihn. Sie hat nie wirklich zu ihm gepasst. Sie war irgendwie abgehoben und nicht so ein bodenständiger Typ wie Carsten. Wahrscheinlich haben sie viel zu schnell geheiratet. Ich glaube, sie kannten sich erst ein halbes Jahr. Dafür hielt das Ganze erstaunlicherweise sieben lange Jahre, wobei die letzten beiden schon Quälerei waren, wenn Sie mich fragen.«

Franziska fuhr Anne mit den Fingern durch die Haare und zupfte hier und da eine Strähne zurecht. »Wow, das wird gut!«, sagte sie voller Überzeugung. »Mögen Sie Meg Ryan?«

»Ja, die mag ich sehr.«

»Dann werden Sie Ihre neue Frisur auch mögen. Sie sehen genauso aus, nur in braun.«

»Sie machen mich neugierig.«

»Gleich bin ich fertig, nur den Nacken noch.«

Als Franziska die kalte Schere am Nacken entlangführte, zuckte Anne zusammen. Sie durchlebte noch einmal den Moment, als sich die kalte Klinge des Mannes ihren Nacken hochgeschoben hatte. »Moment, bitte!«, sagte sie.

Franziska betrachtete sie mit ihren großen, grünen Augen aufmerksam, während Anne sich den Nacken rieb, um das Gefühl loszuwerden.

»Alles in Ordnung?«

»Nein.« Tränen glitzerten in ihren Augen, und sie erzählte Franziska von ihrem Erlebnis.

Die junge Friseurin war währenddessen vor ihr in die Hocke gegangen und hatte Annes Hände in ihre genommen.

»Es wird alles wieder gut, ich weiß es.«

Dankbar sah Anne die junge Frau an, die so voller Lebensfreude war. Wie gern wollte sie ihr glauben. Aber sie konnte es nicht.

»Den Nacken lassen wir so, wie er ist. Das ist prima! Ich hole jetzt einen Spiegel, und Sie bereiten sich auf eine neue Anne vor.«

Als Anne ihr Spiegelbild betrachtete, liefen ihr wieder Tränen über die Wangen.

»So schlimm?«

Anne schüttelte den Kopf. »Nein. Im Gegenteil. Es sieht wirklich gut aus. Sie haben das toll hingekriegt.« Sie wischte sich die Tränen mit den Fingern weg. »Ganz ehrlich! Vielen Dank!«

Franziska nahm sie spontan in den Arm. Diese Anne war ihr sehr sympathisch. Kein Wunder, dass ihr Onkel sie mochte.

Nachdem sie aufgeräumt hatten, saßen die beiden Frauen bei einem Tee zusammen.

»Glaub mir«, sie waren inzwischen zum *Du* übergegangen, »ich habe noch nie gesehen, dass Carsten eine Frau so ansieht, wie er dich heute Morgen angesehen hat.«

Anne musste lächeln. Obwohl Franziska gerade einundzwanzig Jahre jung war, vermittelte sie den Eindruck, eine Expertin in Sachen Liebe zu sein.

»Ich weiß das genau, weil auch mein Freund nur mich auf so eine Weise ansieht.« Sie schenkte erneut Tee ein.

»Woher weißt du so viel über Carsten und sein Liebesleben?«, wollte Anne wissen.

»Ich verbringe viel Zeit mit ihm, weil meine Eltern und Geschwister nicht hier wohnen. Und deshalb weiß ich auch, dass Carsten seit der Scheidung noch mit keiner Frau so richtig ausgegangen ist.«

»Na, ausgegangen sind wir auch noch nicht. Unsere Treffen waren eher trauriger Natur und hatten ganz und gar nichts von einem Date. Ich glaube wirklich, dass ich eher seinen Beschützerinstinkt wecke, wie es sich eben für einen guten Polizisten gehört.«

»Das stimmt nicht«, sagte Franziska voller Überzeugung. »Er hat mir gesagt, wie sehr er dich mag.«

»Hat er?«, fragte Anne erstaunt. Sie musste an den zärtlichen Kuss von heute Morgen denken. Küsste so jemand, der nur Mitleid empfand?

41

Als Anne jetzt neben Carsten im Auto saß, blickte er immer wieder zu ihr herüber. Er wollte sie berühren, in die Arme nehmen, sie küssen … Fast schämte er sich wegen seiner Gedanken, die ihm egoistisch vorkamen, wenn er daran dachte, was sie durchgemacht hatte.

»Was siehst du mich so an? Das macht mich ganz nervös«, gestand sie.

»Entschuldige, aber ich staune über dein neues Aussehen. Du siehst umwerfend aus. Ich hätte nicht gedacht, dass du noch schöner werden könntest, als du es zuvor schon warst.«

Während er das sagte wusste er, dass er sich in Anne verliebt hatte. Ausgerechnet jetzt! Warum hatte er sie nicht unter anderen Umständen kennenlernen können? Er zwang sich, sie nicht mehr anzusehen, bis sie bei Martin im Präsidium waren.

Carsten hatte bereits am Morgen mit Martin telefoniert, um zu besprechen, was und wie viel sie Anne sagen konnten. Am Ende entschieden sie, nichts vor ihr geheim zu halten. Sicherlich würde es ein Schock für sie werden, aber es war doch nötig. Martin hatte Barbara Hansen gebeten, bei der Unterhaltung anwesend zu sein, für den Fall, dass Anne psychologischen Beistand brauchen würde.

Nun saßen die vier im Besprechungszimmer zusammen, und Martin berichtete Anne von den Morden und der Parallele mit den Briefen.

»Dann denken Sie«, fragte sie völlig logisch, »dass der Mörder es jetzt auf mich abgesehen hat?«

»Genau das!«

Ein schreckliches Gefühl der Beklemmung legte sich auf Annes Brust. »Aber warum lässt er mich nicht zufrieden? Ich habe doch im Grunde seine Forderung erfüllt und die Affäre beendet.«

»Es geht nicht mehr länger um die Affäre«, warf Barbara Hansen ein, »als vielmehr um Ihre Bestrafung.«

Martin nickte zur Bekräftigung dieser Aussage.

»Hat er mich denn mit dem Mord an Sunny und dem Überfall nicht genug bestraft?«

»Sie sind zur Polizei gegangen. Das stellt eine enorme Provokation dar.«

»Ich habe von Anfang an alles falsch gemacht!« Anne vergrub ihr Gesicht in den Händen.

»Nein. Sag das nicht!« Carsten strich ihr über den Rücken. »Der Einzige, der hier etwas falsch macht, und zwar gewaltig, ist dieser irre Mörder.«

»Irre ist er sicher nicht«, erklärte Barbara Hansen. »Ich lege meine Hand dafür ins Feuer, dass der Täter eher unauffällig lebt.«

Martin lehnte sich zurück. Das hatte er ja bereits von ihr gehört.

»Wahrscheinlich hat diese Person keine intensive Beziehung, weil sie selbst ein Problem damit hat. Trotzdem handelt es sich sicherlich um einen extremen Moralisten, bei dem die Ehe eine zentrale Rolle spielt. Also suchen Sie nach einem augenscheinlich normalen Menschen.«

»Warum haben sie mir die Haare abgeschnitten?«, wollte Anne wissen.

»Sie wollten Sie erniedrigen und Ihnen Angst einjagen«, sagte Barbara.

»Da stellt sich mir die Frage«, überlegte Martin laut, »warum der Täter das nicht selbst gemacht hat? Mal davon ausgehend, dass die beiden Männer tatsächlich angeheuert waren.«

»Ja, das wundert mich auch ein wenig«, pflichtete die Psychologin ihm bei. »Vielleicht schien dem Auftraggeber das Risiko zu groß zu sein.«

»Aber das Risiko, dass die Männer erwischt werden, geht er ein. Scheint mir nicht sehr logisch.«

»Mörder handeln nicht immer logisch.«

»Ich hoffe sehr, dass das Labor was rauskriegt.«

»Gibt es denn Spuren?«

»Ja, eventuell. Durch den Kampf mit einem der Männer fanden sich Mikrofasern unter Frau Degeners Fingernägeln, die wir untersuchen lassen. Der andere hat ihr über den Hals geleckt, sodass wir eine DNA-Probe haben.«

»Besonders clever scheinen die ja nicht gewesen zu sein«, urteilte die Psychologin.

»Bis wir aus der Richtung Ergebnisse haben, müssen Sie, Frau Degener, uns alles sagen, was Sie wissen oder vermuten. Fangen Sie vielleicht damit an, wer Ihrer Meinung nach von Ihrer Affäre gewusst hat.«

»Martin«, meldete Carsten sich zu Wort, noch bevor Anne beginnen konnte, »es wäre vielleicht klug, diesen Mark Linn dazuzuholen.«

»Ja, absolut richtig. Ich wollte später sowieso mit ihm sprechen. Aber alle zusammen macht noch mehr Sinn. Ich würde sagen, wir machen eine Pause, und ich schicke Paul, um ihn zu holen.«

»Es muss sein!«, versuchte Carsten Anne zu erklären. »Wenn –«

»Ist schon gut«, unterbrach sie ihn. »Ich verstehe das. Und da meine Versuche, mich von ihm fernzuhalten, nicht viel genutzt haben, ist es ohnehin egal.«

Während sie auf ihn warteten, bat Anne, dass man in Marks Gegenwart die Wette möglichst nicht erwähnen sollte. Martin versprach es ihr, da er den Grund für das Zustandekommen der Affäre für irrelevant hielt.

Eine halbe Stunde später wurde Mark von Paul hereingeführt. Während der Fahrt zum Präsidium hatte ihn der Polizist bereits über das Wichtigste in Kenntnis gesetzt.

»Anne!« Er ging direkt auf sie zu und nahm sie ohne Umschweife in den Arm. »Warum hast du mir nie was gesagt?«

»Ich wollte dich nicht mit hineinziehen, außerdem hatte ich Angst.«

»Das Ganze ist einfach unfassbar. Wer tut so was?« Mark wirkte völlig durcheinander.

»Um diese Frage zu klären, sind wir alle hier.« Martin reichte ihm die Hand und stellte sich und alle Anwesenden vor. »Setzen Sie sich, bitte.«

Auf die Frage nach den Mitwissern der Affäre, fielen nun die Namen von Bernd, Kelly und Daniela.

»Was ist mit Ihrer Frau, Herr Linn?«

»Meine Frau?« Erstaunt hob er die Augenbrauen. »Nein. Die wusste sicher nichts davon. Sie hätte mir das sofort gesagt und mich zur Rede gestellt. Da bin ich ganz sicher. Sie würde nie zu solchen Mitteln greifen.«

»Nehmen wir das im Augenblick mal so hin. Wir werden Ihren Freund Bernd allerdings befragen müssen, und für diese Daniela Böhmer beschaffen wir uns sofort einen Durchsuchungsbefehl. Paul, kannst du das bitte in die Wege leiten?«

Martin sah zu seinem Kollegen hinüber, der nachdenklich auf die Tischplatte starrte und Martins Worte offensichtlich nicht gehört hatte.

»He, Paul!«, rief er etwas lauter.

»Was?« Aufgetaucht aus seinen Gedanken, blickte er Martin jetzt fragend an.

»Was ist los?« Verständnislos schüttelte Martin den Kopf. »Es wäre hilfreich, wenn du das Träumen auf die Nacht verschieben würdest.«

»Sorry. Ich hatte nur gerade so einen Gedanken –«

»– und ich hatte nur gerade so eine Bitte an dich.« Er wiederholte den Arbeitsauftrag, woraufhin Paul den Raum verließ, um mit dem Staatsanwalt zu sprechen.

Mark und Anne wurden nach den Opfern und nach Namen befragt. Sie sahen sich die Fotos an, erkannten aber niemanden. Es ließ sich keine Verbindung zwischen den Fällen herstellen.

»Das bestätigt mal wieder meine Theorie«, folgerte Martin schließlich, »dass es sich beim Täter um einen Fremden handelt, der seine Opfer zuvor nicht kannte.«

»Das würde ich so nicht sagen.« Barbara blickte von einem zum anderen. »Ich bin sicher, dass der Täter die Opfer insoweit kannte, als er einiges von ihnen wusste. All das, was er durch Beobachten und Nachspionieren herausfinden konnte. Dieses Verhalten, sich Informationen anzueignen, die er dann für sich nutzt, und gleichzeitig zu wissen, dass die Opfer ihn überhaupt nicht kennen, ist auch ein Teil von Machtausübung.«

42

Wenig später lösten sie die Sitzung auf. Paul hatte beim Staatsanwalt größere Überzeugungsarbeit leisten müssen, um den Durchsuchungsbefehl zu bekommen. Aber jetzt waren er und Martin mit einem Team auf dem Weg zu Daniela Böhmer.

Kurz darauf öffnete sie den Beamten erstaunt die Tür. Martin klärte sie im Flur über den Sachverhalt auf, während die Kollegen sich auf alle Räume verteilten und mit ihrer Arbeit begannen.

»Dann hat Anne mich tatsächlich angezeigt?«, fragte Daniela ungläubig.

»Nein, das brauchte sie nicht. Unsere Ermittlungen haben ergeben, dass Sie etwas mit der Sache zu tun haben könnten. Schließlich haben Sie ihr einen Drohbrief auf das Kopfkissen gelegt.«

»Ich hab' ihr doch schon erklärt, dass ich das für einen ihrer Lover gemacht habe«, erklärte sie Martin aufgebracht. »Der Typ kam zu mir und bat mich, das als Überraschung zu machen. Darum bin ich in Annes Wohnung, während er in ihrem Flur gewartet hat.«

»Kannten Sie den Mann denn?«

»Nein, hab' ich noch nie vorher gesehen.«

»Und trotzdem öffnen Sie ihm einfach so Frau Degeners Tür?«

»Man will halt nett sein.« Den Männern entging nicht, dass ihr die Röte ins Gesicht stieg.

»Ihnen hat es nicht gefallen, dass ihre Nachbarin einen, oder wie Sie vielleicht denken, mehrere Freunde hatte«, stellte Paul fest. »Sie waren eifersüchtig. Und dann erzählen Sie uns, dass Sie ihr dennoch einen Liebesdienst erwiesen haben. Sie müssen zugeben, das klingt nicht sehr glaubwürdig.«

»Es war aber so«, schrie Daniela.

»Und warum werden Sie dann rot?«

Daniela sah die beiden einen Moment schweigend an, während sie nervös an einem ihrer abgekauten Fingernägel nagte. »Er hat mir zweihundert Euro gegeben«, gab sie kleinlaut zu.

»Zweihundert Euro?« Martin machte ein erstauntes Gesicht. »Eine hübsche Summe für einen kleinen Gefallen. Kann ich fast verstehen, dass man da nicht Nein sagt. Können Sie den Mann beschreiben?«

»Er war dunkelhaarig und schlank, nicht besonders groß. Könnte ein Ausländer gewesen sein, und er hatte einen Bart.«

»Irgendetwas Auffälliges? Welche Augenfarbe hatte er?«

»Wenn's ein Ausländer war, sprach er gut deutsch. Und die Augen hab' ich nicht gesehen. Er hat 'ne Sonnenbrille aufgehabt.«

»Der große Unbekannte also.«

»Genau! Also, was wollen Sie von mir?« Sie verschränkte die Arme und sah die Männer provozierend an.

»Haben Sie gesehen, ob der Mann mit einem Auto gekommen ist?«

»Glauben Sie, ich beobachte den auch noch?«

»Genau das. Wir wissen, dass Sie gern hinter der Gardine lauern. Also, sagen Sie schon.«

Daniela fixierte Martin aus zusammengekniffenen Augen und versuchte, ihre Wut unter Kontrolle zu bekommen. »Ja, er war mit dem Auto da«, sagte sie schließlich. »Er hat nicht direkt vorm Eingang geparkt.«

»Welche Marke?«

»Ein Mercedes. Ich glaub' dunkelblau oder schwarz.«

»Das Kennzeichen haben Sie nicht auch noch zufällig?«

»Nein, aber hätte ich gewusst, dass Sie es jetzt brauchen, hätte ich es natürlich aufgeschrieben.« Sie verzog abfällig das Gesicht.

»Herr Sandor!« Ein Beamter streckte den Kopf auf den Flur hinaus. »Kommen Sie bitte mal.«

Martin verließ den Raum und folgte dem Kollegen, während Daniela Paul fragte: »Was glauben Sie eigentlich hier zu finden?«

»Indizien, die beweisen, dass Sie in die Mordfälle verwickelt sind.«

»Mord? Sie sind ja irre. Ich bring' doch niemanden um.«

»Na, dann brauchen Sie ja keine Sorge zu haben, dass wir bei Ihnen etwas in der Richtung finden.«

Paul befragte sie gerade nach Beruf und Familie, als Martin zurückkam. »Frau Böhmer, wir haben in Ihrer Toilettenspülung eine Flasche mit Pflanzenschutzmittel gefunden. Und wie ich eben erfahren habe, ist es das gleiche Mittel, mit dem der Hund, den Frau Degener in Pflege hatte, vergiftet worden ist.«

»So ein Blödsinn! Ich hab' keinen Hund vergiftet und auch kein Pflanzengift im Klo.«

»Letzteres können Sie kaum leugnen.«

»Von mir ist das aber nicht!«

»Wer hat denn außer Ihnen noch Zugang zu Ihrer Toilette?«

»Na, alle, die mich besuchen.«

»Dann hätten wir gern eine Liste dieser Leute.«

Die Männer beobachteten, wie sie angestrengt überlegte und erneut an ihren Nägeln kaute. »Das muss dieser Typ gewesen sein. Ja, genau! Dieser Fremde, der war noch bei mir auf dem Klo. Der hat das bestimmt da reingelegt.« Erwartungsvoll blickte Daniela die Beamten an.

»Davon haben Sie aber eben nichts gesagt. Glauben Sie, der große Unbekannte lässt sich endlos strapazieren?«

»Es gibt ihn wirklich. Er war da.«

Ein zweites Mal wurde Martin gerufen, um gleich darauf mit einer Plastiktüte in der Hand zurückzukommen, in der sich eine schwarze Perücke befand.

»Ich nehme an, die gehört auch dem großen Unbekannten?«, fragte er Daniela.

»Was ist das? Ich kenn' das Ding nicht.«

»Umso erstaunlicher, dass wir es bei Ihnen im Kleiderschrank gefunden haben. Es ist eine Damenperücke.«

»Die ist nicht von mir, und ich weiß auch nicht, wie die da reinkommt.«

»Hat außer Ihnen noch jemand einen Schlüssel zu Ihrer Wohnung?«

»Nein.«

»Frau Böhmer«, sagte Martin in ruhigem Ton, »wir werden Sie jetzt mit aufs Präsidium nehmen. Sie stehen unter Mordverdacht.«

»Nein!« Daniela war aufgesprungen. »Das können Sie nicht. Ich hab' nichts getan.«

»Das wird sich noch herausstellen. Vorerst kommen Sie mit.«

»Haben Sie denn einen Haftbefehl?«

»Nein, aber ich kann Sie auch ohne vierundzwanzig Stunden festhalten. Und das werde ich jetzt auch tun. Danach werden wir weitersehen.« Er griff sie am Oberarm und führte sie zum Wagen hinaus, während die Kollegen die Durchsuchung fortsetzten.

43

Am nächsten Tag um die Mittagszeit betrat Carsten Martins Büro. Dieser hatte ihm eine Nachricht zukommen lassen, dass er ihn dringend sprechen wolle.

»Hallo, Kollege!«, begrüßte er ihn lächelnd. »Wie geht's deiner Schutzbefohlenen?«

»Hallo, Martin!« Carsten setzte sich ihm gegenüber. »Anne geht es nicht wirklich gut, aber sie schlägt sich tapfer.«

»Dann wird es ihr gleich bessergehen, wenn du ihr sagen kannst, dass wir den Fall gelöst haben.«

»Was?«

»Ja! So, wie die Sache liegt, ist ihre Nachbarin Daniela Böhmer die Täterin.«

»Also, tatsächlich eine Frau. Unglaublich!«

»Und nur durch Anne Degeners Vermutung haben wir sie gekriegt.«

»Und ihr seid ganz sicher?« Carsten wollte sichergehen.

»Ganz sicher!« Erleichterung schwang in Martins Stimme mit.

»Erzähl mal!«, forderte Carsten ihn auf.

»Heute Vormittag habe ich alle Ergebnisse von der Durchsuchung bekommen. Wir haben das Gift gefunden, mit dem der Hund getötet wurde, dann die Perücke, von der wir ein Haar am

Tatort von Marita Janz gefunden haben. Dass die Böhmer sie aufgehabt hat, beweisen ihre Haare auf der Innenseite der Perücke.« Martin legte ihm die Fotos der Beweisstücke vor. »Das ist aber noch nicht alles. In ihrem Papierkorb haben wir Zeitungsreste gefunden, bei denen auf mehreren Seiten die Buchstaben herausgeschnitten waren. Und dann, für mich der Beweis schlechthin, haben wir auf ihrem Computer Fotos gefunden.«

»Was für Fotos?«

»Hier!« Martin breitete weitere Bilder vor Carsten aus und tippte mit dem Finger darauf. »Silke Benning, Veronika Schnitzler, Marita Janz, Eva Klein und auch eins von Anne.«

Carsten starrte kopfschüttelnd auf die Aufnahmen. »Wahnsinn!«

»Ja, vor allem wenn man sich überlegt, dass wir nie im Leben auf sie gekommen wären, wenn Frau Degener nicht den Mut gehabt hätte, zur Polizei zu gehen. Man kann wohl mit Fug und Recht sagen: Kommissar Zufall hat hier zugeschlagen!«

»Ich kann's kaum glauben.«

»Tja, so geht's mir beinahe auch. Angesichts der vielen Indizien habe ich mich tatsächlich gefragt, ob das nicht ein bisschen zu viel des Guten ist. Aber letztlich muss man wohl sagen, dass wir einfach Glück gehabt haben.«

»Man muss ja auch mal Glück haben. Hast ja lange genug nach dieser Irren gesucht.« Carsten lehnte sich zurück und freute sich jetzt schon, Anne die gute Nachricht zu überbringen. Er würde gleich zu ihr fahren. »Hat sie schon gestanden?«

»Nein, sie streitet nach wie vor alles ab und erzählt uns immer wieder von dem großen Unbekannten, der ihr alles untergeschoben haben soll. Aber das ist nicht weiter ungewöhnlich. Solche Serienmörder geben sich nie selbst die Schuld. Es sind immer andere.«

»Und das Motiv? Kann man aus ihren Äußerungen was raushören?«

»Dazu schweigt sie sich aus. Möglicherweise ist der Grund für die Taten in ihrer Kindheit zu suchen. Ihre Eltern ließen sich scheiden als sie elf war. Das hat sie wohl nicht verkraftet. Das Erlebnis könnte bei ihr zu ständig krisenhaften Lebenssituationen geführt haben, die in ihrem Fall Sadismus ausgelöst haben, der wiederum in den Morden ausgelebt wurde. So in etwa die Kurzanalyse, der noch ein ausführliches psychologisches Gutachten folgen wird.«

»Warum hat sie den ganzen belastenden Kram nicht entsorgt, als sie befürchten musste, dass Anne sie anzeigt? Wie blöd ist die Frau?«

»Dazu habe ich die Hansen auch schon befragt. Sie sagt, dass zum Beispiel die Perücke als Requisit zu einem festen Ritual bei den Morden gehört und sie sie deshalb nicht vernichtet hat. Und die Fotos auf dem Computer waren sozusagen eine Trophäensammlung und zugleich eine Möglichkeit, die Taten im Geiste immer wieder genüsslich durchzuspielen.«

»Mann, du glaubst gar nicht, wie erleichtert ich bin. Endlich ist der Spuk vorbei. Allerdings …«, Carsten blickte Martin nachdenklich an. »Die zwei Typen vom Überfall machen mir noch ein bisschen Sorgen. Gibt's da was Neues?«

»Auch dazu schweigt sich Frau Böhmer aus. Und die DNA-Probe wird erst morgen fertig ausgewertet sein, wenn man sie überhaupt gebrauchen kann. Aber ich denke, wir können davon ausgehen, dass die Böhmer die alleinige Täterin ist und die Jungs nur angeheuert hat.«

»Also, keine echten Komplizen?«

»Das ist nicht ganz auszuschließen, aber ich glaube es nicht. Auf jeden Fall sag ich dir gleich Bescheid, sobald ich was weiß.«

Anne hielt sich immer noch in Carstens Haus auf, wo sie auf seine Rückkehr aus dem Präsidium wartete. Als er endlich kam, rief er sie schon von der Eingangstür.

Sie trat aus der Küche und blickte in sein strahlendes Gesicht. »Carsten, ich wollte dich um etwas bitten.«

»Um was?«

»Ich glaube, ich bin jetzt so weit, dass ich nach Hause kann. In meiner Wohnung wird mir schon nichts passieren. Und ich kann mich ja hier nicht auf ewig einnisten.«

»Das würde mich nicht stören«, gestand er ehrlich.

»Das ist lieb von dir, aber trotzdem.«

Er griff nach ihren Händen. »Hör zu! Ich habe gute Nachrichten!« Und er erzählte ihr von Danielas Verhaftung.

»Das ist fast nicht zu glauben.« Anne machte ein betroffenes Gesicht. »Die Briefe, ja, die hätte ich ihr noch zugetraut, aber Morde zu begehen … Nein, das eigentlich nicht.«

»Es ist wohl so, wie diese Psychologin Hansen gesagt hat. Der Mörder verbirgt sich hinter einer scheinbar normalen Fassade.«

»Wenn ich mir überlege, dass ich Tür an Tür mit ihr gelebt habe, wird mir ganz komisch.«

»Das glaube ich dir. Wenn man einem Mörder nahesteht, kann man das Unbegreifliche oft erst nicht begreifen. Aber für dich ist es jetzt überstanden.«

Anne umarmte Carsten spontan. »Ich danke dir. Ohne deine Hilfe wäre ich verloren gewesen.«

»Ach was, es sollte wohl alles so sein.« Er streichelte sanft ihren Rücken und vergrub seine Nase in ihren Haaren. »Anne, ich möchte trotzdem noch nicht, dass du ohne Schutz herumläufst.«

»Aber jetzt ist doch alles gut?« Verständnislos blickte sie ihn an.

»Schon, aber solange die Sache mit dem Überfall nicht geklärt ist, wäre es besser, du bleibst doch noch eine Weile bei mir.«

»Aber ich muss doch sowieso morgen wieder arbeiten. Warum sollten mir diese Typen auflauern, wenn sie von Daniela angeheuert waren. Glaubst du nicht, die Sache ist für sie erledigt?«

»Wahrscheinlich schon, aber man kann ja nie wissen.«

Sie überlegte einen Moment, ehe sie antwortete: »Also gut, ich bleibe noch heute Nacht, und ab morgen wohne ich wieder zu Hause.«

»Vielleicht wissen wir morgen schon mehr. Und wenn nicht, schicke ich dir auf jeden Fall einen unauffälligen Begleitschutz für deine Wege außerhalb der Wohnung und der Arbeit.«

»Danke!«

Die beiden verbrachten einen gemütlichen Abend vor dem Kaminfeuer. Sie hatten sich viel zu erzählen, und zum ersten Mal seit ihrem Kennenlernen waren beide in gelöster Stimmung. Sie lachten viel, und Carsten freute sich, Anne von einer ganz anderen Seite zu erleben.

44

Der nächste Morgen brachte tatsächlich neue Erkenntnisse: Durch die DNA-Probe von Annes Hals konnte einer der Männer vom Überfall identifiziert werden. Robert Willig aus Wiesbaden war kein unbeschriebenes Blatt. Er hatte bereits zweimal in Haft gesessen. Zunächst wegen Körperverletzung und dann wegen Vergewaltigung. Vor einem Jahr war er zuletzt entlassen worden.

Es dauerte nicht lange, und man hatte ihn ausfindig gemacht. Nun saß der vierunddreißigjährige Mann Martin im Präsidium gegenüber. Der Kommissar musterte ihn eingehend, ehe er ihn ansprach. Willig war groß und schlank und lümmelte sich bequem auf dem Stuhl. Er würdigte Martin keines Blickes. Sein markantes Gesicht, blaue, kalte Augen und der Bürstenhaarschnitt ließen die Brutalität erahnen, mit der dieser Mann bei seinen Taten vorging. Als er jetzt seinen Blick auf Martin richtete, sah dieser die mühsam verborgene Feindseligkeit darin.

»Herr Willig, Sie wissen warum Sie hier sind?«

»Sie werden es mir gleich sagen!« Eine raue Stimme schlug ihm entgegen, der man den hohen Nikotinkonsum anhörte.

»Wir wissen, dass Sie am Freitagabend letzte Woche eine Frau in der Unterführung der Rheinstraße überfallen haben.«

»Da müssen Sie mich verwechseln. Ich war nie da.« Willig sagte es derartig gelassen, als ginge ihn das alles nichts an.

»Sie waren! Das beweist ein DNA-Test. Sie waren so nett und haben auf dem Hals der Frau ihren Speichel hinterlassen. Das war sozusagen Ihre Einladungskarte zu diesem Gespräch.«

»Wow!« Robert Willig richtete sich auf. »Ihr Jungs seid gut. Ihr werdet immer besser.«

»Sagen Sie uns, wer der andere Tatbeteiligte war und wer Sie beauftragt hat.«

»Warum sollte ich das tun?« Er grinste Martin frech an.

»Das Grinsen wird Ihnen gleich vergehen, wenn ich Ihnen sage, dass wir wissen, dass Sie von einer Frau beauftragt wurden, die zufällig eine vierfache Serienmörderin ist. Und augenblicklich sieht alles so aus, als hängen Sie da mit drin. Wenn ich Ihnen also einen Rat geben darf, dann arbeiten Sie lieber mit uns zusammen. Vielleicht kommen Sie dann einigermaßen glimpflich aus der Sache heraus. Obwohl, Beihilfe zum Mord wäre ja mal was Neues in Ihrer Akte.«

»Ich habe damit nichts zu tun.« Martin hörte Willigs Tonfall an, dass er ihn aus der Reserve gelockt hatte. »Sie hat uns nur für den Überfall bezahlt. Von Morden weiß ich nichts. Das können Sie mir nicht anhängen.«

»Wer ist die Dame?«

»Keine Ahnung. Wir hatten keinen persönlichen Kontakt. Sie hat uns einfach angerufen und gefragt, ob wir das für Sie machen. Sie hat gesagt, sie will der Kleinen einen Denkzettel verpassen. Fünfhundert Euro hat sie uns bezahlt.«

»Woher wussten Sie, wen und wo Sie die Frau überfallen sollten?«

»Wir hatten ein Foto und ein paar Infos im Briefkasten. Wir wussten, wo sie arbeitet und wo sie ihre Karre parkt. Dann war ja klar, dass sie jeden Tag durch die Unterführung zum Parkplatz geht. Wir brauchten sie nur abzufangen. Hat ja auch prima geklappt.«

»Was ist mit den Informationen Ihrer Auftraggeberin? Haben Sie die noch?«

»Werden wohl irgendwo zu Hause noch rumfliegen.«

»Wie haben Sie das Geld bekommen?«

»Wir hatten einen Schließfachschlüssel im Briefkasten. Da haben wir die abgeschnittenen Haare reingelegt und konnten später das Geld dort holen.«

»Sie haben keine Ahnung, wer die Frau ist und wie sie auf Sie gekommen ist?«

»Keinen blassen Schimmer! Wir haben auch nicht gefragt. Aber sie kannte uns.«

»Hat sie das gesagt?«

»Ja, hat sie. Als sie mit uns telefonierte, hat man auch gemerkt, dass sie über uns Bescheid wusste.«

»Was genau wusste sie?«

»Na, dass wir gesessen haben und warum. Und dass wir deshalb genau die Richtigen für den Job sind, hat sie gesagt.«

»Kennen Sie diese Frau?« Martin legte ihm ein Foto von Daniela vor.

Willig schüttelte den Kopf. »Ist das die Killerin?«

»Das ist sie!«

Willig musste noch ein bisschen bearbeitet werden, ehe er den Namen seines Komplizen nannte. Aber dann konnte auch der ohne Probleme festgenommen werden. Es war Hans Wehmeyer, ein ehemaliger Zellengenosse, der mit Willig zusammen in einer WG lebte. Auch er konnte keine weiteren Angaben zur Auftraggeberin machen. Über einen dritten Mittäter, der Schmiere gestanden haben soll, schwiegen sie sich aus. So wurden beide dem Haftrichter vorgeführt, um ihre WG für einige Zeit erneut ins Gefängnis verlegen zu lassen.

Die Wohnung der beiden wurde durchsucht, und tatsächlich fand sich ein Briefumschlag mit dem Foto von Anne und den Informationen über sie. Der Brief war mit dem Computer geschrieben worden, zeigte aber keinerlei Fingerabdrücke oder sonstige Spuren. Allerdings stellte das Polizeilabor fest, dass der Umschlag der gleiche war, wie die, die Anne erhalten hatte.

45

Anne trat auf die Straße, schloss für einen Moment die Augen und sog die herrlich frische Morgenluft ein. Es war Dienstag, ein kalter, klarer Morgen im Dezember. Seit sie von der Verhaftung Danielas und der beiden Männer vom Überfall erfahren hatte, waren vier Wochen vergangen. Anne hatte ihre Sicherheit wiedergewonnen und genoss jeden Tag mehr als je zuvor. Albträume hatte sie nur noch selten, wofür sie dankbar war.

Als Kelly aus Südafrika zurückgekommen war, lebten die schrecklichen Ereignisse noch einmal auf, und es flossen viele Tränen. Sie gab ihr keine Schuld an Sunnys Tod, dafür tat ihr die Freundin viel zu leid. Was hatte sie doch alles durchgemacht! Rührend kümmerte sich Kelly um Anne, und ihre Freundschaft war gefestigter denn je. Auch hatte Kelly inzwischen Carsten kennengelernt. Sie mochte ihn sehr und freute sich für Anne, dass die ganze hässliche Angelegenheit doch wenigstens etwas Erfreuliches mit sich brachte.

Als Anne jetzt in ihren Wagen stieg und dabei an ihn dachte, lächelte sie vor sich hin. Ja, sie hatten sich ineinander verliebt. Regelmäßig trafen sie sich. Dann gingen sie aus oder saßen gemütlich zu Hause zusammen. Er war ein wunderbarer, zärtlicher Mann. Aber das war nicht alles. Dass er auch ein leidenschaftlicher Liebhaber sein konnte, hatte sie gestern erfahren. Sie hatten zum ersten Mal miteinander geschlafen, und wenn sie daran zurückdachte, durchströmte sie eine wohlige Wärme. Heute Abend, nach der Arbeit, würde sie ihn wiedersehen.

Anne saß in ihrem Büro und überprüfte Stahlbaukonstruktionen anhand eines Planes, als ein Kollege hereinkam und ihr einen Umschlag mit den Worten: »Wurde gerade für dich abgegeben!« auf den Tisch legte. Sie murmelte ein »Danke!« und griff blind danach, ehe sie ihre Augen von dem Bauplan löste. Sie hielt einen großen, weißen, Umschlag in der Hand, dessen Anblick sie erstarren ließ. Ihre Hand begann zu zittern. Anne versuchte sich einzureden, dass es sich um einen ganz gewöhnlichen Brief handeln müsse, dass es diese Art Umschläge überall zu kaufen gab. Nach einigen Minuten öffnete sie den Umschlag und zog langsam ein einzelnes Blatt heraus. Anne überlief es eiskalt. Vor ihren Augen tanzten die aus Zeitungen herausgeschnittenen Buchstaben.

»Nein!«, rief sie laut und ließ das Blatt fallen, als wäre es vergiftet. Anne schloss die Augen. Vielleicht ist das nur wieder einer meiner Albträume, dachte sie.

Doch diese Hoffnung wurde zunichte gemacht, als sie die Augen wieder öffnete. Der Brief lag noch immer direkt vor ihr und wartete darauf, zur Kenntnis genommen zu werden. Einen

Moment verharrte sie, fühlte, wie ihr Mund vor Anspannung trocken wurde, dann las sie:

Hallo, du geschorenes Flittchen!
Warst ja in letzter Zeit ganz brav und hast Mark nicht gesehen. Aber ich bin immer noch sauer, weil du verbotenerweise die Polizei gerufen hast. Ziemlich sauer sogar! Deswegen mache ich dir ein Versprechen: Siehst du Mark nur noch ein einziges Mal wieder, bist du tot!!! Und es wird mir ein Vergnügen sein, auch deinen Fall abzuhaken.
✓ ✓ ✓ ✓ ✓
Du stehst unter Beobachtung, solange wie nötig!
Deine ganz spezielle Freundin

Ein eiskaltes Gefühl breitete sich ausgehend von ihrem Magen in Anne aus. Was hatte das zu bedeuten? Sie konnte nicht klar denken. Alles wirbelte in ihrem Kopf durcheinander. Sie steckte den Brief zurück in den Umschlag und griff zum Telefon.

Allein Carstens Stimme zu hören, trug zu ihrer Beruhigung bei. Sie erzählte ihm mit wenigen Worten von dem Brief. Keine halbe Stunde später trat er in ihr Büro und nahm sie in die Arme.

»Carsten, muss ich Angst haben?«, fragte sie und versuchte sich nicht anmerken zu lassen, wie sehr sie dieser Brief aufregte.

»Nein, ich glaube nicht. Aber wir werden das klären und fahren sofort zu Martin.«

Sie trafen ihn in seinem Büro an und legten ihm den Brief vor. Martin las und blickte sie dann schweigend an.

»Was hältst du davon?«, forderte Carsten ihn auf zu sprechen.

»Ich bin nicht ganz sicher, aber bevor wir irgendwelche Vermutungen anstellen, werden wir sofort überprüfen, ob die Böhmer aus dem Gefängnis an irgendjemanden Post geschickt hat, der die Sendung dann an Sie, Frau Degener, weitergeben konnte. Das haben wir gleich.«

Er griff zum Telefon und ließ sich mit dem Gefängnis verbinden. Wenig später hatte er alle Informationen, die er brauchte. »Also«, wandte er sich an Anne und Carsten, »sie hat keine Post bekommen und offiziell auch keine verschickt. Die Besucherliste wurde gecheckt. In den letzten vier Wochen hat sie nur Besuche von ihrem Anwalt und einen von einer Frau namens Brigitte Mayer bekommen.«

»Brigitte Mayer ist eine Arbeitskollegin von ihr, soweit ich weiß«, erklärte Anne.

»Auf dem Überwachungsvideo der Besuche sieht man eindeutig, dass nichts zwischen der Gefangenen und den Besuchern ausgetauscht wurde.«

»Aber kann der Anwalt ihr nicht einen Gefallen getan haben?«, fragte Anne. »Die werden doch nicht beobachtet, oder?«

»Doch, auch die werden beobachtet. Da ist nichts.«

»Was ist mit Anrufen?«, wollte Carsten wissen.

»Keine Anrufe rein oder raus.«

»Fazit«, sagte Carsten, »der Brief kam nicht aus dem Gefängnis.«

»Dann hat sie einen Komplizen?« Anne blickte Martin ängstlich an.

»... der jetzt da weitermacht, wo die Böhmer aufgehört hat?« Martin stand auf und ging zum Fenster. Schweigend blickte er einen Moment hinaus. »Möglicherweise, aber ehrlich gesagt glaube ich das nicht.«

»Aber wie wäre das sonst möglich?«

Martin wollte auf Annes Frage am liebsten nicht antworten, doch ihr Blick forderte ihn unerbittlich dazu auf.

»Vielleicht gibt es ja doch einen Komplizen. Ganz ausschließen können wir das nicht. Aber wenn nicht, muss jemand anderes dahinter stecken.«

»Sie meinen, dass Daniela dann gar nicht die Mörderin und die Absenderin der Briefe ist?«

»Man kann das aufgrund des Briefes wohl nicht ganz ausschließen.«

»Ist es denn nicht möglich, dass Mörder und Briefeschreiber verschiedene Personen sind?«, fragte Anne hoffnungsvoll.

»Das scheint mir sehr unwahrscheinlich bei allem, was wir bis jetzt wissen. Und dieser letzte Brief hier verdeutlicht das wohl auch. Hier ist die Rede davon, den Fall abzuhaken. Und dann die fünf Haken, für jede Tote einen, wenn ich das richtig deute.«

»Und der letzte Haken gilt mir, nicht wahr?« Es war mehr eine Feststellung als eine Frage.

»Wir werden zunächst den Brief untersuchen lassen und versuchen festzustellen, wer ihn abgegeben hat.«

»Das wissen wir schon«, erklärte Carsten. »Ich habe Annes Kollegen, der den Brief entgegengenommen hat, danach gefragt. Es war ein etwa zehnjähriger Junge, den der Kollege nicht kannte.«

»Na, gut. Dann gebe ich den Brief jetzt ins Labor und melde mich bei euch, wenn ich etwas weiß.«

Anne und Carsten verließen das Büro – und einen ernst dreinblickenden Martin.

»Als hätte ich geahnt, dass dieser Fall noch nicht abgeschlossen ist«, murmelte er, kam zurück zu seinem Schreibtisch und ließ sich seufzend auf den Stuhl fallen. Er wusste bereits jetzt, dass sie keine Spuren auf dem Brief finden würden. Jetzt mussten sie wohl doch nach diesem Unbekannten fahnden, von dem die Böhmer immer wieder erzählt hatte. Martins Instinkt sagte ihm, dass sie das auf die richtige Spur bringen würde.

46

Es hatte nur einmal geläutet, als Martin den Anruf entgegennahm. Das Labor bestätigte genau das, was er schon vermutet hatte. Keine Spuren auf dem Brief. Ein Grund für ihn, seine Kollegen zusammenzurufen und mit ihnen die Sache durchzusprechen.

»Was machen wir jetzt?«, fragte Paul, nachdem alle auf dem neuesten Stand waren.

»Um herauszubekommen, ob nicht doch die Böhmer als Drahtzieher hinter der Sache steckt, sollten wir uns vielleicht diese Kollegin, die sie im Gefängnis besucht hat, vornehmen«, schlug Dieter vor und schob seine Brille zurecht.

»Das werden wir auf jeden Fall machen«, nickte Martin. »Aber genauso müssen wir da weitermachen, wo wir vor Daniela Böhmers Verhaftung aufgehört haben, und noch mal alles überdenken.«

»Und wir sollten uns überlegen, ob wir nicht die Chance, eine verdeckte Ermittlung durchzuführen, ergreifen sollten.« Michael blickte fragend in die Runde.

»Eine verdeckte Ermittlung, bei der Anne Degener unser Lockvogel ist?« Dieter schüttelte den Kopf, während Martin die Kollegen nachdenklich betrachtete. Er selbst hatte in der letzten Nacht schon über diese Möglichkeit nachgedacht.

»Genau!« Michael nickte voller Tatendrang.

»Ich kann mir nicht vorstellen, dass Milster das genehmigen wird«, zweifelte Dieter. »Er hat doch jetzt seine Mörderin und lobende Kritik eingesteckt. Für ihn ist die Sache sicher erledigt.«

»Man muss ihn eben überzeugen.« Michael sagte das, als wäre es ein Kinderspiel.

»Was meinst du dazu, Martin?«, wollte Dieter wissen.

»Ich bin nicht sicher, muss aber zugeben, dass es eine Möglichkeit wäre.«

Michael nickte. »Wir müssten nur ein Treffen zwischen Anne und diesem Mark Linn arrangieren.«

»Mark Linn!«, sagte Paul nachdenklich vor sich hin. »Das ist es!«, rief er laut. »Ich wusste schon die ganze Zeit, dass mir der Name so verflucht bekannt vorkommt, wusste aber nicht woher.«

Er rannte ins Nachbarzimmer, wo alle Unterlagen des Falles aufbewahrt wurden. Nach ein paar Minuten kam er zurück und schwenkte ein Blatt Papier wie eine Trophäe in der Hand. »Das ist es!«

»Was, zum Teufel? Mach's nicht so spannend!«

Seine drei Kollegen sahen ihn erwartungsvoll an.

»Wir hatten doch die Infos der Privatdetekteien. Und in einem der Berichte habe ich den Namen von Mark Linn gelesen. Allerdings noch bevor wir von einem Zusammenhang wussten. Und als wir die Böhmer dann verhaftet hatten, sind wir diesen Sachen natürlich nicht mehr nachgegangen.«

»Zeig her!«, forderte ihn Martin auf, ihm das Papier zu geben. Während er las, berichtete Paul weiter.

»Es gibt eine Frau, die Mark Linn überwachen ließ, weil sie ein Verhältnis vermutete.«

»Diese Frau wohnt ja ganz in der Nähe der Linns«, stellte Martin erstaunt fest.

»Genau! Und sie hatte auch bereits Fotos und den Ergebnisbericht von der Detektei erhalten. Sie wusste also über die Affäre zwischen Linn und Degener Bescheid.«

»Hört sich verdammt nach einem Motiv an.«

»Bevor wir die Idee mit der verdeckten Ermittlung weiterverfolgen, kümmern wir uns um diese Dame. Paul, wir beide fahren da hin, und Michael und Dieter, ihr befragt diese Kollegin Brigitte Mayer.« Martin griff nach seiner Jacke. »Also, los! Worauf wartet ihr?«

47

Martin wäre gern schneller gefahren, aber es war kurz vor Weihnachten, und halb Wiesbaden schien auf der Suche nach Geschenken unterwegs zu sein.

Als sie endlich ihr Ziel erreicht hatten, wurde ihnen die Tür von einer Frau, Mitte fünfzig, geöffnet. Sie wiesen sich aus und wurden in ein modern eingerichtetes Wohnzimmer geführt.

»Frau Wesselmann, wir wissen, dass Sie eine Privatdetektei mit der Observation von Mark Linn beauftragt haben«, begann Martin, nachdem alle Platz genommen hatten.

»Ist das jetzt schon strafbar?«, fragte sie in resolutem Ton.

»Nein, das ist es nicht. Aber in diesem besonderen Fall müssen Sie uns sagen, warum Sie ihn beobachten ließen.«

»Ich glaube nicht, dass Sie das etwas angeht.«

»Ich glaube schon!« Martin erklärte ihr den Zusammenhang zwischen den Morden und den anonym geschriebenen Briefen.

»Oh, verstehe!«, sagte sie. »Und jetzt denken Sie, dass ich diese Anne bedrohe?«

»Sie hätten ein Motiv.«

»Offensichtlich bin ich nicht die Einzige. Ich war es nämlich nicht.«

»Was wollten Sie dann mit Ihrem Wissen anfangen?«

»Ich bin Marks Schwiegermutter und lasse ihn schon seit einiger Zeit überwachen. Ich habe bereits eine Tochter durch Selbstmord verloren, weil ihr Mann sie damals auch betrogen hat. Sie hat es nicht verkraftet.« Ihre Züge verhärteten sich. »Das sollte meiner Tochter Saskia nicht auch passieren. Deshalb passe ich eben ein bisschen auf Mark auf.«

»Weiß Ihre Tochter davon?«

»Nein, um Himmelswillen!«, rief sie. »Das hätte sie nie gutgeheißen. Wahrscheinlich hätte sie mich gefragt, ob ich sie noch alle habe. Nein! Sie darf das auf gar keinen Fall wissen.«

»Wenn ihre Tochter von der Affäre gewusst hätte, was glauben Sie, wie sie reagiert hätte?«

»Sie hätte die Sache sofort geklärt, denke ich. Sie ist eine sehr geradlinige Person, die keinem Problem aus dem Weg geht.«

»Und doch hatten Sie Angst, dass sie eine Affäre nicht verkraften würde?«

»Das Entdecken einer Affäre ist das eine, das Verkraften etwas anderes.«

»Als sie wussten, dass ihr Schwiegersohn eine Affäre hat, mussten sie nicht irgendetwas unternehmen, um ein Scheitern der Ehe deswegen zu verhindern?«

»Ich habe nur immer wieder versucht, seine Stelldichein zu stören, indem ich ihn anrief und um Hilfe für irgendwas bat. Mehr aber nicht.«

»Haben Sie ihn nie mit Ihrem Wissen konfrontiert?«

»Ich habe Andeutungen gemacht. Und ich habe gehofft, dass das einfach vorübergeht. Es war ja seine erste Affäre. Und dann merkte ich nach einigen Wochen, dass sich die beiden nicht mehr trafen, zumindest nie lange oder regelmäßig. Was ich getan hätte, wenn es anders gekommen wäre? Wer weiß.« Helga Wesselmann zuckte mit den Schultern.

»Hätten Sie erwogen Anne Degener umzubringen, um die Rivalin loszuwerden?«

»Wahrscheinlich hätte ich es in Betracht gezogen.« Helga blickte dem Kommissar offen in die Augen.

»Haben Sie jemals eine andere Person observiert?«

»Außer meinem Schwiegersohn? Nein!«

»Und ich nehme an, Sie kennen auch diese Frauen nicht?« Martin legte ihr die Fotos der Mordopfer vor.

»Nein, die kenne ich nicht.«

»Dachte ich mir!«

»Sie glauben mir nicht, stimmt's?«

Martin ging nicht auf ihre Frage ein. »Frau Wesselmann, wir werden Ihre Wohnung durchsuchen müssen.«

»Tun Sie, was Sie nicht lassen können.«

Martin forderte umgehend ein entsprechendes Team an, das sich sofort an die Arbeit machte. Helga Wesselmann wurde mit aufs Präsidium genommen. In einer kurzen Pause, die Helga Wesselmann für einen Gang zur Toilette nutzte, sagte Paul zu Martin: »Ich bin sicher, dass sie was damit zu tun hat. Hast du ihre Augen gesehen, als sie von Anne gesprochen hat? Ein eiskalter Blick.«

»Wäre schön, wenn wir das als Beweismittel nehmen könnten«, entgegnete Martin.

»Wirklich schade! Aber so eine Person, mit dieser Vorgeschichte in der Familie, die ein solches Problem mit Fremdgängern hat und für die die Ehe heilig ist –«

»– ist als Täterin unglaublich geeignet«, vollendete Martin Pauls Satz. »Sie wäre genauso ideal wie die Böhmer, mit all den Indizien.«

»Denkst du, die Böhmer ist unschuldig?«

»Ich bin mir nicht mehr sicher, alles ist möglich. Dieser letzte Brief stellt alles infrage, es sei denn, die Böhmer hat ihn schon vor ihrer Verhaftung geschrieben und will sich jetzt dadurch entlasten.«

»Aber wer hat dann veranlasst, dass er zugestellt wurde?«

»Das ließe sich sicher irgendwie arrangieren.«

»Vielleicht hat sie mit der Wesselmann gemeinsame Sache gemacht«, spekulierte Paul.

»Wir werden herausbekommen, ob sich die beiden kennen. Am besten fährst du zu Mark Linn ins Büro, fragst ihn und informierst ihn über die Machenschaften seiner Schwiegermutter.«

Als die Befragungen und die Durchsuchung abgeschlossen waren, hatten sie bei ihrer nächsten Besprechung nicht allzu viel vorzuweisen. Sie hatten eine Verdächtige, der man im Augenblick nichts weiter vorwerfen konnte, als dass sie ihren Schwiegersohn überwachen ließ. In ihrer Wohnung wurde auch nichts gefunden, was auf irgendeinen Zusammenhang mit den Morden oder Daniela Böhmer schließen ließ. Das alles hatte zwar nichts zu heißen, bedeutete aber, dass sie Frau Wesselmann gehen lassen mussten.

Brigitte Mayer stellte sich als die einzige Kollegin von Daniela Böhmer heraus, die freundschaftlichen Kontakt zu ihr gepflegt hatte. Allerdings hatten Dieter und Michael nicht den Eindruck, dass diese Freundschaft tief genug ging, als dass sie für Daniela anonyme Briefe verschicken würde. Trotzdem wurden ihre Fingerabdrücke genommen und mit denen auf dem Brief verglichen. Aber es gab keine Übereinstimmung. Die einzigen Fingerabdrücke, die zu finden waren, stammten von Anne, ihrem Kollegen und, der Größe nach zu urteilen, von dem zustellenden Jungen.

»Also«, schloss Martin nach einer Zusammenfassung der Fakten, »haben wir mal wieder nicht wirklich was in der Hand. Zumindest bis jetzt. Vielleicht kann das Labor uns bald noch etwas zu dem Brief sagen. Zum Beispiel, aus welcher Zeitung die Buchstaben sind und von wann. Wie alt der Kleber ist und –«

»Ja, vielleicht können die Jungs ja mal zaubern«, unterbrach ihn Michael, der die Möglichkeit, labortechnisch noch etwas herauszubekommen, ziemlich gering einschätzte. »Trotzdem bleibe ich dabei, dass wir die verdeckte Ermittlung durchführen sollten. Uns bleibt gar nichts anderes übrig, wenn wir entscheidend weiterkommen wollen.«

»Im Moment sieht es zumindest so aus«, stimmte ihm Martin zu. »Es wäre eine Möglichkeit rauszufinden, ob der Brief ernst zu nehmen ist. Wenn nichts passiert, zeigt es uns, dass die Böhmer schuldig ist. Und wir können uns nicht nachsagen lassen, nicht alles getan zu haben.«

»Vielleicht habt ihr recht«, meinte Dieter nachdenklich. »Aber bevor wir das genau planen, muss Frau Degener erst mal einwilligen, und da wäre ich nicht so sicher.«

»Richtig!«, bestätigte Martin. »Ich werde sie für morgen früh herbestellen. Sagen wir um zehn. Aber zuvor spreche ich noch mit Carsten. Der kennt sie etwas besser als wir.«

»Vielleicht wäre es auch gut, Frau Hansen zu befragen, ob man ihr das zumuten kann«, schlug Paul vor.

»Können wir machen. Ich arrangiere das. Und wenn Frau Degener damit einverstanden ist, besprechen wir alles Weitere. Aber die Laborergebnisse will ich auf jeden Fall noch abwarten, ehe wir dann tatsächlich tätig werden. Und dich, Dieter, wollte ich bitten, zu recherchieren, ob wir nicht doch noch was über den Jungen herausbekommen.«

48

Eine halbe Stunde bevor Anne in Begleitung eines Polizisten im Präsidium ankommen sollte, traf sich Martin an diesem Donnerstagmorgen mit Carsten und Barbara Hansen.

»Warum hast du Anne herbestellt?«, fragte Carsten, als Martin ihm davon erzählte. »Ich hätte sie doch abholen können.«

»Ich wollte gern vorher mit dir allein sprechen.«

Carsten blickte den Freund fragend an. »Ist was passiert?«

»Ja und nein. Leider haben unsere Ermittlungen von gestern nichts ergeben.« Martin berichtete von Frau Wesselmann, was seine beiden Zuhörer erstaunt zur Kenntnis nahmen. »Und deshalb haben wir uns was anderes überlegt, um weiterzukommen und deiner Freundin zu helfen.« Er wandte sich Barbara Hansen zu. »Was meinen Sie? Können wir Frau Degener zumuten, an verdeckten Ermittlungen mitzuwirken?«

»Was?«, rief Carsten, bevor Barbara auch nur den Mund aufmachen konnte. »Du willst Anne als Lockvogel benutzen?« Er blickte seinen Freund ungläubig an.

»Der Lockvogel ist sie, ob sie will oder nicht. Wenn der Brief echt ist, wovon ich inzwischen ausgehe, dann ist sie die Nächste auf seiner beziehungsweise ihrer Liste. Das Labor hat heute Morgen den Bericht über die Untersuchung des Briefes geschickt. Die Zeitungsschnipsel stammen aus dem ›Hessischen Anzeiger‹. Das ließ sich anhand des Papiers eindeutig feststellen. Außerdem wurden zwei Wörter benutzt, die sich durch Farbe und Größe den Ausgaben vom 14. Dezember und vom 11. November zuordnen lassen. Zwar war Daniela Böhmer am 11. November noch nicht in Haft, am 14. Dezember aber sehr wohl. Und nicht zuletzt ist der Kleber, der benutzt wurde, der gleiche, der auf den anderen Briefen zu finden ist.«

»Das heißt, die Böhmer ist nicht die Absenderin«, konstatierte Carsten.

»Und das ist der Grund, warum auch ich inzwischen für eine verdeckte Ermittlung bin«, kam Martin zum Grund ihrer Besprechung zurück.

»Wenn sie Personenschutz rund um die Uhr bekommt, wird ihr nichts passieren«, wandte Carsten ein.

»Wie lange willst du sie bewachen lassen? Eine Woche, einen Monat, ein Jahr?« Martin blickte den Freund forschend an. Er schwieg, und so ergriff Barbara das Wort.

»Was würden verdeckte Ermittlungen für Frau Degener genau bedeuten?«, fragte sie.

»Es heißt, dass sie im Grunde auf ein, nennen wir es mal ›Annähern‹ warten würde. Natürlich wäre sie ständig über Funk mit uns verbunden, hätte aber keinen Polizisten direkt an ihrer Seite. Wir sind zwar in greifbarer Nähe, aber so weit entfernt, dass die Täterin auf keinen Fall Verdacht schöpfen kann.«

»Wollen Sie meinen Rat als Psychologin? Ich halte Frau Degener für eine starke Persönlichkeit, die das wahrscheinlich besser verkraften kann, als wir jetzt denken, auch wenn sie vielleicht von den Ereignissen der letzten Wochen noch ein wenig unter Schock steht.«

Martin nickte. »Gut, dann überlassen wir ihr die Entscheidung.«

»Hat sie denn überhaupt eine Wahl?«, fragte Carsten.

»Eigentlich nicht«, antwortete Barbara noch vor Martin. »Denn was ist das schon für eine Wahl: Entweder Bewachung auf begrenzte Zeit und anschließend ein Leben in Angst oder jetzt der Versuch, die Mörderin aus der Reserve zu locken, um alles hinter sich zu bringen.«

»Aber das Ganze ist viel zu gefährlich.« Carsten befürchtete das Schlimmste für Anne.

»Das kann ich nicht beurteilen.«

»Aber du, Martin, du weißt das genau. Was, wenn etwas schiefgeht?«

»Wir werden alles so genau wie möglich planen.«

»Du hast mich offenkundig nicht herbestellt, um meinen Rat zu hören, oder? Du willst nur, dass ich dir die Last, vielleicht etwas Falsches zu tun, von den Schultern nehme. Das werde ich nicht tun. Ich werde Anne davon abraten, für dich ihr Leben aufs Spiel zu setzen. Das ist doch Wahnsinn! Du kannst sie bei so einer Sache nicht ausreichend schützen.«

»Natürlich ist ein Risiko dabei. Das streite ich doch gar nicht ab. Aber es ist die einzige Möglichkeit. Überleg doch mal!«

»Ich weiß nicht.« Unsicherheit und Angst lagen im Blick des Drogenfahnders.

»Carsten, so wie du die ganze Zeit guckst, kannst du gar nicht objektiv entscheiden.« Martin ging hinüber zum Fenster und stützte sich mit den Fäusten auf dem Fensterbrett ab. »Du magst sie sehr, nicht wahr?« Es war mehr eine Feststellung als eine Frage.

Carsten nickte.

»Ich kann verstehen, dass du sie beschützen willst. Aber das kannst du am besten, wenn du uns dabei hilfst herauszubekommen, wer wirklich hinter den Morden steckt. Falls es nicht Daniela Böhmer sein sollte, wovon ich nicht restlos überzeugt bin, werden wir die Richtige nur durch die Observierung fassen. Erst dann ist Anne sicher. Und das weißt du auch.«

»So eine Operation ist zu riskant. Denn im Gegensatz zu dir halte ich es nicht nur für möglich, sondern ich bin sicher, dass da draußen ein Mensch ist, der es auf sie abgesehen hat. Nehmt sie lieber in eine Art Schutzprogramm.«

»Das ist doch Unsinn. Das hieße: anderer Name, andere Adresse, andere Arbeit, aber immer dieselbe Angst. Und ihr könntet euch nicht mehr sehen. Würdest du ihr das zumuten wollen?«

Carsten schloss die Augen, legte seinen Kopf in den Nacken und fragte sich, wie das wohl alles enden würde.

»Sag mir nur eins, bitte«, bat Martin. »Glaubst du, sie kann das?«

»Wenn sie es will, kann sie es.«

Im nächsten Moment klopfte es an der Tür, und Martins Kollegen gesellten sich dazu. Kurz darauf traf Anne ein. Sie begrüßte Carsten mit einem Kuss auf die Wange. Den anderen reichte sie die Hand.

»Es gibt bestimmt was Neues, wenn Sie mich herbestellen«, sagte sie lächelnd zu Martin.

Carsten beobachtete sie. Martin würde gleich dafür sorgen, dass ihr das Lächeln verging.

»Es gibt etwas, worüber wir mit Ihnen sprechen wollen, und Sie müssen uns ganz ehrlich sagen, was Sie davon halten. Okay?«

»Okay!« Neugierig blickte sie in Martins aufmerksame Augen.

Er berichtete von Helga Wesselmann.

»Ich kenne sie«, unterbrach Anne ihn irgendwann. »Ich habe sie auf Marks letzter Geburtstagsparty kennengelernt. Jetzt, wo ich weiß, dass sie ihn beobachten ließ, wird mir einiges klar. Sie hat mich damals schon so neugierig ausgefragt, und später hat sie Mark ständig angerufen, wenn er bei mir war. Immer wollte sie was von ihm. Sie hat das also alles nur vorgetäuscht.«

»Trauen Sie ihr die Sache mit den Briefen zu oder gar mehr?«

»Ich glaube nicht, dass ich das beurteilen kann. Dazu kenne ich sie zu wenig. Ich weiß nur, dass sie manchmal traurig und verbittert ist, wegen ihrer toten Tochter. Aber, ob sie deswegen …?« Nachdenklich schüttelte Anne den Kopf.

»Nun gut«, schloss Martin das Thema ab und kam zum Eigentlichen. Er erklärte ihr die Möglichkeit der verdeckten Ermittlung und fragte sie, ob sie sich eine aktive Rolle dabei vorstellen könnte.

»Ich weiß nicht. Ehrlich gesagt bin ich mit dieser Vorstellung etwas überfordert.«

»Fragen Sie, was Sie wissen wollen oder nicht verstanden haben«, forderte Martin sie auf.

»Mit ›den Mörder provozieren‹ meinen Sie, dass ich mich mit Mark treffen soll?«

»Genau! Und das so auffällig, dass Sie auf jeden Fall gesehen werden und die Täterin, wenn wir aufgrund des letzten Briefes mal von einer Frau ausgehen, glauben muss, dass Sie erneut eine Affäre mit ihm begonnen haben.«

»Wie wollen Sie mich schützen?«

»Es werden Polizisten rund um die Uhr in Ihrer Nähe sein. Und wir werden über Abhöreinrichtungen ständig wissen, was Sie gerade machen. In Ihrer Wohnung werden klassische Wanzen platziert.«

»Ja«, bestätigte Dieter, »sie sind nach wie vor die effektivste Abhörmethode. Auch tontechnisch erzielt man damit im Vergleich zu Fern-Abhörvorrichtungen die besten Ergebnisse. Was für ein Telefon haben Sie?«

»Ich habe ein schnurloses.«

»Um das zu überwachen, werden wir wahrscheinlich einen Frequenzscanner einsetzen. Dabei handelt es sich um einen Funkempfänger, der im Rahmen seines Frequenzspektrums nach verschiedenen Senderquellen sucht. Die Reichweite dieser Scanner liegt bei dreihundert Metern im Umkreis. Unsere verfügen alle über einen Inverter und Diskriminatorausgang, um die inzwischen standardisierte Verwendung diverser Verschlüsselungsmethoden für digitale, aber auch analoge Telefonsysteme zu umgehen.«

»Dieter«, unterbrach Martin seine Ausführungen. »Dein Wissen in allen Ehren, aber ich glaube, die genauen technischen Einzelheiten sind für Frau Degener im Augenblick nicht ganz so wichtig.« Er wandte sich Anne zu. »Ich denke, viel entscheidender ist für Sie zu wissen, dass Sie nicht allein sind, sondern ständig Kontakt zu uns besteht. Wenn Sie in Gefahr kommen, sind wir in Sekundenschnelle da.«

Anne suchte Carstens Blick. »Was sagst du dazu?«, wollte sie von ihm wissen.

»Es ist sicherlich eine Möglichkeit, die Sache zu beenden, aber sie birgt auch ein enormes Risiko.«

»Was würdest du mir raten?«

»Oh, Anne!« Er seufzte. »Ich möchte dich beschützen, und ich würde dich am liebsten nicht in so eine gefährliche Situation bringen und –«

»Schon gut. Quäl dich nicht!« Sie lächelte ihn an. »Ich werde es für mich entscheiden.«

Einige Minuten herrschte Schweigen. Die Anwesenden wechselten stumme Blicke und warteten darauf, dass Anne weitersprach.

»Ich mache es!«, sagte sie irgendwann fest.

Martin nickte ernst, während Carsten einen Moment die Augen schloss und leise stöhnte. Das entging Anne nicht, und sie wandte sich ihm zu. »Ich möchte nicht immer in Angst leben. Und ich könnte nie sicher sein, dass nicht irgendwann wieder ein Brief oder eine andere Art von Bedrohung auftaucht. Ich würde mich sicher ständig verfolgt und beobachtet fühlen, aber ich möchte in eine schöne, befreite Zukunft blicken.« Sie nahm seine Hand. »In eine Zukunft mit dir.«

Er drückte ebenfalls ihre Hand. Am liebsten hätte er sie nie mehr losgelassen. Doch angesichts der erwartungsvollen Blicke der Kommissare löste sich Anne von ihm.

»Was wird jetzt genau passieren?«, fragte sie Martin.

»Zunächst müssen wir uns eine Genehmigung für dieses Vorgehen holen. Dann besprechen wir alles Weitere.«

49

Wie Dieter bereits vermutet hatte, schien es ein fast hoffnungsloses Unterfangen zu sein, von Egon Milster die Genehmigung für die Überwachung zu bekommen. »Sandor, das können Sie vergessen«, polterte er los, nachdem Martin sein Anliegen vorgebracht hatte.

»Aber wir müssen die Möglichkeit, dass wir mit Daniela Böhmer die Falsche eingesperrt haben, in Betracht ziehen.«

»Bei den Indizien?« Er winkte ab. »Ich bitte Sie! Klarer kann ein Fall nicht liegen.«

»Aber wir können den Brief nicht ignorieren.«

»Sagen Sie, Sandor, haben Sie eigentlich nicht genug zu tun, dass Sie sich mit solchem Kram beschäftigen müssen?«

»Herr Milster!« Martin legte ihm erneut und detailliert die Beweggründe für eine verdeckte Ermittlung dar. Nach einer halben Stunde blickte er seinem Chef direkt in die Augen. »Sie sind ein hervorragender Kriminalbeamter, der letztlich immer die richtigen Entscheidungen getroffen hat.« Martin hoffte, dass Milster die Schleimspur, die er zog, nicht bemerkte. »Und ich bin mir sicher, dass Sie immer das Wohl der Bürger im Auge haben. Aus diesem Verantwortungsbewusstsein heraus würden Sie niemals eine Möglichkeit auslassen, ein Verbrechen aufzuklären.« Martin schwieg einen Moment, um seine Worte wirken zu lassen. »In unserem speziellen Fall, wäre eine verdeckte Ermittlung, die zu keinem Ergebnis kommt, ein weiterer Beweis dafür, dass wir mit Daniela Böhmer die richtige Frau gefasst haben. Sie haben also nichts zu verlieren. Stellen Sie sich vor, welches Horrorszenario sich abspielen würde, sollte der Mörder noch immer frei herumlaufen und weitere Morde begehen. Die Presse würde Sie in der Luft zerreißen. Herr Milster, Sie können nur gewinnen. Auf jeden Fall werden Sie, so oder so, am Ende den richtigen Mörder gefasst haben.«

Milster kratzte sich nachdenklich am Kopf. »Also gut, Sandor! Ich genehmige Ihnen das, aber wenn da irgendwas schiefläuft, stehen Sie in der Verantwortung. Dann sind Sie dran.«

»Es wird nichts schieflaufen!«

Martin rief alle Beteiligten zusammen, um das weitere Vorgehen zu planen. Sie brauchten mehrere Stunden, doch am Ende stand fest, dass Anne sich am nächsten Tag mit Mark in einem Café in der Stadt treffen würde. Sie sollten sich Arm in Arm in der Öffentlichkeit zeigen und durch ihr Verhalten deutlich machen, dass sie noch ein Paar waren.

Bis dahin sorgte ein spezielles Team dafür, dass jedes Zimmer in Annes Wohnung mit einer Wanze ausgestattet und der Frequenzscanner installiert war. In ihrem Wagen wurde eine Funkverbindung eingerichtet. Außerdem gab es ein Funkset, das sie am Körper tragen konnte, wenn sie außerhalb der Wohnung oder im Auto unterwegs war.

Martin hatte zusätzlich zu seinen eigenen Leuten noch sechs weitere für die Observation organisiert. Alle erhielten einen genauen Plan, wann und wo sie sich einzufinden hatten.

Als er sich am Abend von Anne verabschiedete, sagte er: »Sie können die Aktion jederzeit beenden. Es bedarf nur eines Wortes von Ihnen. Wir werden ständig in Kontakt stehen. Sie können uns zwar nicht hören, aber wir hören Sie und sind sofort da, wenn etwas passiert. Außerdem können Sie zwischendurch gerne mit Frau Hansen sprechen, wenn Sie seelische Unterstützung brauchen. Nur keine Angst. Wenn unser Plan aufgeht, haben wir die Täterin schon bald gefasst.«

Anne blieb in dieser Nacht nicht allein. Carsten war bei ihr. Sie sprachen nicht viel, hielten sich die ganze Nacht in den Armen. Beide sahen den kommenden Tagen mit einem bangen Gefühl entgegen.

Am nächsten Morgen wollten sie nur ungern auseinander gehen. Zumal Carsten am liebsten an der Observation teilgenommen hätte und in Annes Nähe gewesen wäre. Doch sein Chef hatte seinen Dienstplan für diese Sache nicht geändert. Er musste seine eigenen Verbrecher jagen. Jede freie Minute würde er allerdings bei dem Beobachtungsteam verbringen, und Martin versprach ihm, ihn regelmäßig zu informieren. Selbst nachts würde er Anne nicht sehen, denn sie sollte allein in ihrer Wohnung sein.

50

Anne machte an diesem Freitag außergewöhnlich früh Feierabend. Im Büro gab sie vor, einen Arzttermin wahrzunehmen. Wie besprochen ging sie zu Fuß in Richtung Altstadt. Sie wusste, dass sie jetzt bereits von einem der Polizeibeamten beschattet wurde. Wer es war, wusste sie nicht. Genauso wenig, wie sie wusste, wer die Person war, die es auf sie abgesehen hatte. Bei dem Gedanken an die Mörderin überlief sie eine Gänsehaut. Ihr war, als spüre sie ihre Blicke fast körperlich. Viele Menschen strömten durch die Straßen. Schließlich waren es nur noch sechs Tage bis Weihnachten, und alle schienen noch auf der Suche nach Geschenken zu sein.

Durchgefroren erreichte sie das Altstadt-Bistro Classico in der Goldgasse, wo sie Mark zwischen all den Flaneuren, Shoppingfans und Geschäftsleuten sitzen sah. Er hielt bereits Ausschau nach ihr. Lächelnd winkte sie ihm zu. »Dann wollen wir das Theater mal beginnen«, sagte sie zur Begrüßung.

Mark nahm sie in die Arme. »Schade, dass es nur noch Theater ist«, flüsterte er ihr ins Ohr. »Aber ich werde ein guter Schauspieler sein, damit wir diese ganze schreckliche Sache hinter uns kriegen.« Er küsste sie direkt auf den Mund.

Bei einem Cappuccino beobachteten sie zunächst ihre Umgebung und stellten fest, dass man durch die laute Geräuschkulisse nicht mal die Leute am Nachbartisch verstand. So konnten sie miteinander sprechen, ohne auch noch verbal ein Liebespaar mimen zu müssen.

»Du siehst furchtbar verkrampft aus. Versuch dich zu entspannen.« Mark griff über den Tisch nach ihren Händen und streichelte sie.

»Du hast gut reden. Wenn ich darüber nachdenke, was mir vielleicht noch bevorsteht, wird mir ganz komisch«, gestand Anne.

»Ich wünschte, ich könnte dir das abnehmen.«

Sie lächelte dankbar. »Was macht ihr Weihnachten?«, fragte sie, um das Thema zu wechseln.

»Wir bleiben zu Hause. Nichts Besonderes also. Und du? Feierst du mit diesem Carsten?«

»Ich hatte es vor, ja. Wenn nichts dazwischenkommt.«

»Du bist richtig mit ihm zusammen?«

»Ja!« Sie lächelte über seine Neugier. »Und ich könnte mir vorstellen, dass es für länger ist, falls es dich interessiert.«

»Das freut mich für dich.«

Er streichelte über ihre Wange. Eine Weile schwiegen sie, dann tranken sie aus und verließen das Bistro. Arm in Arm liefen sie noch etwa eine halbe Stunde durch die Straßen, ehe sie sich voneinander verabschiedeten.

Auf dem Weg nach Hause fühlte sich Anne schrecklich einsam und hilflos. Was, wenn die Mörderin schon irgendwo auf sie lauerte? Sie versuchte sich mit den Gedanken an die Polizeibeamten in ihrer Nähe zu beruhigen.

Noch im Auto klingelte ihr Handy, was sie erschrocken zusammenfahren ließ. Ihre Nerven lagen jetzt schon blank. Es war Martin, der sich nach ihr erkundigte und ihr sagte, dass sie ihre Sache mit Mark sehr gut gemacht hatte. Er hörte ihrer Stimme an, dass sie nervös war, und versicherte ihr, dass sie rund um die Uhr bei ihr waren.

Gleich als sie zu Hause war, griff sie selbst zum Hörer und rief Carsten an. Durch seine einfühlsamen, beruhigenden Worte schaffte er es, dass sie sich ein wenig entspannte. Es war gut, dass sie seine Augen nicht sehen konnte, denn darin war große Angst zu lesen.

51

Am nächsten Morgen fühlte sie sich wie gerädert. Sie hatte schlecht und wenig geschlafen und fragte sich, wie lange sie diese Anspannung aushalten würde. Am liebsten hätte sie sofort aufgegeben. Doch die Alternative war ein Leben in Angst und das wollte sie auf keinen Fall.

Gegen zehn rief Martin an und erinnerte sie daran, dass sie laut Plan um die Mittagszeit einen Spaziergang machen sollte. Dazu hatten sie ihr eine schusssichere Weste und auch das Funkmikrofon, das sie am Körper tragen sollte, gegeben.

Derart präpariert lief sie eine Stunde kreuz und quer durch die Kälte und erzählte dabei, was sie sah. Sie tat das zu ihrer eigenen Ablenkung und auch zu Martins Information.

Kurz nachdem Anne wieder zu Hause war und heiß geduscht hatte, läutete es an der Tür. Über die Sprechanlage erfuhr sie, dass es Barbara Hansen war. Erleichtert, ein bekanntes Gesicht zu sehen, öffnete sie.

»Ich wollte mich schnell mal persönlich nach Ihrem Befinden erkundigen«, begrüßte Barbara sie. »Ich finde es nämlich nicht so gut, dass Sie sich diesem Psychoterror den ganzen Tag über alleine stellen müssen. Wenigstens ab und an sollte mal einer nach Ihnen sehen.«

»Das ist lieb von Ihnen, danke! Das kann ich jetzt gut gebrauchen.« Obwohl Anne Barbara Hansen erst zweimal gesehen hatte, fühlte sie sich in ihrer Gegenwart etwas sicherer und nicht mehr ganz so allein.

»Sie sehen auch aus, als wären Sie total durch den Wind. Sie brauchen ein bisschen Ablenkung. Ich kenne ein hübsches Café. Da fahren wir beide jetzt hin und trinken zusammen einen schönen, heißen Glühwein.« Die Bestimmtheit in Barbaras Ton ließ keinen Widerspruch zu. »Was halten Sie davon?«

»Ich habe nichts dagegen, obwohl …« Bei Anne meldeten sich Zweifel. Sollte sie außerplanmäßig einfach so mitgehen? »Eigentlich sollte ich doch allein sein.«

»Schon, aber ich denke, dass es ein realistisches Szenario ist, wenn sie sich am Wochenende mit einer Freundin im Café treffen. Der Täter kann ruhig noch ein wenig warten, sofern er oder sie überhaupt jetzt schon, einen Tag nach dem Treffen mit Mark, zuschlagen will.« Sie legte Anne die Hand auf die Schulter. »Ich weiß genau, wie es in Ihnen aussieht. Eine kurze Auszeit nur für eine Stunde gibt Ihnen wieder Kraft. Da haben auch die Herren der Polizei nichts dagegen. Ich habe das schon abgeklärt.«

Anne erinnerte sich, dass Kommissar Sandor ihr vorgeschlagen hatte, Frau Hansen als seelischen Beistand in Anspruch zu nehmen.

»Na gut, wenn die anderen damit einverstanden sind. Alleinsein ist im Augenblick wirklich die Hölle.«

»Das verstehe ich gut. Also, kommen Sie.« Aufmunternd lächelte Barbara ihr zu.

»Ich hole nur noch meinen Mantel.«

Als Anne zurückkam, hielt Barbara ihr das Funkmikrofon, das sie auf der Kommode entdeckt hatte, entgegen.

»Das sollten Sie anlegen und am besten gar nicht mehr abnehmen. Kommen Sie, ich helf Ihnen schnell.« Damit streifte sie ihr den Gurt über den Kopf und schob das Mikrofon unter den Pullover.

»Ich hab' es vorhin nur wegen der Dusche abgenommen«, erklärte Anne.

»Das war in Ordnung.« Barbara lachte. »Duschen vertragen die Dinger nicht besonders gut.«

Anne erwiderte ihr Lachen und griff nach Tasche und Schlüssel.

»Vergessen Sie Ihr Handy nicht«, erinnert Barbara sie.

»Hab' ich immer in der Handtasche.«

»Na, dann kann's ja losgehen.«

Michael hatte das Gespräch in der Zentrale mitgehört und wunderte sich gerade darüber, dass er nicht informiert worden war, als Martin mit zwei Tassen dampfendem Kaffee hereinkam.

»Es wäre schön, wenn du mir sagst, wenn der Plan geändert wird«, sagte Michael verärgert.

»Wieso geändert?« Martin stellte die Tassen auf dem Schreibtisch ab.

»Die Hansen fährt gerade mit Anne ins Café. Eine Auszeit nehmen, weil sie ziemlich fertig zu sein scheint. Aber das weißt du ja schon. Nur mich Depp am Computer hat man nicht informiert.«

»Moment, ich weiß nichts von einer Änderung.« Martin runzelte die Stirn.

»Aber die Hansen hat das mit einem von uns abgeklärt, sagt sie.«

»Mit wem?«

»Keine Ahnung.«

»Sind sie noch zu Hause?«

Michael klickte den Lautstärkenregler mit der Maus an, schob ihn nach oben und lauschte.

»Alles still.«

»Lass mich mal das Gespräch hören«, forderte Martin ihn auf.

Michael suchte die Stelle und startete die Aufzeichnung. Martin lauschte angespannt, ehe er wütend mit der flachen Hand auf die Tischplatte schlug. »Das kann doch nicht wahr sein!«, schrie er. »Welcher Trottel genehmigt das über meinen Kopf hinweg?«

Martin ging hinüber zu seiner Jacke und holte sein Handy heraus. Er wählte Barbaras Nummer. Nach dem dritten Läuten ging sie ran.

»Sandor hier. Ich habe eben erfahren, dass Sie mit Frau Degener unterwegs ins Café sind. Verdammt noch mal«, fluchte er, »das ist doch keine Kaffeefahrt! Wir hatten einen Plan, und ich erwarte, dass sich alle daran halten. Wer zum Donnerwetter hat das geändert?«

»Herr Kommissar, jetzt regen Sie sich nicht auf. Frau Degener ist bei mir in guten Händen. Die Frau ist völlig fertig. Sie braucht einfach mal ein bisschen seelischen Beistand. Solange sie bei mir ist, passiert ihr doch nichts.«

»Wer hat das genehmigt?«

»Egon!«

»Milster?«

»Genau der!«

»Wie kommt er dazu? Er hat mit dieser Ermittlung nichts zu tun.«

»Das wusste ich nicht. Er hat nichts davon gesagt. Aber er hielt das für eine gute Idee.«

»Sie fahren sofort zurück«, sagte Martin im Befehlston.

»Jetzt setzen Sie die Frau doch nicht so unter Druck. Ich bringe Sie in einer Stunde wieder nach Hause. Das kriegen Sie dann ja sofort über Ihre Wanzen mit.«

»Ich halte das für keine gute Idee. Ich möchte, dass wir uns an den ausführlich besprochenen Plan halten.«

»Mensch, Sandor! Stellen Sie sich nicht so beamtenmäßig an und lassen Sie uns einfach zu Plan B übergehen.«

Einen Moment herrschte Schweigen. Martin hasste solch eigenmächtige Handlungsweisen, aber gut … in diesem Fall konnte ja eigentlich wirklich nichts passieren. Zumal Paul, der zurzeit die Observation übernahm, sicher an ihnen dranhing.

»Abgesehen davon, dass es keinen Plan B gibt –«

»Es gibt immer einen Plan B!«, warf Barbara dazwischen.

»– lasse ich Ihre Eigenmächtigkeit dieses Mal durchgehen. Aber Sie bringen Frau Degener danach unverzüglich wieder nach Hause und mischen sich nicht weiter ein. Was ist mit dem Funk am Körper? Hat Frau Degener den wenigstens angelegt?«

»Ja, hat sie. Alles bestens.«

»Wenn Sie wieder einmal eine Ihrer Ideen haben, lassen Sie es *mich* wissen und sonst niemanden. Haben wir uns verstanden?«

»Haben wir!«

Er hörte, wie sie das Gespräch wegdrückte.

»Auch eine von denen, die keine Kritik vertragen können«, sagte er zu Michael. »Ich rufe jetzt erst mal Paul an.«

Nachdem er mit ihm gesprochen hatte, bekam Martin den nächsten Wutanfall. »Stell dir das vor! Die Hansen hat Paul eine Stunde Pause genehmigt und sozusagen seinen Job übernommen. Sie hat ihm gesagt: Befehl von oben! Und der Trottel fragt nicht mal bei mir nach!«

»Reg dich nicht so auf, Martin«, versuchte Michael ihn zu beruhigen.

»Oh doch! Dazu habe ich ja wohl allen Grund! Die Hansen kann Frau Degener doch im Notfall gar nicht beschützen. Die ist nicht mal bewaffnet!«

»Wenn man von ihrem Mundwerk mal absieht, hast du recht.«

»Ich ruf sie an und frage, wo sie ist, und schicke Paul dann hinterher.« Und schon drückte er auf der Tastatur seines Handys herum, um sich im nächsten Moment die lapidare Ansage »Der angerufene Teilnehmer ist vorübergehend nicht erreichbar« anzuhören.

»Jetzt hat sie auch noch ihr Handy ausgeschaltet.« Martin schüttelte den Kopf. »Wie ein Kleinkind, das die beleidigte Leberwurst spielt. Unverantwortlich!« Er versuchte Anne zu erreichen, was ebenfalls nicht gelang. »Es kann doch nicht sein, dass sie ihr Handy auch aus hat.« Langsam wurde er nervös. Hatte er ihr doch eingebläut, das Ding Tag und Nacht eingeschaltet zu lassen.

»Die haben wahrscheinlich kein Netz da, wo sie jetzt sind«, folgerte Michael ganz logisch.

»Wahrscheinlich. Aber was ist mit dem Funk am Körper?«

»Nichts zu hören.«

»Was? Das kann doch nicht sein! Sie hat den Apparat doch umgehängt. Lass mich mal hören.« Damit nahm er Michael die Kopfhörer ab und lauschte selbst hinein. Doch die Leitung blieb still. »Das gibt's ja wohl nicht!«, fluchte Martin. »Was ist denn da los?«

»Also, ein Funkloch kann das eigentlich nicht sein. Da kann höchstens die Batterie den Geist aufgegeben haben.«

»Wer war dafür zuständig?«

»Dieter hat das überwacht.«

Martin rief Dieter umgehend an, erklärte die Situation und fragte nach der Batterie.

»Natürlich ist es die Batterie«, lautete die prompte Antwort. »Die ist mit Sicherheit leer. Schließlich ist das die von gestern. Es war geplant, dass Frau Degener damit noch den Spaziergang macht, dann sollte sie ausgetauscht werden. Ich hatte genau berechnet, wie lange und für welche Aktionen das Ding hält. So ein Mist! Warum können sich nicht alle an die Abmachungen halten?« Der Ärger war seiner Stimme deutlich anzuhören.

Martin stöhnte. »Hoffentlich geht das gut.«

52

»Ich muss Ihnen was sagen!«, rief Barbara Hansen aufgeregt ins Telefon, während Martin am anderen Ende der Leitung ihren Worten lauschte. »Anne ist weg!«

»Weg? Was heißt weg?«

»Ich habe mit ihr im Café gesessen, und dann musste sie zur Toilette. Als sie nach einer Weile nicht wiedergekommen ist, bin ich ihr nachgegangen. Aber auf der Toilette war sie nicht. Sie ist spurlos verschwunden.«

»Sind Sie wahnsinnig? Wie konnten Sie sie allein aufs Klo gehen lassen, wo Sie genau wussten, dass Paul, dank Ihrem Einsatz, nicht in der Nähe ist?«

»Wer kann denn ahnen, dass jemand auf der Toilette verschwindet?«

»Kann es sein, dass Sie die Situation unterschätzt haben? Sie sind doch die Psychologin hier. Sie müssten doch wissen, wie diese Irre tickt und wozu sie fähig ist.« Martin war außer sich vor Wut. »Wenn Anne etwas passiert, dann können Sie sich die alleinige Schuld dafür geben.«

»Das weiß ich! Trotzdem müssen Sie jetzt sofort zu Plan B kommen.«

»Scheiße! Sie mit Ihrem Plan B«, rief er. »Plan A war vollkommen in Ordnung, bis Sie dazwischengefunkt haben.«

»Hallo, Herr Sandor?«, rief Barbara. »Hallo, sind Sie noch dran?«

»Natürlich bin ich noch dran.«

»So ein Mist«, hörte Martin sie fluchen. »Hallo, hören Sie mich noch?«

»Ja, ich bin da. Sagen Sie mir, wo Sie jetzt sind!«

»Hallo? Ich hör nichts, die Verbindung ist weg. He, was machen Sie da? Was soll das?«

Martin lief es eiskalt den Rücken herunter, als Barbaras letzten Worten nur noch Stille folgte.

»Das kann doch nicht sein!«, schimpfte er und wählte erneut ihre Nummer. Aber er hörte wieder nur die Ansage, dass der Teilnehmer zurzeit nicht zu erreichen sei. Er fluchte vor sich hin.

»Was ist passiert?«, fragte Michael.

Martin berichtete kurz. »Plan B! Wenn ich das schon höre! Aber jetzt brauchen wir wirklich einen. Wir geben sofort eine Fahndung nach den beiden Frauen raus und nach dem Wagen der Hansen. Ich befürchte, ihr ist auch was passiert.«

Plötzlich lag große Hektik in der Luft. Martin wusste, wenn Anne in den Händen der Mörderin war, hatten sie nicht viel Zeit. In Windeseile trug er Michael auf, Paul sofort zu Anne nach Hause zu schicken, um die Wohnung zu checken, ein aktuelles Foto von ihr zu holen und anschließend ins Präsidium zu kommen. Außerdem sollte Michael sämtliche Orte abtelefonieren, an denen Anne eventuell sein könnte. Arbeit, Carsten, Freunde. Er selbst veranlasste, dass bei der Fahndung die Cafés von Wiesbaden zuerst überprüft wurden. Unglücklicherweise gab es ziemlich viele davon. Zuletzt rief er Milster an. Vielleicht wusste sein Chef mehr. Martin machte sich auf den Weg zu ihm, während Michael Carstens Nummer wählte.

»Herr Westphal, hier Michael Pichlbauer. Martin bat mich, Sie zu fragen, ob Anne sich vielleicht bei Ihnen gemeldet hat.«

»Wieso?«

»Wir wissen zurzeit nicht, wo sie ist.« Man hörte, wie unangenehm ihm die Antwort war.

»Was? Das gibt's doch nicht!«

»Also, dann haben Sie auch nichts von ihr gehört?«

»Nein, zum Teufel!« Carsten wurde laut. »Wie kann es sein, dass ihr nicht wisst, wo sie ist?«

Michael berichtete ihm, was vorgefallen war.

»Das darf nicht wahr sein!« Carsten fühlte, wie ihm die Knie weich wurden. »Ich komme ins Präsidium.«

Dort befragte Martin Egon Milster.

»Sie haben heute mit Frau Hansen gesprochen und ihr gestattet, mit Anne Degener in ein Café zu gehen. Wissen Sie, wohin genau sie wollte?«

»Sagen Sie mal Sandor, was soll diese Frage? Haben Sie etwa Ihren Lockvogel verloren?«, fragte Milster misstrauisch.

»Genau das! Und zwar nur, weil Ihre liebe Psychologin eigenmächtig, aber offenbar mit Ihrer Zustimmung, die Degener aus dem Haus bringt, ohne uns zu informieren.«

»Also, nun mal langsam. Was ist passiert?«

Martin berichtete. Bevor sein Chef zu einer Standpauke ansetzen konnte, schnitt er ihm das Wort ab. »Das können Sie mir alles später erzählen, jetzt habe ich Wichtigeres zu tun. Können Sie mir sagen, in welches Café sie wollte?«

Milster atmete laut ein und blickte Martin grimmig an. »Ich habe heute nicht mit ihr telefoniert. Wir sprachen gestern Abend bei mir zu Hause über den Fall. Und sie war der Meinung, dass es für diese Anne doch gut sei, wenn sie sie ab und zu psychologisch betreut. Ich war natürlich ihrer Meinung.«

»Also hat sie gar nicht konkret nach Ihrer Erlaubnis für den Ausflug ins Café gefragt?«

»Nein, nicht direkt.«

»Ich verstehe das nicht, wie kann sie so eigenmächtig handeln?«

»Unser Gespräch hat sie sicher als Erlaubnis aufgefasst«, mutmaßte Milster.

»Haben Sie ein neueres Foto von ihr? Die Fotos, die ich der Fahndung gegeben habe, sind aus ihrem Führerschein, und der ist ziemlich alt.«

»Ich ruf sofort meine Frau an, dass sie eins per E-Mail schickt.« Er griff zum Telefon, erhielt aber keine Antwort. »Ach, richtig!«, fiel es ihm wieder ein. »Sie wollte irgendwas mit einer Freundin erledigen.«

Er legte den Hörer weg und tippte auf seiner Computertastatur herum. »Na, bitte. Hier habe ich ein paar private Fotos. Da ist sie auch drauf. Ich schicke alles auf ihren Drucker.«

Martin war schon im Begriff, den Raum zu verlassen, als Milster sagte: »Beten Sie zu Gott, dass der Brettschneider nichts passiert ist.«

»Sie meinen die Hansen«, verbesserte Martin ihn.

»Ja, ja, sicher.«

»Ich mache mir eigentlich mehr Sorgen um Frau Degener«, murmelte er im Hinausgehen.

Michael kam Martin schon auf dem Flur entgegen. »Bei allen, die ich angerufen habe, ist Anne nicht aufgetaucht. Aber eine Streife hat den Wagen der Hansen vor einem Café gefunden«, rief er ihm aufgeregt zu. »Es ist Plan B.«

»Plan B?« Martin sah ihn verständnislos an. »Jetzt fängst du auch noch mit dem Quatsch an.«

»Nein! Das Café heißt Plan B.«

Martin schlug sich mit der Hand gegen die Stirn. »Das meinte sie, als sie sagte, dass wir zu Plan B kommen müssen.«

»Ist wohl Ironie des Schicksals«, meinte Michael, »dass wir jetzt tatsächlich einen Plan B brauchen.«

»Noch einen solchen Spruch und ich vergesse mich. Wo ist das Café?«

»Taunusstraße 19.«

Sie betraten das Büro, wo Paul bereits auf sie wartete. Er erzählte, dass Annes Wohnung unverändert war. Jemand aus dem Observationsteam hatte inzwischen die Überwachung der Eichenwaldstraße übernommen.

Martin griff nach den Fotos der beiden Frauen und steckte sie in die Jacke. »Ich fahr in das Café, wo wir den Kontakt verloren haben, und du, Paul, kriegst raus, wo die Hansen wohnt und schaust in ihrer Wohnung vorbei. Am schnellsten geht's, wenn du Milster fragst. Michael, du hältst die Stellung und versuchst immer wieder Kontakt zur Hansen zu bekommen.«

»Mach ich, aber vielleicht ist sie ja auch noch in dem Café, wenn ihr Wagen dort vor der Tür steht.«

»Dann hätte sie sich sicher schon gemeldet. Aber, wenn dem so ist, gebe ich euch sofort Bescheid.«

Unterwegs gingen Martin tausend Fragen durch den Kopf. Hatte er selbst die Situation unterschätzt? War es Wahnsinn gewesen, Anne Degener in eine solche Gefahr gebracht zu haben? Was, wenn ihr nun tatsächlich etwas passierte? Er würde sich das nie verzeihen. Er hoffte inständig, dass sie nur einen Moment allein weggegangen und inzwischen wieder aufgetaucht war.

Er parkte direkt hinter Barbara Hansens schwarzem Mercedes. Die Beamten, die den Wagen entdeckt hatten, waren noch vor Ort, um das Fahrzeug auftragsgemäß im Auge zu behalten. Sie erklärten Martin, dass sich noch niemand dem Auto genähert hatte und dass es unverschlossen sei. Der Kommissar warf einen flüchtigen Blick in den Fahrerraum und wies die Kollegen an, weiter zu observieren.

Er selbst überquerte die Straße und betrat das Café. Schnell verschaffte er sich einen Überblick und musste feststellen, dass keine der beiden Frauen hier war. Er stellte sich in die Mitte des Raumes und bat laut um Aufmerksamkeit. Es dauerte einen Moment, bis sich auch der letzte Gast ihm zuwandte. »Ich bin von der Kriminalpolizei, und wir sind auf der Suche nach zwei vermissten Frauen, die vor zirka einer Stunde hier gewesen sein sollen. Ich möchte alle bitten hierzubleiben, sich die Fotos, die ich jetzt herumgebe, anzusehen und mir zu sagen, ob Sie die Frauen gesehen haben.«

Er gab den Leuten am nächsten Tisch die Fotos und wandte sich dann der Bedienung zu. Auch ihr zeigte er Fotos.

»Ja, die waren da.«

»Können Sie eine Uhrzeit sagen?«

»Nicht genau. Aber etwa vor einer Stunde, das kommt hin.«

»Haben Sie irgendetwas Auffälliges beobachtet? Einen Streit oder eine dritte Person, die hinzukam?«

Die junge Frau schüttelte nachdenklich den Kopf. »Nein. Aber die Rothaarige kam irgendwann zu mir und hat ganz aufgeregt nach ihrer Freundin gefragt. Sie hatte sie wohl aus den Augen verloren. Aber ich konnte ihr auch nicht sagen, wo sie ist. Der Laden ist schon die ganze Zeit brechend voll, da hab' ich nicht auf einzelne Leute geachtet oder darauf, wer wann gegangen ist.«

»Haben Sie zufällig gesehen, wie sie telefoniert hat?«

»Was glauben Sie, wie viele Leute hier ihr Handy am Ohr haben? Nein, das kann ich Ihnen wirklich nicht sagen.«

»Hat sie auch noch andere nach ihrer Freundin befragt?«

»Das weiß ich auch nicht.«

Martin bedankte sich bei ihr und wandte sich den Gästen zu. »Haben alle die Fotos gesehen?«

Gemurmel und Nicken überall.

»Würden sich jetzt bitte diejenigen melden, die eine oder beide Frauen gesehen haben«, bat Martin.

An drei Tischen gingen Hände in die Luft. Am ersten Tisch erfuhr er nicht mehr als das, was er bereits wusste. Aber ein Mann, der allein direkt am Fenster saß, hatte etwas beobachtet. »Die Rothaarige ist mir sofort aufgefallen, als ich reinkam. Eine auffällige Frau. Leider konnte ich nicht sehr lange nach ihr sehen. Sie ist schon kurz nach meinem Kommen wieder gegangen.«

»Wann war das?«

»Das war fünf nach drei.«

»Wissen Sie das genau?« Martin wunderte sich über die exakte Zeitangabe.

»Ja, ziemlich. Ich kam um drei, und als sie ging, war das eben kurz darauf. Ich schätze fünf Minuten.«

»Haben Sie auch diese Frau gesehen?« Martin zeigte ihm das Foto von Anne.

»Ja, die war auch da. Aber die kam erst an den Tisch, als die Rothaarige rausgegangen ist.«

»Haben Sie gesehen, woher sie gekommen ist?«

»Nein, keine Ahnung.«

»Was war mit der anderen Frau? Wissen Sie, wo sie hingegangen ist oder ob sie draußen jemanden getroffen hat?«

»Sie ist direkt zu diesem schwarzen Mercedes gegangen.« Der Mann deutete auf Barbaras gegenüber abgestellten Wagen. »Sie hat irgendwas im Auto herumgekramt und sich dann anschließend gegen die Motorhaube gelehnt und telefoniert.«

»Das muss dann etwa zehn nach drei gewesen sein, richtig?«

Der Mann nickte. Martin nahm an, dass das Barbaras Gespräch mit ihm war. »Haben Sie gesehen, ob die Frau belästigt wurde?«

»Ich weiß nicht genau. Während sie telefonierte, kam eine Frau zu ihr.«

»Wie sah die Frau aus?«

»Sie hatte lange, hellblonde Haare und war ein bisschen kräftig.«

»Glauben Sie, Sie könnten mithilfe meiner Kollegen ein Phantombild von ihr erstellen?«

»Nein. Sicher nicht. Ich hab' nicht auf ihr Gesicht geachtet. Außer dass sie blond und kräftig war, weiß ich nichts. Ehrlich gestanden hatte ich nur Augen für die Rothaarige.« Er grinste verlegen.

»War diese blonde Frau auch vorher schon im Café?«

»Ist mir nicht aufgefallen.«

»Was ist dann passiert?«

»Mit dieser blonden Frau ist die Rothaarige zurück ins Café gekommen. Sie haben die, die noch am Tisch gewartet hat, abgeholt.«

»Wirkte eine der beiden verängstigt?«

»Keine Ahnung. So genau hab' ich ihnen nicht ins Gesicht gesehen.«

»Und dann?«

»Zusammen sind sie über die Straße zu einem anderen Wagen gegangen. Die drei sind eingestiegen und weggefahren.«

»Zu einem anderen Wagen?«, wunderte sich Martin.

»Ja, genau!«

»Hatten Sie den Eindruck, dass die Frauen von der Blonden gezwungen wurden, in den Wagen einzusteigen?«

»Gezwungen?« Der Mann legte nachdenklich die Stirn in Falten. »Ich bin nicht sicher, aber wo Sie danach fragen … Die Blonde ging hinter den beiden her und hat der da«, er deutete auf das Foto von Barbara, »die Hand auf die Schulter gelegt, als wollte sie sie führen. Wenn ich jetzt darüber nachdenke, sah das schon ein bisschen merkwürdig aus.«

Der Kommissar trat nervös von einem Fuß auf den anderen. Also doch! Die beiden Frauen schienen tatsächlich entführt worden zu sein. »Können Sie sagen, was das für ein Wagen war?«

»Es war eine Limousine. Ich glaube ein Opel. Und er war dunkelrot.« Der Mann nickte zur Selbstbestätigung. »Wahrscheinlich ein Mietwagen.«

»Wie kommen Sie darauf?«

»Der hatte an der Scheibe so einen roten Punkt.«

»Roten Punkt?« Martin verstand nicht.

»Den haben Mietwagen in der Regel. Da steht normalerweise die Notfallnummer drauf, für den Fall, dass der Kunde ein Problem mit dem Fahrzeug hat.«

»Na, Sie wissen aber gut Bescheid«, staunte Martin.

»Ich benutze auch öfter mal einen Mietwagen.«

»Das Kennzeichen haben Sie nicht zufällig gesehen?«

»Wenn ich mich nicht irre, fing es mit einem ›F‹ an, den Rest habe ich nicht bewusst registriert.«

»Also, Frankfurt«, folgerte Martin. »Welche von den Frauen ist gefahren?«

»Ich glaube, die Rothaarige saß am Steuer.«

»War außer den dreien noch jemand im Auto?«

»Ich glaube nicht. Zumindest habe ich niemanden gesehen.«

Martin nahm die Personalien des Mannes auf, bedankte sich und wandte sich dann dem dritten Tisch zu. Die Leute dort wussten aber nur, dass die beiden Frauen da gewesen waren, und hatten sonst nichts beobachtet. Dann inspizierte Martin die Toiletten. Dort gab es ein geöffnetes Fenster, das auf den Hof des Hauses führte. Er fragte sich, wo Anne gesteckt hatte, während Barbara Hansen hier nach ihr gesucht hatte.

Martin fuhr zurück ins Präsidium und kam kurz nach Carsten dort an. Das ganze Team hatte sich inzwischen eingefunden. Sie saßen um den Tisch herum und besprachen, was sie weiter unternehmen konnten.

»Also, in ihrer Wohnung in der Aukammallee ist die Hansen nicht. Da war alles ruhig«, erklärte Paul, dem das schlechte Gewissen, weil er die Observierung ohne Martins Erlaubnis abgebrochen hatte, noch ins Gesicht geschrieben stand.

»Das glaube ich gern«, sagte Martin und berichtete von seinem Besuch in dem Café. Danach beauftragte er zwei Leute damit herauszufinden, welche Mietstation dunkelrote Limousinen besaß, die in Frankfurt zugelassen waren. Vielleicht würde sich feststellen lassen, wer einen solchen Wagen gemietet hatte.

»Also«, wandte er sich an seine Kollegen. »Beide Frauen sind weg. Wahrscheinlich entführt. Sonst kann ich mir nicht erklären, warum sich keine von beiden meldet.« Martin vermied es, Carsten anzusehen.

»Anders lässt sich auch nicht sinnvoll erklären, warum die Hansen und die Degener in ein fremdes Fahrzeug gestiegen sind«, warf Paul ein.

»Freiwillig sicher nicht.« Carsten schüttelte den Kopf.

»Was ich nicht verstehe«, sagte Dieter und rückte seine Brille zurecht, »wo war Frau Degener, als die Hansen sie gesucht und dich angerufen hat?«

»Das habe ich mich auch schon gefragt.« Martin zündete sich eine Zigarette an. »Wahrscheinlich war sie tatsächlich auf der Toilette, und die Hansen hat einfach nicht richtig nachgesehen.«

»Na, so blöd kann man ja nicht sein.«

»Vielleicht war Frau Degener auf der Männertoilette? Um möglichen Verfolgern zu entgehen?«, spekulierte Michael.

»Diese Frage lässt sich offensichtlich jetzt nicht klären und bringt uns auch nicht weiter.«

Für einen Moment herrschte betroffene Stille. Die Gedanken der Männer kreisten um die Frage, ob sie die Frauen rechtzeitig und unversehrt finden würden.

53

Barbara Hansen stoppte den Wagen in der Eichenwaldstraße und wandte sich Anne zu. »Sie bleiben im Wagen, und ich spreche mit dem Beamten da vorn im Golf. Der observiert schon die ganze Zeit Ihre Wohnung.« Barbara deutete mit der Hand auf einen grünen Wagen, der in etwa fünfzig Metern Entfernung parkte. »Ich will nur sichergehen, dass die Luft rein ist.«

Sie stieg aus, und Anne verfolgte sie mit den Augen. Sie sah, wie Barbara sich zu der Person im Wagen hinunterbeugte und kurz danach wieder zu ihr zurückkam.

»Alles klar!« rief Barbara ihr zu, als sie die Beifahrertür für Anne öffnete. »Wir können reingehen.«

Anne stieg aus und folgte der Psychologin ins Haus.

Inzwischen hatte Martin im Präsidium das Gefühl, nicht mehr klar denken zu können. Sein Kopf schmerzte, und er dachte flüchtig an eine Aspirin, wollte sich aber nicht die Zeit nehmen, eine zu suchen. Er kam sich gehetzt vor, suchte verzweifelt nach einer Lösung. Nervös fuhr er sich durch die Haare und seufzte laut auf. »Vorschläge!«, rief er seinen Leuten zu. »Wir brauchen Vorschläge. Uns läuft die Zeit davon.«

»Ich habe es gewusst. Das Ganze war viel zu gefährlich!« Carsten stand auf und lief unruhig auf und ab. »Früher war ich oft beim

Fischen mit meinem Vater, und wenn ich eines dabei gelernt habe«, er blieb stehen und blickte Martin an, »für den Köder geht's immer schlecht aus.«

Unter anderen Umständen hätten die anderen darüber wohl gelacht, doch jetzt herrschte betroffenes Schweigen.

»Ich geh' sie suchen!« Carsten griff nach seiner Jacke.

»Wo willst du denn anfangen?« Martin stand ebenfalls auf und legte dem Freund die Hand auf die Schulter.

»Ich habe keine Ahnung, aber ich kann nicht einfach herumsitzen und Däumchen drehen.« Damit verließ er den Raum und ließ die Tür laut ins Schloss fallen.

Martin stöhnte.

»Wenn wir davon ausgehen, dass die Degener und vielleicht auch die Hansen tatsächlich in den Händen einer Irren sind, muss unsere erste Überlegung sein, wohin sie die beiden bringen könnte«, ergriff Dieter das Wort.

»Es ist sicher ein Ort, der uns in gewisser Weise provoziert«, entgegnete Martin, während er sich auf seinen Stuhl fallen ließ.

»Ja, das denke ich auch«, sagte Dieter. »Für die Täterin ist das sicher so was wie ein Spiel, und ich könnte mir vorstellen, dass die Sache mit Anne für sie einen besonderen Reiz hat, weil sie weiß, dass sie bei der Polizei gewesen ist.«

»Die Hansen sagte doch mal, Rituale seien wichtig für einen Serienmörder«, formulierte Martin laut seine Gedanken. »Bis jetzt wurden alle, bis auf die Klein, zu Hause umgebracht.«

»Das ist diesmal ja wohl ausgeschlossen! Aber vielleicht kommt sie zurück zu einem Tatort oder sucht einen Ort, der einen Zusammenhang zwischen ihr und Anne herstellt.«

»Keine schlechte Idee.« Martin rieb sich die Schläfen. »Also, lasst uns alle Möglichkeiten auflisten und dann überprüfen.«

Sie gingen alle bisherigen Tatorte durch, inklusive der Unterführung, in der Anne überfallen worden war, dachten an Eva Kleins Wohnung, zogen die Judoschule in Betracht.

»Ich werd' noch verrückt! Es muss doch eine Spur geben.« Martin stand auf.

»Du meinst, du willst, dass es eine Spur gibt«, verbesserte Dieter ihn.

»Es gibt sie auch. Wir müssen sie nur finden. Und zwar schnell.«

»Wenn es nicht schon zu spät ist«, murmelte Michael vor sich hin.

Daran wollte Martin im Augenblick gar nicht denken. »Wir verteilen uns auf alle Örtlichkeiten. Ich übernehme die Judoschule.« Dann wies er seinen Leuten die anderen Orte zu. »Jeder meldet sich, so schnell es geht. Ab die Post!«

Und damit war er auch schon zur Tür hinaus.

Gerade als Martin auf den Parkplatz der Judoschule einbog, meldete sich sein Handy. Es war einer der Kollegen, die die Mietstationen überprüfen sollten. Sie hatten verschiedene Filialen der Firma RF-Autovermietung in Wiesbaden und Umgebung gefunden, die eine ganze Menge dunkelrote Limousinen, darunter auch einige von Opel, besaßen. Alle mit Frankfurter Kennzeichen. Der Kollege las die Liste der Mieter, die heute oder gestern einen dieser Wagen angemietet hatten, vor. Martin lauschte aufmerksam. Plötzlich stutzte er. »Moment!«, rief er dem Kollegen zu. »Den vorletzten Namen noch mal!«

Wieder hörte er den Namen der Frau, sah ihr Gesicht deutlich vor sich. Martin bedankte sich rasch, drückte das Gespräch weg und ließ das Handy auf den Beifahrersitz fallen. Er war verwirrt. Das konnte doch nicht sein! Das war unmöglich! Er verließ den Wagen und lief einige Male hin und her, um seine Gedanken zu ordnen. Das machte doch keinen Sinn.

Abrupt blieb er stehen. Warum eigentlich nicht? Natürlich kam sie infrage. Er hätte schon längst darauf kommen müssen, dass die Täterin jemand wäre, der alle Informationen über ihre Ermittlungsarbeit hatte oder sie aus erster Hand bekam. Diese Frau saß doch an der Quelle, noch dazu passte die Beschreibung von dem Mann aus dem Café genau auf sie.

Er musste handeln und zwar schnell. Zuerst rannte Martin in die Judoschule. Wenn sie die Täterin war, hatte sie vielleicht Eva Klein hier kennengelernt. Er sprach mit dem Chef, Herrn Brenner, der daraufhin den Computer in der Liste aller Mitglieder der letzten drei Jahre nach dem Namen suchen ließ. Gebannt starrte

Martin auf den Bildschirm. Es dauerte dreißig Sekunden, bis das Programm verriet, dass es keinen Treffer gab. Martin überlegte.

»Setzen Sie Höling noch hinter den Namen und versuchen Sie's noch mal. Sie hat einen Doppelnamen. Vielleicht hat sie ihn hier benutzt.«

Der Mann an der Tastatur tat, wie ihm geheißen, und weitere dreißig Sekunden später war auf dem Bildschirm zu lesen, dass auch diese Suche keinen Treffer ergeben hatte.

»Wir können es ja mal mit Höling allein versuchen«, schlug Herr Brenner vor und tippte den Namen ein. »Da ist sie!« Er deutete auf den Namen und kommentierte die gelieferten Daten. »Sie ist lange nicht mehr hier gewesen. Zuletzt vor vierzehn Monaten.«

»Danke, das reicht mir schon!« Kopfschüttelnd lief Martin zurück zum Wagen und fuhr los. Im Radio lief der Song »Even the nights are better« von Air Supply. Er versuchte über die neuen Erkenntnisse nachzudenken, doch die Worte des Liedes drängten sich immer wieder dazwischen. »I was so confused, feeling like I'd just been used.« Ja, er fühlte sich wirklich irgendwie benutzt. Er hatte doch alle Informationen an diese Frau, wenn auch indirekt, weitergeleitet. Sie hatte alle für ihre Zwecke missbraucht. Warum hatte sie das getan? Er fand keine Antwort. Die Situation schien absurd.

Wieder drängte sich die Stimme aus dem Radio in den Vordergrund: »… but now that I've found you«. Sollte er sie wirklich endlich gefunden haben? Er würde ihr bald von Angesicht zu Angesicht gegenüberstehen, um sie … Ja was? Um sie zu verhaften? Warum? Weil sie einen Wagen angemietet hatte? Weil sie mal Kurse in einer Judoschule besucht hatte? Weil sie alle Informationen zu dem Fall hatte? Waren das ausreichende Gründe? Sein Chef würde ihn wahrscheinlich auslachen.

Unterwegs meldeten sich seine Leute bei ihm. Niemand hatte an den überprüften Orten etwas von den vermissten Frauen gehört oder gesehen. Martin beorderte alle mit der Aussicht auf Neuigkeiten zurück ins Präsidium. Normalerweise hätte er sein Wissen sofort weitergegeben und alles Nötige veranlasst. Aber in diesem speziellen Fall mussten sie erst mit ihrem Chef sprechen. Schon unterwegs legte er sich die Worte zurecht, die er ihm gleich sagen würde.

»Ich weiß, wer die blonde Frau ist, die der Zeuge im Café mit Frau Degener und Frau Hansen gesehen hat«, begann Martin, als sie alle bei Milster versammelt waren. Der Chef hatte sich erstaunt gezeigt, als die gesamte Mannschaft bei ihm vor der Tür gestanden hatte. »Aber die Sache ist ziemlich unangenehm für Sie, Herr Milster.«

»Sandor, lassen Sie mich bitte selbst entscheiden, ob eine Sache unangenehm ist oder nicht. Also?«

Alle warteten gespannt, was nun kommen mochte, und bemerkten, dass die Sache weniger für Milster als vielmehr für Martin unangenehm zu sein schien. Er holte tief Luft und sagte dann: »Herr Milster, ich habe den dringenden Verdacht, dass Ihre Frau mit dem Fall zu tun hat.«

Milster schien verwirrt. »Sie sprechen jetzt aber nicht von Ihrem aktuellen Fall?«

»Doch.«

»Was reden Sie da für einen Unsinn!« Milster furchte die Stirn und sah Martin finster an. Der berichtete detailliert davon, was sich im Café Plan B ereignet hatte, von dem Zeugen und von dem Mietwagen.

»Meine Frau würde nie einen Wagen mieten. Wir haben zwei funktionstüchtige in der Garage stehen. Und selbst wenn beide nicht laufen würden, wäre ein Mietwagen völliger Schwachsinn. Sie würde sich ein Taxi bestellen.«

»Eben!«, sagte Martin nur und blickte Milster vielsagend an.

»Das muss eine ganz blöde Verwechslung sein.«

»Ist es nicht. Dass Ihre Frau unter dem Namen Katja Milster dieses Auto gemietet hat, ist hundertprozentig sicher. Daran gibt es keinen Zweifel. Die Kollegen haben das genau überprüft.«

»Vielleicht hat sich jemand einen Scherz erlaubt.«

»Dieser Jemand muss dann aber auch genauso ausgesehen haben wie Ihre Frau und zudem noch ihren Führerschein besessen haben.«

»Jetzt reicht es aber. Ich rufe sie an.« Milster griff zum Hörer, wählte seine Festnetznummer und wartete. Vergebens. »Sie wollte sich heute mit einer Freundin treffen, vielleicht ist sie noch nicht wieder zu Hause«, vermutete er und tippte die Handynummer seiner Frau ein. Aber auch hier meldete sie sich nicht. »Ich verstehe das nicht.« Er legte den Hörer zurück auf das Telefon.

»Wissen Sie, mit welcher Freundin sie sich treffen wollte?«, fragte Martin.

»Nein, keine Ahnung. Aber das Ganze ist doch eine total verrückte Idee von Ihnen. Selbst wenn meine Frau ein Auto gemietet hat, was sollte das beweisen? Und wenn Ihre angebliche Entführung einfach nur ein freundschaftliches Treffen der Frauen war?« Fragend blickte er Martin an.

»Das würde zwar erklären, warum die Hansen möglicherweise freiwillig in den Wagen eingestiegen ist, aber mit Anne Degener im Schlepptau? Das halte ich für äußerst zweifelhaft. Außerdem frage ich mich, warum sich keine der drei Frauen bis jetzt gemeldet hat.«

Milster hörte gar nicht, was Martin sagte. »Sandor, ich glaube, Sie sehen vor lauter Verzweiflung in jedem einen Mörder«, ereiferte er sich und wurde laut. »Sogar in meiner Frau. Das muss man sich mal vorstellen. Unglaublich!«

»Vielleicht hat sie ja tatsächlich nichts damit zu tun, aber was hätten Sie an meiner Stelle gedacht, wenn Sie all das erfahren hätten? Außerdem war Ihre Frau vor gut einem Jahr Mitglied in der Kampfsportschule Brenner, was meine Bedenken nicht gerade zerstreut hat. Noch dazu war sie dort unter dem Namen Höling angemeldet.«

»Dass sie ihren Mädchennamen benutzt, ist nicht ungewöhnlich. Das tut sie öfter, warum auch immer. Jedenfalls nicht, um etwas zu verheimlichen.« Milster schüttelte den Kopf. »Und nicht jeder, der Kampfsport betreibt, nutzt ihn, um irgendwelche Leute umzubringen.«

»Nicht jeder, aber unsere Serienmörderin.«

Paul, Michael und Dieter lauschten mit zunehmendem Erstaunen dem Schlagabtausch ihrer Vorgesetzten. Keiner von ihnen wusste, was er von der Sache halten sollte. Wenn die Frau des Kriminaldirektors wirklich die gesuchte Person war, wäre das der absolute Hammer.

»Ihre Ausführungen sind absolut haltlos. Und wenn dieser Fall abgeschlossen ist, wird dieser Vorfall hier noch Konsequenzen haben.« Milster war nun unverhüllt wütend.

»Bis dahin müssen wir aber Ihre Frau finden und damit vielleicht auch Frau Hansen und Anne Degener.«

»Ich werde keine Fahndung nach meiner Frau rausgeben. Das können Sie vergessen.«

»Hat Ihre Frau einen Kalender, in den sie ihre Termine einträgt?«

»Sicher! Und damit Sie endlich Ruhe geben, werde ich nach Hause fahren und nachsehen.«

»Wenn Sie nichts dagegen haben, begleite ich Sie.«

Milster antwortete nicht. Schweigend verließ er das Büro, während Martin seinen Leuten auftrug zu überprüfen, ob einer der Wagen des Chefs in der Nähe der Autovermietung stand. Dann folgte er Milster.

54

Das Haus des Kriminaldirektors lag verlassen und still da. Auf seine Rufe hin meldete sich niemand. »Das Cabrio ist weg. Also können Sie davon ausgehen, dass sie damit unterwegs ist«, erklärte Milster, nachdem er die Garage überprüft hatte. Neben dem Telefon im Flur lag ein Notizbuch, das er Martin in die Hand drückte. »Sehen Sie selbst nach.«

Martin blätterte zum heutigen Tag und las: Barbara, Taunusstraße. »Sie war mit der Hansen verabredet«, rief er seinem Chef zu, der im Nebenzimmer eine Pfeife anzündete.

»Was nicht außergewöhnlich ist. Die Damen sehen sich öfter.«

»Ja, aber sie wollten sich, laut Kalender, in der Taunusstraße treffen. Das Café Plan B ist in der Taunusstraße.«

Milster schwieg.

»Woher kennen sich die beiden?« Martin war zu ihm getreten.

»Woher? Ich weiß gar nicht genau.«

»Und wie lange kennen sie sich schon?«

»Es muss wohl fünf oder sechs Jahre her sein, dass die Brettschneider zum ersten Mal hier war. Eine wirklich angenehme Person.« Er suchte Martins Blick. »Umso schlimmer, dass Sie keine Spur von ihr haben …«

Milster redete und redete, aber Martin hörte gar nicht zu. Er war mit seinen eigenen Gedanken beschäftigt. Ihm war, als wäre er ständig mit einer Information gefüttert worden, die er nicht zu deuten wusste. Und jetzt kam er nicht darauf, um was es sich handelte. Erneut schlug er den Kalender von Katja Milster auf. Er suchte den Tag, an dem Eva Klein ermordet worden war. Kein Eintrag. Er blätterte wahllos in den Seiten herum. Hier und da las er von einer Verabredung mit Barbara Hansen. Er blickte zu Milster hinüber, der inzwischen schwieg und nachdenklich aus dem Fenster blickte, während er an seiner Pfeife zog. Barbara Hansen, oder wie sein Chef sie zu nennen pflegte, Barbara Brettschneider, B.B., wie Brigitte Bardot, ging es Martin durch den Kopf. »Brettschneider«, murmelte er vor sich hin und riss plötzlich erschrocken die Augen auf.

»Mein Gott!« Die Erkenntnis traf ihn mit voller Wucht, und er schlug sich mit der flachen Hand gegen die Stirn. »Wie bescheuert kann man nur sein?«

Milster blickte zu ihm herüber. »Was ist jetzt schon wieder?«

»Moment!«, sagte Martin und lief mit gesenktem Kopf nervös hin und her. Bevor er seine Gedanken laut äußern würde, musste er sie erst zu Ende denken. Er vergegenwärtigte sich vor seinem inneren Auge die Liste, auf der er den Namen Barbara Brettschneider schon einmal gelesen hatte.

»Herr Milster, wussten Sie, dass Barbara Hansen auch mal in der Judoschule Brenner Mitglied war?«

»Ach ja, jetzt, wo Sie es sagen. Kann sein, dass meine Frau sie dort kennengelernt hat. Warum fragen Sie?«

»Reine Neugier«, tat Martin belanglos. »Hab' mich nur gewundert, warum sie das nie erwähnt hat, wo sie doch wusste, dass wir da ermitteln.«

»Ja, von sich erzählt sie nicht viel. Sie ist eher ein verschlossener Typ. Aber die sind mir allemal lieber als diese Quasselstrippen.«

»Dann wundert's mich auch nicht, dass sie nie etwas von ihrem Ehemann erzählt hat. Ich gehe mal davon aus, dass sie verheiratet ist, wenn sie jetzt Hansen und nicht mehr Brettschneider heißt?«

»Na, dass sie von dem nichts erzählt, überrascht mich nicht. Der ist für sie ein rotes Tuch. Oder war, muss man ja sagen. Sie ist geschieden, genau wie Sie.«

»Wie lange ist das her?«

»Drei Jahre, glaube ich.«

»Was war's bei ihr?«

»Ach, das Übliche. Eine Jüngere hat sich ihren Mann geschnappt, und weg war er. Sie war ziemlich fertig nach der Sache. Aber wenigstens hat sie 'ne schöne Summe Geld bekommen. Davon hat sie sich auch den schwarzen Mercedes gekauft. Ein schöner Wagen.«

»Ach du Scheiße!«

Forschend blickte Milster den Kommissar an, der einen merkwürdig abwesenden Gesichtsausdruck hatte. Man konnte sehen, dass hinter seiner Stirn die Gedanken ratterten.

»Ich glaube, Ihre Frau hat mit dem Fall nur so viel zu tun, als dass sie von der Mörderin benutzt wurde«, sagte Martin schließlich. »Es ist die Hansen!«

»Sandor! Jetzt hören Sie aber auf!«, rief Egon Milster aufgebracht. »Ich respektiere Ihre beruflichen Fähigkeiten, aber das geht zu weit. Das ist genauso abwegig wie die Verdächtigungen meiner Frau gegenüber. Langsam glaube ich, Sie fangen an durchzudrehen!«

»Wahrscheinlich«, sagte Martin und zwang sich, ganz gelassen zu wirken. »Und deshalb fahre ich jetzt zurück ins Präsidium. Vielleicht kann ich da wieder klar denken.«

»Gute Idee!« Kopfschüttelnd blickte Milster ihm nach.

55

Martin lief eilig aus dem Haus und sprang in seinen Wagen. Sofort griff er zum Handy und rief im Büro an. Dieter meldete sich.

»Gib mir die genaue Adresse der Hansen«, forderte Martin ihn auf.

»Aukammallee 36.«

»Ihr fahrt sofort dort hin. Wir treffen uns da. Wir müssen die Wohnung durchsuchen.«

»Hast du einen Durchsuchungsbefehl?«

»Brauch ich nicht. Hier ist Gefahr im Verzug.«

»Was ist los?«

»Sag ich euch, wenn wir da sind. Überprüf bitte vorher noch, ob die Hansen über ihre Arbeit Kontakt zu Eva Klein hatte. Beeilt euch.« Er drückte das Gespräch weg und gab Gas.

Während er sich seinen Weg durch den Verkehr bahnte, fragte sich Martin, warum er nicht schon früher eine Verbindung zwischen dem Namen Brettschneider und der Hansen gesehen hatte. Sein Chef hatte ihn doch oft genug benutzt.

»Was bin ich für ein Idiot gewesen?«, rief er laut und schlug mit der Hand aufs Lenkrad. »Und dieser Mercedes! Dieser verfluchte Mercedes!«

Daniela Böhmer hatte doch von einem schwarzen Mercedes im Zusammenhang mit dem großen Unbekannten gesprochen. Verdammt noch mal, die Hinweise hatten direkt vor seiner Nase gelegen, und er war einfach darüber hinweggetrampelt. Er erinnerte sich jetzt an einiges, was Barbara Hansen gesagt hatte. Sie war die erste, die die Toten als abgehakt bezeichnet hatte. Sie hatte seine Arbeit als Rätselraten bezeichnet und ihn mitleidig angesehen, als er nicht weiterkam. In Martins Kopf dröhnten Wortfetzen: »... eines Tages werden Sie mich noch ernst nehmen ... Bin eine verhinderte Schauspielerin«.

Er sah ihr dankbares Lächeln wieder vor sich, das sie Michael geschenkt hatte, nachdem er festgestellt hatte, dass der Mörder kein Idiot sein kann. Er sah ihr erstauntes, fast erschrockenes Gesicht, als sie von Eva Kleins Entlassung aus der Untersuchungshaft erfahren hatte.

All das waren natürlich keine stichhaltigen Beweise. Aber diesmal wusste Martin instinktiv, dass er recht hatte. Barbara Hansen hatte ein Motiv. Und er war sich sicher, dass sie Eva Klein gekannt und diese Tatsache bewusst verschwiegen hatte. Außerdem hatte die Psychologin ganz sicher gewusst, dass Eva Klein nicht observiert worden war, denn sie hatte ihn danach gefragt. Das Risiko, sie auf dem Parkplatz zu ermorden, war also nicht allzu groß, zumal sie auch wusste, dass der Parkplatz nur von Besuchern der Judoschule genutzt wurde. Auch, dass Evas Wohnung unbewohnt und noch unverändert gewesen war, war ihr bekannt gewesen. Der Diebstahl des Messers war nicht allzu risikoreich gewesen. Sie saß an der Quelle, hatte sich regelmäßig die neuesten Informationen geholt. Wenn sie sie nicht von ihm bekommen hatte, dann von ihrer Freundin Katja oder vom Kriminaldirektor höchstpersönlich.

Die Polizeibeamten trafen fast gleichzeitig vor Barbara Hansens Wohnung ein. Martin fragte als Erstes, was Dieter herausgefunden hatte. Er bestätigte Martins Vermutung.

»Die Klein wurde von der Hansen im Knast betreut, und die hat ihr auch den Job bei Brenner verschafft. Aber warum hat sie uns das nicht gesagt?«

»Weil wir ihr dann vielleicht schon früher auf die Spur gekommen wären«, erklärte Martin und sah sich überraschten Gesichtern gegenüber.

»Du willst sagen, die Hansen …?«

»Genau das. Wir brauchen nur noch die Beweise.«

Vor der Wohnungstür zog Martin ohne zu zögern seine Waffe und schoss auf das Schloss. »Wir haben keine Zeit zu verlieren«, erklärte er und trat gegen die Tür, die sofort aufsprang. Während sie sich auf die verschiedenen Räume verteilten, erzählte er ihnen, was er herausgefunden hatte und was er vermutete.

»Hoffentlich trügt dich dein Gefühl nicht«, sagte Dieter skeptisch, der mit Martin ins Wohnzimmer gegangen war. »Eine Psychologin. Man sollte doch meinen, dass die ihr Leben in jeder Situation im Griff hat.«

»Auch eine Psychologin ist nur ein Mensch. Die kommen vielleicht mit anderer Leute Problemen prima zurecht, aber mit den eigenen deshalb noch lange nicht. Ich glaube, dass der Hansen ihre Arbeit in gewisser Weise zum Verhängnis geworden ist. Der Kontakt zu Häftlingen ist geeignet, einen Menschen an Brutalität zu gewöhnen, sogar an Mord.«

»Das ist alles noch nicht wahnsinnig überzeugend.«

»Genau deshalb müssen wir etwas finden, das uns und alle anderen überzeugt!«

Es dauerte nicht lange, da rief Paul aus dem Badezimmer. »Kommt mal! Hier ist was Interessantes.«

Die anderen steckten die Köpfe zur Tür herein, und Paul hielt ihnen einen Lippenstift entgegen. »Ein alter Bekannter: True Lipstick von Estée Lauder.«

»Ich hab's gewusst!«, rief Martin und lief zurück ins Wohnzimmer. Hastig durchwühlte er den Schreibtisch, als hätte er Angst, Zeit zu verschwenden. »Es muss doch einen Hinweis geben, wo sie Anne Degener hingebracht hat.«

Er blätterte den Terminkalender durch, während Michael sich mit dem Computer befasste. »Scheiße, ein Passwort«, sagte er.

»Nicht aufgeben«, forderte Martin ihn auf. »Nachdenken!«

»Mann, das kann alles sein«, stöhnte Michael und begann, verschiedene Wörter auszuprobieren.

Dieter kam zu ihnen ins Zimmer. »Ich habe bis jetzt nichts Auffälliges gefunden. Aber vielleicht hat sie einen Safe oder so was, wo sie ihre Geheimnisse aufbewahrt.«

Er sah sich im Wohnzimmer um, durchsuchte die Schubladen einer kleinen Kommode und wandte sich dann der Couch zu. Er hob das darüberhängende Bild ein Stück von der Wand weg und lugte dahinter.

»He! Da ist was!«, rief er und zog die Aufmerksamkeit der anderen auf sich. Während er das große Bild am rotglänzenden Rahmen griff und herunterhob, trat auch Paul zu ihnen. Alle vier starrten entsetzt auf den grünen Wandfleck, der sich hinter dem Bild verbarg.

Beim Anblick der Frauen auf den Fotos kroch Martin eine Gänsehaut den Rücken herauf. Er kniff kurz die Augen zusammen und schüttelte den Kopf, als wollte er die schrecklichen Bilder der toten Frauen, die vor seinem inneren Auge auftauchten, abschütteln. Nah trat er an die Bilder heran und berührte flüchtig Annes Gesicht.

Michael fand als Erster wieder Worte. »Abgehakt!«, las er und deutete auf den Schriftzug über der ersten Fotoreihe. Sofort setzte er sich zurück an den Computer und gab die Buchstaben ein. Einige melodiöse Töne bestätigten die Eingabe des richtigen Passwortes. Schnell klickte er sich durch die Dateien. Martin deutete auf eine mit dem Namen »Eva«, die Michael sofort öffnete.

»Ein Foto von Eva Klein«, kommentierte er, was er sah. »Und hier sind digitalisierte Fingerabdrücke von ihr.«

»Warum zum Teufel hat sie die auf ihrem Computer?«, wunderte sich Paul.

»Ich glaube, ich weiß, warum«, sagte Dieter. »Bei der Janz haben wir doch Fingerabdrücke der Klein gefunden und nie verstanden, wie die dahin gekommen sind. Aber es gibt eine Möglichkeit, wie man fremde Fingerabdrücke auf die eigenen Finger bekommt.«

»Das geht doch aber alles nicht so einfach«, wandte Paul ein.

»Moment!«, rief Michael. »Da ist ein Link zu einer Datei ›Fingerabdrücke‹.« Er öffnete die Datei mit einigen Mausklicks. »Das ist eine Anleitung, wie mit einfachsten Mitteln Fingerabdrücke kopiert und nachgebildet werden können«, erklärte er. »Ich fass' es nicht! Sogar mit Video zur besseren Veranschaulichung.«

»Das ist unglaublich«, staunte Paul und überflog den Text. »Man kann Fingerabdrücke mit Sekundenkleber sichtbar machen. Man muss nur ein wenig davon in einen Flaschenverschluss geben und den über den Abdruck stülpen. Das ausgasende Cyanoacrylat –«

»Das ist der Hauptbestandteil von Sekundenkleber«, warf Dieter dazwischen.

»Das vermischt sich jedenfalls mit den Fettrückständen des Abdrucks zu einer festen, weißen Substanz. Die kann man dann mit einer Kamera digitalisieren und grafisch nachbearbeiten. Alles schön und gut, aber das kann doch nicht jeder.«

»Aber einer oder eine, die sich mit Computern auskennt und ein passendes Programm hat.«

»Und wie kriegt sie die Abdrücke auf ihre Finger?«

»Das ist dann wohl die leichteste Übung«, erklärte Dieter. »Du brauchst doch nur die Bilder mit einem Laserdrucker auf Folie zu drucken. Der Toner lagert sich dabei zu dreidimensionalen Strukturen ab, die als Abformgrundlage verwendet werden können.«

»Richtig«, bestätigte Michael. »So wird's auch hier vorgeschlagen. Und als Material für die Attrappe selbst soll man Holzleim mit Glycerin vermischen und dünn auf den Ausdruck streichen. Nach dem Trocknen zieht man nur noch die Folie ab und schneidet sie auf Fingergröße. Dann hast du eine Attrappe, die du zum Beispiel mit Maskenkleber auf die eigenen Finger kleben kannst.«

»Und fertig ist die neue Identität.«

»Aber das alles hilft uns auch nicht weiter bei der Suche nach Anne«, unterbrach Martin die Männer. »Michael, such die Dateien auf entsprechende Hinweise durch, und wir anderen sehen uns noch weiter um.«

Dieter fand kurz darauf in der Küche ein Fläschchen mit Glycerin, gleich daneben den Holzleim und den Sekundenkleber, während Martin sich im Schlafzimmer umsah. Er hatte gerade einen Kalender im Nachtschrank gefunden, als sein Handy klingelte. Es war Carsten, der nach Neuigkeiten fragte. Martin informierte ihn und gab ihm die Adresse der Hansen, damit er zu ihnen kommen konnte.

56

»Ich bin froh, wieder hier zu sein«, sagte Anne über die Schulter hinweg zu Barbara, während sie den Schlüssel zu ihrer Wohnungstür aus der Jackentasche zog. »Den Ausflug hatten wir uns ja beide etwas anders vorgestellt. Unterwegs hab' ich mich wie ein Lamm auf der Schlachtbank gefühlt.«

»Sie sind sozusagen das Lamm auf der Schlachtbank«, sagte Barbara und griff nach Annes Hand, die gerade den Schlüssel ins Schloss stecken wollte.

Anne blickte sie erstaunt an.

»Wir können nicht in Ihre Wohnung gehen«, erklärte Barbara ihr. »Wir wären nicht so ungestört, wie ich es jetzt gern wäre.«

»Wieso? Ich verstehe nicht …?«

»Vielleicht erklärt das einiges«, sagte Barbara, öffnete ihre Tasche und ließ Anne hineinsehen.

»Meine Haare!«, rief Anne. »Wo haben Sie die her?« Entgeistert starrte sie erst ihre Haare, dann Barbara an.

»Jemand hat sie mir geschenkt.«

Anne war verwirrt. »Wieso? … Wer?«

»Ich habe mir überlegt, dass ich mir daraus eine hübsche, neue Perücke machen lassen könnte. Meine alte musste für was anderes herhalten.«

»Ich verstehe das nicht.«

»Anne, denken Sie doch mal nach.«

Während Anne in das Gesicht der Frau blickte, sah sie darin nicht länger Freundlichkeit, sondern Verachtung und Kälte. »Nein!« Es war mehr ein Flüstern. »Sie?«

»Ja, ich!«

Noch ehe Anne reagieren konnte, schlug Barbara ihr mit der Handkante gegen die Gurgel, sodass sie sich stöhnend zusammenkrümmte.

»Wir gehen jetzt an einen Ort, wo wir diese leidige Geschichte endlich abhaken können, kleine Schlampe.«

Währenddessen überschlugen sich die Ereignisse in der Aukammallee. Martins Handy klingelte erneut. Egon Milster war dran und teilte ihm mit, dass seine Frau inzwischen aufgetaucht sei und die Anmietung des Wagens auf Wunsch von Barbara Hansen bestätigt hatte. Sie hatte erklärt, den Opel in der Taunusstraße übergeben zu haben, weil der Wagen ihrer Freundin nicht mehr fahrtüchtig gewesen sei und sie einen dringenden Außentermin gehabt habe. Außerdem hatte Frau Milster ihr ihr Handy überlassen, weil Barbaras Akku leer gewesen sei, sie aber für den Termin eins gebraucht habe.

Martin dankte für die Information und erklärte seinem Chef im Gegenzug, was sie in Barbara Hansens Wohnung gefunden hatten.

»Das kann ich nicht glauben«, sagte er betroffen. »Das kann doch nicht sein!«

»Ich fürchte doch!«

»Das alles muss ein furchtbares Missverständnis sein. Wenn man Daniela Böhmer Beweismaterial untergeschoben hat, kann der wahre Täter das ebenso bei Barbara getan haben.«

»Rein theoretisch ist das möglich«, räumte Martin ein. Er wollte jetzt keine Diskussion mit seinem Chef führen. Er hatte weitaus Wichtigeres zu tun. »Ich halte Sie auf dem Laufenden«, sagte er nur und beendete damit das Gespräch.

Er blätterte den Kalender aus dem Nachttisch weiter durch und fand verschiedene Einträge, denen es an Eindeutigkeit nicht fehlte. Es handelte sich um Stichpunkte, einzelne Wörter, die ihm diese Frau in ihrer ganzen Abscheulichkeit vor Augen führten: Kontakt: Willig, Wehmeyer … Schließfach … erledigt … Klein festnageln … Brief eins … Brief zwei … abgehakt …

Martin ging hinüber ins Wohnzimmer. »Ich hab' noch etwas ziemlich Eindeutiges hier«, sagte er. Doch noch bevor er seinen Kollegen den Kalender zeigen konnte, ertönte der Klingelton seines Handys. Er meldete sich und sagte dann eine Weile nichts.

»Nein«, hörten Martins Kollegen ihren Chef schließlich ungläubig flüstern. »Ist es eine Frau?«

Stille.

»Wer ist vor Ort? … Wir kommen!« Wie in Trance drückte er das Gespräch weg und drehte sich zu seinen Kollegen um. »Jemand hat eine Leiche in der Eichenwaldstraße gefunden.«

»Anne Degener?«, fragte Dieter sofort.

»Sie ist noch nicht identifiziert, aber es ist eine Frau.«

»Das glaub ich jetzt nicht.« Paul, der am Fenster gestanden hatte, ließ sich auf den nächsten Stuhl fallen.

»Verdammt noch mal!«, brüllte Martin plötzlich. »Wir sind zu spät. Wir hatten Hinweise und haben sie nicht gesehen.«

Einen Moment lang herrschte betretenes Schweigen.

»Los! Lasst uns gehen! Michael, du verständigst die Spusi, damit sie den Laden hier umkrempeln, und bleib so lange hier, bis sie da sind.«

Auf dem Weg zu ihren Autos liefen sie Carsten in die Arme.

»Was ist passiert?« Er sah Martin an, dass etwas nicht in Ordnung war.

»Carsten, mir wäre es lieb, wenn du ins Präsidium fahren und dort warten würdest, bis wir wieder kommen. Wir müssen etwas überprüfen.«

»Martin, was ist passiert?«, fragte er eindringlich, und Martin wusste, dass er diesmal nicht um eine Antwort herumkam.

»Man hat eine Leiche gefunden.«

»Anne?«, rief er mit weit aufgerissenen Augen.

»Wir wissen es nicht. Aber …«

»Aber?«

»Es ist eine weibliche Leiche in der Eichenwaldstraße.« Die Worte gingen Martin nur schwer über die Lippen, denn er wollte sich nicht einmal vorstellen, was es bedeutete, die Geliebte zu verlieren. Carsten drehte sich auf dem Absatz um und lief zurück zu seinem Wagen.

»Los! Hinterher!« Martin rannte jetzt selbst zum Auto und ließ sich auf den Beifahrersitz fallen. Dieter setzte sich hinter das Steuer und fuhr los. Sie versuchten, nicht daran zu denken, was sie in der Eichenwaldstraße erwarten würde. Wie immer, wenn Martin an einen Tatort gerufen wurde, überkam ihn diese Unruhe, aber dieses Mal konnte er sie kaum unterdrücken. Dieses Mal hatte er Angst.

57

In der Eichenwaldstraße passierten sie den gesuchten roten Opel Vectra, der am Straßenrand parkte. Vor dem Haus, in dem sich Annes Wohnung befand, standen zwei Kollegen neben ihrem Streifenwagen. Der Anblick ließ Martin frösteln.

Carsten war sofort aus dem Auto gesprungen und auf die Beamten zugelaufen. Martin beeilte sich hinterherzukommen.

»Die Leiche ist da im Wagen«, hörte er den Beamten gerade noch sagen und auf ein in einiger Entfernung parkendes Fahrzeug deuten.

»Du bleibst hier stehen!«, sagte Martin zu Carsten in einem Ton, der keinen Widerspruch duldete. Er selbst ging mit Dieter langsam auf den Wagen zu und blickte hinein.

»O nein!«, rief Dieter, als er erkannte, wer da am Steuer saß. Er drehte sich um, schloss die Augen und schüttelte den Kopf.

Auch Martin erkannte die Frau, der offensichtlich jemand die Kehle durchgeschnitten hatte. Es war Tanja Lindner, die Kollegin, die zur Observation von Annes Wohnung eingeteilt worden war. Er wandte sich zu Carsten um, der ihm bereits kreidebleich entgegenkam.

»Es ist nicht Anne! Es ist Tanja Lindner.« Martin fuhr sich durch die Haare und stöhnte. »Die Arme!«

»Das bedeutet, dass die Hansen hier war«, sagte Carsten.

»Und dass sie Tanja umgebracht hat, weil die Anne gesehen hat. Sonst wäre das nicht nötig gewesen«, folgerte Martin, der sich bemühte, seine Gedanken zu ordnen.

»Ja, oder dass sie sie gar nicht erst sehen sollte.« Auch Carsten gewann seine Fassung wieder.

»Dann muss sie noch irgendwo hier sein.«

»Davon können wir ausgehen, denke ich.«

»Der gemietete rote Opel steht ja auch noch da vorn.«

Carsten lief auf Annes Haus zu. Martin folgte ihm, winkte seine Männer heran und instruierte die beiden Beamten am Streifenwagen. Dann zog er seine Waffe. Während sie den Hausflur betraten, bedeutete er ihnen mit dem Finger auf den Lippen, dass sie leise sein sollten. Vorsichtig schloss Martin die Wohnungstür auf. Lautlos verständigten sie sich, wer welches Zimmer sichern sollte. Es dauerte nicht lange, bis sie festgestellt hatten, dass sich keine der beiden Frauen hier befand.

»Verflucht!«, rief Carsten. »Wo ist sie nur?« So verzweifelt hatte Martin seinen Freund noch nie gesehen.

»Sie muss in der Nähe sein.« Martin war sich ganz sicher. »Wir müssen Verstärkung anfordern und das ganze Gebiet durchsuchen.« Mit einem Kopfnicken gab er Dieter zu verstehen, dass er das erledigen sollte. »Wir finden sie«, versuchte Martin Carsten zu trösten.

»Ja, früher oder später. Lebendig oder tot.«

Martin sah den feuchten Schimmer in den Augen des Freundes, und seine Verzweiflung berührte ihn zutiefst.

»Vielleicht hat die Hansen das Handy von Frau Milster noch bei sich«, sagte Paul plötzlich. »Dann könnten wir sie womöglich orten.«

»Das ist eine Idee. Los!«

Als die drei Männer die Haustür hinter sich schließen wollten, blieb Martin abrupt stehen.

»Was ist?«, wollte Carsten wissen.

»Sch!« Martin lauschte in die Stille. »Hört ihr das auch?«

»Was?« Paul schüttelte den Kopf.

»Da rauscht was«, sagte Carsten.

»Genau!«

»Vielleicht die Heizung im Keller?«, mutmaßte Paul.

»Nein, nein. Das Geräusch kommt nicht aus dem Keller.« Martin ging einige Schritte zurück in den Hausflur. »Es kommt aus dieser Wohnung.« Er legte sein Ohr an das Türblatt zu Daniela Böhmers Wohnung und lauschte. Carsten tat es ihm gleich.

»Aber die ist doch leer«, sagte Paul.

»Eben!«

»Was ist das also für ein Geräusch?«

»Hört sich an wie Wasserrauschen.«

»Vielleicht gibt's einen unbemerkten Rohrbruch.« Paul versuchte immer noch, eine ganz logische Erklärung zu finden.

»Nein!«, flüsterte Carsten. »Hast du das gehört, Martin? Das klang wie ein kräftiges, unregelmäßiges Plätschern.«

Die beiden Männer sahen sich an und verstanden sich ohne Worte. Sie traten einen Schritt von der Tür weg und Martin zog zum zweiten Mal an diesem Tag seine Pistole.

»Langsam reicht's mir mit der Rumknallerei«, murmelte er.

Nachdem er die Waffe abgefeuert hatte, warf er sich gegen die Tür und stürmte in die Wohnung, dicht gefolgt von Carsten und Paul. Im Flur lauschten sie in die Stille. Das Rauschen war verstummt. Wieder verteilten sich die Männer und sicherten nacheinander alle Zimmer. Carsten hatte das Gefühl, sich kaum bewegen zu können. Seine Beine waren schwer wie Blei. Er hatte Angst vor dem, was er unter Umständen gleich zu sehen bekommen würde. Es kam ihm vor, als hätte er noch nie im Leben so große Angst gehabt.

Martin stand inzwischen vor der Badezimmertür. Sie war nur angelehnt. Martin trat sie auf und blickte im selben Moment auf Barbara Hansen. Sie kniete vor der Badewanne, die randvoll mit Wasser gefüllt war und in der ihr nacktes Opfer lag. Mit der einen Hand hielt sie Annes Kopf über Wasser, mit der anderen eine Pistole an ihre Schläfe. Auf dem Wannenrand lag ein Messer griffbereit.

»Da sind Sie ja, Herr Kommissar.« Ihr eiskaltes Lächeln traf ihn. »Gerade noch rechtzeitig, um diesem Ereignis beizuwohnen. Ich habe mich schon gefragt, wo Sie bleiben.«

Carsten und Paul erschienen im Türrahmen. Carsten blieb wie angewurzelt stehen und blickte auf Anne, die ihn angsterfüllt ansah. Ihr Mund war mit Klebeband verschlossen. Auch die Hände und Füße waren damit gefesselt. Sie so zu sehen, zerriss ihm fast das Herz.

»Oh! Sie haben Gäste mitgebracht.«

»Lassen Sie Anne los!«, befahl Martin in ruhigem Ton. Er zielte mit seiner Pistole auf die Psychologin. Dabei versuchte er, die Situation einzuschätzen. Hätte Barbara noch genug Zeit ihre Waffe abzufeuern, wenn er schießen würde?

»Wenn ich sie loslasse, ertrinkt sie. Außerdem wissen Sie doch, dass ich erst zufrieden bin, wenn ich Dinge erledigt habe. Und das hier ist noch nicht erledigt.« Sie funkelte ihn an. »Also, Waffen runter, sonst spritzt hier gleich Gehirnmasse auf die Fliesen. Schieben Sie die Dinger auf dem Boden zu mir rüber. Aber hübsch langsam und nacheinander.«

»Barbara, legen Sie die Waffe weg. Sie haben keine Chance. Es ist zu Ende.«

»Sagen Sie mir nicht, wann es zu Ende ist!«, schrie sie ihn hysterisch an, sodass er befürchtete, sie könne Anne jeden Moment umbringen.

»Schon gut, schon gut«, sagte Martin beschwichtigend, legte seine Waffe auf den Boden und gab ihr einen Schubs, sodass sie bis zu ihr hinüberrutschte.

Bevor Carsten seine Waffe ablegte, wagte auch er noch einen Versuch. »Warum wollen Sie Anne umbringen? Sie ist mit mir zusammen und hat niemandem etwas getan.«

»*Niemandem etwas getan*«, wiederholte sie höhnisch lachend. »Das ich nicht lache. Haben Sie vergessen, dass die Schlampe einen verheirateten Mann verführt hat und ihn wochenlang benutzt hat? Und warum? Nur wegen eines anständigen Ficks! Fast wäre seine Ehe daran zerbrochen.«

»Ist sie aber nicht. Und Anne hat das Verhältnis beendet, weil sie wusste, dass es nicht richtig war.«

»Ja«, nickte Barbara eifrig. »Aber erst, nachdem ich ihr mehrfach gedroht hatte. Nach jedem Brief hat sie sich sofort wieder mit ihm getroffen. Das habe ich als äußerst provozierend empfunden. Und dann ist sie noch zur Polizei gelaufen, obwohl ich es ihr verboten hatte. Das war ein bisschen zu viel des Guten, mein Lieber. Jetzt wird sie dafür bezahlen.«

Carsten zögerte immer noch, seine Waffe abzulegen.

»Vergiss es!«, sagte Barbara, seine Gedanken erahnend. »Denk nicht mal daran.«

Carsten reagierte nicht.

»Ich zähle bis drei. Liegt deine Knarre dann nicht am Boden, ist deine Herzallerliebste tot.«

»Du willst sie doch sowieso umbringen, also warum sollte ich dir meine Waffe geben? Wenn Anne stirbt, stirbst du auch.«

Carsten ignorierte einen Blick von Martin, der ihn zur Mäßigung mahnen wollte.

»Das Risiko gehe ich ein. Eins … zwei …«

Erst im letzten Moment legte Carsten seine Waffe ab und schob sie zu ihr rüber. Er ballte die Fäuste, bis seine Knöchel weiß hervortraten. Es musste doch noch eine andere Möglichkeit geben, diese Frau aufzuhalten. Wo, zum Henker, blieben denn die Kollegen, die vor der Tür warteten? Hatten sie den Schuss nicht gehört?

»Jetzt du«, forderte Barbara Paul auf, der sofort folgte.

Als alle Waffen vor ihr lagen, ließ sie Anne los und richtete sich auf. Carsten sah gerade noch, wie Anne unter die Wasseroberfläche sank und wild zu zappeln begann. Sie versuchte sich immer wieder mit den Füßen am Wannenende abzudrücken, um über Wasser zu kommen. Ihr panischer Ausdruck in den Augen und ihr stummer Hilfeschrei fuhren ihm bis ins Mark. Dann richtete Barbara ohne Vorwarnung die Waffe auf Carsten und schoss. Er sank zu Boden.

»Carsten!«, schrie Martin und beugte sich sofort zu ihm hinunter.

»Lassen Sie ihn!«, befahl Barbara mit immer noch erhobener Waffe.

Paul glaubte sich unbeobachtet und machte einen Schritt in Richtung Badewanne. Er konnte Anne nicht so elend sterben lassen.

»Halt! Bleiben Sie, wo Sie sind«, fuhr Barbara ihn an und zielte auf ihn. »Oder die nächste Kugel ist für Sie!«

Paul blieb stehen. »Sie wird ertrinken!«, rief er, ohne den Blick von Anne zu lassen.

»Das ist auch so beabsichtigt. Also, verhalt dich ruhig und versau mir nicht die Party.«

»Wollen Sie uns jetzt alle abknallen?«, brüllte Martin sie an, während er, ungeachtete ihrer Aufforderung, neben Carsten kniete und versuchte, die Blutung zu stillen.

»Nein, nicht alle. Aber die, die den Mund zu voll nehmen. Außerdem kann ich so die Übersicht besser behalten.«

»Sie sind ja total irre!«, rutschte es Martin heraus.

»Irre?« Barbara richtete die Waffe und ihre Aufmerksamkeit auf ihn. Ihre Augen glitzerten gefährlich.

Paul sah seine Chance gekommen. Er machte einen schnellen Satz nach vorn, trat ihr die Waffe aus der Hand und stürzte sich auf sie. Martin kam ihm sofort zur Hilfe, sodass Barbara trotz ihrer Kampfkünste keine Chance mehr hatte und nach wenigen Augenblicken überwältigt auf dem Bauch am Boden lag. In diesem Augenblick kam Dieter mit einem Kollegen von draußen herein.

»Was ist denn hier los?«, fragte er, sich erschrocken umblickend.

»Frag nicht lange«, entgegnete Martin. »Gebt mir lieber Handschellen«, forderte er die Kollegen auf. »Dann verfrachtet dieses Miststück nach draußen. Aber Vorsicht, sie ist äußerst gefährlich!«

Währenddessen hatte Paul endlich Anne aus dem eiskalten Wasser gehoben. Sie war ziemlich geschwächt und zitterte am ganzen Körper. Als ihr Blick auf Carsten fiel, stöhnte sie und wurde ohnmächtig. Paul legte sie in die stabile Seitenlage und befreite sie von ihren Fesseln.

Martin richtete sich auf. Barbara Hansen. Da lag sie vor ihm. Gefesselt und wehrlos. Die Frau, die so eiskalt war wie der Fliesenboden unter ihr. Die Frau, die Martin so lange in Atem gehalten hatte. Die Frau, die fünf Menschen das Leben genommen hatte, seine Nerven strapaziert und ihn an seinen Fähigkeiten hatte zweifeln lassen. Martin half ihr aufzustehen. Sie lächelte ihn überlegen an. Eine Mörderin ohne Schuldbewusstsein und Reue, dachte er. Eine, der es scheinbar egal zu sein schien, dass sie nun gefasst war und ins Gefängnis kommen würde. Er erinnerte sich, was sie ihm über den Serienmörder, über sich, gesagt hatte: »Solche Täter wollen eigentlich, dass man weiß, wer sie sind.« Sicher war sie stolz auf ihre Taten.

»Sie glauben, Sie haben gewonnen?«, fragte sie und schüttelte den Kopf. »Haben Sie nicht. Sie konnten, außer dieser kleinen Schlampe da«, sie nickte in Annes Richtung, »keine der anderen Frauen retten. Und die da hat auch ihre Strafe bekommen, wenn ich mir ihren Freund so ansehe.«

Martin ließ seine Augen zu Carsten hinüberwandern. Dann schlug er Barbara Hansen mit der Faust mitten ins Gesicht. Der

Schlag traf sie völlig unvorbereitet, sodass sie taumelte, erneut zu Boden ging und ihn mit einer Mischung aus Entsetzen und Ungläubigkeit ansah.

»Bringt das Psychomonster raus«, forderte er die Kollegen auf. Dann griff er zum Handy und rief endlich zwei Krankenwagen.

»Ist sie verletzt?«, fragte er Paul, der Anne in ein großes Handtuch wickelte, dass er aus einem Regal genommen hatte.

»Nein, auf den ersten Blick nicht, aber sie ist total unterkühlt. Ich hole Decken.«

Martin nickte und kniete sich neben Carsten, der nur noch schwach atmete. Die Kugel war auf der rechten Seite in seinen Brustkorb eingedrungen. Martin bettete Carstens Kopf in seinen Schoß und drückte seine Hand auf die Wunde.

Er fühlte sich absolut hilflos, als Carsten das Bewusstsein verlor, und Tränen der Trauer und der Wut bahnten sich ihren Weg.

58

Martin saß an seinem Schreibtisch und machte ein Gesicht, als wäre er überall lieber als hier. Ihm gegenüber saß Barbara Hansen. Kerzengerade und mit erhobenem Haupt blickte sie ihm unverwandt in die Augen. Er erwiderte ihren Blick, dabei lief ihm jedoch eine Gänsehaut über den Rücken. Nicht mal für ihn war es leicht nachzuvollziehen, was im Kopf dieser Frau vorging. Und eigentlich war es ihm auch egal. Er wollte dieses Gespräch, das nun schon zwei Stunden dauerte, so schnell wie möglich beenden, seinen Bericht schreiben und die Akte schließen.

Sie hatte ein umfassendes Geständnis abgelegt, hatte alle ihre Vermutungen bestätigt und Ungereimtheiten aufgeklärt. Sie ließ keinen Zweifel daran, dass sie glaubte, durch die Morde gute Arbeit geleistet zu haben.

Von Nils Breitner und Marita Janz hatte sie durch Britta Kling erfahren. Sie kannten sich vom früheren gemeinsamen Training in der Judoschule und trafen sich mit etlichen anderen Mitgliedern alle paar Monate zum Quatschen, auch nachdem Barbara Hansen bereits ausgetreten war. Martin wunderte sich nicht sonderlich, dass Britta Kling doch von der Affäre gewusst hatte. Noch etwas, das sie der Polizei verschwiegen hatte. Dabei musste ihr klar gewesen sein, wie wichtig diese Information gewesen wäre. Aber alle Spekulationen über einen anderen Verlauf der Ermittlungen halfen jetzt auch nicht mehr.

»Wie ist das in dem Café gelaufen?«, wollte Martin abschließend wissen.

»Die Sache war besonders reizvoll, denn ich wusste, dass Sie *Plan B* ganz schön verwirren würde. Waren Sie nicht ziemlich am Rotieren, um uns zu finden?«

Ihr triumphierendes Lächeln war für Martin kaum zu ertragen. »Mich interessiert nicht, welchen Spaß Sie an der Sache hatten.«

»Na gut, die Fakten also. Noch zu Hause bei der Degener nahm ich die Batterie aus dem Funkmikrofon und klaute ihr das Handy aus der Tasche. Als Anne im Café zur Toilette musste, erzählte ich ihr, dass ich meinen Wagen umparken muss, weil er im Halteverbot steht. Dann tat ich so, als hätte ich sie aus den Augen verloren, und fragte die Bedienung nach ihr. Natürlich wusste ich, dass sie nicht auf uns geachtet hatte. Ich also raus zum Wagen, wo ich Sie ja dann anrief, um das Feuer anzufachen. Kurz darauf kam auch schon meine liebe Katja mit dem Mietwagen.«

»Warum haben Sie Frau Milster mit hineingezogen?«

»Ich brauchte sie, um den Wagen unter ihrem Namen anzumieten.«

»Zu dem Zeitpunkt muss Ihnen doch schon klar gewesen sein, dass die Sache auffliegen würde.«

»Aber nicht durch Katja.« Barbara Hansen winkte ab. »Sie dachte doch, sie täte mir einen Riesengefallen, damit ich meinen Termin wahrnehmen könnte. Sie war schon immer etwas leichtgläubig, die Gute.« Noch ehe Martin etwas erwidern konnte, fuhr sie fort: »Wir haben Anne aus dem Café geholt und sind gemeinsam losgefahren. Anne ist natürlich unbedenklich eingestiegen, nachdem sie gehört hat, dass sie es hier mit der Frau vom Kriminaldirektor höchstpersönlich zu tun hat. Allerdings haben wir Katja schon an der nächsten Ecke an einem Taxistand rausgelassen, damit die Damen sich nicht allzu lange unterhalten konnten.«

Martin schüttelte den Kopf und dachte an Katja Milster. Es ging ihr zurzeit nicht besonders gut. Dass ihre Freundin eine Serienmörderin war, hatte sie zutiefst schockiert. Außerdem war sie, die Frau des Kriminaldirektors, zur Handlangerin der Mörderin geworden. Sicher kein gutes Gefühl.

Als die Sprache auf Daniela Böhmer kam, die heute aus der Haft entlassen wurde, berichtete Barbara, wie sie ihr all die Indizien untergeschoben hatte. »Die Böhmer hatte genug Haare in ihrer Bürste hinterlassen, die ich dann in meine Perücke gesteckt habe. Und in dem Moment, als ich mein gutes Stück für Sie geopfert habe, kam mir die Idee, aus Annes Haaren eine wunderschöne neue machen zu lassen. So konnte ich zwei Fliegen mit einer Klappe schlagen.« Stolz blickte sie von Martin zu Paul. »In meinem Berufsleben gibt es Kriminelle wie Sand am Meer. Ich hatte also die Wahl, in jeder Beziehung. Es ist wie das Schöpfen aus einem nie versiegenden Brunnen«, erklärte sie fast schwärmerisch. »Also nutzte ich das Angebot und ließ mir von Wehmeyer und Willig die Haare besorgen, ließ mir von einem anderen erklären, wie man sich in einen anderen Computer einhackt und gewisse Fotos hinterlegt. Ein weiterer war so nett, mir von den Abdrücken, die ich bei meinem Besuch bei der Böhmer gemacht habe, Zweitschlüssel anzufertigen.«

»Sie haben Daniela Böhmer also selbst gebeten, den Brief aufs Kopfkissen zu legen?«

»Selbstverständlich!« Bei dem Gedanken daran lächelte sie vor sich hin.

»Sie war sich sicher, dass sie einen Mann vor sich hatte.«

»Sagte ich Ihnen nicht mal, dass ich eine verhinderte Schauspielerin bin? Solche kleinen Rollenspiele machen mir ungeheuren Spaß.«

»*Machten* Spaß, meinen Sie! Damit ist es nun endgültig vorbei.« Martin lehnte sich auf seinem Stuhl zurück und bedachte sie mit einem zufriedenen Blick.

»Sie verstehen nicht, warum ich das getan habe, nicht wahr?« In Barbara Hansens Augen lag ein Hauch von Traurigkeit.

»In der Tat, das ist ja wohl auch kaum zu verstehen. Oder glauben Sie, Sie sind eine Ausnahme, weil sie die Psychotante Hansen sind? Da haben sie sich geirrt. Sie sind nicht besser als jeder gewöhnliche Serienmörder.« Wut war in Martin aufgestiegen und man hörte den Ekel deutlich aus seinen Worten heraus.

»Da irren Sie sich, Herr Kommissar. Ich bin nicht für diese Taten verantwortlich. All die Frauen, die sich wie Nutten an die verheirateten Männer herangemacht haben, sind es.«

»Seien Sie still!«, brüllte er sie an, stand ruckartig auf und lief hinter seinem Schreibtisch hin und her. »Ich kann diesen Scheiß nicht hören! Ihre opferorientierte Neutralisierungstechnik funktioniert nicht. Sie können unmöglich selbst glauben, was Sie da sagen. Es sei denn, Sie sind vollkommen geistesgestört. Andere für solch abscheuliche Taten verantwortlich zu machen, sich einzureden, gerechte Vergeltung zu üben, ist einfach nur dumm und weltfremd. Und da sagten Sie, die Täterin verfügt über eine gewisse Intelligenz. Das ich nicht lache!«

»Sie haben ja keine Ahnung, was ich durchgemacht habe. Mein Mann wurde doch auch von so einer verführt.«

»Statt in der Welt herumzumorden, hätten Sie sich lieber mal fragen sollen, warum ihr Mann Sie wegen einer anderen verlassen hat. Oder glauben Sie im Ernst, Sie sind daran völlig schuldlos?«

»Ich habe ihn geliebt und alles für ihn getan.«

»Oh!« Martin winkte ab. »Verschonen Sie mich mit diesem Theater. Sie sind eine eiskalte Killerin aus den niedersten Beweggründen heraus.«

»Sie stellen mich wie ein Monster dar. Das bin ich aber nicht!«

»Ja, ja! Ich weiß schon! Man muss Menschen wie Sie von allen Seiten ihres Wesens sehen. Aber soll ich Ihnen was sagen? Ihre Biografie und die vermeintlich anderen Seiten sind mir scheißegal, und ich werde nicht von meiner Überzeugung abrücken. Wie Sie schon richtig erkannt haben: Sie sind ein Monster!«

»Sie verstehen gar nichts!«, schrie sie ihn mit funkelnden Augen an.

Er hielt ihrem Blick eine Zeitlang stand. Dann plötzlich erschien ein Lächeln auf Barbaras Gesicht, und man sah, wie sie sich entspannte. »Ihre Ermittlungen haben während der ganzen Zeit meine Fantasie sehr beflügelt. Fingerabdrücke von Eva Klein anzufertigen und sie mit Handschellen zu fesseln, stellte einen wunderbaren Bezug zur Polizei her. Und dass sie durch Heroin umkam, war natürlich auch sehr passend. Durch Sie kam ich auch darauf, mir diesen ›True Lipstick‹ zuzulegen, um ein weiteres Zeichen für Sie zu setzen. Man konnte wunderbar mit Ihnen spielen. Zumindest zeitweise.«

»Wenn Sie mich fragen, eine abartige Form der Selbstbefriedigung«, sagte er. Er ließ sich nicht anmerken, dass ihn ihre Worte getroffen hatten. Sie hatte versucht, ihn zum Trottel zu machen, indem sie ihn vor immer neue Rätsel gestellt hatte. Um sich abzulenken, fuhr er schnell fort und fragte: »Spätestens beim nächsten Mord wäre Eva oder auch jeder andere freigekommen, wenn Sie Ihre Methode nicht geändert hätten, und das hätten Sie nicht, richtig?«

»Richtig!«

»Letztendlich sollte die Öffentlichkeit wissen, dass Sie die Morde begangen haben. Und deshalb haben Sie bei Anne auch so viel riskiert. Sie haben in Kauf genommen, gefunden zu werden.«

Barbara schwieg.

»Aber trotzdem ist es nicht wie geplant gelaufen. Denn Anne sollte noch sterben, am besten vor unseren Augen. Damit wäre Ihr Triumph perfekt gewesen.«

Ihr Schweigen bestätigte seine Annahme.

»Aber so ist der Triumph auf meiner Seite. Denn Anne lebt.«

»Aber sie bezahlt ihren Preis!« Voller Hass schlugen ihm ihre Worte entgegen. »Sie wird ihr Leben lang ein Trauma haben, und die Trauer um diesen Carsten wird sie zerfressen.«

»Ich glaube, da irren Sie gewaltig. Anne ist eine starke Frau. Sie wird keine Schäden zurückbehalten, vor allem, weil sie durch den Mann an ihrer Seite gestärkt wird.«

Barbara musterte ihn aus zusammengekniffenen Augen.

»Ja, Sie hätten besser zielen müssen. Carsten Westphal lebt und wird Anne Degener so was von glücklich machen, dass *Sie* bei dem Gedanken an die beiden ein Trauma bekommen werden.«

Dass Carsten operiert worden war, zurzeit im Koma lag und keinesfalls außer Lebensgefahr war, verschwieg er. Er war davon überzeugt, dass sein Freund es schaffen würde. Und was Anne anging, man hatte sie ebenfalls ins Krankenhaus gebracht und ihr starke Beruhigungsmittel gegeben. Körperlich war sie unverletzt. Ob sie seelische Schäden davongetragen hatte, blieb abzuwarten und würde sicher auch von Carstens Zustand abhängen. Martin würde am Abend nach den beiden sehen.

Barbara antwortete zunächst nichts, aber ihren Gesichtszügen sah man an, dass ihr die Entwicklung der Dinge nicht passte.

»Ich habe einen Fehler gemacht«, sagte sie nach einer Weile. »Ich hätte die kleine Schlampe sofort umbringen sollen. Zu dumm von mir. Sie sehen, Herr Sandor, ich kann meine Fehler einsehen.«

Wie abscheulich ist diese Frau?, fragte sich Martin und suchte Pauls Blick, der kopfschüttelnd an einem zweiten Schreibtisch saß. Auch er konnte nicht fassen, was er zu hören bekam.

Martin würdigte sie keiner Antwort. Seit Barbaras Verhaftung quälte er sich mit den Fragen, ob er ihr früher auf die Schliche hätte kommen können, ob er den Schuss auf Carsten hätte verhindern können, ob er … Nein, er musste aufhören, sich diese Gedanken zu machen. Er hatte sie gefunden, und damit diese ganze schreckliche Geschichte beendet.

Martin versuchte, sich auf das Wesentliche zu konzentrieren, und überlegte, ob er einen Aspekt des Verhörs bislang übersehen hatte. Aber ihm fielen keine weiteren wichtigen Fragen mehr ein.

Barbaras Motiv war bekannt. Martin hatte diesbezüglich mit einem Psychoanalytiker, der sich ausschließlich mit der Erforschung von Kriminellen und deren Motiven beschäftigte, gesprochen. Er war der Ansicht, dass Barbara Hansen sich zunächst die Schuld für den Betrug ihres Ehemannes gegeben hatte, weil sie ihm seine spätere Geliebte vorgestellt hatte. Nachdem er sie verlassen hatte, beobachtete sie ihren Exmann und seine neue Freundin mehrere Wochen lang. Das wiederum ließ die eigenen Schuldgefühle verblassen und steigerte ihren Hass auf Frauen, die verheiratete Männer verführten. Und zwar so sehr, dass sie ausgehend von ihrem Schicksal eine Gesetzmäßigkeit herleitete. Für sie war es, als verschaffte sie der Welt Gerechtigkeit und sich selbst Entschädigung für die erlittene Demütigung und Entbehrung.

Martin war froh, sich nicht länger mit ihren Beweggründen auseinandersetzen zu müssen, ein psychologisches Gutachten würde ohnehin erstellt werden. Für heute wollte er nur noch Schluss machen. »Wissen Sie was?«, wandte er sich Barbara wieder zu. »Sie hatten recht, als Sie sagten, dass Menschen wie Sie hoffnungslos uneinsichtig sind. Man kann sie nicht mehr ändern oder heilen. Dafür sind Sie zu alt und haben zu oft getötet. Das Einzige, was da noch hilft, ist, Ihre Mitmenschen vor Ihnen zu schützen, indem man Sie für alle Zeiten wegsperrt.« Er erhob sich und ging zur Tür, wo ein Kollege darauf wartete, die Gefangene abzuführen. »Und genau das werden wir jetzt tun.«

Sie stand ebenfalls auf und ging auf ihn zu. Sie wollte noch etwas sagen, doch Martin hatte die Tür bereits geöffnet und dem Kollegen zugenickt. »Behalten Sie es für sich«, sagte er und beförderte sie mit einem Schubs nach draußen. Sie würde hier nicht das letzte Wort haben.

Am nächsten Morgen ging Martin in Egon Milsters Büro. Er lieferte seinen Bericht ab und bat ihn um eine Woche Urlaub. Es schien ihm die beste Möglichkeit, diesen Fall zu verarbeiten und vor allem den nervigen Journalisten, die ihn ständig bedrängten, aus dem Weg zu gehen. Sein Chef stand am Fenster und wirkte ziemlich erschüttert. Dass er die Mörderin zu seinem Bekanntenkreis gezählt hatte, war ihm äußerst peinlich. Die Zeitungen hatten sich natürlich darauf gestürzt und in großen Lettern getitelt: »Die Mörderin, eine Freundin des Kriminaldirektors!« – »Killerin durch die Polizei immer auf dem Laufenden!« – »Polizeipsychologin mordet unter den Augen der Justiz!«

Das hatte ihn tief getroffen. Zudem fühlte er sich schuldig, weil er Barbara Hansen menschlich völlig falsch eingeschätzt hatte.

Martin legte den Bericht auf seinen Schreibtisch. Milster sah ihn nicht an, sondern blickte aus dem Fenster. Er war um Distanz bemüht, als verschaffe ihm das einen gewissen Abstand zu dieser unerfreulichen Sache. »Sie können den Urlaub haben, Sandor«, sagte er nur und war nicht wie sonst darauf bedacht, Martins

Bericht in allen Einzelheiten mit ihm durchzugehen. »Übrigens, Daniela Böhmer wurde bereits aus der Haft entlassen. Und Frau Hansen hat Sie wegen Körperverletzung angezeigt. Sie brauchen sich aber deswegen keine Sorgen zu machen. Ihr Kollege Paul Fischer hat bereits ausgesagt, dass Frau Hansen beim Kampf auf ihr Gesicht gefallen ist. Und damit ist die Sache erledigt.«

»Danke!«

»Nein!« Erst jetzt drehte Milster sich um. »Ich danke Ihnen!«

Martin nickte und wandte sich zum Gehen um. »Ach, noch eins«, sagte er, die Türklinke schon in der Hand. »Es tut mir leid, dass ich Ihre Frau verdächtigt habe.«

»Nicht der Rede wert.«

Martin lächelte und verließ das Zimmer. Er machte sich auf den Weg in sein Büro, um seine Jacke zu holen. Er freute sich auf ein paar erholsame, freie Tage gemeinsam mit Karla. Als er seine Hände in die Hosentaschen schob, ertastete er eine Packung Zigaretten. Lächelnd holte er sie hervor. »Euch brauche ich nicht mehr. Nie mehr!«, sagte er und warf die Packung in den nächsten Mülleimer.

59

Langsam erwachte Carsten aus einem tiefen, langen Schlaf. Er ließ die Augen geschlossen und lauschte auf seine Umgebung. Eine Stimme rief das Bild eines Gesichts vor seinem inneren Auge hervor. Der schmale Kopf war umrahmt von kurzen, braunen Haaren, das ebenmäßige Gesicht hatte einen makellosen Teint und darüber glänzten wunderbare braune Augen: Anne!

Träumte er? Lebte er noch oder war er tot? Wo war er? Plötzlich holte ihn die Erinnerung an die Ereignisse im Badezimmer ein, und er wusste wieder, was geschehen war. Langsam drehte er den Kopf in die Richtung, aus der die Stimme gekommen war, und öffnete die Augen. Da saß sie und hielt seine Hand. Sie sah ihn wachsam und voller Mitgefühl an.

»Anne!«, flüsterte er und versuchte ein Lächeln. »Träume ich?«

Sie schüttelte langsam den Kopf und strich ihm zärtlich über die Wange. »Sie haben dich operiert und dir die Kugel zwischen den Rippen rausgeholt. Du hast sehr viel Blut verloren und zwei Tage im Koma gelegen. Aber du hast es geschafft. Du bist ein ziemlich zäher Bursche, sagt der Arzt.«

Carsten drückte ihre Hand.

»Ich dachte, ich hätte dich verloren«, sagte sie halblaut, während ihr Tränen der Erleichterung die Wangen hinabrollten.

»Das dachte ich auch!« Seine Augen füllten sich ebenfalls mit Tränen. Tränen der Dankbarkeit, dass das Schicksal Anne und ihn verschont hatte.

»Wie geht es dir?«, fragte er besorgt.

»Jetzt, wo du wach bist, ist alles wieder gut.«

Sie wusste nicht, wie lange sie brauchen würde, um das Erlebte zu verarbeiten. Aber sie wusste, dass sie es schaffen würde. Sie empfand es als großes Glück, Carsten an ihrer Seite zu haben. Sie war unendlich dankbar dafür, ihn gefunden zu haben, auch, weil sie jetzt endlich genau wusste, was sie wollte. Sie liebte diesen Mann.

Langsam beugte sie sich zu ihm hinunter und küsste ihn zärtlich auf den Mund.

»Kriegst du das noch mal so gut hin?«, fragte er lächelnd, als sie ihre Lippen von den seinen löste.

»Ich kann's ja mal versuchen.«

Wieder küsste sie ihn. Dann sahen sie sich lange schweigend an. Und für beide war das Leben plötzlich nicht mehr nur bloßes Dasein. Das Leben war ein Geschenk! Und jeden Tag würden sie als ein solches ansehen und gemeinsam genießen.

Bitte beachten Sie auch die folgenden Buchhinweise.

Buchhinweise

Westend Blues

Ein Katharina-Klein-Krimi aus Frankfurt am Main

Helmut Barz

978-3-86680-484-5 | 14,90 € [D]